Månens makt

FORFATTERENS BØKER PÅ NORSK

Romaner

Dit månen drar. Fair Forlag, 2017, revidert utgave Pleasure Press, 2025
Månens makt. Fair Forlag, 2019, revidert utgave Pleasure Press, 2025
En nær himmelen opplevelse. Fair Forlag, 2020 (som Tom Nevle)
Bølgen som brøt. Fair Forlag, 2021 (som Tom Nevle)
Mot elven. Fair Forlag, 2023 (som Tom Nevle)

Sakprosa

Genene – din indre guru. Grøndahl Dreyer, 1996
Gud – en vitenskapelig oppdatering. Flux, 2008
Den menneskelige dyrehage. Flux, 2012
Bevissthet – Forstå hjernen og få et bedre liv. Spartacus, 2014
Aldring – Hva du bør vite før du blir for gammel. Dreyer, 2017
Appen som er deg – En bok om følelser. Fair, 2020
Kunsten å redde verden med sex. Vega, 2023

Bjørn Grinde

Månens makt

Roman

Pleasure Press

Revidert utgave av en tittel utgitt på
Fair Forlag AS, 2019

Omslagsfoto og design: Bjørn Grinde

Forlag: BoD · Books on Demand GmbH
Postboks 354 Sentrum
0101 Oslo
bod@bod.no

Trykk:
Libri Plureos GmbH
Friedensallee 273
22763 Hamburg
Tyskland

ISBN: 978-82-938-7376-1

Personer

Sentrale medlemmer av Bujustammen
Karo – eldre kvinne
Kaje – ung mann
Lele – eldre mann
Bo – lillesøster til Kaje
Mule – mann, samme alder som Kaje
Reko – ung kvinne
Gido – søsteren til Karo, Kajes mor
Rude – mannen til Gido
Doro – ung kvinne
Boro – minstesøsteren til Kaje

Nye medlemmer fra en fremmed stamme
Sirea – ung kvinne
Firfinger – eldre mann
Yamyam – Firfingers voksne sønn

Månefolket

Månefjellene ligger i en bortgjemt del av Afrika – et merkelig og gåtefullt landskap.

Allerede for 60 000 år siden bodde det mennesker rundt disse fjellene. Det var lenge før jordbruk og industri, så folk levde som jegere og sankere. De fleste dagene gikk livet sin vante gang, men noen ganger oppsto det utfordringer som krevde mot og ferdigheter.

Dyre- og plantelivet har forandret seg gjennom tidene, men ellers er fjellene som før. På østsiden glir åsryggene over i en tørr savanne, mens den andre siden er omsluttet av dyp jungel. Uansett hvilken side du kommer fra, virker det merkelig å finne store isbreer her, rett under ekvator. Taggede topper trenger igjennom de blå og hvite breene. Det er noe besynderlig over landskapet – og over menneskene som levde der den gangen.

De var like kloke som oss. De hadde samme grunnlag for språk og følelser; men de var formet av helt andre forhold. De fleste levde i små stammer på noen titalls individer. Allerede på den tiden var det store forskjeller i hvordan ulike folkegrupper tenkte og oppførte seg – noen vandret rundt, mens andre holdt seg til sitt område.

Månen hadde en spesiell betydning for stammene som bodde på østsiden av fjellene. Derfor ble de kalt *månefolket*.

1.

Kaje ligger på ryggen med beina i kors og hendene under hodet. Han har en ekkel følelse i magen, men skjønner ikke hva det er som plager ham. Noe er galt, men han klarer ikke se hvor problemet ligger.

Luften står helt stille. Den er fortsatt passe varm, selv om solen nærmer seg fjellene. Solen forandrer seg når den kommer mot fjellene, den blir sliten.

Han var der oppe. Det er lenge siden – og noe han gjerne kan glemme. Stedet var iskaldt og uten liv. Helt uten liv. Ikke et sted for mennesker og ikke et sted han vil tilbake til. Han har allerede glemt hvordan han kom seg tilbake til Bujudalen.

Det har vært en god dag, de la ned en antilope, men det monner ikke mot den uroen som romsterer i kroppen. Uvissheten bidrar til å gjøre situasjonen verre. Det er som å skulle lage spyd av en stokk med øynene lukket.

Tankene foreslår at problemet har å gjøre med mangel på bevegelse. Han ser seg rundt. Bladene bare henger der i sine tynne stilker helt uten å engasjere seg. Trærne står stivt plantet på bakken og viser ingen interesse for naturen rundt. De to amarantfuglene sitter rolig på en felles grein. Den røde fjærdrakten på brystet pleier å vekke oppmerksomheten hans, men nå er det så vidt øynene bryr seg. Han dekker like godt ansiktet med hendene.

Så innser han at feilen selvsagt ikke har noe med trærne og fuglene å gjøre. Stillstanden er grei nok for dem, det er *menneskene* som mangler bevegelse. Det er bare at alt blir så krevende når det kommer til mennesker, skogen er mye lettere å forholde seg til.

Lukten av den kveldsklare skogen er heldigvis riktig. Ingen eim av rovdyr. Og himmelen over det fjerne slettelandet har fått den fine fargen. Han pleier å nyte synet, men nå hjelper heller ikke det på humøret. Oppmerksomheten går til de lange skyggene som er i ferd med å overta den åpne leirplassen. Trærne de tilhører, er mørke og truende.

Også de andre i stammen ligger eller sitter rundt omkring på Bujutokollen. Det er alt. Selv barna mangler bevegelse. De burde løpt rundt – lekt og skrålt – men leiren er preget av stillstand. Elven holder det riktignok gående, men elvesuset pleier å drukne i prat når alle er til stede. Ubetydelig prat om hva dagen har gitt og hva morgendagen byr på, men også slike ord er viktige. Karo har sagt at uten ord visner stammen.

Det delvis nedtråkkede gresset som forsøker å reise seg rundt hodet hans, virker akkurat like følelsesløst. En auroratrost hakker etter maur mellom stråene en mannslengde unna, men heller ikke den vekker noe – verken i ham eller i gresset. Fuglen har store øyne som innimellom møter blikket hans. Det gulbrune brystet gjør at den virker snill, dessuten hjelper den menneskene ved å fjerne innpåslitne maur. Maur hører ikke hjemme her i leiren. De har nok av andre steder.

Så hva er problemet? Praten har stilnet, men det er heller ingen kjefting eller knuffing. På slike tørre og tunge dager pleier Karo å si at etter neste regntid blir alt like grønt.

Den fremmede stammen som forsøkte å drepe dem, forsvant, og regntiden som fulgte fjernet sporene. Nå har solen fjernet sporene av regntiden, så alt vondt er vekk. Likevel er ikke livet slik det skal være. Leiren ligger der som et bål uten flammer.

Kaje stikker en tyggepinne i munnen. Den gir en vag følelse av at noe skjer. Han tygger intenst mens han prøver å finne svar.

Stillstanden er ikke ny. Kanskje går den helt tilbake til krigen med de fremmede, men i det siste har den urolige roen trukket dypere inn i folk. Det er greit at én person av og til er nedfor, men ikke hele stammen. Samtidig! Noen må kaste stein etter apene – sette ting i bevegelse. Noen. Betyr det *ham*? Han løfter kroppen opp i sittende stilling.

Kanskje … Endelig dukker det opp mer enn vimsete tanker. Har aner skyggen av et svar. En mulighet?

Alt blir avbrutt av et kraftig rop fra skogen et stykke nedenfor kollen. Han sitter stille. Lyden hadde ingen tydelige ord, var det virkelig en menneskestemme? Kaje ser seg rundt. De fleste har ansiktene vendt samme vei, men skogen er tilbake i sin lydløse tilstand.

Reko kommer bort og stiller seg foran ham. Hun er søt og snill, og kun et par regntider yngre, men akkurat nå passer det ikke. Han trenger å tygge på egne tanker.

«Hva var det?» spør hun. Han merker bekymring, men neppe mer enn hva hun klarer å leve med.

«Er det fremmede? Nye fremmede?» fortsetter hun når han ikke svarer.

Kaje innser at det er nødvendig å si noe.

«Det var bare en lyd. Skogen har mange lyder. Du behøver ikke bekymre deg.»

Hun blir stående og se på ham. Selv holder han blikket stivt rettet mot slettelandet, men klarer likevel ikke å unngå at hennes nærvær dominerer. Lyset er i ferd med å fjerne seg fra det altfor triste ansiktet. I sitt indre ser han henne slik hun pleier å være. Smilende slik hun egentlig er. Stemmen hennes er svak, men likevel tydelig.

«Det er ikke lyden. Ikke bare lyden. Det er så mye annet. Og det er ikke bare meg.»

Kaje nikker langsomt. Fortsatt uten å vende seg mot henne. Hun gir seg ikke.

«Du har merket det du også. Det er ikke bare meg.»

Nå snur han seg mot henne.

«Ja. Du har rett. Det er *noe*. Og det er ikke *deg*.»

Hun blir stående en liten stund til i stillhet, men vender brått rundt og går tilbake til der de andre sitter.

Det ble feil. Han burde gitt henne mer, men akkurat nå er han et helt annet sted. Hun skjønte sikkert det, ettersom hun gikk uten å sette seg.

Dessverre klarer han ikke føre tankene tilbake dit de burde være. Det er krevende med alt det øynene ikke ser.

Solen har forsvunnet, men det er fortsatt nok lys. Kaje aner at noen ordner med bålet, men snur seg ikke for å finne ut hvem. Det pleier å være Lele og Firfinger. De er utrolig raske.

Igjen prøver han å fokusere på problemene som omgir dem. Et eller annet ligger der som en morgentåke solen ikke klarer å fjerne.

Bujudalen er jo deres. Alles Mor sørget for at de fikk beholde dalen som rettmessig tilhører stammen. Likevel er ikke alt bra, men denne gangen synes det vonde enda mer ullent og fjernt enn spor av farlige fremmede. Idéen som dukket opp, antyder at løsningen er krevende, svært krevende. Ligger det virkelig for ham å kaste stein etter apene? Eller bør han la livet slumre videre og håpe at ett eller annet før eller siden vekker folk?

Han har gjort dumme valg før – turen til fjellene slo feil. Helt feil. Ikke minst derfor skylder han stammen. Han trenger å stå for noe som betyr mer enn å bringe inn mat.

Selvsagt måtte de til Bujutokollen, det er leirstedet folk verdsetter høyest. Også de nye som ble med, liker kollen. Er det *dem*? De nye? De har forsøkt å tilpasse seg, men det blir alltid noe rart, noe uvisst, når fremmede trer inn i fellesskapet. Folk henter kvinner fra nabostammene, men nå har de fått inn en far og en sønn. Firfinger og Yamyam. Det er annerledes. Dessuten deltok de to i krigen mot dem, og alle vet at fremmede kan være farlige. Flere misliker de to. Særlig Mule. Enkelte ganger har det brutt ut så sterke følelser at folk har vært like ved å bruke spydet. De to er ganske sikkert en del av problemet, men det blir feil å gi dem skylden.

Sirea tilhørte den samme stammen, men hun kom jo før krigen med de andre. Det var annerledes. Noe spesielt som aldri før har skjedd. Sirea hjalp dem. Han ser henne i øyekroken, men snur seg ikke. Når tankene går til henne, blir han både glad og trist.

Hun kommer bort og setter seg ved siden av ham. Han sier ingenting. Heller ikke her er det noe som beveger seg. Ikke annet enn pusten. Den går litt fortere. Noe inne i ham vil vekke det som ligger mellom dem, men kroppen insisterer på å sitte stille, og øynene stirrer mot det fjerne slettelandet.

Sirea kjenner selvsagt de to fremmede, hun kjenner dem altfor godt. Særlig gutten på Kajes alder, Yamyam. Merkelig å gi en gutt navn etter noe man spiser. Det burde vært en jente, for det er mest kvinner som sanker jamsrøtter. Røttene smaker ikke engang godt, de er bare trevlete tygge-ting. Fyren er rar. Litt jentete.

Kaje snur seg mot henne. Han vil høre hva hun mener om det han har tenkt, den muligheten han ser, men ordene kommer ikke. Ingenting kommer, ikke så mye som en hviskelyd. Det er som om stemmen hans har falt av. Samtidig dukker det opp rare bilder i hodet.

Sirea ser på ham, men munnen er lukket. Øynene hennes forsyner seg av alt han har igjen. Samtidig er det noe stort over en person som ikke behøver å la munnen løpe.

Brått reiser han seg opp. Kroppen føles tung og uvillig, men armer og bein har ikke helt mistet evnen til å bevege seg. Han legger ut på stien som fører nedover dalen. Den beste badekulpen ligger der. Elven flyter heldigvis fortsatt forbi, kanskje klarer den å få orden på det rare som foregår i hodet hans.

2.

Idet Kaje har forsvunnet, kommer Yamyam og setter seg ved siden av Sirea. Han legger høyrearmen rundt skuldrene hennes. Sirea sitter lent forover med hendene foldet om knærne. Hun passer på ikke å reagere på armen, men dreier ansiktet. Øynene hans er vid åpne, men de virker nølende og usikre. Munnen har et vagt, spørrende smil som hun velger å gjengjelde.

Hun tenker at de har fått det godt – de to som ba om å få være med månefolket. De *tre,* det gjelder jo også henne. Disse menneskene har latt dem bli, trass i at de deltok i angrepet. Hennes stamme forsøkte å ta alt fra dette folket. Kanskje var ikke Firfinger og Yamyam med, i alle fall ikke så mye, men de tilhørte fienden. Hun vet at ikke alle liker at de er her, men så langt er ingen drept eller sendt vekk. Det er noe annerledes ved stammen til Kaje.

Hun er fortsatt usikker på hvor tankene til folk går. Ikke minst Kaje sine, øynene hans peker som regel mot noe fjernt. Før han tok turen til fjellene, var hun sikker på hvor han stod. Alt var opp til henne. Men nå?

Det er noe ved ham som hun ikke blir kvitt. Noe som sitter fast. Når Yamyam plasserer seg tett inntil henne, insisterer hodet på å dra fram Kaje. Det gir et øyeblikk av velbehag, men samtidig liker hun ikke å miste kontrollen. Hun *må* tenke på dagene som kommer. Kaje har det rette utseendet, en spiss nese i et levende og lekende ansikt, og han har i seg evnen til å se ting. Utvendig er han hel, men ett eller annet sted inne i ham er det et åpent sår. Kanskje har såret alltid vært der?

Yamyam avbryter tankene.

«Det merket», han peker på en oval med en strek i midten som er risset inn i barken på det største treet på kollen. «Det … Jeg så det i hulen. Samme merke. Samme. Det er noe.»

«Å, merket», svarer hun. «Vet ikke. Det har å gjøre med hva de kaller Alles Mor. De tror hun styrer dalen. Merket er på en måte henne. Henne og stammen. Tror jeg.»

Først nå blir stemmen hans alvorlig. Hun skjønner at det er noe annet som opptar ham.

«Du hjalp dem. Hjalp dem mot oss. De lytter til deg.»

«Ja, de gjør det», sier hun stille.

Hun merker at hennes egen stemme virker trist. Hun foretrekker å unngå å legge følelser i ordene.

«Du kan forme dem. Forme.»

Det irriterer henne at Yamyam stadig gjentar ord, men hun vet at han ikke kan noe for det, han har alltid vært slik. Nå sørger hun for å ha en nøktern stemme.

«Det blir ikke riktig.»

«Jo … jo fordi de *vil*, de *vil* høre. De vil.»

Ordene hans har mer kraft nå, og han får etter hvert det rette tonefallet.

«Mange her liker egne ord. Ord. De bør heller lytte til dem som tier. Folk som sier lite, har mest å si. Du har … Hvis du vil, har du sterke ord.»

Sirea ser nøye på ham. Kanskje Yamyam forstår mer enn hun trodde. Før, da de var i den krigerske stammen, lyttet ingen til ham. Han snakket klønete. Nå er han nærværende – fordi han ser og jobber for andre. Flere har begynt å like ham. Han er ikke bare mann, han har blitt voksen. Kroppen er ikke spesielt kraftig, men gjenspeiler likevel en ro som ungdommen mangler. Det lange, pistrete håret er holdt på plass ved hjelp av en lærreim som er strammet hardt rundt pannen. Det er en vellaget reim. Ansiktet har noe skjevt over seg, men øynene viser gode følelser. Hun tar hodet hans mellom hendene, dreier det mot sitt og presser leppene mot munnen hans. Kun et øyeblikk.

Etterpå sitter han helt stille og ser på henne med bedende øyne. Omtrent som Moff – villhunden som følger henne. To av fingrene presser mot munnen som for å holde på det som kom dit. Nå er stemmen plutselig svak og treg.

«Jeg liker deg.»

Det blir stille en stund før han fortsetter. Sirea har vendt blikket tilbake mot skogen.

«Noen liker oss ikke. Ikke.»

«Noen liker ikke seg selv», svarer hun.

«Særlig han som heter Mule», fortsetter Yamyam. «Og fyren, gutten, som akkurat gikk.»

«Kaje er ikke gutt, han er mann. Dessuten, de kjenner dere ikke. Hvis dere opptrer som mennesker og viser ekte ansikter. Da vil de … De har godtatt uten å ha sett, så gi dem tid.»

«Ikke alle», påpeker han med en stemme som er intens, men så vidt hørbar. «Noen ønsker oss døde. Døde.»

«Du lever. De kunne drept dere», svarer hun uten følelser.

Yamyam nøler før han fortsetter.

«Sirea, vi kan dra vekk. Far blir sikkert med, og du også. Kanskje finner vi de andre. Andre. Storeflekk er død, han trenger deg ikke.»

Hun vet godt at Storeflekk er død. Mannen som førte hennes og Yamyams stamme til krig. Hun hadde tilhørt ham, og hun drepte ham. Ikke for sin egen skyld, men for å redde Kaje og folket hans. Eller kanskje for sin egen skyld. Det var noe med den mannen hun aldri helt forsto; noe stygt og vondt, men samtidig tiltrekkende. Nå som hun har drept ham, skjønner hun bedre hva det var.

Hun smiler til Yamyam, men sier ingenting. Hennes egne tanker har gått i samme retning; det er bare at ord blir så lett hengende ved, og de kan vise seg å være feil ved en senere anledning. Mange sliter med å finne ut hvordan ordene bør brukes, selv har hun lært når de bør få ligge.

Det ender med at hun reiser seg og går mot stien som fører nedover dalen. Blikket hans ble for intenst.

Yamyam blir sittende og se på det bølgende, rødbrune håret som ender altfor høyt oppe på ryggen. Så vender han øynene mot rumpeballene som beveger seg mykt opp og ned for hvert skritt. De er akkurat passe runde og følger føttene slik at bevegelsene blir til en dans. Brystene bare spretter hit og dit når kvinner beveger seg, mens rumpeballene danser sammen. Sirea er den peneste kvinnen han noen gang har sett, synd at hun er så fjern. Hun har alltid valgt å stå utenfor.

Sirea aner hvor blikket hans går. De fleste menn er lett å føre dit hun vil, men ikke Kaje, hodet hans er altfor opptatt av alt annet.

Nå dukker det opp en ny tanke: Kanskje er problemet at *hun* ikke lar seg lede. Det har aldri vært aktuelt. Ikke før. Må hun gi slipp på noe i seg selv for å skape noe sammen med en mann? Med Storeflekk var det aldri slik, han bestemte, men hun styrte seg selv. Hun har alltid ønsket kontroll over eget liv. Holde alt hun har, alt som er henne, pent buntet sammen som hår i en lærreim. Er det derfor Kaje ikke ser henne?

Det er typisk ham å forsvinne uten å si noe.

Hun vet hva som skal til for å bli kvitt uønskede tanker, er det best å skyve vekk bildet av Kaje?

Moff kommer bort. Ørene står rett opp, snuten og øynene gjør hva de kan for å få oppmerksomhet. Moff er unntaket, han følger henne.

Kaje er tilbake i liggende stilling, men nå i badekulpen med rennende vann på alle kanter. Vannet er akkurat passe kjølig, slik at det er litt ubehagelig, men samtidig lindrer tankene. Dessuten er månen der. Dessverre er det en liten måne, alt blir mye riktigere når den er full. Den månebelyste natteskogen gir et fellesskap som er enda mer intenst enn selv det menneskene byr på. Den drar ham inn i noe stort, noe som inkluderer alt som lever i dalen. Ikke bare menneskene. En avtagende måne er bedre enn ingen måne, også den får fram skogens silhuetter. Han er den eneste i stammen som virkelig verdsetter natteskogen.

Natten er dyp når Kaje smyger seg inn i leiren.

Han vet at folk er årvåkne, flere sover fortsatt som antiloper og våkner ved den minste lyd. Det ble sånn etter krigen, ingen grunn til å vekke folk og spre unødig frykt. Han legger seg ned på sin vante plass, i nærheten av, men ikke ved siden av Sirea. Nærmest Sirea ligger villhunden. Den liker seg hos henne.

Kaje oppdaget en natt at hunden prøvde å pare seg, Sirea lå på magen og syntes ikke engang å våkne. Han likte ikke det han så, det var noe unaturlig over situasjonen. De ulike dyrene kan hjelpe hverandre, lære av hverandre og spise hverandre – men ikke ha sex. Alles Mor vil at dyrene holder seg til sine egne når det kommer til sånt. Han ser for seg en gorilla som prøver seg på en gasell. Det blir helt galt.

Kaje våkner brått. Rundt ham er det blodige kropper med dype sår etter spyd. Noen er bleke og døde, andre har ansikter fylt med smerte. Alle kommer mot ham. Selv de døde. Det rykker i beina.

I det siste har han hatt flere slike vonde drømmer. Noen ganger nekter søvnen å komme tilbake, og da plager synene ham resten av natten.

Han klarer å få tankene over på hva de bør gjøre. Mest på hva *han* bør gjøre; og hvorvidt den retningen han ser for seg, virkelig er fornuftig. Selvsagt må han først prate med Karo, morens søster, en kvinne alle lytter til. Og med Lele, farens spesielle venn. De er begge gamle og nyter stor respekt fordi de bærer på stammens kunnskaper. Dessuten evner de å se dagene som kommer, og de ser hvor de forskjellige medlemmene av stammen står. Alt dette deler de villig med andre. Men før han tar det opp med dem, må han tenke nøye igjennom mulighetene.

Rett før søvnen atter tar ham, går tankene til Sirea. De gjør ofte det. Synet av ansiktet hennes roer ham ned. Heldigvis er hun fortsatt et sted i nærheten.

3.

Neste dag er i ferd med å gjøre seg ferdig. Karo sitter sammen med Lele som tygger på et skinn for å mykne det. Selv er hun dypt i egne tanker.

De fremmede som valgte å gå med dem, har vært nyttige. Firfinger har allerede gitt fra seg god kunnskap, hun liker å sitte på bålplassen sammen med ham. Han og Lele har kommet til samme sted i livsløpet. Samme som hun selv. Hun vet at Firfinger talte imot de fra stammen hans som ville drepe, Sirea har sagt det. Likevel har det gjort noe med folk at de er her. Det har kommet mange stygge ord. Så langt heldigvis kun ord og armer. Antakelig bør hun stå fram, gjøre noe, før følelsene griper til våpen, men det er vanskelig. Synet på de fremmede splitter stammen. De er som en gammel skinnfell som er i ferd med å revne, hennes stemme har ikke nok i seg til å snurpe den sammen.

Kanskje har det å gjøre med at de er annerledes. Måten å snakke på er ikke lenger like fremmedartet; og de har holdt opp med å tegne mønstre på kroppen med sot, men både Firfinger og sønnen har fortsatt på seg reimen med rovdyrklør. Slikt passer ikke inn. I det minste så gjør det at de skiller seg ut. De havner på feil side av en usynlig strek som strekker seg tvers igjennom skogen.

Så vidt hun skjønner, er de gode mennesker, men det er tydeligvis ikke nok. Hvordan får hun alle til å se på hverandre med de rette øynene?

«Alle ser på deg», sier hun plutselig.

Lele legger fra seg skinnet.

«Meg! *Meg?* Nei, de ser på *deg*.»

«Du liker smaken?»

Han løfter det opp igjen.

«Det her. Du vet. Sirea trenger et godt skinn, og hun har ingen foreldre.»

Hun smiler til ham.

«Jeg vet, men du liker smaken. Du tygger mer enn alle andre til sammen.»

«Smaken … Jo, jeg liker å tygge.»

De har slitt med å finne nok mat den siste tiden. Når barna har fått sitt, ender ofte kveldene med at de eldre må gnage på råtne eller markspiste røtter. Hun tenker at Lele foretrekker å bruke munnen til å mykgjøre huder.

Nå trenger hun tankene hans.

«Hva synes du om Firfinger?»

De talte begge for å la de fremmede få bli, men det var nok av andre som tydelig viste sin motvilje. Lele blir alvorlig, og hun merker at han er mistenksom.

«Firfinger. Han er en bra mann. Han kan mye. Han har lært oss hvor man finner giften som dreper. Han deler.»

«Ja, men liker du ham?»

Han ser spørrende på henne, men sier ingenting.

Hun ønsker å høre mer, men av en eller annen grunn finner hun ikke de riktige spørsmålene. Mye dreier seg om Firfinger og Yamyam. Folk som kommer fra andre steder, har i seg ny viten, og det er bra. De trenger å se både skogen og seg selv gjennom andres øyne. En god stamme slutter aldri å suge til seg kunnskap; jo mer de har, jo mer overtar barna – og så barnebarna. Innsikt skaper mennesker. Hun vet godt at Lele er enig, men hun har lurt på hva han *ser* i Firfinger. Før sov og gikk Lele ofte sammen med Rude, faren til Kaje, nå er han stadig sammen med den fremmede mannen. Hun har sett blikket til Rude.

Så tenker hun at Lele alltid har vært flink, og spesielt ivrig, når det gjelder å finne fram til hva andre mennesker bærer på.

Leles hår er mer grått enn grånende. Karo aner at livet har begynt å gå fortere, også hennes eget hår er i ferd med å miste farge. I alle fall på hodet.

«Er alt grått?»

Igjen ser han rart på henne.

«Nei, nei, skogen er grønn slik den skal være.»

«Ikke skogen, håret mitt. Er det noe svart igjen.»

Lele ler.

«Håret? Du er alltid ung. Som en pike som akkurat har begynt å blø. For meg blir du aldri grå.»

Hun sier ikke mer. Hun aner det virkelige svaret i øynene hans, men hva skal hun med det. Forfedrene og fjellene er der for dem begge, kanskje drar de dit sammen, men først må hun vite at stammen har det godt. Og aller først vil hun lære noe nytt. Noe hun kan ta med seg til forfedrene. Lære av Firfinger, og forme kunnskapen slik at alle ser det samme. Det gir livet et innhold som gjør at forfedrene kan vente.

Flere av stammens historier handler om Obete, en kjempe av en mann som øvet stor innflytelse på de andre. I en av fortellingene …

Erindringene blir avbrutt av at Rude stiller seg opp foran dem. Først står han helt stille uten å si noe, så går han bort til Lele og sparker ham kraftig i låret. Lele skvetter til. Fjeset er preget av smerte og forbauselse, men ikke av sinne.

Det ligger mye følelser i ansiktet til Rude, noe som er uvanlig. Mens Leles ansikt alltid viser ett eller annet, som regel smil og glede, så er det sjelden mer enn smuler av innhold hos Rude. De er helt forskjellige, men samtidig vet hun at de har et spesielt forhold. Og selv om Rude er faren til Kaje, så regner hun med at det er Lele som har fått det til å spire hos Gido, Kajes mor, hennes egen søster. Kaje og Lele har altfor mye felles, dessuten så hun det i øynene på Lele når han var sammen med Kaje som barn. Kaje var heldig, han fikk to gode fedre, men hun husker Gido si at hun ønsket seg mer pikk.

Også stemmen til Rude inneholder altfor mye følelser. Hun kan ikke huske å ha hørt ham slik.

«Hvor har du gjort av fyren? Jeg *sparker* ham også.»

«Hvem?»

«Du vet hvem.»

Lele virker oppriktig forfjamset.

«Du … Mener du Firfinger?»

«Ja! Han fra de som dreper. Han som mangler en finger.»

«Hva med ham?»

«Noen så dere. Sent i går.»

Lele er ikke fullt så usikker lenger.

«Firfinger gir mye lærdom. Det er godt.»

«Nei, nei, det er viktig», føyer han til.

Rude virker ikke fornøyd med svaret.

«Selvsagt er det godt.»

Nå renner Leles ansikt over av følelser. Det dukker opp et ubehag i hodet til Karo.

«Nei, nei, ikke det. Kunnskap. Firfinger lærer oss mye.»

Rude mumler noe som Karo ikke oppfatter, så snur han og går raskt i retning skogen.

Det blir helt stille der de sitter. Selv fuglene slutter å synge. Det aner henne hva som ligger bak, for Rude viser jo ellers aldri følelser. Han er alltid god mot alle – i det minste alle i stammen – men han har oppført seg underlig den siste tiden.

Røyken fra bålet bestemmer seg plutselig for å plage henne. Det svir i øynene. Lukten av gårsdagens stekte antilope minner henne på at ingen klarte å legge ned noe dyr denne dagen. Også det skaper en vond følelse.

Så kommer hun på historien om Obete. Han ville forklare folk hva som er viktig, hva de bør søke etter. Han sa at menneskene man lever med, er det som betyr noe. Enten de er født sammen eller kommet sammen på annen måte, menneskene er viktigere enn alt annet i skogen. De er der for hverandre, mens skogen er for alt og alle. Det er noe helt annet å leve for hverandre. Obete sa at for den mann og kvinne som vet det, spiller det ingen rolle *hvordan* man lever.

Det er gode ord. De har lite mat, men så lenge de har hverandre, er alt bra. Alt *burde* være bra. Hun lar tankene romstere i hodet. Lele liker å tygge på skinn, hun foretrekker å tygge på ord.

Det er ikke bare Lele og Rude, hele stammen holder på å glemme Obetes budskap. Når Rude tyr til å sparke en gammel venn, er noe alvorlig galt.

Firfinger kommer bort og setter seg i nærheten av Lele. Øynene hans møter Lele sine. Det kommer ingen ord, men Karo aner hva øynene sier.

Lele ser fortsatt litt betuttet ut, men hun tenker at den vinden vil stilne. Han og Rude har delt for mye, og over altfor lang tid, til å la vonde følelser få vokse seg sterke. Eller tar hun feil?

«Lele.»

Han reagerer ikke på at hun snakker til ham.

«Lele, *Lele.*»

Først tredje gangen hun sier navnet, klarer hun å fange øynene.

«Kaje fant ikke forfedrene i fjellene. Hvor er de?»

Han virker overrasket over spørsmålet og tenker seg om lenge, men når ordene først kommer, er de tydelige.

«På månen. Jeg tror de drar til månen. Vi har alltid fulgt den, og det er den som betyr noe for oss.»

Månen ja, heller ikke den er helt hva den var. Det virket så opplagt at månen, som jo er hvit, holdt til øverst i fjellene der det også er hvitt. Og like opplagt at når de selv ble hvite, for så å dø, ender de opp nettopp der. Månen dro ikke til fjellene. Kaje fant ut at den drar videre til en stor skog på andre siden. Han oppdaget at noe av stammens dypeste kunnskap var feil. Sånt er viktig.

«På månen. Ja, månen», Karo ser uvilkårlig opp. Månen er liten og ubetydelig. «Så Kaje har rett?»

«Ja, han vet. Fjellene er hvite, men de er der ikke for mennesker. Vi trodde månen dro dit. Nei. Ikke dit. Den drar videre, men det er fortsatt månen som hjelper oss.»

Ja, tenker Karo, Kaje *så* noe. Kanskje var det riktig at han dro til fjellene i stedet for å slåss sammen med dem.

«Kaje har noe i seg», sier hun.

«Ja», svarer Lele. «Alles Mor står sterkt i ham. Han er … Han har mye sjaman i seg.»

«Jeg vet. Jeg har sett det lenge. Mer enn oss andre.»

Flere har hevdet at også hun går med slike egenskaper. Alle har litt, Lele har mer. Kanskje har også hun litt mer, men hun ville ikke gå i den retning. De som tar på seg å være sjaman, fjerner seg på en måte fra fellesskapet. De blir anerkjent hvis de gir tilbake av hva de ser, men de forblir annerledes. Derfor står de utenfor, selv om de forventes å være til stede for stammen. I så måte har hun gjort sitt – i det minste forsøkt. Stammen trenger ingen rendyrket sjaman, men det er nyttig å ha noen med den slags evner. Hun har merket hvordan turen til fjellene forandret Kaje.

Så står plutselig Kaje der. Han har stilt seg mellom henne og Firfinger, med ansiktet rettet mot henne. Han sier ingenting, men Karo vet at det er noe der som vil ut. Ansiktet har det uttrykket. Det er best når ord er for alle, ikke bare mellom to personer. Og spesielt ikke mellom to personer når flere er til stede.

«Sett deg ned med oss, vi vil høre tankene dine.»

Kaje setter seg nølende. Ansiktet er mer alvorlig enn det pleier å være.

4.

Sirea er ute i skogen for å lete etter spiselige røtter. Det er lite bær og frukt igjen, så de må ta til takke med det neste beste. For henne er det ikke så farlig, det som betyr noe er å bringe inn mer mat enn hva hun selv trenger. Hun har spist lite den siste tiden. De andre kvinnene går som regel ut sammen, selv liker hun å gå alene.

Hun merker eimen før hun aner raslingen i de tørre, brune bladene som ligger spredt på bakken. Det er en kjent, men ikke videre velgjørende lukt. Likevel tar det tid før hun klarer å plassere den. Da står han plutselig bak henne.

Hun snur seg rundt. Før hun rekker å si noe, tar armene hans tak om overkroppen og drar henne bortover til hun havner på bakken.

«Du er ikke av oss. Og du er ikke lenger Kajes kvinne, så jeg kan ta deg. Gjøre som jeg vil.»

Sirea kjenner den stemmen altfor godt, og nå blir den ekle dunsten av gammel svette presset på henne. Hvorfor gidder han aldri bruke elven? Noen har sagt at fyren er redd for vann. Hun vurderer å skrike, men liker ikke tanken. Å skrike er for småpiker, hun har alltid løst problemene på egen hånd. Først ligger hun helt stille, så plutselig bruker hun all kraft til å vri seg rundt for å komme seg løs.

Mule er for sterk. Snart sitter den tunge kroppen fremoverlent på magen hennes, samtidig som hendene holder armene hennes over hodet. Hun merker irritasjon og sinne, men ikke frykt. Hun har kommet seg ut av slike situasjoner før.

Høyrehånden hans slipper taket og griper hardt om hennes venstre bryst. Hun benytter sjansen til å lange ut mot ansiktet, men det spretter unna og serverer henne et fornøyd smil. Hadde bare høyrehånden vært fri. Deretter kjører hun kneet så hardt hun kan i korsryggen hans. Hun ser på ansiktet at det treffer. Mule reagerer med å spytte og å knipe om brystvorten så det gjør vondt.

Verken hun eller Mule oppdager den tredje personen før Mule får et kraftig spark mot ansiktet. Han spretter opp. Hun ser det drypper blod fra nesen idet han vender seg mot angriperen.

«Jeg har rett til å ta henne din inntørkete jamsrot.»

«Det har du ikke. Hun tilhører min stamme», svarer Yamyam.

Sirea merker at stemmen hans er anstrengt. Hun er på beina og får satt foten i korsryggen til Mule samme sted som kneet traff. Det gir en god følelse.

Mule snur seg mot henne, noe som gir Yamyam en sjanse. Istedenfor å slå dytter han Mule så hardt at fyren faller i bakken. Så løper de begge to. Det siste de hører er Mules kraftige stemme.

«Dere er ikke av oss. Hvis dere sier noe, dreper jeg dere. *Dreper!*»

Sirea antar at Yamyam har sett Mule og fulgt etter. Hun tenker at dette kunne hun ordnet selv. Deretter innser hun at det hadde vært vanskelig å stoppe Mule, han er sterkere enn de fleste, men hun liker ikke å stå i takknemlighetsgjeld til Yamyam.

5.

Kaje sitter mellom Karo og Lele, men sliter med å finne ord. De to har så mye mer i seg enn hva han selv rår over.

«Jeg vet ikke», kommer det til slutt.

«Jo», sier Karo, «du vil dele noe med oss.»

Så begynner tankene hans å komme på plass.

«Jeg dro. Til fjellene.»

«Vi vet. Fortsett.»

«Månen dro videre, men den så på meg. Det er noe den vil gi oss. Jeg tror den vil ha oss med til den andre skogen. Den på andre siden. Månen vil vi skal dra dit.»

Det blir brått helt stille. Lele ser forbauset på ham.

«Hva mener du!? Vil du vi skal dra herfra?»

«Alt er ikke riktig. Her i Bujudalen. Folk er ikke som før. Månen vil gi oss en ny skog så vi kan skape stammen på nytt.»

«Det er for lite mat, mener du?» foreslår Lele.

Kaje tenker seg om før han svarer.

«Ja. Nei. Mat kommer og går. Det er noe annet. Noe med oss. Vi står stille, og vi står ikke sammen.»

Karo stirrer intenst på ham.

«Vil du virkelig …», begynner hun. «Også jeg har tenkt. Vi er ikke lenger hva vi var. Du har rett, vi er ikke sammen slik vi pleide å være, så vi trenger å gjøre noe. Vi ...»

Lele avbryter, men denne gangen er ordene rettet mot Karo.

«Bujudalen er *vår*. Den er *oss*. Kanskje har månen noe å gi, men vi vet ikke. Det er farlig å dra. Skogen Kaje så, tilhører ikke vår verden, og vi vet ikke engang om den gir oss noe å spise.»

«Månen kommer til meg», sier Kaje stille. «Den vokser i hodet mitt, og den ønsker å hjelpe oss.»

«*Du har det i deg*», sier Karo med vekt på alle ordene. «Det er bra. Vi vil du skal bruke det du har.»

Kaje ser overrasket på henne. Så lukker han munnen samtidig som øynene flytter seg mot noe fjernt.

Firfinger har sittet stille uten å vise ansikt, nå snakker han lavmælt.

«Min stamme vandret. Vi gjorde det lenge. Vi klarte oss, men det kostet. Kanskje ga det noe, men vi gjorde det for å finne mat.»

Kaje snur seg mot Firfinger og lyser opp.

«Vi kan også vandre. Folk trenger noe nytt, for vi er ikke som før. Det er noe som mangler, derfor må vi ut å lete.»

Karo tenker at Kaje har rett i at folk har forandret seg, og at de trenger å gjøre noe for fellesskapet. De trenger virkelig noe å samles om. De vant krigen mot de fremmede, men de står igjen med savn og minner om død. Avstanden mellom dem har vokst, samtidig som skogen har blitt fjern. Hun kan ikke huske at de noen gang har slitt så hardt for å finne mat, men likevel er det største problemet den uroen som har trengt inn mellom menneskene. Hun retter seg mot alle de tre mennene.

«Vi skal prate. Kaje, jeg skal hjelpe deg å få ordene ut, slik at alle hører og alle kan legge til sine. Jeg tror du har sett noe, men folk er slitne. Det ukjente er alltid farlig, og det skremmer dem.»

Hun er i alle fall sliten. En gang så hun langt nok, men nå er framtiden fjern og utydelig som en tåkete morgen. Selv er hun klar for å dra til forfedrene, men det går ikke nå som stammen mister fotfeste.

«Kaje har rett. Bujudalen gir oss ikke det den skal», sier hun rettet mot Lele.

Idet ordene kommer, rekker hun å tenke at de burde vært fordøyd en gang til. Det lette, smilende humøret som pleier å prege Lele, har forsvunnet. Han bare stirrer spørrende på henne. Firfinger skal til å si noe, men nøler slik at Lele likevel tar ordet.

«Kanskje har dere rett. Alt er ikke som det var, og vi bør gjøre noe. Men … Kanskje vi heller skal prøve å få Bujudalen tilbake. En gang til.»

«Kaje ser …», begynner Karo, men blir usikker. «Han ser utenfor dalen. Månen har talt til ham, og den leder oss ut.»

«Det er farlig», gjentar Lele med trykk på ordene.

«Livet er farlig», svarer Karo. «Folk dør her i dalen også.»

«Ja, men helst ikke i utide. Her kjenner vi farene. Drar vi andre steder, vet vi ikke engang *hva* som er farlig.»

«Noen ganger er det riktig å ta en sjanse. Vi sto samlet da vi så døden komme, men så mistet vi … Fellesskapet visnet.»

Lele ser lenge på henne. Deretter vender han blikket mot Firfinger og Kaje. Ingen av dem viser tegn til å ville si noe. Kaje virker fornøyd, mens Firfinger er mer betenkt. Til slutt henvender han seg til Karo.

«Du vet best. Du vet alltid best.»

Hun smiler til ham og svarer mykt.

«Nei, nei.»

Hun føler seg usikker og tom – *for hun har ikke svarene.* Det ligger fortsatt på henne å hjelpe stammen, men de trenger noe mer enn hva hun rår over. Derfor er det så viktig at Kaje viser seg fram.

«Jeg har ikke svarene», nærmest hvisker hun. «Kanskje må vi langt vekk for å finne dem.»

Hun ser Sirea og Yamyam komme opp mot kollen i de siste restene av skogens lys. Det er noe rart med måten de går på. Dessuten er begge tomhendte.

Så vender hun øynene mot bålet. Hadde de virkelig ingenting med seg? Når hun snur seg for å se en gang til, har de to forsvunnet i mørket.

6.

Karo lar det gå et par dager. Hun og Lele ble enige om å sørge for at idéen om å vandre sprer seg. Helst bør alle tygge på tanken. Slikt må få tid til å finne sin plass. Vise sin styrke. Hun tviler på at folk flest ønsker å forlate Bujudalen. Problemene med å finne mat betyr selvsagt mye, men å dra vekk for å gjøre noe med forholdene mennesker imellom? Ingen tenker slik. Ingen andre enn Kaje – og hun selv.

En kveld, når alle for en gangs skyld er mette, føler hun at tiden er inne. Lyset er slik de liker det best – bålet viser ansiktene og månen lar trærne tre fram som store og sterke vesener.

Karo ber alle voksne stå i en sirkel rundt bålet. Det må være mulig å se hverandre. Dessuten er folk mer oppmerksomme, og hører hverandre bedre, når de står. Hun merker at de fleste øynene fortsatt hviler på henne. Hun har tenkt at de etter hvert kommer til å foretrekke andre, men nå ønsker de å høre hennes stemme. Selv om ordene hennes ikke lenger er hva de var, så gir det en dyp varme å merke at folk lytter. Det medfører også et sterkt behov for å finne fram til Alles Mor og få fram de riktige ordene.

«Jeg vet at flere av dere vet. Alt her ...»

Det ble ikke bra. Hun må begynne på nytt.

«Jeg trenger hjelp. Alt er ikke slik det skal være. Det er vanskelig med mat, og vi er ikke sammen som før. Det er viktig at vi finner riktig vei videre.»

Først er det ingen som sier noe. Litt overraskende hører hun stemmen til Bo, Kajes søster. Hun står bak de andre, der bållyset så vidt når fram.

«Vi hører deg. Vi vil du skal fortsette. Si hva du ser.»

Det hjelper.

«Dalen er vår, men livet er ikke slik det var. Vi trenger å gjøre noe sammen. Gjøre noe annet.»

Hun tar en pause for å tenke. Øynene hennes finner fram til Lele. Han ser oppmuntrende på henne.

«Jeg har snakket med Lele. Han er enig. Og Sirea ser det samme.»

Hun vet at det er mange som beundrer Sirea. Hun hjalp dem mot de fremmede. Etter det har hun fått status som en forangåer – et menneske med spesielle evner når det gjelder å finne ut hva som bør gjøres. Hun mangler trolig kontakten med Alles Mor, noe som er nødvendig for å være sjaman, men har mye annet i seg. Karo ønsker å oppmuntre henne til å vise seg fram. Når hun tar det opp med Sirea, blir blikket fjernt.

Før hun rekker å fortsette, tar Mule et skritt fram.

«*Hva?!* Jeg skjønner ikke hva du prater om.»

Hun ser på ham. Det kommer altfor mye ufordøyd ut av den munnen, men slik er det bare.

«Jeg skal prøve å ...»

Han bruker kraften i stemmen til å avbryte.

«Dessuten, du spurte ikke meg.»

«Nei, Mule, men nå snakker jeg med deg. Og med alle.»

Hun tenker at den gutten kommer aldri til å gi opp, men han mangler de rette egenskapene. Kraftige bein og armer er ikke nok. Heller ikke hjelper det at han setter reimer i håret slik at det står tuster ut til alle kanter. En ekte løve ville ledd. Nei, hun må ikke tenke på ham som gutt, han er tross alt mann.

Mule gir seg ikke så lett.

«Jeg er viktig. Du bør spørre meg før du går til alle. Jeg ser.»

Karo tenker at nettopp der ligger problemet, fyren ser ikke forbi egne hender. Best å fortsette før ansiktet viser hva hun mener.

«Bujudalen er god, men den gir oss ikke det vi trenger.»

Nå er det flere som er der med stemmene sine, og sier ting som at Bujudalen er deres, og at den er det fineste de har. Greit. Slik må det være. Alle må få legge til sine ord, men hun er ganske sikker når hun fortsetter. Det at så mange engasjerer seg, tyder på at også de har følt savnet av hva de en gang hadde.

«Lele har sett aper forsvinne ned mot slettene. Reko sier hun så en gorilla angripe en impala. Sånt skal ikke skje. Noe er galt.»

Hun tar en pause. Flere må få komme til. Rude er først ute.

«Vi lever. Er ikke det nok? Da regntiden startet, trodde vi at alle skulle dø.»

Karo bikker hodet opp for å vise at hun er enig. Stemmen hans er nesten tilbake der den pleier å være – saklig og monoton – men han har funnet en plass på motsatt side av Lele og Firfinger.

«Ja, vi lever. Men det er ikke nok. Ikke helt. Vi ... Vi må være sikre på at våre barn, og deres barn, også får leve.»

Rude er tydeligvis ikke enig.

«Bujudalen har alltid gitt oss mat. Akkurat nå er det vanskelig, men dyrene kommer og går. Problemet er ikke dalen, det er de fremmede. Hvis de forsvinner, blir alt bra.»

Karo merker at folk lytter til Rude. Den tunge stemmen gjør at ordene virker ekstra gjennomtenkte. Så er Mule tilbake.

«Han har rett. Han har rett. Han har helt rett. De fremmede må forsvinne.»

Karo tar et raskt blikk på Firfinger, men ansiktet viser ingen følelser. Flere gir Mule støtte. Det blir helt feil, de utviser ikke mennesker uten en god grunn. Det går imot alt de står for. Hun bestemmer seg for å trekke fram Kaje, selv om hun vet at for Mule blir det som å peke på et spydklart dyr. Jo mer Mule brøler, jo færre hører på ham.

«Kaje oppdaget at månen ikke drar til fjellene, men videre til grønne skoger og daler på andre siden. Månen talte til ham. Den viste Kaje den skogen fordi det er noe den vil gi oss.»

Av en eller annen grunn vender øynene hennes mot Bo. Det gir en støkk.

Bo har hatt det vondt. Hun ble tatt av den fremmede stammen, og flere av mennene der presset seg på henne. Hun kom tilbake som en halvdød antilope. Lenge ville hun ikke spise, men i det siste har hun kommet seg. Kroppen er ikke like utslitt og slapp, selv om hun for tiden misliker kjøtt. Det er det. Brystene stikker seg mer fram, og magen viser ikke lenger tegn på å tørke ut. Det er akkurat det! Karo tenker at hun burde skjønt det før, men hendelsene i Bos liv gjorde at hun tenkte feil. Nå er hun sikker. I det minste nesten sikker, og det er lite gunstig med tanke på hva hun legger opp til.

Oppmerksomheten dreies over til de andre. Flere stemmer snakker samtidig. Noen sier «Ja, la oss dra», andre at de vil bli. Firfinger og Yamyam sier ingenting. Hun ventet et vell av protester. Mule, selvsagt, men han hadde protestert like iherdig om hun argumenterte for å bli.

Fortsatt trenger de henne for å finne de ordene som får mulighetene til å tre fram. Vel, det er jo det hun er god på. *Var* god på. Spørsmålet er om hun har startet noe uten å se langt nok. Det å vandre rundt uten fast leir *er* farlig og krevende.

Hva med Bo?

Kaje er fornøyd. Det virker som om de fleste er innstilt på å følge månen. Han har vært med på å dra i gang noe som kan få stor betydning. Det føles godt. Omtrent som å legge fra seg et tungt jaktbytte når man kommer tilbake til leiren.

Den kvelden plasserer han soveskinnet tett inntil Sirea. Det er noe med å føle huden hennes som gjør ham varm og god. Ingen andre har slik hud. Også lukten er spesiell og velgjørende. Hun rører seg ikke, men øynene møtes i det vage måneskinnet. De virker spørrende.

Noen sirisser synger så nærme at det overdøver elvebruset.

«Jeg vil vi skal gå sammen», hvisker han.

«Gå sammen eller ligge sammen?»

«Begge deler selvsagt. Det er hva vi har.»

Hun ser fortsatt spørrende på ham, men vrir seg ikke unna når han begynner å kjele med brystene.

Sireas tenker på episoden med Mule. Hun vurderer å fortelle Kaje hva som skjedde, men er usikker på hvordan han vil reagere. Det virker riktigere å drepe Mule. På samme måte som hun drepte Storeflekk. Hun vet at det verken er frykt eller sinne som driver henne, og det er slik hun vil det skal være. Den slags følelser er det best å skyve vekk.

Hun merker hånden hans i skrittet. Etter en stund kryper han oppå henne. Det tar tid før tankene er der de bør være, dermed tar det tid før hun klarer å delta. Så merker hun vellysten, og at kroppen hennes beveger seg på egen hånd. Plutselig er alt inne i henne med på det som skjer.

Neste morgen merker Kaje at noe drar i armen hans. Det er på den tiden drømmene møter dagen. Han vrir seg rundt og følger draget. Der finner han en myk kropp som presser seg mot ham. Det er godt. Slik skal livet være både i og utenfor drømmene.

Han åpner øynene. Hele kroppen blir med ett stiv. Det er Reko han presser seg inn mot! Han dreier ansiktet og ser Sirea ligge på den andre siden med åpne øyne. Blikket er tomt, men han vet at Sirea ofte tømmer ansiktet for følelser.

Karo vil at ordene skal ligge enda noen dager i folks hoder. Det er best slik, alle må få føle dem. Helst skal de ta seg bryet med å tygge på dem. Tygge lenge som når man får en trevlete rot til å bli mat for barn.

Hun får Bo med seg vekk fra kollen. Bo brukte stemmen kun én gang da de var samlet, og hun sa ikke hva hun mente om å dra. De setter seg i skråningen som vender mot elven, bruset skaper så mye støy at praten blir for dem. Bo var den peneste kvinnen i stammen – helt til hun slet av seg mesteparten av håret. Det har begynt å vokse ut igjen, men det tar flere regntider før håret igjen når helt ned til rumpeballene.

Hår spiller liten rolle, det er verre at den blide, snille og sprudlende jenta – kvinnen retter hun det til – har sunket hen i stillhet. Innimellom kommer det noe særdeles tungt og trist over ansiktet. Karo håper hun snart finner igjen seg selv. Det aner henne at Yamyam er interessert i Bo, men hun er ikke sikker; og så lenge Bo ikke viser mer ansikt, er det vanskelig å komme innpå.

«Hva tenker du? Vil du vi skal bli?»

Bo ser overrasket på henne.

«Jeg vil dra. Jeg vil vekk. Kaje sier skogene på den andre siden er veldig grønne.»

«Kanskje. Kanskje grønne, men ... Det er langt. Det kan være farlig.»

«Jeg er ikke redd.»

Svaret kommer kjapt. Litt for kjapt tenker Karo. Hun *bør* være redd. Alle bør være redde, men spesielt Bo. Hun lurer på om Bo selv er klar over at hun antakelig er med barn. Det er ikke gitt at hun skjønner hva som skjer i kroppen; og om hun vet, så er det mulig hun ikke ønsker at andre skal få vite. En del kvinner holder slikt for seg selv så lenge som mulig. En gang trodde hun selv at hun skulle få barn, også andre trodde det, men det endte bare med smerte og blod. Det at andre visste, og ventet på at magen skulle tre fram, gjorde henne enda tristere.

Hun nøler så lenge at det blir Bo som til slutt bryter tausheten.

«Synes ikke du vi skal dra?»

«Jeg … Kanskje jeg ikke … Bo, lager du barn?»

Hun er glad for at Bo verken virker overrasket eller irritert over spørsmålet. Hun svarer rolig.

«Ja. Jeg tror det. Det er lenge siden sist jeg blødde.»

«Hmm», sier Karo. «Jeg skal ikke si noe.»

Bo ser på henne og løfter hodet en aning. Så legger Karo armene rundt Bo og drar henne mot seg. Kroppen til Bo er myk og vennlig. Lenge sitter de tett sammen i stillhet. Til slutt føler Karo at hun må få sagt det som opptok tankene hennes.

«Det kan bli tungt. Er du sikker på at du vil?»

Nå tenker Bo seg om før hun svarer.

«Jeg vet. Men jeg kan. Jeg er sterk. I alle fall ganske sterk.»

Det blir en pause. Så legger hun til med en så vidt hørbar stemme.

«Jeg vil gjerne vekk.»

De blir avbrutt av høylytte rop. Karo fanger opp stemmen til Mule.

«Din dumme jordrotte!»

Stemmen hans er sjelden vanskelig å høre, spesielt når man ikke ønsker å høre den. Mule har en tendens til å bryte ned alt hun prøver å bygge opp. Hun skynder seg tilbake til der lyden kommer fra.

Ikke overraskende er det Yamyam som er offeret. Kroppen hans står klar til å forsvare seg, hånden griper hardt om spydet, men Karo legger merke til at det ikke er løftet. Hun hører at han sier noe, men stemmen er for lav til at hun oppfatter hva. Mule veiver med sitt spyd som om det var en blomst i hendene på et barn, og stemmen er alt annet en lavmælt.

«Hva!? Få med deg faren din og kryp tilbake i jordrottehullet. Ellers …»

Karo når fram og stiller seg mellom dem.

«Hold opp!»

Det slår henne at begge virker lettet over avbrytelsen, likevel har Mule samme uttrykk som et barn idet du fjerner blomsten det leker med. Flere har kommet til. Også de virker lettet. Så legger hun merke til Sirea som står et stykke unna med en merkelig, tankefull mine.

7.

Sent på dagen kommer Sirea bort til Karo. Det er tydelig at hun ønsker at det skal være bare deres ører, så igjen går Karo ned mot elven. Bruset er det samme, men solen er mindre påtrengende, dessuten har vinden blitt så sterk at tretoppene svaier. Det gjør luften frisk og gir en god eim av skog, men det er også et varsel om vanskelig vær.

Sirea viser ikke tegn til å ville sette seg, så begge blir stående.

«Du vet hvorfor?»

Karo ser spørrende på henne. Sirea tenker seg om før hun fortsetter.

«Det er farlig …»

Stemmen stopper opp idet noen kråkefugler skriker over hodene deres.

«Det er farlig å dra ut på vandring. Det kan gå bra, men dere vet ikke, for dere vet ikke hvor farene er.»

Karo løfter på hodet som tegn på at hun er enig. Det slår henne at Sirea burde sagt 'vi' – ikke 'dere'. Hun har vært med dem lenge nok. Sirea fortsetter.

«Forstår du hvorfor Kaje ønsker å dra?»

Karo tror hun skjønner mye av det som driver Kaje, hun er langt mer usikker når det gjelder Sirea.

«Ja. Jeg tror …», svarer hun nølende. «Nei, jeg vet ikke. Vær så snill, gi meg dine tanker.»

Sirea har overrasket henne før, nå gjør hun det igjen.

«Kaje føler han sviktet. Han dro. Det er tungt, og det blir lettere å bære hvis det betyr noe. Han …»

«Du mener da han dro til fjellene?»

«Ja. Han trenger at det var *for* noe. Du tror Kaje ser langt? Han mener sikkert godt, men det er farlig å høre på ham.»

Karo begynner å ane hva som driver Sirea.

«Hvordan går det med dere?»

Sirea virker oppriktig forbauset.

«Oss? Mener du Firfinger, Yamyam og meg?»

«Nei.»

«Hvem? Hvem oss?»

«Du og Kaje.»

Karo stusser. Sirea virker lettet over at det er forholdet til Kaje hun spør om. Hun trodde det var opplagt, og lurer på hvorfor hun reagerer slik. Stemmen til Sirea er bestemt og en aning avvisende.

«Det er ikke viktig.»

«Var det ikke han som brakte deg til oss?»

Sirea ser vekk. Det tar tid før hun svarer.

«Spiller det noen rolle?»

Karo prøver å smile, men Sirea har øynene andre steder. Kanskje like bra, for hun merker at smilet bare lever i munnen.

«Ja. For meg.»

Nå ser hun i alle fall på henne.

«Jeg kom fordi jeg ble sendt av Storeflekk. Men jeg *ble* for Kaje. Jeg er her for ham, men han er borte. Kaje er fortsatt i fjellene. De og månen holder på ham.»

«Og du? Hva vil du?» spør Karo.

«Jeg?»

«Ja.»

Hun tenker lenge.

«Jeg vet ikke. Før eller siden går livet videre. Det gjelder både ham og meg. Kaje har mye, men det meste beholder han inne i seg.»

«Vi har alle noe rart i oss», mumler Karo. Tankene går til Mule, men øynene er mykt rettet mot Sirea.

«Du hjalp oss. Du ikke bare hjalp, du reddet oss.»

Det blir stille. Så stille at Sirea til slutt snur seg for å gå, men Karo griper tak i henne. Først lar hun pannene møtes. Så drar hun like godt hele kroppen til den unge kvinnen inn mot sin. Det virker ikke som om Sirea har noe imot det. Kroppen er ikke like myk som Bos, men den protesterer ikke. Det å klemme folk er en god måte å få vite hvordan man står sammen. Med Kaje er det aldri noen tvil – de står hverandre så nær som det er mulig å komme.

Sirea viser fortsatt ikke tegn til å ville si noe, så Karo fortsetter.

«Du vandret sammen med Firfinger og Yamyam. Firfinger sier det er mulig, og jeg tror Yamyam har lyst.»

«Yamyam har alltid vandret. Han vet ikke annet. Og de to hører ikke til her.»

Karo griper sjansen.

«Gjør du?»

Sirea sier først ingenting, men Karo presser øynene sine mot hennes, samtidig som hun tar tak i skuldrene.

«Jeg vet ikke. Jeg ville … Nå vet jeg ikke.»

Karo løfter hodet som tegn på at hun godtar svaret.

«Dere vandret langt, og dere overlevde. Dere taklet alle farene. Hva …»

Stemmen til Sirea er igjen sterk når hun bryter inn.

«Du ser ikke de døde. Vi lever, men det er mange som ikke gjør det. Mest i krig. Nye steder har fremmede mennesker, og fremmede mennesker liker ikke nye mennesker. Du vet det. *Du levde det!*»

«Du vil vi skal bli?»

Sirea ser overrasket på henne.

«Jeg? Det spiller ingen rolle. Jeg kan vandre, og jeg kan bli. Jeg tenker på ditt folk, for *jeg* klarer meg. Men jeg vet det er farlig. Og du *levde* hvordan det formet Storeflekk sin stamme.»

Karo merker seg tyngden i den siste setningen. Den bryter melodien i stemmen hennes. Hun stusser. Når Sirea oppsøkte henne, var det virkelig for stammens skyld, eller hadde hun helt andre og mindre synlige motiver? Hun lar den ene hånden gli over ansiktet sitt før hun begynner å fikle med håret. Sirea er smart, men kom hun virkelig til henne for å dele innsikt, eller kom hun for å styre hennes tanker? Igjen prøver hun å klemme kroppen til Sirea inn mot sin, men denne gangen er den mindre myk.

Sirea er ikke ferdig.

«Vil du risikere det dere har? *Det du har bygd opp.*»

Solen har forsvunnet, og månen gjemmer seg bak tunge skyer. Bålet har overtatt. De sitter tett sammen. De fleste lar flammene roe øynene. Det har kommet et kjølig drag i luften som gjør at folk fryser på den delen av kroppen som ikke har glede av bålet. Noen prater lavmælt med de nærmeste, men ingen stemmer retter seg mot alle. Summen av stemmer rår ikke en gang over bruset fra elven.

Karo tenker at det er noe aldrende over folk. Det er ille når selv barna går rundt med noe gammelt i seg. Så hører hun en flagrelerke synge fra trærne i utkanten av leiren. Det er lett for fuglene. De klarer seg ved å gå sammen to og to, mens menneskene trenger mange.

Heller ikke denne dagen har de kjøtt. Bålet deler isteden ut lukten av varme røtter. Et par av røttene blir brent fordi ingen tar bryet med å passe på. Det er ikke slik det skal være.

De finner alltid maur og andre insekter, men disse blir som oftest spist på stedet. Karo merker at hun har spist for mange. Hun foretrekker de myke larvene, men de er ikke så lette å få tak i. Insekter, og særlig maur, gjør magen tung og vond.

Hun legger merke til Doro som leker med pikken til Yamyam. Doro er en av de få som ikke lar seg merke av situasjonen. Selv lenge før hun ble kvinne, var hun mer enn vanlig opptatt av pikken til gutter – og mindre opptatt av andre ting. Rart nok har det aldri blitt til annet enn lek. Yamyam virker tankefull og fjern.

Det er litt mye av henne. Brystene er store, men henger allerede langt ned. Hun er alltid blid, men har ikke i seg det å få menns udelte oppmerksomhet. Det er bra noen ting er som før.

Kaje har satt seg i bakgrunnen. Han liker ikke at månen er borte nå som han trenger den. Nå som *de* trenger den, det er viktig at den gir sitt bidrag til svar.

Sent på kvelden åpner skyene seg slik at månen trer fram. Den står der, rett over ham, med et skjevt smil. *De skal dra!*

Han reiser seg, går bort til Sirea og hvisker inn i øret hennes.

«Kom. Det er noe vi må gjøre. Før vi forlater dalen.»

Hun ser rart på ham, men reiser seg og blir med.

Månen er liten, men den gir av seg selv. Kaje synes den lyser ekstra sterkt, likevel blir det mørkt når de trer inn i skogen. Stien er så vidt synlig mellom svarte busker og trær. De beveger seg i retning fjellene.

Sirea spør med vilje ikke hvor de skal. Hun liker uvissheten med Kaje. Han gjør livet mindre forutsigbart. Hun vet at de to trolig er de eneste som trives i natteskogen. Så noe har de felles, selv om forskjellene har vokst.

Nei, forskjellene har alltid vært der; hun har bare ikke sett dem.

Skogen gir fra seg en annen lukt om natten. Det er andre trær og planter som dominerer i luften.

Hun forsøker å høre natteskogens lyder. Fuglene sover. Heller ikke andre dyr har noe behov for å meddele seg. De går i stillhet gjennom en stille skog. Helt til Kajes stemme bryter nærheten til trærne.

«Her må vi ut av stien. Går det greit?»

«Jeg er med», hvisker hun.

De kommer inn i et område der dalen er rotet til med koller og søkk. Kaje vet tydeligvis hvor han vil, for de unngår bratte skråninger. Plutselig vet også hun hvor de skal, ikke fordi hun ser, men fordi hun hører.

Det neste hun oppdager er at månen har krøpet ned på bakken. Den befinner seg midt i det lille vannspeilet som ligger foran dem. De vage bølgene får den til å danse. I den andre enden av vannspeilet er det yrende liv. Roen der blir knust av vann som faller ned fra en kant flere mannshøyder opp. Hun har vært her før, og vet at bak vannet er det en hule.

Sammen svømmer de over kulpen og kryper inn i hulen. Fuktigheten gjør natten kjølig så de lar kroppene komme så tett sammen som mulig. Bråket fra fossen dreper stemmene deres. Hun vil lese i stemmen hans, derfor vender munnen mot øret og sier høyt.

«Du finner ikke et annet sted som dette. Hvorfor forlate dalen?»

Kaje nøler så lenge med å svare at hun bestemmer seg for ikke å presse. Så vender han seg og prater inn i øret hennes. Stemmen er sterk.

«Noe er galt. Her i dalen. Og månen, den drar i meg. Den vil ha meg med.»

Hun regnet med noe sånt. Spørsmålet var ikke stilt for å få et fornuftig svar, men hun vil at han skal tenke. Istedenfor å prate lar hun hånden gli ned til skrittet hans. Ingen reaksjon. Hun burde ikke sagt noe.

Lenge sitter de stille. Månen speiler seg ikke lenger i vannflaten, skyene har dekket den til. Det er helt mørkt. Det magiske som omga dem, har forsvunnet. Hun aner knapt konturen av Kaje, men merker likevel forskjellen. Enda en gang har det triste og fjerne overtatt.

Til slutt svømmer de tilbake og sovner på bredden.

8.

Neste kveld blåser det. Vinden river med seg aske og sot fra bålet, og den fører røyken hit og dit slik at de fleste samler seg på den siden vinden kommer fra. Lele stiller seg opp med ryggen mot bålet. Det blir ordene som viser ansiktet hans. Trærnes klagelyder krever at han legger ekstra kraft i stemmen.

«Luften drar i oss. Vi er mange som ønsker å finne grønnere skoger. De som er med, starter når solen kommer tilbake. Er det noen som ikke er med?»

Lele ser på Mule. Selv ikke den fyren finner på noe å si. Mule protesterer kun når han tror det er anseelse å tjene på det. Rart nok så virker det som om folk flest ønsker å følge månen – selv om ingen aner hvor den tar dem.

Kanskje er de bare vant til å bli ledet, Karo har et sterkt grep om tankene deres. Det er hun som har bedt ham snakke.

Lele merker et vagt ubehag i enkelte ansikter. Antakelig skyldes det usikkerhet, men etter krigen mot de fremmede er det mye som ikke lenger spiller noen rolle. Han vet at også andre har fått noe fandenivoldsk i seg. Krigen har gjort det lettere å trosse farer. Ukjente farer er spesielt lette å trosse.

Flammene har dødd ut, men mange sitter fortsatt oppe. Glørne gir for lite lys til å lese ansikter, men Lele aner at de fleste er våkne mer fordi de føler spenning ved det som ligger foran dem, enn frykt for hva som kommer. Det er et godt tegn.

Kaje hadde bare brukt to dager på å nå toppen av Månefjellene, men Lele forsto at det var vanskelig. Han ønsker å diskutere mulighetene med Kaje og Sirea. De to virker først motvillige til å sette seg ned sammen.

De siste andre som satt der, forsvinner. Dermed tar de plassene der de gjenværende glørne gir mest lys og varme. Lele sitter mellom dem.

«Over fjellene!? Nei, det går ikke», sier Kaje kjapt. «Barna klarer det ikke. De gamle klarer det ikke. Jeg vet ikke engang om *jeg* klarer det en gang til.»

Lele bikker med hodet.

«Hva foreslår du?»

Kaje sitter lenge stille uten å si noe. Til slutt er det Sirea som griper ordet. Stemmen hennes virker for en gangs skyld usikker.

«Fortell ham hva du sa til meg. Du sa vi kan følge månen, men vi må tåle omveier.»

Lele aner at det er ett eller annet ved blikket Kaje sender Sirea, men det er for mørkt til at han klarer å se hva. Stemmen til Kaje er veldig nær og til stede.

«Månen var der. Jeg trodde månen ville gi oss den skogen, nå vet jeg ikke. Det er langt. Sirea mener det er farlig, at månen kan føre oss til døden.»

Lele ser på ham.

«Du virket overbevist da du først foreslo å dra.»

For en gangs skyld beveger stemmen til Kaje seg i retning irritasjon.

«Jeg vet. Sirea har sagt at jeg måtte tro på det. Hun mener at det grønne, det på den andre siden, det var alt jeg hadde igjen. Hun ...»

«Kanskje det grønne likevel er det vi trenger», avbryter Lele. «Kanskje Alles Mor sendte deg til fjellene og tilbake.»

Det blir stille. Lele vender seg mot Sirea.

«Dere overlevde. Dere klarte lange vandringer.»

«Ja, *noen* overlevde. Det er ... Det *var* tungt. Ofte. Som regel fant vi mat, men ofte var det vanskelig. Kanskje ga det oss noe, alle de nye stedene, men da vi kom hit, ønsket folk å bli.»

Lele synes hun virker oppriktig. Stemmen hennes klinger på en underlig måte, den gjør ordene til en slags sang – nå en vagt klagende sang. Så blir han overrasket av Kaje. Også hans ord har fått en underlig klang.

«Jeg tror vi skal følge slettelandet. Før eller siden finner vi en vei over fjellene. Mer vet vi ikke før vi kommer dit.»

Sirea virker enda alvorligere enn Kaje.

«Problemet er menneskene. Menneskene dere møter.»

«Jeg så ingen røyk på andre siden av fjellene», påpeker Kaje.

Sirea ser lenge på Kaje før hun svarer. Lele merker at stemmen hennes nå er uten følelser.

«Gode skoger trekker mennesker. Kanskje de ikke er så grønne likevel. Hvis ingen bor der, er det en grunn.»

Mer blir ikke sagt, så Sireas ord henger i natten.

Lele sitter helt stille mens han prøver å tenke. Spydet er kastet. Det er for sent å stoppe det. Alt som står igjen, er å se hvor det lander. Men det *vil* lande, og han er overbevist om at månen *har* noe å gi dem. Han minnes sine egne drømmer om å utforske verden den gangen han var ung.

Sirea går først. Like etterpå Kaje. Idet Lele går mot soveskinnet sitt, hører han stemmen til Kaje. Den er lavmælt, ikke sint, men heller ikke varm.

«Du behøvde ikke. Det er ikke for deg.»

Sirea svarer. Hun er enda mer lavmælt, men han hører at stemmen fortsatt er syngende. Så kommer det noen fjerne drønn. Det høres ut som torden, men det er lenge til neste regntid, og det var ingen tegn til den slags skyer før solen forsvant. Lyden kom fra fjellene. Er det noe Alles Mor prøver å fortelle dem?

9.

Neste morgen drar de. Alle har mye å bære på. Skinn, spyd, steinredskap, kalebasser for vann og lærposer med urter og mat – alt er buntet sammen, hengt på kroppen eller båret i armene. Lele merker at flere snur seg idet Bujutokollen forsvinner ut av syne.

Der skogen er tett, følger de stien. En lang rad av mennesker. Han er glad for at de er i gang, samtidig sliter han med ulne følelser. Var det riktig å dra folk vekk? Kanskje var det fornuftig, men de har fått med seg noe på lasset som ikke burde vært der. Folk har ikke de rette ansiktene.

Selvsagt må de ned på slettelandet. En dagsmarsj der blir noe helt annet enn å krysse små og store dalfører med skog og kratt. Dessuten virker slettene mer som starten på noe nytt. Noe annerledes. Å ta seg fram over slettene peker ut en god kurs. Lele har forsøkt å skyve vekk all tvil, men det er likevel nok av tyngende tanker. Sireas advarsel veier tungt. Samtidig går han med en følelse av at de *måtte* dra. Kaje hadde rett i at noe var galt, og hvilke andre muligheter hadde de?

Lele ser seg rundt. Folk liker å gå. Særlig de unge. Dette er noe annet enn turene til og fra hulene som de bruker i regntiden. Selv sliter han med et vondt kne, men det er en ubetydelig plage.

Øynene finner fram til Kaje. Han er blant dem som går foran. Et skritt bak dilter Reko med hånden festet til reimen Kaje har rundt livet. Reimen er der for å henge ting i; Kaje har en kalebass med vann, samt kniven laget av en antilopekjeve som han er så glad i. Først nå slår det Lele at reimen også har et annet formål, den gir kvinner noe å gripe fast i. Kaje synes ikke å merke at hun er der. Mon tro hvor lenge Reko klarer å holde fast ved Kaje på den måten?

Han kjenner seg igjen i Kaje, i den alderen var også han populær hos de unge kvinnene. Kaje har det samme krøllete håret, og mye av de samme trekkene. Han aner hvorfor Kajes utseende gjør kvinnene nysgjerrige. Det er noe spennende over det fjerne blikket, samtidig som det myke i øynene er et tegn på at han deltar i andres følelser. Dessuten viser han ansvar og fornuft i det han sier og gjør. Som regel. Kvinner vet å verdsette sånt. Mule hopper rundt som en sjimpanse for å få oppmerksomhet, Kaje behøver ikke å løfte så mye som en tå for å få Reko til å henge seg på.

Så legger han merke til at også Sirea går like bak Kaje, men det er kun Reko som holder seg fast. Lele tenker at det blir interessant å se hvordan situasjonen utvikler seg. Kommer også Sirea til å feste grepet, eller har hun mistet interessen? Hva skjer hvis reimen til Kaje ryker? Reko er søt og snill, særlig når hun er fornøyd. Var han Kaje, ville han gitt Sirea et mer holdbart feste. Sirea har noe i seg som han aldri har opplevd hos noen kvinne – eller noen mann. Hun har en kropp som får selv den mest oppslukte jeger til å glemme byttet, og et ansikt det ikke går an å se forbi, men mest av alt har hun i seg evnen til å tenke. Hun ser lengre og har mer kunnskap enn alle andre. Særlig andre i den alderen. Selv Karo virker famlende og redd for å snuble der Sirea beveger seg mykt mellom mennesker – som om hun hele tiden leser det som beveger seg bak øynene.

Dessuten har hun dyrene i sin makt. Villhunden Moff, som hun dro med seg fra slettelandet, er fortsatt hennes hund. Moff tar imot beinrester fra hans hånd, men når den har gnagd ferdig, tusler den tilbake til Sirea. Om Sirea ikke er til stede, så vet den nøyaktig hva som er Sireas liggeplass.

Det har ant ham at villhunder og sjakaler er flinke til å snuse seg fram, og Moff har demonstrert hvor god nesen dens er. Kanskje Sirea kan lære hunden å hjelpe til når de går på jakt? Noen ganger lukter han ikke dyrene før han er så nærme at de blir skremt.

Bo går like foran ham. Det gjenværende håret er samlet bak ved hjelp av en reim. Både hun og Sirea skar av seg håret, men av helt forskjellige grunner. Kroppen til Bo beveger seg på en spesiell måte, det er som om den smyger seg bortover landskapet. Der andre humper opp og ned, passerer Bo som en fugl i glideflukt. Føttene bare leker med plantene og steinene på bakken. Hun må ha merket blikket hans.

«Takk.»

Han tenker seg om.

«Takk? Takk for hva?»

Hun smiler med et barns lekne øyne. Det er lenge siden han så ansiktet hennes stråle.

«For at du gjorde noe. Du fikk oss med. Du kastet steinen.»

Ordene gjør ham mer betenkt enn glad. Før han rekker å si noe, fortsetter hun.

«Du betyr mye for meg. Du er ...»

«Nei, nei, det er for tidlig. Ikke takk meg, vi kan komme til å angre.»

Hun ser på ham.

«Så har du hørt? Har Karo sagt noe?»

«Sagt noe. Sagt hva?»

«Nei, nei. Ingen ting. Jeg angrer ikke. Jeg angrer aldri. Nesten aldri.»

Lele lurer på hvorfor hun virker så fornøyd.

«Hva er det? Noen du ser på? En mann?»

«Nei, nei», svarer hun raskt. «Bare meg. Bare ... Nesten bare.»

Ordene stopper brått. Lele retter blikket spørrende mot øynene hennes, men hun viker unna. Stemmen blir unnskyldende.

«Ikke spør meg, spør Kaje. Spør heller ham, for han sliter.»

Boro, lillesøsteren, kommer bort og tar henne i hånden. Det slår Lele at den lille jenta har overhørt samtalen og kommer for å tilby sin støtte. Boro har langt igjen før hun blir kvinne, likevel virker ansiktet noen ganger veldig voksent. Det lover godt.

Lele vender oppmerksomheten mot slettene. Her nede dominerer lukten av tørt gress. Solen gjør hva den kan for å plage dem, men blir det for ille, kan de ta en pause under et av de store akasietrærne. Han har vært her mange ganger før, likevel føles det som om de er uendelig langt fra Bujudalen. Det gir frihet å vandre i et landskap som aldri tar slutt.

Kaje gleder seg over at de er samlet, har et mål, og at alle går i samme retning. Han har alltid ønsket å utforske fjerne steder – helst alene, men først må han gjøre noe for fellesskapet.

Så går tankene til Reko. Det er vanskelig. Hun ønsket å være sammen med ham lenge før Sirea dukket opp, nå gjør hun ønsket veldig synlig. Han føler noe annet for Sirea, hun vekker noe i ham som han ikke ante fantes, likevel blir det galt å skyve vekk Reko. Sirea viser ingen tegn på sjalusi, men det aner ham at hun aldri ville vist slike følelser. Varmen i blikket har sluknet.

Uansett hva han finner på, blir ett eller annet galt.

Det renner svette flere steder på kroppen. Han slikker underarmen for å få den gode saltsmaken. Oppe i fjellene var det veldig kaldt, her nede er det for varmt. Det er rart. Solen står over dem, så de befinner seg lengre unna på slettene. Dermed burde den hatt mindre varme å by på her nede. Også bålet gir varme, men den forsvinner raskt når du beveger deg vekk.

Tankene blir surrete.

Den natten ved fossen. Vannet var deilig avkjølende. Han ønsket å ha det stedet i hodet som noe som tilhørte Sirea. Sirea og ham. Det ble ikke slik. Da hun prøvde å dra i gang pikken hans, dukket synet av Reko opp og ødela. Greit nok at han ikke kan styre hva kvinnene tenker eller finner på, men han burde styre seg selv. Det som plager ham mest, er at det ikke fins ord som beskriver hvordan han har det. Det dreier seg om noe stort, vondt og vanskelig – likevel er det umulig å si ifra.

Plutselig blir alt rundt ham tåkete. Tankene er ikke lenger hans, det dukker opp bilder av forvridde ansikter. Kroppen blir slapp. Han aner så vidt at verden forsvinner idet beina gir etter.

Det neste han merker er snuten til Moff. Så ser han Sirea og Reko som begge sitter bøyd over ham. Reko stirrer intenst mot øynene.

«Du forsvant?»

Han møter blikket hennes.

«Hva skjedde?»

Reko virker enda mer forvirret.

«Jeg vet ikke. Du bare forsvant. Du sank sammen som en stukket antilope.»

«Kanskje er det solen», foreslår Sirea. «Det er mye mer av den her nede.»

Solen står fortsatt nesten rett over dem, likevel merker han at stemmen og blikket hennes varmer. Langsomt reiser han seg opp. Det foregår noe rart i hodet hans. Beina sliter med å bære.

«Drikk litt», beordrer Reko og legger sin egen kalebass mot munnen hans.

Karo liker å holde seg blant de bakerste. Hun vil passe på at alle er med og hjelpe til hvis noen får problemer. Antakelig blir det problemer. Hun vet om flere kvinner som hadde liten lyst til å forlate dalen, men som ikke ønsket eller orket å gjøre tankene om til ord. Hun så det på dem.

Nå ser hun Kaje synke sammen et stykke foran. Hun øker farten, men før hun når fram er han atter på beina. Likevel gjør situasjonen henne betenkt. Kaje er – burde være – den sterkeste av dem alle.

Første kvelden prøver hun å få Kaje og Sirea med seg vekk fra de andre. Hun ønsker å finne ut hva som er igjen av følelser dem imellom. Selvsagt er det noe de to må finne ut av selv, men hun forsvarer nysgjerrigheten med at alle forhold betyr noe for fellesskapet. De to virker ikke sinte på hverandre – slik det ofte blir når noen som prøver å være sammen, ombestemmer seg; men de sover hver for seg og koser ikke med hverandre. Det er synd. De er et godt par – både for hverandre og for stammen.

Som regel er det lett å se forskjell på forelskelse og annet som fører kvinner og menn sammen. For Doro virker samværet med menn mest som lek, mens for Reko er kjærlighet den eneste drivkraften. Karo vet at Reko virkelig ønsker seg Kaje og det er liten tvil om at Reko ser på Sirea som en konkurrent. Hun har vondt for å tro at ikke Sirea tenker det samme – med mindre hun har sluttet å bry seg. I forhold til problemene knyttet til Firfinger og Yamyam, betyr kanskje ikke slik sjalusi så mye, men selv en konflikt som kun angår to kvinner, kan bidra til å velte stammen.

Sirea hevder at hun er sliten, når Karo foreslår en prat. Deretter spør hun om det er viktig. Det er ikke det. Dessuten kommer to av de små barna og begynner å dra i hendene til Karo.

Vel, de unge må få lov til å tråkke sine egne stier, det er slik man finner fram. Istedenfor å presse seg på bør hun prøve å finne ut hva mer som skal til for å bringe folk sammen. Først nå innser hun at reisen de har lagt ut på virker desperat. Hvis splittelsen i synet på Firfinger og Yamyam er grunnen til at stammen sliter, hvorfor hjelper det å vandre?

De risikerer å vandre inn i døden. En død de kanskje ikke en gang ser komme før den er over dem. Hun kjenner historier om hele stammer som forsvant, men hun har skjøvet dem vekk, slikt passer ikke nå. I beste fall innebærer opplegget mye strev, og folk som strever blir som ildstein – de slår gnister. Er de i ferd med å bygge et bål av mennesker?

10.

De første to dagene går greit. Her vet de hva slags terreng de skal igjennom. Så begynner Karo å merke en forandring i humør – i alle fall hos enkelte. Uvissheten begynner å prege dem. Andre synes å trives nettopp fordi de er på vei inn i det ukjente. Slik er det. Noen går rundt med bekymringer, mens andre gleder seg til hva morgendagen byr på. Ettersom de fleste følte for å dra, forsvant valget for dem som ikke hadde lyst. Særlig de eldre. Selv føler hun både spenning og engstelse.

Den tredje dagen begynner fint. De overnattet under et stort akasietre med en bekk like ved. Humøret er bra når de legger ut. Terrenget er lett å bevege seg i, det går gjennom gult gress ispedd blekgrønne busker, så de holder god fart. Helt til solen har passert sitt høyeste punkt.

Det tar tid før Karo skjønner alvoret, men når situasjonen først går opp for henne, griper det hele hodet. Dette *kan* ikke være hva de beveger seg mot. Det *må* ikke være! Dessuten, av alle de farene som ble tenkt, var det ingen som så for seg dette.

Gireo, moren til Mule, en av de eldste kvinnene, setter foten fast mellom to steiner. Kroppen fortsetter. Alle faller av og til, men Karo hører en dump lyd som når noen brekker en stor grein et stykke unna. Leggen får en ekstra og unaturlig knekk. Kvinnen gir ikke fra seg en eneste lyd, men øynene bærer alt. Selvsagt peker de mot Karo, og de overbringer en visshet om en skjebne.

Karo innser at Gireo forstod situasjonen med en gang, mens det hos henne tok tid før konsekvensene rakk å utfolde seg. Det var de oppgitte øynene som satte henne på sporet. Det irriterer henne at det er kvinnens blikk som skaper tankene, ikke egen evne til å se framover.

Karo klarer å dytte beinet delvis tilbake, fortsatt uten at kvinnen lager en lyd; hun bare kniper leppene og resten av ansiktet hardt sammen. Det Karo ser, skremmer mer enn skrik. Det ligger et helt liv i de øynene.

På Bujutokollen ville ikke et brukket bein vært noe stort problem. Hun kunne ligge i leiren. Som regel gror det til, selv om et så stygt brudd, hos en så gammel person, aldri blir helt bra. Men hva nå? Hun falt langt fra noen elv, så de kan ikke bli værende til beinet har grodd. Hun er for stor og tung til å bli båret. Så hva gjør de?

Svaret hadde vært mye enklere om hun var død.

Karo merker at hun holder pusten. Antakelig er det for å slippe å følge tankene som peker seg fram. Samtidig er hun jo nødt til å gjøre akkurat det – framtiden lar seg ikke styre ved å la være å tenke på den – det er blant de tingene hun stadig minner de unge på. Nå dreier det seg om hva slags virkelighet et folk på vandring må leve med. Til slutt blir tankene for tunge til å bære alene, så hun oppsøker Sirea.

«Hva gjorde dere i din stamme? Hva er riktig når slikt skjer?»

Sirea gir henne sine rare, grønnaktige øyne. Først bare hvisker hun.

«De var ikke min stamme.»

«Beklager. Jeg vet. Stammen du vandret med før du kom hit.»

Sirea fortsetter. Nå er stemmen slik Karo liker den best, som en stillferdig sang.

«Jeg husker to situasjoner. Én gang en kvinne, den andre gangen en mann. Mennene forlot dem. Noen … Kvinnene gikk med mennene. Noen nølte. Mannen ba om å dø, og de ga ham det. Kvinnen er sikkert død nå.»

Hun ser en stund på Karo før hun legger til:

«Det fins ingen gode valg. Hun er ikke blant de minste.»

Karo løfter hodet. Hun har for lengst funnet fram til svaret, det er derfor det er så viktig for henne å få ordene fra en annen.

«Når noen dør, blir de tatt hånd om. Vi sender dem til forfedrene. Hvis vi bare forlater henne …»

«Spør henne. Spør henne hva hun vil.»

Karo løfter hodet en gang til. Selvsagt har Sirea rett. Hun mumler en takk for at hun var villig til å dele tanker selv når ordene er ubehagelige.

Gireo kom fra en av stammene på slettelandet. Hun var ikke blant dem som gjorde mye av seg – ikke en kvinne Karo kom nær innpå. Likevel er ansiktet like åpent og tydelig som sletten der hun falt.

Flere blir sendt ut for å fylle kalebassene med vann slik at de ikke behøver å dra videre samme dag. Karo insisterer på et begravelsesrituale. Det er en selvfølge – om hun hadde vært død – men Karo påpeker at det godt kan gjøres før hun dør.

Kvinnen ser på henne og takker, men sier at det føles bedre å være død. Mannen og den ene sønnen er allerede hos forfedrene, og hun lengter etter å se dem igjen. Hun har kun ett siste ønske.

«Jeg må få …»

Resten av setningen blir borte samtidig som ansiktet låser seg i smerte. Karo bøyer seg fram slik at hun har øret rett foran munnen hennes.

«Jeg må få gi fra meg noe», mumler kvinnen.

«Jeg lytter», sier Karo. Hun lurer på hvorfor hun ikke har pratet mer med henne tidligere.

«Du kjenner foloplanten?»

Karo løfter hodet.

«Du finner den i krattet her nede. Bladene er vonde, men roten er spiselig.»

«Jeg kan ikke huske å ha prøvd», sier Karo.

«Nettopp. Guttene mine likte den ikke, så jeg tok ikke med. Men noen ganger ...»

Stemmen blir borte igjen. Karo legger én hånd på den rynkede pannen hennes, den andre på en enda mer skrukkete mage.

«Noen ganger er det vanskelig. Vanskelig å finne mat. Så ... Den *er* der. Nesten alltid.»

«Takk. Takk for at du deler», sier Karo stille.

«Du har vært god mot meg», hvisker Gireo.

Mule har stilt seg ved siden av moren. Karo merker at han sliter med ikke å vise følelser. Karo vet at det betyr mye for gutten å være den sterkeste, den som tåler alt – det våte blikket sier noe annet. Samtidig protester han ikke mot den skjebnen moren ber om. Karo lurer på om noen hadde protestert om det gjaldt henne, om det var hun som lå på den støvete bakken med tunge smerter det ikke passer å vise. Det kan skje, om ikke neste dag så dagen derpå.

«Det er ikke slik det skal være», hører hun Mule si. Stemmen er preget av noe tungt.

«Ting skjer. Ting har alltid skjedd. Vi som lever, bærer det med oss», sier hun i et forsøk på å trøste, men det aner henne at ordene glir forbi.

«Vi dro. Jeg var imot, men vi dro. Alle ... Alle ...»

Karo minnes at Mule var blant dem som først talte imot, men som senere virket ivrig på å komme av gårde. Hun husker ikke om moren fikk fram sine ønsker.

«Beklager», sier Mule. Så snur han seg og går vekk med raske skritt.

Gireo ber om at det skal være Sirea. Via det ene øyet, slik Sirea fortalte at hun drepte for stammen. Sirea nøler, men tar på seg oppdraget. Karo tenker at det heller burde vært sønnen, at det hadde vært riktigere, men Mule er en mann det er lett å bevege seg vekk fra.

Selvsagt er det tyngre for sønnen. Hun har ikke barn selv, så den tanken lå et stykke unna. Hun minnes den gangen hun selv sto over Sirea med en stokk – klar til å stikke. Det er en særdeles tung oppgave å ta på seg, desto mer grunn til takknemlighet for at Sirea er villig. Det aner henne at Mule ikke liker tanken, men for én gangs skyld klarer han ikke si noe.

Før det skjer, legger Karo seg ved siden av den aldrende kvinnen og presser overkroppen hennes inn mot sin. Flere av de andre gjør det samme. Mule står stille og ser på. Karo tenker at han kanskje er snurt over morens valg. Det blir til at hun stirrer inn i øynene hans helt til han går bort og klemmer moren.

Sirea lurer på hvorfor kvinnen valgte henne. Hun er riktignok blant dem som er i stand til å gjennomføre uten at det skaper uønskede følelser, men klarte den gamle virkelig å se det? Hun liker ikke tanken på at andre vet hvor de har henne. For Kaje ville oppgaven vært svært tung, men Kaje bryr seg ikke om at andre forsøker å stirre ham inn bak øynene.

Så fokuserer hun på oppgaven. Skal det hele gjøres så fort som mulig, eller ønsker kvinnen tid til å oppleve det som skjer? Selv ville hun ønsket en siste sjanse til å tenke. Livet blir borte. Det er fint å vite om det på forhånd, for da kan man forberede seg. Det er noe ekstra vondt over å dø uten å oppleve døden. Hun kommer på at den gamle har tenkt seg til forfedrene for å finne igjen mannen og sønnen, da er det kanskje ikke så vondt.

De færreste kvinner har erfaring med stikkestokk, kanskje er det derfor hun ble valgt. Den gamle har lagt seg på ryggen et sted der gresset fortsatt har grønt i seg. Ved siden av hodet stikker det til og med opp en liten gul blomst. Sirea ser for seg at den snart blir farget rød, likevel bidrar blomsten til å gjøre situasjonen mindre ubehagelig. Hun møter blikket til kvinnen idet hun løfter stokken.

«Du har alt i deg», sier plutselig den gamle. Stemmen er mild som når man prater til et barn.

Sirea får seg ikke til å si noe, men løfter hodet for å vise at hun har hørt.

«Takk for at du gjør det for meg. Jeg vil du skal komme etter. Når du en gang dør, håper jeg du oppsøker våre forfedre. Jeg vil gjerne prate med deg.»

«Det vil jeg gjerne», svarer Sirea rolig.

Den gamle virker mer prateglad jo nærmere døden hun kommer.

«Kan du gi med blomsten? Den ved siden av hodet mitt. Jeg vil gjerne ha den med meg.»

Sirea plukker den gule blomsten og legger den i hendene som er foldet over magen.

«Det er en fin blomst», sier hun. «Fin å ha med seg.»

Kvinnens stemme er hviskende nå. Det er som om hun ikke vil at andre enn Sirea skal høre, selv om de andre står i en ring like bak.

«Jeg liker blomster. Det er ikke så mange slettene. Jeg likte Bujudalen, den hadde mange.»

Hun lukker øynene og gjentar med en stemme som gradvis forsvinner bak lepper som så vidt beveger seg.

«Den har mange. Ja, der var det mange.»

Når øynene er lukket, begynner Sirea på en sang. Hun synger lyder – ikke ord. Det hjelper. Kvinnen ligger så stille at hun like godt kunne vært død. Sirea skjønner at øyeblikket er der. Hun avslutter ikke sangen før stokken er inne. Den treffer akkurat slik den skal.

Karo trenger resten av dag for å ordne ritualet. Alt de har funnet av vann er fra et nesten uttørket elveleie, men det får holde.

Her er for lite ved til at de klarer å lage et ordentlig bål, bare et par kvister som raskt brenner opp. Derfor blir det mørkt. Folk ruller ut soveskinnene sine tidlig. Månen er riktignok til stede, men den er langt fra full og dessuten hemmet av disig luft. Det virker som om den ikke ønsker å delta i det som skjer.

Mule oppsøker henne mens det ennå er litt lys. Han tar tak i armen hennes og drar henne vekk fra der de andre sitter.

«Det er ikke bare meg. De fleste hører. De mener det samme», begynner han.

Karo sier ingenting. Like greit at fyren former ytringene sine i eget hode.

«De to må vekk. Både Rude og Doro støtter det. Også Gido, og moren min før hun ble drept. De to hører ikke til, de er ikke som oss.»

«Jeg og Lele har gitt Firfinger og Yamyam et løfte om å få bli. Vi går ikke tilbake på det. Ikke med mindre de to gjør noe som ødelegger for andre», svarer hun, men angrer raskt på de siste ordene.

Mules stemme blir mer intens, men likevel dempet til ham å være.

«Du skjønner ikke. Det er de to som *er* problemet. Forholdet i stammen ble dårlig på grunn av dem. Vi hadde ikke behøvd å dra vekk hvis du hadde hørt på meg, og mor hadde ikke behøvd å dø. Vil du at de skal drepe en til? Yamyam har truet med å drepe meg.»

Karo blir først forskrekket, men så skeptisk. Om Yamyam har sagt noe slikt, er det neppe alvorlig ment.

«Jeg tror ikke de er problemet. Firfinger har gitt oss mye, så å forlange at de drar er ikke riktig», svarer hun bestemt.

Stemmen hans er fortsatt dempet, men nå ligger følelsene tykt utenpå ordene.

«Gitt oss? De er ikke som oss. Be dem dra, ellers får de samme behandling som Sirea ga mor. Da er problemet løst.»

Han snur seg brått og går vekk.

«Tenk deg om Mule. Drap gir bare død. Du ødelegger. Ødelegger for alle.»

Hun ble tvunget til å legge ekstra tyngde i ordene. Likevel viser ryggen til Mule ingen tegn på å høre – ordene blir hengende i mørket. Hun lurer på om andre har hørt.

Karo sover urolig og våkner lenge før solen kommer. Ingen blir stukket den natten, men det Mule sa, har satt en støkk i henne. Fyren er troendes til å drepe. Han har rett i at også andre lar seg bekymre av de fremmede. Folk kjenner dem ikke. De to burde slutte å pynte seg med klør og tenner, slikt virker skremmende.

Samtidig vet hun at hvis Mule først begynner å vifte med spyd, så er det også noen som vil stille seg opp sammen med Firfinger og Yamyam. Det kan bli til en vind som velter hele stammen.

11.

De drar videre så snart dagen gryr. Folk vil videre og den døde trenger dem ikke – hun er sendt til forfedrene.

Karo tenker at veien blir styrt ved at Alles Mor går foran. Mules ord skyver hun bestemt vekk. De er én mindre, har lagt igjen tårer, men ellers som før. Som kvist i en elv blir de drevet framover. Slik er livet. Det gjelder å holde seg på overflaten til man en dag er fremme.

Et spørsmål dukker opp i hodet: Hvor ender alle elvene? Kanskje Alles Mor vil at de heller følger Bujuelven og kvistene som flyter der. Da slipper de i det minste å bekymre seg for å finne vann. Men elven fører ikke mot de skogene som månen vil gi dem.

Karo liker den salte smaken av svetten som renner i ansiktet. Solen er veldig bestemt, men hun tåler varmen bedre enn de fleste. Her er lett å gå. Landskapet bølger vagt opp og ned, bortsett fra der elvene har gravd. De spredte trærne byr innimellom på skygge, men mesteparten av dagen får folk føle alt solen har å gi.

Hun liker også å observere de andre mens hun går. Det er viktig å vite hvor menneskene står i forhold til hverandre. Noen ganger er det mulig å bruke slik innsikt til å avverge problemer.

Yamyam går sammen med faren. De går for seg selv og befinner seg langt unna Mule. Mule liker å gå foran. Avstanden demper konflikter, men den løser dem neppe. Hvis Yamyam og Firfinger skal bli en del av stammen, må de blande seg; men hvis de presser seg på, er det flere som reagerer. Det er en vanskelig situasjon. Hun bør ta en prat med Mule.

De holder det gående lenge den dagen. Før natten overtar finner de heldigvis et elveleie der det fortsatt står igjen pytter med vann.

Reko oppsøker Sirea i det spede kveldslyset. Det er for mørkt til at andre ser hvor folk befinner seg, og hun regner ikke med at Kaje savner henne. Han er for dypt inne i sin egen verden. Hun vet akkurat når hans verden er god, og når den plager ham; men hun skjønner ikke hva det er som gjør den mild, eller hva som gjør den vond.

Sirea stirrer lenge på henne når hun legger soveskinnet sitt samme sted. Stokken hun har fått av Kaje, legger hun inntil skinnet. Den har stikkespiss i ene enden og er flatslipt i den andre. Lenge sitter de stille uten å si noe. Reko har lagt merke til Sirea liker å sitte lent forover med armene rundt knærne. Det ser ut som hun er klar til å skjule ansiktet, men hun skjuler aldri ansiktet. Reko skjuler ofte sitt ansikt.

Folk er slitne. Alle andre har lagt seg ned. Hun venter på at Sirea skal strekke ut kroppen. Dypt inne i henne er det noe som prøver å presse seg fram, men hun klarer å holde igjen. Karo sier at ungdommen må lære å vente til tiden er riktig.

Natten er tung nå. Lukten fra den støvete bakken henger rundt dem. Her ute er det ingen fugler eller dyr som er oppe om natten, heller ingen bekk som bruser eller løv som rasler. Sovelydene fra de andre blir mer påtrengende.

Langsomt begynner månen å gjøre seg gjeldende. Det er en klar kveld, så selv en liten måne skaper lys.

Hun vender seg mot Sirea. Det hvite i øynene stikker seg fram, og hun aner resten av ansiktet, men ikke godt nok til å se hva som ligger i det. Mørket gjør henne usikker, selv om hun egentlig har bestemt seg. Så tenker hun at mørket er en fordel. Hun har aldri forstått hvor tankene til Sirea går selv på høylys dag, likevel føler hun seg sikker på at også Sirea vil ha Kaje. Det er nødvendig å gjøre noe med situasjonen.

12.

Toavtremann er høy og årvåken. Nesen er ganske flat under den kraftige pannen. Han har nylig fått gjort om navnet fra gutt til mann, så håret i ansiktet er fortsatt pistrete.

Denne morgenen våkner han i grålysningen. Han pleier ikke å gjøre det, så et eller annet vekket ham. Han ligger helt stille og lytter. Om natten er det ørene som ser.

Jo, det er lyder ved sjøen. Vannet skvulper på en annen måte enn det skal. Det er ikke bare de jevne slagene av små bølger som gir opp når de kommer til bredden. Han spretter opp. Det er ikke langt ned. Der, noen mannslengder fra land, sitter det en enslig mann på en av stokkbåtene. Fyren padler så hardt han kan.

«Hei! Kom tilbake! Den er vår!»

Ropene har ingen virkning. Det synes som om den fremmede ikke hører, men selvsagt hører han, det er umulig å unngå å høre en stemme så nærme i den stille morgenluften.

Andre i stammen til Toavtremann hører også og kommer styrtende. Flere roper, men den fremmede glir vekk.

'Båten' er en tømmerstokk som har blitt kappet passe lang og med greiner stikkende passende langt ut på de rette stedene. Lengden gjør den egnet som framkomstmiddel på sjøen, og greinene gjør den mer stabil. Hvis greinene stikker for langt ut, eller er på feil sted, så bremser de framdriften for mye. Det er vanskelig å finne nedfalte trær som egner seg til formålet, og det ligger mye arbeid i å tilpasse stokken. Stammen rår over fire stokkbåter. De er regnet som felleseie fordi mange har hjulpet til med utformingen – både de som lever nå og folk som levde før.

Toavtremann skyver ut en båt sammen med tre andre: broren, Enavfiremann og en nesten voksen gutt.

Fire padler mye raskere enn én, likevel havner de et godt stykke nedover langs kysten før de tar ham igjen. De har kommet utenfor stammens område, men båten er uansett deres, så de gir seg ikke. Solen er fortsatt bak horisonten, men det ligger et lysskjær over skogen. Et par hegrer flyr lavt over vannet foran dem. Toavtremann pleier å følge med på de fuglene, noen ganger peker de ut hvor det er fisk. Nå bryr han seg ikke.

Først når de kommer opp på siden av mannen, får han øye på ansiktet. Det er nok lys til at han er sikker på at fyren er fremmed. Det er bra, tyven tilhører ikke en av de nærmeste nabostammene. Dermed står de fritt.

Man angriper nødig sine naboer – både naboene og sjøåndene misliker det – selv om noen skulle finne på å låne en båt uten å spørre.

Vold mellom nabostammer skaper store bølger som truer med å slå fram og tilbake over lang tid. Toavtremann har hørt mange slike historier.

Han legger merke til det fordreide ansiktet. Armene har mistet kraften og padler i korte, nappete bevegelser. Det som gjør sterkest inntrykk, er likevel øynene. Øynene til den fremmede viser en frykt så sterk at den sprer seg utover vannflaten.

Han merker seg også fjeset til Enavfiremann. Det er lett gjenkjennelig på de utstående og frodige øyenbrynene, nå viser ansiktet en solid dose rettferdig harme. For folk som lever av sjøen og det den byr på, fins det kun én straff for å stjele noe så viktig. Enavfiremann er spesielt lad i å banke opp andre – så lenge formålet er godt nok og overmakten stor nok. Nå er han først ute med å dunke padleåren i hodet på den fremmede. Det er lett å se at han gjør det med glede.

De sier ingenting, for det hjelper ikke om den fremmede sier noe. Toavtremann tenker at prat gjør oppgaven ubehagelig. Isteden hopper de tre voksne over på den stjålne båten. Etter det første slaget har den fremmede lagt seg ned med armene over hodet, samtidig som han kniper beina rundt stokken. Enavfiremann fortsetter å denge løs med åren. Toavtremann liker ikke blodet som renner gjennom håret og drypper ned i vannet.

Overmakten gjør det lett. Ingen har med seg spyd, så de bare drar ham av stokken og dytter hodet under vann. De fortsetter å holde det der selv lenge etter at sprellingen har stilnet. Man vet aldri, så det er best å være sikker, men oppgaven er mye lettere enn å legge ned en antilope.

Toavtremann tenker at fyren burde hoppet av stokken og lagt på svøm. Det kunne reddet livet hans. Trolig hadde de fulgt etter, men hadde han kommet seg på land, ville de gitt opp. De befinner seg tross alt utenfor stammens område.

Enten kunne han ikke svømme, eller han var bare dum. Han kan ha håpet at de ville la ham gå. Det er vanskelig å prate når noen slår på hodet ditt eller holder det under vann, så de ga ham begrenset mulighet til å si sin mening. En mann som gjør sånt én gang, er troendes til å komme tilbake; derfor var valget av straff riktig.

De legger den døde kroppen over båten han stjal. Det blir galt å la ham ligge igjen i vannet.

Nå dukker solen opp. De ser den lavt over skogen på den fjerne siden av sjøen.

Toavtremann stirrer lenge mot solskiven. Den forteller ham at det de gjorde var riktig. Så merker han at øynene får for mye lys og snur seg i motsatt retning. Det er da han ser dem. Inne på land står det en flokk mennesker og stirrer utover sjøen. De er for langt unna til å se tydelige ansikter, men det er noe stivt og uvennlig over folkene. Han grøsser ved tanken på at de sikkert er venner av den døde. Også de andre tre har vendt blikket samme vei.

«Vi må passe oss for fremmede», sier han stille.

Stemmen til Enavfiremann er ikke stille.

«De er ikke til å passe seg for. De må drepes. Alle som ikke hører til, skal drepes.»

13.

Reko lurer på hvordan Sirea kommer til å reagere. Det er bare én måte å finne det ut, likevel nøler hun. Måten Sirea sitter på, gjør det vanskelig.

Til slutt løfter hun armen nølende og legger den rundt skuldrene hennes. Deretter drar hun kroppen først inn mot sin, så ned slik at de havner i liggende stilling. Begge har vidåpne øyne.

Nærheten og måneskinnet gjør Reko i stand til å se ansiktet. Hun mener å lese velvilje, men er usikker på om det er noe hun innbiller seg. Langsomt lar Reko hånden stryke over magen til Sirea og så opp mot brystene. Hun merker at brystvortene blir harde når hun fingrer med dem.

Sirea gjør det samme med henne. Det er alt som skal til. De har funnet hverandre.

Lenge koser de sammen ved å la hendene beføle der de vet det føles godt. Reko har savnet denne nærheten og det gode når en annen person lar fingrene finne fram. Kaje har virket uinteressert, men han virker heller ikke videre interessert i Sirea sin kropp. Derfor tenkte hun at det de ikke finner hos Kaje, kan de kanskje finne hos hverandre. Sireas hender viser at hun er enig. I det minste antyder de at hun ikke bærer nag til Reko. Har de hverandre, kan de være sammen om Kaje. Eller de klarer seg uten.

Ingen lager lyder, men de merker når det er nok. Etter å ha ligget tett sammen lenge uten å gjøre noe hvisker Reko.

«Vil du fortsatt ha ham?»

«Du vil mye mer», svarer Sirea mildt.

«Han vil ingenting. Akkurat nå vil han ingenting. Tankene er på den andre siden av fjellene.»

Sirea smiler, men svarer ikke.

«Karo sier at Kaje skal bli sjaman», fortsetter Reko. «I så fall kan vi ikke regne med at han er til stede for noen av oss. Jeg vet ikke. Jeg tror ikke han har i seg å bli sjaman.»

Sirea ser lenge på henne.

«Jeg klarer meg. Jeg tror det er verre for deg.»

«Kanskje», svarer Reko stille.

«Jeg klarer meg på egenhånd», fortsetter Sirea.

«Det gjør ikke jeg.»

Sirea stryker hånden over kinnet hennes.

«Da har du meg. Er ikke det nok?»

«Takk», svarer hun.

Sirea fortsetter.

«Det er godt å ha mennesker, og det er godt å være helt fri. Det er fint å ha noe sammen. Hvem er mindre viktig. Ingenting varer evig, ingenting blir med forbi døden.»

Reko blir liggende og tenke på det Sirea sa. Hun kommer med ord ingen andre har. Hun tror hun forstår, men får det ikke helt til å stemme. Karo har sagt at de døde lever videre på månen, likevel er det livet her som betyr noe. Døden dukker aldri opp i hennes tanker.

«Jeg vil treffe de andre når jeg dør. På månen.»

«Dere ja. Dere har også døden. Tror ikke det gjelder meg, jeg må klare meg med livet.»

Reko legger hånden på brystet hennes.

«Jeg vil ha deg med til månen. Når vår tid kommer. Men nå er jeg her for deg.»

«Jeg er her for deg», gjentar hun etter en stund. Det er tårer både i øynene og i stemmen.

«Og jeg for deg», svarer Sirea til slutt.

Sirea blir liggende og tenke på det som skjedde. Reko overrasker henne. Den kvinnen blir aldri ordentlig sint, men hun har virket veldig bevisst på at de to er konkurrenter. Det slår henne at Reko har mer i seg enn hva som kommer fram på en vanlig dag.

Hva med henne selv? Det var rart, men også bra, det de hadde sammen. Kvinner er lettere å stole på, men også lettere å la seg lure av. Med Reko var hun i stand til å slippe alt og la følelsene romstere. Hun lot Reko styre og var fornøyd med å la ting skje. Hvorfor fungerer det ikke slik med menn?

14.

Når Sirea våkner, ser hun Reko ligge ved siden av Kaje. Skal hun gi opp den mannen? Jobbe videre med å skyve ham ut av tankene? Det som skjedde mellom henne og Reko, gjør på en måte situasjonen vanskeligere.

Noen ganger blir hun irritert på Kaje. Ikke utenpå, bare inne i seg. Han er ikke hva han skulle vært. Samtidig innser hun at det ikke er opptil henne å bestemme hvordan han skal være. Uansett så må hun aldri la slike følelser nå fram til ansiktet, det er unødvendig og dumt å vise irritasjon eller sinne.

Moff har satt seg opp og dreier snuten ivrig fram og tilbake. Også hun aner eimen av dyr. Dessuten merker hun varmen, selv om solen så vidt har begynt på dagens vandring.

Landskapet er enda mer åpent og flatt, slik at det er lett å holde øye med hverandre på avstand. Likevel holder de tett sammen når de starter vandringen.

Kaje stirrer på de små støvskyene som dukker opp hver gang han tar et skritt. Det drypper svette fra fingrene hans, og hver dråpe lager en liten brun flekk på bakken. Det er som om dråpene tar noe fra ham. Han orker ikke se opp.

Så hører han en fjern stemme. En kvinne. Det er Sirea. Stemmen forsvinner like brått som den kom. Det går noen rykninger gjennom kroppen. Han er tilbake på toppen av fjellet. For kaldt og for varmt er omtrent det samme. Også Sirea er med ham der oppe, men hun svever over bakken. Hun hvisker til ham, men han oppfatter ikke ordene. Sirea begynner å gå mot der månen befinner seg. Hun spaserer, selv om det bare er luft under føttene.

Så er det en annen stemme, men denne gangen er det en sint mannsrøst. Han fortsetter å stirre mot der Sirea forsvant. Mot månen, men månen har blitt usynlig.

Lele er et stykke unna, men hører Mules irriterte rop. Deretter ser han Mule slå med knyttet neve mot brystet til Kaje. Kaje reagerer ikke. Det neste Mule finner på, er å dytte så kraftig at Kaje faller. Reko er der og slår løs på Mule med mange never, men liten kraft. Mule ser ikke ut som om han merker henne. Sirea er ikke i nærheten.

Lele når fram til dem.

«Mule! Hva er det?!» sier han så høyt at alle bør høre.

«Jeg vil vi skal dreie mot de trærne der borte, men Kaje hører ikke etter. Han svarer ikke engang.»

«Mule. Det er verken for deg eller Kaje å bestemme. Uansett er det galt å slå.»

Reko har gitt opp og gått et stykke unna. Selv på avstand er det lett å se at hun gråter.

«Han, han ...», mumler Mule.

Fyren er sterkere i armene enn i munnen, tenker Lele.

«Vi går sammen. Alle må gå sammen. Da dytter vi ikke hverandre.»

«Nei vel da. Men jeg vil være med å bestemme.»

Det slår Lele at Mule ikke engang innser at han har gjort noe galt. Det er det verste ved situasjonen. Samtidig tenker han at det ligger mer bak enn veivalg, og at Mule er troendes til å finne på verre ting enn å slå og dytte.

Lele vender blikket mot Kaje. Det går noen rykninger gjennom kroppen hans, men så blir den helt stille. Rart. Bakken er myk, så han kan umulig ha slått seg. Øynene til Kaje er vid åpne, men blikket er tomt. Lele bøyer seg ned og legger hånden på hodet hans. Han virker ikke død, men heller ikke levende.

Lele skal til å rope på Karo, men så plutselig løfter Kaje overkroppen. Han er tilbake hos dem. Langsomt stabler han seg på beina. Først virker han ustø og forvirret, men gradvis blir han seg selv igjen.

«Hva skjedde?»

Lele ser betenkt på ham før han svarer.

«Mule dyttet deg.»

«Hva? Hva gjorde han?»

Lele skjønner ikke hvordan Kaje har unngått å merke nevene til Mule, men han sier ingenting. Det er ikke første gangen, likevel går Kaje bort til Mule og legger armene på skuldrene hans.

«Vi må holde sammen. Som trærne i skogen. Alles Mor vil det.»

Mule virker ikke videre fornøyd, men han løfter hodet som tegn på enighet. Så river han seg løs og går raskt vekk. Lele blir stående og se på Kaje. Hadde han selv oppført seg like fornuftig i den alderen?

Kaje velger å holde seg litt unna de andre. Atter en gang går tankene til fjellene. Han trodde han skulle dø der oppe på toppen, men så var det ett eller annet som dro ham videre. Han hadde klart å reise seg opp selv om kroppen flere ganger segnet sammen på bakken igjen. Ved hjelp av stokken haltet han nedover. Innimellom krøp han. Først gikk det over bart fjell, så over det hvite og ned i steinuren.

Han husker nesten ingenting fra turen. Det ble å følge den kursen Alles Mor pekte ut. Det gikk. Hun må ha ført ham mot en enklere vei ned, for han kan ikke huske noen stup. Han aner ikke hvor lenge han holdt det gående – dager og netter gikk i ett – og han har ingen bilder av landskapet han passerte. Derimot husker han møtet med de andre i hulen. Minnet ligger der som et mareritt, selv om han burde vært for utmattet til å erindre noe som helst.

De andre hadde kriget for stammen mens han dro til fjellene. Han så sårene til de som levde og han visste med en gang hvem som var døde. Og han så blikkene. Mule brukte alle ordene han hadde på å fortelle hvor feig han var og hvordan han hadde sviktet stammen.

Problemet var likevel ikke Mule. Den fyren gir alle kjeft. Også de andre bebreidet ham. Ikke minst foreldrene. Det sved. Det trengte like dypt inn som noe spyd.

Sirea hadde tatt imot ham, men han kunne ikke krype sammen med henne. Å avstå fra hennes nærhet var en helt nødvendig straff. Siden, når han tenkte at straffen kanskje var sonet, hadde hun begynt å avise ham.

Rundt dem ligger et stadig tørrere sletteland. Det er ikke lenger tydelige elvedaler, bare vage koller omtrent uten vegetasjon. Det gjenværende gresset er stivt og tørt. Selv buskene virker grå og triste. Her er langt mellom skygge, kun spredte og pjuskete akasietrær på sin egen ensomme vandring gjennom livet. Varmedisen som henger over terrenget, hindrer ikke solen å plage dem. Det slår Lele at de er omtrent så langt fra grønne skoger som det går an å komme.

Mot kvelden oppdager Lele støvskyen etter en flokk dyr i bevegelse, men de er for langt unna til at han hører lyder. Kaje har yngre ører, kanskje han hører? Han spør ikke. Dyrene er uansett utenfor rekkevidde.

Landskapet har noe uvirkelig over seg, et sted nær overgangen mellom liv og død. De har allerede fått føle det. Lele vil heller dø i skogen der plantene setter pris på kroppen hans, slettene er for bøfler. Mule har mye av de dyrene i seg.

Lele ser at Kaje går for seg selv. Han vet at Kaje liker seg på egen hånd, men velger likevel å gå bort. Ikke fordi Kaje trenger noen til å beskytte seg mot Mule, men for å vise at han støtter og verdsetter Kajes måte å takle en konflikt. Reko følger etter med en gang hun ser at Lele er der.

«Dere er nesten like», utbryter Reko og lar blikket veksle mellom de to. «Jeg vil være sammen med Kaje når han blir like gammel som deg.»

Lele smiler til henne.

«Du er en god kvinne, Reko. Jeg ville vært sammen med deg om jeg var like ung som Kaje.»

Han retter blikket mot Kaje. Det fører til at Kaje går bort, legger armene rundt Reko og drar han henne inn til seg. Slik står de så lenge at Lele går videre.

Bo oppsøker Yamyam. Først virker han motvillig til å gå sammen med henne, men hun gir seg ikke. Han var snill mot henne den gangen hun var fange i stammen hans, og hun har lagt merke til måten han ser på henne.

Selv om han er en stille type, stikker han seg ut som noe nytt og spennende. Både utseendet og væremåten gjør ham forskjellig fra mennene hun er vant til. Han holder seg i bakgrunnen, noe som forsterker nysgjerrigheten hennes.

Det med menn har blitt vanskelig. Mule ville, men det ble ikke noe av. Det er noe desperat over Mule i alt han foretar seg, og hun vet aldri hva han finner på. Yamyam er det motsatte, og i så måte minner han henne om Kaje. Begge er mye inne i seg selv – dermed skaper de avstand.

«Hva synes du om Sirea?» sier hun, mest for å få i gang en samtale.

Hun aner at ansiktet får mer farge. Det var et dumt spørsmål.

«Sirea? Jeg ... vet ikke. Ikke. Hun er med Kaje. Tror jeg.»

Bo smiler, dels til ham og dels til seg selv.

Yamyam gir inntrykk av å ha mer å si, men det kommer ingen ord.

«Hva er det?» spør Bo.

«Far sier dere forlot Bujudalen fordi månen sa dere skulle. Skulle. Ikke for å finne mat. Er det virkelig sant?»

«Ja», svarer Bo uten å tenke seg om.

«Men ... Månen. Månen snakker ikke.»

Nå ser Bo på ham.

«Kanskje ikke som oss, men vi vet hva den vil. Karo vet.»

Hun merker skepsisen i øynene, men den blir ikke gjort om til ord.

«Månen har hjulpet oss før», legger hun til, uten at det fjerner mistroen.

Hun innser at også det er et dumt tema. Yamyam har ikke samme forhold til månen.

«Var Sirea virkelig sammen med den mannen fra stammen din? Mannen hun drepte. Han må ha vært mye eldre.»

Fortsatt virker han lite pratevillig. De passerer et buskas og begge merker lukten av dyr. Han reagerer med hele kroppen, mens hun bare lar øynene undersøke omgivelsene. Så vender øynene tilbake til ham på en måte som gjør at han *må* svare.

«På en måte. Han hadde henne. Kanskje ikke så mye seksuelt. Tror ikke hun liker det. Men hun tilhørte ham.»

«Og nå? Vil du ha henne?»

«Jeg!? Nei, nei. Jeg … Jeg liker henne. Vi har levd sammen. Menn skal finne kvinner utenfra. Utenfra. Hos annen stamme.»

Bo ser på ham og ler.

«Som meg? Sånne som meg?»

Hun angrer med en gang at ordene slapp ut. Nå blir Yamyam tydelig beklemt. Først retter han øynene mot skrittet hennes, så vender han hodet bort. Han sier ingenting, men fortsetter å gå ved siden av henne. Innimellom sender han noen kjappe blikk. Etter en stund vender han hele ansiktet mot henne og sier stille:

«Du husker den gangen Mule så at du klemte meg?»

Bo løfter hodet. Så ser hun på såret han har øverst på låret. Det har lukket seg, men huden er fortsatt rød og betent. Yamyam klarte heldigvis å hoppe til siden. Hånden hans holder om pikken – også Kaje har det med å plassere hånden der.

Før den episoden hadde Firfinger og Yamyam virkelig prøvd å tilpasse seg. De hadde tatt av reimene med klør og tenner som de bar rundt halsen, for slikt bruker ikke månefolket, og de hadde prøvd å forandre måten å snakke på. De var på vei til å bli en del av stammen, men nå var reimen på plass igjen. Den plager ikke henne. Den fungerer som et slags tegn på mandighet. Problemet er ikke Yamyam, det er Mule som absolutt skal dytte seg selv og sine tanker over på alle andre.

Yamyam fortsetter.

«Det er flere som vil drepe oss. Meg og far. Drepe. Hvis jeg tar på deg, gjør de det.»

Først tenker hun at hennes folk ikke er slik, men hun har merket hatet. Det at mennesker dreper mennesker, har kommet altfor nærme. Hun prøver å finne noe fornuftig å si, men ingen ord dukker opp.

Det starter med at de oppdager en ny støvsky, denne gangen så nærme at alle snur seg. De ser bare den gråbrune skyen som stiger opp bak en vag forhøyning i terrenget. Vinden drar støvet vekk, men det er ingen tvil om at det må være dyr som løper. Den vage lyden av tunge tramp bekrefter det. Et lite stykke unna legger støvet seg, og himmelen blir gradvis like lyseblå i hele horisonten.

De trenger sårt noe å spise, så seks menn med Firfinger og Lele i spissen drar for å finne ut hva slags dyr det er snakk om.

Håpet svinner når de kommer over en flokk bøfler. Disse dyrene er for store og farlige til at de er verd å gå løs på. Det skal mange og velrettede spyd til for å drepe, og innen man klarer det, må man regne med å få kjenne både horn og klover.

De finner en annen vei tilbake for å ta igjen resten av følget. Der kommer de over et elveleie for første gang på lenge. Gresset er fortsatt delvis grønt, og midt i søkket tusler det en enslig bøffel. Det er en sjanse de er nødt til å ta, særlig fordi dyret virker slapt og viljeløst. Det retter riktignok hornene mot dem når de nærmer seg, men prøver ikke å løpe – heller ikke å angripe.

Alle seks samler seg passe langt unna for å se an situasjonen. Det er ingen andre dyr innen synsvidde. Etter en kort rådslagning, går to av dem rett opp mot dyret mens de holder spydene truende foran seg. Bøffelen følger nøye med og gjør korte framstøt etter hvert som de kommer nærmere. Den stamper med føttene og veiver med hornene. Det er lite fristende å gå for nærme, en bøffel er troendes til å angripe og da gjelder det å ha tid til å komme seg unna.

De fire andre har gått i en bue rundt dyret, nå angriper de bakfra. Før dyret rekker å reagere, har de satt stokkene sine i kroppen dens. Oksen spretter rundt, men de har selv trukket seg tilbake. Mule, som stod foran, får plassert sitt spyd i halsen. Snart segner dyret om på bakken slik at det er lett å få inn de endelige støtene.

Igjen har Alles Mor sørget for dem.

Oksen er for stor til å ta med seg, så de sender like godt bud etter de andre. Her er fortsatt noen pytter igjen i det ellers så tørrlagte elveleiet, noen bedre leirplass kan de ikke håpe på.

Karo stirrer på det blodige dyret med sår etter spyd. Hun går bort til Lele.

«Den var levende?»

«Ja, ja, alle fikk brukt stokkene sine.»

«Du vet vi ikke spiser dyr vi ikke selv har drept. Alles Mor mener det er galt. Kadavre er for villhunder og sjakaler.»

«Oksen hadde fire bein under seg. Og den viste hornene.»

«Dyret virker ikke friskt.»

Lele ser ettertenksomt på henne.

«Hmm. Ja, kanskje.»

«Da kan det være farlig.»

«Du mener … Du tenker at *vi* kan bli syke.»

«Ja.»

Han har mer alvor i stemmen enn Karo har hørt på lenge.

«Vi trenger mat. Hvis vi ikke spiser, blir vi i alle fall syke.»

«Jeg vet», sier Karo stille. «Jeg vet. Vi har ikke noe valg. Men dyret ser ikke friskt ut.»

Karo kan ikke huske at noen i hennes stamme har lagt ned en bøffel, men de har fått slikt kjøtt servert nede hos slettefolket. Dette viser seg å være et seigt og trevlete beist. Smaken blir ikke bedre av at de ikke har ved til å lage bål og varme slaktet. Innvollene er gode, selv om de er klumpete. Dyret kunne gitt mat for et par dager, men Lele mener det holder at de bærer med seg det som blir igjen av beina. Dermed får også Moff spise så mye den orker, og Moff har tydeligvis ingen betenkeligheter hva gjelder kvaliteten på kjøttet.

15.

Kveldene blir veldig synlige på slettelandet. Solen har ingen trær å gjemme seg bak, så de vet hele tiden akkurat hvor langt den har kommet. Karo tenker at de burde fortsatt etter å ha spist, men folk trenger hvile. De gamle og de yngste er ikke vant til å gå så langt. Dessuten har de stappet i seg altfor mye mat til å orke å reise seg.

Vannet i de små pyttene er gråbrunt. Jorden er leirete og viser spor etter mange forskjellige dyr – også villhunder eller sjakaler.

I Bujudalen utgjør ikke hundedyrene noen trussel, men Karo vet at de er langt mer aktive på slettelandet, og at de er troendes til å angripe mennesker. Særlig i grålysningen. Hun liker ikke stedet – spesielt ikke den stramme lukten av blod og dødt kjøtt.

Det hun savner mest, er likevel bålet om kvelden. Hun savner til og med røyken som så ofte plager dem. Hun stirrer på restene av noen brunsvidde busker som har overlevd nede i elveleiet, og tenker at om noen hadde orket, så burde det vært mulig å få opp flammer. På den annen side, uten bål sovner folk tidlig og er dermed klare for ny vandring så snart solen begynner å gi lys.

Hun legger merke til at Kaje og Mule sitter sammen og prater. Stemmene er dempet, så hun hører ikke hva de sier, men det virker som om de er uenige. Stammen trenger at de går som brødre. Hun legger også merke til Sirea og Yamyam som befinner seg på motsatt side av leiren, de sitter nær inntil hverandre og ser ut som et aldrende par. Stammen trenger dem også. Hun ser på dem en gang til. Et aldrende par eller et forelsket par? De sitter ikke *så* tett sammen, og hendene befinner seg på egen kropp.

Det går greit uten bål en kveld eller to, men flammene betyr langt mer enn stekt kjøtt. Mat og vann er ikke nok, tenker Karo. Uten vann visner naturen og uten fellesskapet rundt et leirbål visner stammen. Hun ser det i landskapet rundt dem, og hun ser det i øynene til folk.

Vandringen var jo ment å skulle styrke samholdet. Holder de kurs mot noe verre? Mot døden? Er hele stammen på vei til månen for å treffe forfedrene? Er *det* hva månen har tenkt å gi dem?

Firfinger og Lele sitter like bortenfor henne. Hun liker å være i nærheten av Lele, men nå ser hun Rude komme. Igjen har ansiktet masse følelser. Harde følelser. Stemmen hans er rettet mot Firfinger. Karo aner innholdet før ordene kommer.

«Du hører ikke til her.»

Firfinger ser på ham, men sier ingenting.

«Du er ikke en av oss.»

«Jeg vet», sier Firfinger stille. «Det har blitt sagt at vi kan gå med dere.»

«Ok. Men hold pikken nede. Ellers får du stokken min.»

Dette er ikke den Rude som Karo kjenner. Hun liker det ikke, enda et tegn på at stammen befinner seg på lite fruktbar jord. Hun må ta en prat med ham.

Stemmen til Firfinger er fortsatt rolig og lavmælt idet Rude snur seg og går.

«Pikken min gjør som den vil. Men den vil kvinner.»

De siste ordene er nesten ikke hørbare. Karo lurer på om Rude tar poenget. Hun er overbevist om at Firfinger er ærlig.

Nei, stammen har ikke funnet det de dro ut for. Månen har ikke gitt dem hva de trenger. Folk er slitne; da skal det lite til før små rifter blir til betente sår. Likegyldigheten som preget stammen før de dro, var bedre. Hva skjer hvis vandringen fortsetter i samme retning? Vil de begynne å slåss med hverandre? Kanskje drepe. Hvis de dreper hverandre, er det ikke sikkert at forfedrene tar imot.

Skumringen har gitt fra seg de siste restene av lys. Karo ligger på soveskinnet sitt og hører på sovelyder. Hun har lagt seg et godt stykke unna kadaveret for å unngå stanken. Flere av mennene liker tydeligvis lukten, for de la seg tett inntil – som om de foretrekker samvær med det døde dyret.

Her ute er det dessverre kun slakt som teller, det fins ikke spiselige planter. Det eneste Karo har funnet, er den roten Gireo nevnte. Kvinnen har vokst i Karos minne, og hun gleder seg til å se henne igjen.

Heller ikke Kaje sover. Han har funnet en plass utenfor der folk samler seg. Han ligger på ryggen med hendene under hodet. Blikket er låst mot en stigende måne som er svært synlig på den mørke himmelen. Også stjernene er enda tydeligere enn vanlig, og nå befinner de seg overalt. Bortsett fra der månen skyver dem unna.

Han liker stjernene. De er enda et uløst mysterium. Hvorfor er de der? Månen kjenner han godt; men de små gnistene som ligger spredd utover himmelen, synes ikke å ha noe formål. De gir ikke nok lys til at det hjelper menneskene. Det rare er at også de beveger seg. De følger ikke solen og månen, men glir i samlet flokk over himmelen.

Kanskje ... Han legger merke til at en del av stjernene danner mønstre, og at noen mønstre gir ham tanker. De minner om dyr, slik han av og til tegner dem med kull fra bålet. Kan det være noe der? Kan det være noe Alles Mor vil si dem ved hjelp av stjernene? Omtrent rett over der han ligger, aner han en bøffel.

Tankene blir avbrutt av at Sirea kommer bort til ham. Før hun har fått plassert seg ordentlig på bakken, begynner hun å prate lavt inn mot øret.

«Hva vil du?»

Kaje løfter langsomt ansiktet og flytter blikket over på henne.

«Stjernene. De ... Jeg tenker de ...»

Sirea avbryter.

«Jeg mener ikke stjernene. De har det sikkert fint. Hva vil du med meg?»

Det stopper opp for Kaje. Spørsmålet er ikke bare overraskende, det berører et sårt punkt.

«Jeg vet ikke. Det er så tomt. Alt har blitt så fjernt.»

Sirea løfter hodet som tegn på at hun godtar hans ord.

«Beklager», føyer han til. «Jeg vil, men det lever ikke i meg. Jeg ... Jeg liker ikke meg selv. Liker ikke slik jeg har blitt, så hvordan kan andre like meg?»

Det blir en pause. Sirea tror hun skjønner, men det er ikke nok. Dessuten skjønner hun egentlig ikke.

«Jeg må vite. Du forsvant, og du kom aldri tilbake. Jeg trenger å vite.»

«Beklager.»

Sirea løfter hånden for å legge den på skulderen hans, men ombestemmer seg.

«Kanskje er det min tur til å dra.»

Sirea merker at Kaje trekker pusten dypt, men han sier ingenting. Hun skal til å reise seg når han begynner å snakke.

«Jeg ville til fjellene. De ga meg ikke hva jeg ventet. Nå er vi på vei til fjerne skoger, men jeg vet ikke hvorfor. Jeg har dradd folk med uten å vite hvor og alt har blitt verre. Det er for mye å bære.»

Kaje setter seg opp. Hun tenker seg om før hun sier noe.

«*Hvor* var aldri viktig. Det er hva som blir til, hva man skaper på veien. Det er det som betyr noe.»

Sirea er nær nok til å ane at Kajes øyne er våte, og at de er der for henne. Hun husker at de ble våte også første gang de traff hverandre. De øynene har både livet og døden i seg. De er fulle av lidenskap, men det meste renner ut som tårer.

«Det skjer noe med meg», fortsetter han stille.

«Skjer?»

«Jeg er ikke … Tankene forsvinner. Av og til er det et eller annet som tar tak i kroppen min og rister. Og så ser jeg rare ting.»

«Det gjør ikke noe», sier hun trøstende.

«Jeg vil så gjerne. Jeg …», kommer det spakt fra Kaje før stemmen synker hen.

Hun ser på ham, men ansiktet er igjen fjernt.

Brått tar han et fast grep om overarmen, vrir henne mot seg og kysser henne tungt på munnen. Så reiser han seg og går.

Sirea ser på den svarte silhuetten som forsvinner. Hva står igjen? Reko? Nei, det er ikke nok. Det slår henne at det er derfor hun ikke hadde noe problem med å la Reko styre.

Sent på natten blir hun vekket av kraftig gjøing. Hun skal til å roe Moff, men hundens sinte bjeff blir raskt besvart av et gneldrekor lengre unna. Så kjenner hun eimen av rovdyr. De er mange, og de høres sultne ut.

16.

De har ordnet med den døde mannen slik at han ikke skal plage dem. Neste oppgave er å forberede til fest. Dagen derpå er det avtalt at nabostammen skal komme til dem for å feire at solen nå står lavest på himmelen midt på dagen. Den døde tyven har gitt dem enda en grunn til å feire – så sant han ikke har tilknytning til naboene.

Toavtremann går ut alene. Det er noe han trenger, og han vet om et sted hvor det er håp om å finne det. Tanken har vært der lenge, men nå haster det.

Han oppsøker et område preget av steinrøys og kratt. Lukten er annerledes, og trærne trenger seg mindre på hverandre her. Da er det bare å lete.

I første omgang virker alt dødt. Til slutt dukker det opp et par jordrotter. Han klarer å spidde en av dem, men den dekker ikke behovet. Mat kan de skaffe senere.

Tiden går langsomt der han roter rundt under busker og mellom steiner. Det er kun ett anliggende som styrer hodet, for uten det han leter etter blir neste kveld en fiasko. De spesielle dyrene er ganske vanlige, men helt fraværende nå når behovet er størst.

Det begynner å mørkne før han endelig får ønsket oppfylt. Et piggsvin. Heldigvis er disse dyrene lette å drepe når man først finner et eksemplar. Dyret foran ham er akkurat hva han trenger.

Som vanlig prøver det ikke engang å stikke av, men ruller seg sammen. Omtrent som båttyven, og i likhet med tyven byr ikke piggsvinet på motstand. Drap føles bedre når det krever noe. Han bruker stikkestokken. Så smiler han bredt for seg selv. To viktige hendelser på samme dag, det er sjelden.

Feiringen neste dag med nabostammen er også en stor begivenhet. De trenger å markere at de står sammen. Behovet blir tydelig når folk utenifra trenger seg inn i deres skoger, for da må alle føle som én stamme. Men feiringen er også viktig på en helt annen måte og det er det andre som nå opptar Toavtremann. Derfor piggsvinet.

Han bringer det døde dyret med seg tilbake til leirplassen, men legger det ikke fram for alle til å forsyne seg. Først river han av piggene, så flår han dyret. Kadaveret og de fineste piggene tar han med til bålplassen, resten graver han ned under noen steiner. De piggene han har nå virker ynkelige, blant de minste i stammen, det er bare to, og den ene er brukket.

Både piggsvinet og jordrotten byr på godt kjøtt. Kjøttet deler han gjerne med andre.

Bakken er delvis dekket av gress og akkurat passe myk der han sitter et stykke unna bålplassen. Sjøen foran ham er stille og lukket. Her er ingen annen lukt enn den av bål og mennesker. Lengst nede har himmelen begynt å få samme farge som mellom beina på kvinner. Det er den fineste delen av dagen.

Tre av piggene går gjennom huden mellom de to neseborene. Det gjør vondt, men smerten er god. Den er god fordi han påfører den selv, fordi han vet hva han tåler og fordi piggene viser hva han står for. Dessuten sitter to av stammens nesten-kvinner og ser på ham. Det gjør smerten enda bedre.

Piggene sier mye. Han er nøye med å justere slik at de stikker like langt ut på begge sider. Noen oppgaver krever at man er omhyggelig, andre ganger gjelder det å ha et raskt hode.

De to jentene kommer bort og stiller seg foran ham. Det er noe ertende i stemmen til den ene.

«Hvem er det? Hvem er det du pigger deg for?»

Han ser på henne. Jenta er ikke en gang kvinne. Så vidt hun har hår i skrittet. Dessuten er det ikke hennes sak. Han klarer å bevare en myk stemme.

«Alle menn har pigger. Jeg er mann, du vet det, så jeg trenger pigger.»

Hun ler.

«Jeg vet. Jeg tror jeg vet hvem det er. Hun fra nabostammen. Jeg har sett, og nå vil du hun skal se deg.»

Hun *kan* ikke vite. Hvordan vet hun? Han har mest lyst til å ta tak og legge henne i bakken, men det blir galt. Med mindre hun fortsetter å erte.

«Du vet ingenting», sier han og snur seg vekk.

«Jo, jeg vet, jeg vet. Hva om hun ikke vil? Eller hva om du ikke klarer? Hva gjør du da?»

Han blir sittende og se på henne mens han vurderer om han bør si noe eller gi henne en ørefik så hun lærer å være høflig. Han er tross alt mann, og menn skal bidra til å lære opp kvinner. Før han rekker å bestemme seg, legger venninnen armene rundt henne og plasserer fjeset sitt på den venstre skulderen hennes. Begge gliser bredt – som et tohodet uhyre. Det gjør det vanskeligere å slå, og han kommer ikke på noe fornuftig å si. Ja, ja, de er jenter. Jenter får lov til å oppføre seg dumt, som barn, men når de blir kvinner må de lære å styre ordene sine. Ellers vil ingen ha dem.

Toavtokvinne fra nabostammen rettet øynene mot sist gang. Hun er veldig symmetrisk. Brystene og alt annet, er helt likt på begge sider. Slik det skal være. Han føler på seg at hun kommer til å være der. Selvsagt kommer hun, det var jo derfor han brukte dagen på å finne et piggsvin.

Med tankene hvilende på brystene hennes stikker han en pigg gjennom huden over hver av sine egne brystvorter. Det gjør ikke så vondt som gjennom nesen, men det ser heller ikke så fint ut. Han regner med at hun vil legge merke til de nye piggene. Kanskje kommenterer hun dem også, da kan han fortelle om hvordan de tok seg av båttyven. Han kommer på at det er viktig å finne ut om hun kjenner mannen.

Hva om hun ikke kommer? Hun har vært kvinne en stund, så hun kan ha dratt med en mann fra en annen stamme. Tanken skaper mer smerte enn piggene. Det er plutselig som om alle dagene som kommer avhenger av at hun er der.

Enavfiremann kommer bort og setter seg sammen med ham. Fyren har et svingende humør, men han er mann og del av stammen. Det er bedre å prate med menn enn med jenter. De to pikene ser på dem en liten stund før de snur og går med hendene rundt livet på hverandre. Bakfra kunne de vært kvinner.

«Er det Toavtokvinne du går for?» spør Enavfiremann uten nøling.

Også han er tydelig i godt humør etter morgenens vellykkete drap.

Med menn er det greit å være åpne, så han svarer bekreftende.

«Jeg liker henne jeg også. Hun er akkurat passe», sier kameraten med trykk på 'passe'. Stemmen hans er som alltid litt for kraftig.

«Ja», svarer Toavtremann og ser seg rundt.

«Har du flere pigger? Mine er ikke så fine.»

«Nei, det var ikke flere», svarer han uten nøling.

Enavfiremann ser rart på ham, men sier ingenting. Så reiser han seg og går.

Igjen er han alene. Det å tenke på Toavtokvinne gir alt det selskap han behøver. *Han* er alt hun behøver.

Himmelen har fått en dypere farge. Sjøen er mørk og blank bortsett fra der himmelen speiler seg. Det er denne tiden av døgnet som egner seg for intimt samvær. Kvelden og morgenen er også den tiden da de er mest sårbare for angrep. Igjen går tankene til de fremmede han så på bredden. Hadde det vært hans kamerat som fikk gjennomgå ute på sjøen, skulle han sørget for hevn.

17.

Den kraftige bjeffingen sørger for at alle våkner og kommer seg på beina.

Kaje griper spydet. Han forstår med engang hva som er i ferd med å skje. Grålysningen har så vidt begynt, skygger av mange dyr flyr fram og tilbake rundt leiren. Han aner tenner i åpne kjefter og øyne som følger menneskene. Moff befinner seg mellom dem og dyrene. Hunden hopper hit og dit for å unngå kjevene til angriperne.

Kaje skjønner raskt at det dreier seg om villhunder og ikke sjakaler. Det er for mørkt til å se dyrene tydelig, men lyden og antallet levner liten tvil. Også Moff er villhund. De er mye farligere enn sjakaler, farligere enn løver. Folkene på slettelandet har mange historier om mennesker som har blitt angrepet og spist. Som regel dreier det seg om barn og eldre, men heller ikke voksne er trygge. Kanskje hadde dyrene tenkt å snike seg inn i leiren og dra med seg et barn. *Har de allerede tatt noen?*

Eller er det kadaveret de vil ha?

Folk er samlet. De som står ytterst, danner en ring med øyne og spyd rettet mot dyrene. Mørket og virvaret gjør det umulig å få oversikt over hvem som er til stede. Ved siden av hundeglammet hører han skrik fra mennesker, noen er tydelig redde, mens andre kommer med sinte rop.

Dyrene utgjør ikke lenger en samlet flokk, flere tar raske byks mot menneskene, men blir møtt med stokker. Så kommer det et tydelig smerteskrik. Han vet ikke hvem, men det hørtes ut som en kvinne. De må gjøre muren av stokker enda tettere.

Moff befinner seg utenfor. En av villhundene har festet kjeven i strupen hans. Uten å tenke løper Kaje fram og setter stokken i dyret. Støtet var rettet mot hjertet. Han traff godt, for hunden slipper taket og segner om. Så kjenner han kjevene fra en annen i leggen. Den kom bakfra. Han har fått ut stokken og vrir seg rundt slik at også den andre hunden får kjenne hva menneskene rår over. I øyekroken ser han Yamyam kjøre sin stokk i et dyr. Den stramme lukten av rovdyr blander seg med eimen av blod.

Gneldret fra dyrene blir enda mer intenst. Kaje tenker at de hever stemmen i et siste forsøk på å skremme, selv ville han gjort det samme.

Plutselig, som på et signal, trekker villhundene seg tilbake. Kaje synker sammen på bakken. Fire dyr ligger igjen, resten av flokken sirkler rundt på trygg avstand. Flere sender spydene etter dem, men hundene har ingen problem med å hoppe unna. Endelig er det rolig nok til å få oversikt over hvordan det har gått.

Venstrefoten til Kaje er rød av blod. Først nå kjenner han smerte. Det svir og dunker i beinet, men den slags plager betyr lite. Det som opptar ham, er hvorvidt villhundene har drept noen. Foten innbyr ikke til å reise seg, men han vrir overkroppen rundt der han sitter på bakken.

Heldigvis virker det som om alle er der – også barna. De minste klamrer seg til voksne. To andre har riktignok fått merke dyrenes tenner, men bittene er ikke alvorlige.

Antakelig har Moff fått den verste medfarten, den ligger på siden med masse blod rundt halsen. Kaje ser at pusten går, men brystet beveger seg rykkvis.

Karo kommer bort til ham og begynner å se på såret i leggen.

«Moff reddet oss», sier han. «Du må hjelpe Moff.»

«Ja, hunden reddet oss. Jeg skal gjøre hva jeg kan for den, først vil jeg legge noe sårpulver på såret ditt. Jeg har ingen blader, men vi har noen skinnstrimler å surre rundt.»

Kaje ser nærmere på skaden. Det er merker av tenner, men de har tydeligvis buttet mot leggbeinet, så bittet virker ikke dypt. Disse dyrene er i stand til å bite tvers gjennom et bein, det var bra han var raskt ute med spydet.

Man bør ikke bli bitt av dyr. Det er et dårlig tegn. Noen ganger er åndene i dyret i stand til å drepe mennesker som er bitt, selv etter at dyret har falt.

Solen har kommet opp. Sirea sitter med hodet til Moff i fanget. Hunden er for slapp til å reise seg. Karo er der sammen med dem. Hun har forsøkt å forbinde såret, men det er vanskelig å stramme skinnremser rundt halsen. Hun tenker at det var bra de lot hunden få spise seg god og mett dagen før, det gir den bedre sjanse til å overleve. Kanskje var det også det som gjorde at den ikke bare varslet med bjeffing, men risikerte livet ved å gå mellom dem og flokken med villhunder.

«Moff var modig», sier Karo.

«Ja. Veldig modig.»

Karo ser på Sirea. For den unge kvinnen syntes det å være en selvfølge at Moff gjør noe sånt, mens det for henne er overraskende. Det var fornuftig å varsle da den fikk ferten av villhunder – menneskene bidrar jo tross alt til å forsvare også den – men hvorfor ikke stikke av mot en så opplagt overmakt?

«Jeg har aldri sett et dyr ofre seg for mennesker slik Moff gjorde. Har du?»

Sirea tenker seg om.

«Nei, jeg tror ikke det.»

«Er det ikke rart? Forstår du hvorfor?»

Igjen går det en stund før Sirea svarer. Stemmen er tilbake i det spesielle, syngende tonefallet som bare hun har. Karo tenker at hun alltid vil kjenne igjen den lyden.

«Vi mennesker ofrer oss. Kaje ofret seg for Moff. Jeg kan heller ikke huske å ha sett et menneske ofre seg for et dyr. Har du?»

Karo ser forbløffet på henne.

«Jo, jo, men vi … Vi er mennesker. Vi er for hverandre. Slik er menneskene.»

«Hmm, men så du ikke villhundene. La du ikke merke til hvordan de angrep. Også de ofret seg for hverandre. Akkurat som dere gjorde når Storeflekk og hans folk angrep.»

«Ja, men Moff er villhund. Hvorfor ble den ikke heller med flokken?»

«Jeg tror», begynner Sirea, men stopper opp.

«Ja?»

«Jeg tror … *Vi* er Moff sin flokk. Jeg og Yamyam har også skiftet. Vi kaller det vi har for en stamme. En flokk villhunder er omtrent som oss. De vet godt hvem som er dem og hvem som er fremmed. De er der for hverandre. Fremmede er fiender.»

Karo ser på henne.

«Du sier at villhundene er som oss.»

«Eller vi er som villhunder. Du har sett hvordan enkelte behandler Firfinger og Yamyam», sier Sirea med dempet stemme.

Karo tenker seg om. Så løfter hun hodet som tegn på at hun skjønner.

«Jeg tror», begynner Sirea en gang til, men stemmen dør bort.

Karo stirrer intenst på henne helt til hun fortsetter.

«Jeg tror at innen vi når Kajes grønne skoger, vil du oppdage at mennesker er langt farligere enn villhunder. Du må alltid vite hvem som er med deg og hvem som er mot deg. Alltid.»

Karo oppfatter alvoret i stemmen. Hun skjønner at det er ord hun bør tygge ordentlig på, men det får bli senere.

«Ja, vi må holde sammen», mumler hun. «Vi har hverandre, og vi må være der for hverandre.»

Hun vil legge hånden på skulderen hennes, men Sirea beveger seg slik at den havner på det høyre brystet. Hun kjenner på det før hun trekker armen tilbake.

Sirea ser lenge på henne, men sier ingenting.

18.

Det ligger en død mann nede ved vannet. Han ble gammel, og nå virker han enda eldre. Huden strammer seg rundt ribbeina, men magen har svulmet opp som på en svanger kvinne. Ved siden av ham ligger noen knokler med rester av kjøtt. Overalt er det fluer. Det er tydelig at de trives.

Toavtremann er ute på sjøen sammen med Enavfiremann og to kvinner. Han hadde tenkt bare å ta med de to kvinnene, men kameraten hoppet på idet de satte seg på båtstokken. De har med seg en skinnsekk full av døde fluer. Fluer er lett å fange. De samler seg i store mengder på steder der de finner noe å spise, ofte noe fra menneskene, og så er det bare å legge en skinnfell over svermen for deretter å tråkke på skinnet. Dessverre smaker de ikke godt. Han har prøvd, men smaken er emmen. Maur og termitter er også lett tilgjengelige og gjør seg mye bedre i munnen.

Fluene sprer de utover vannet. Fisk liker fluer, og når de kommer opp for å forsyne seg, kaster de spydet etter dem. De foretrekker å stå på båtene sine, for da er det lettere å se ned i vannet og gi styrke til stokkene. Å balansere samtidig som man hiver med kraft og presisjon, er en kunst det tar lang tid å lære.

En av kvinnene ser ut til å ha truffet. Svaret får de først når stokken flyter opp med en fisk i enden. Den spreller lett, men har skjønt hvor den skal. Det er et nydelig syn og alle jubler høyt. Den gode lukten av fisk kommer til dem når hun løfter stokken opp fra vannet. Fisken har sotstreker på ryggen og en saftig, rød buk.

«En ciklide», roper Toavtremann.

Han ser for seg hvordan de skal pakke fisken inn i store, friske blader og legge den på bålet når kvelden kommer. Ingenting er bedre.

Fisk er der for å fanges av både menn og kvinner, mens dyrene på land er for menn. Fisken tilhører vannet, og vanngudene skaper hele tiden ny fisk slik at menneskene kan forsyne seg så mye de vil.

Sjøen rommer åndene fra alt som har levd. De, og gudene de er sammen med, gir ikke bare fisk, de rår over alt liv. Forfedrenes ånder hjelper vanngudene med å skape fisk, samt muslinger som de finner der vannet er grunt. Innsjøen gir også en lekeplass for barna og en deilig avkjøling på varme dager. Ikke for blødende kvinner, åndene liker ikke menneskeblod.

Nabostammen kommer på besøk, så de trenger mer mat enn vanlig. Sammen klarer de å fange åtte fisk. Det bør holde. De har to båter til på sjøen, samt et jaktlag, så til sammen blir det sikkert nok til at både barn og voksne spiser seg mette. Toavtremann vet at humøret, og dermed viljen til samarbeid, avhenger av at folk har full mage.

Han er fornøyd – helt til Enavfiremann absolutt skal vise seg fram. På tilbakeveien reiser han seg på stokken og begynner å hoppe med kroppen tett inntil ansiktet på en av kvinnene. Hun må lene seg tilbake for å komme unna pikken som dingler foran ham. Det gjør det vanskelig å padle, og de risikerer at hele stokken velter. Dessuten er det uhøflig.

«Sett deg», sier han skarpt.

Enavfiremann holder opp å hoppe, men blir stående.

«Du klarer ikke engang å stå støtt», svarer han.

Toavtremann bestemmer seg først for å overhøre utsagnet, men de to kvinnene gjør det vanskelig.

«Klart jeg kan», sier han og reiser seg.

Idet han har kommet seg opp, blir han brutalt dyttet overende.

«Nei, du kan ikke.»

Sjøen tar imot. De er nesten tilbake, så han velger å svømme resten av veien. Dermed står han på bredden når de andre legger til. Kvinnene virker betenkte, men Enavfiremann hopper i land med et bredt glis. Han tar med seg kurven med fisk.

Bålet blir tent lenge før det er mørkt. To av de eldre mennene har allerede begynt å tromme ved å slå tykke trepinner mot hverandre. Toavtremann kjenner igjen hvem det er på lyden, for slik lyd er veldig personlig. Det gjelder å få den dyp og kraftig.

Folkene fra nabostammen kommer i samlet flokk. De bærer med seg soveskinn og egne trommepinner. De har også med seg en død antilope og et skinn fylt med frukt.

Dansen begynner etter hvert som folk blir mette. Yngre menn og kvinner er ivrigst. Heldigvis er Toavtokvinne fra nabostammen med, men foreløpig sitter hun og prater med andre unge kvinner. Toavtremann følger henne nøye. Det er uhøflig å gå bort hvis hun ikke er klar.

Enavfiremann nøler ikke og sørger for å plassere seg rett foran den lille gruppen av kvinner. Han hopper så høyt han kan, samtidig som han vrir seg fram og tilbake eller gjør piruetter i luften. Fyren er høy og tynn. Alle vet at han er stammens beste når det kommer til å hoppe, men Toavtremann regner med at Toavtokvinne også aner fyrens andre egenskaper. Det er vanlig å stille seg opp foran en annen danser for å markere interesse, men galt å hoppe foran en person som selv foretrekker å sitte.

Toavtokvinne skotter innimellom opp mot den hoppende fyren, men viser ikke tegn til å reise seg. Hvis hun hadde vært interessert, skulle hun reist seg. Vanligvis danser mann og kvinne mot hverandre, og interessen blir målt etter hvor lang tid det tar før den ene flytter seg. Begge kjønn kan gi uttrykk for sine ønsker, og begge kan velge å fortsette et annet sted; men det er vanlig at menn drar det i gang og kvinner avslutter.

Så ser han at Enavfiremann tar tak i overarmen og drar henne opp. Toavtokvinne kommer seg på beina og tar noen nølende hopp. Toavtremann setter pris på det blikket hun gir mannen foran seg, før hun brått setter seg ned igjen.

Egentlig er dansen for dem som har fått navnet gjort om fra jente og gutt til kvinne og mann, men flere av de yngre hopper med. De holder seg gjerne i utkanten, jentene knisende, mens guttene forsøker å hoppe høyest mulig, uten å bry seg om takten til trommepinnene. Toavtremann liker den ene jenta som så på ham da han holdt på med piggsvinpiggene, hun som ikke kom med de dumme kommentarene, men det er galt å stille seg foran henne. Dessuten er tankene rettet mot Toavtokvinne. Innimellom ser han på andre, men øynene finner stadig tilbake til denne kvinnen. Det er ikke noe han styrer.

Så reiser hun seg. Også han spretter opp, men istedenfor å begynne å hoppe går hun ut i skogen. Han setter seg ned igjen.

En av mennene fra nabostammen kommer bort for å prate med ham, men han sliter med å følge samtalen. Likevel merker han ikke at hun er tilbake før han oppdager at hun har begynt å danse på motsatt side av der han sitter. Igjen spretter han opp, men dessverre er Enavfiremann allerede på plass foran henne og oppfører seg som en forvokst flue. Det blir galt å presse seg på sånn med en gang, så han finner seg et sted å hoppe i nærheten. Øynene suger inn de fine, symmetriske brystene med kraftige brystvorter. Også de spretter opp og ned i takt.

Til slutt beveger hun seg bort fra Enavfiremann. Da er det bare å gripe sjansen. Hun blir værende lenge foran ham. Det betyr at hun ønsker seg mer. Dessuten tillater hun at øynene møtes og innbyr til et felles smil. De sier ingenting. Ord er for andre anledninger, de hører ikke med under dans. Hun har sikkert lagt merke til piggene hans.

Så hopper hun vekk. Det er greit, kvinner skal vike unna. En annen mann stiller seg opp foran henne. Også han får et smil.

Toavtremann velger ingen andre. Neste gang han begynner å hoppe foran henne, blir hun værende enda lengre; og hun vrir på kroppen mens hun hopper slik at brystene ikke bare beveger seg opp og ned, men sidelengs. Han liker det. Hun er flink til å danse med brystene.

Dansen er det viktigste i livet. Når han tenker seg om, er livet som en dans; det gjelder å høre trommingen, være myk og smart i bevegelsene og glede seg over det man har sammen. Det fins ikke noe bedre enn å møte øynene til denne kvinnen. Mon tro om hun blir med til soveskinnet hans?

Han satser alt på et ekstra høyt hopp, men idet han lander er det ett eller annet som skyver føttene til side. Dermed ramler han sammen på bakken.

Følelsen er forferdelig. Det er ikke bare kroppen som har falt, men hele hans verdighet. Det er veldig pinlig. Toavtokvinne virker forbauset, men hånden dekker munnen, så han ser ikke om hun smiler. Samtidig lurer han på om det er noe nedlatende i ansiktet.

Brått snur han seg. Rett bak står Enavfiremann, og det er ingen tvil om at han smiler.

19.

De må videre. Både med tanke på at villhundene kan komme tilbake neste natt, og at de trenger å finne bedre vann.

Lele foreslår at de legger Moff i en skinnfell og bærer dyret med seg. Det virker som om hunden forstår, den lar seg villig løfte opp på skinnet. Ved å tre stokker gjennom hull i kantene på huden, får de laget en båre som gjør at to kan gå sammen om å dele på børen. Lele har vært med på å frakte syke barn på den måten. Det går så lenge barnet ikke er for stort. Synet av hunden som ligger på en båre får Lele til å smile.

De holder tettere sammen nå. Gradvis blir landskapet enda tørrere. Det går fra hard jord med gule strå og tørt buskas til løs og sandete jord uten liv. Bujuelven gir vann selv på slutten av tørketiden, her finner de bare uttørkede elveleier, og selv dem er det langt imellom. Heldigvis er det fortsatt enkelte firfirsler og noen insekter de tar sjansen på å spise, men Lele vet godt at vann er det viktigste.

Firfirslene lever der steiner og små klipper overtar for den sandete jorden. Dyrene er raske, men lette å lure når flere går sammen om å ta dem. Kjøttet smaker omtrent som fugl, men de har en helt annen lukt. Fuglene ribber de, men for at det skal bli noe ut av de fislete krypene, tygger de i seg alt – også det seige og harde skinnet. Han liker de hele kroppene, huden er behagelig å tygge på, og den skaper en ren og god følelse i munnen. En gang glemte han å knekke nakken på dyret. Det straffet seg, for firfirslen rakk å bite først.

Fjellene er fortsatt synlige på høyresiden. Tanken var å gå rundt dem. De prøver å trekke oppover mot åsene, men også der er det tørt. Høyere opp blir turen tyngre ettersom det er mer opp og ned, dermed drar de ned mot slettene igjen. Før eller siden møter de sikkert en ordentlig elv.

Solen har blitt enda mer påtrengende. Selv varmedisen er borte, luften er klar, glovarm og tørr.

Neste dag finner de verken vann eller mat. De har for lengst spist opp det de hadde med av forråd fra Bujudalen.

Karo lar være å se seg rundt, hun vet likevel så altfor godt hvordan folk har det. Alle går med hoder som peker mot bakken. Hun merker tyngden av øynene deres, selv om få har krefter til å løfte blikket. Sirea er blant dem som synes å ha krefter igjen.

«Bør vi snu?» spør Karo.

«Jeg har vært med på å krysse store tørre områder.»

«Jo, men vi er ikke som dere.»

Sirea ser på henne.

«Jo dere er. Mennesker er forskjellige i måten de er mot andre, ikke i hva de tåler. Du vet det.»

«Men hvorfor gå? Hvis det er helt tørt. Hvordan visste dere at det var vann på andre siden?»

«Vi visste ikke.»

Stemmen er tydelig nå. Ordene får mer kraft når hun fortsetter.

«Det er alltid noe grønt til slutt, men noen ganger for sent. Flere fant død, før vi fant vann.»

Firfinger har gått i nærheten og lyttet, nå kommer han bort til dem.

«Sirea har rett. Noen ganger må man ta sjanser.»

Så legger han stille til.

«Vi *måtte* krysse. Vi ble jaget av andre stammer.»

Doro synes å være den som er mest merket av varmen og slitet. Hun havner bak alle andre, og stegene begynner å bli ustødige. Bo venter.

Mule har allerede overtatt det Doro bar på av utstyr. Bo tenker først at han gjorde det for å demonstrere sin styrke, men bestemmer seg for at slike tanker er feil. Det er ikke for henne å bestemme hva som foregår inne i andres hoder, og uansett viste han evnen til å se behov. Han hjelper stammen. Hvis hun ser feil i alt Mule foretar seg, er det *hun* som er et dårlig menneske.

Doro viser tydelige tegn på utmattelse. Kroppen har sunket sammen, og skrittene er korte og slepende. Dessuten er leppene tørre og huden i ansiktet har begynt å flasse. Bo slikker sine egne lepper og merker at også de er tørre og sprukne.

«Leppene dine er tørre, slikk dem litt», sier hun.

Det er for mye av henne. Doro har mer kropp å bære på enn andre, og dermed trenger hun mer av både vann og mat. Selv har Bo en liten skvett vann igjen i kalebassen. Den byr hun på. Det skjer så vidt noe i ansiktet når Doro griper kalebassen. Fortsatt sier hun ingenting, men etterpå er øynene i det minste til stede og viser takknemlighet. Det kan ikke være vannet, for det var nesten ingenting igjen.

De går videre i stillhet. Bo vil ikke slite henne ut ved å prate.

«Takk», sier plutselig Doro.

Bo smiler.

«Du er den peneste i stammen. Takk for at du bryr deg», fortsetter Doro.

Bo tar tak i hånden hennes.

«Du er mer kvinne enn noen av oss. Mennene liker deg.»

Doro ser forbauset på henne.

«Nei, jeg er for stor. De vil ha deg.»

«Jeg trodde kanskje det en gang», sier Bo stille. «Nå vet jeg ikke. Til og med Mule har sluttet å se på meg.»

«Bry deg ikke om Mule. Vi treffer sikkert menn på vandringene. Bare vi finner vann. De vil flokke seg rundt deg.»

«Vi finner vann. Vi finner snart vann. Det går bra», sier Bo beroligende.

De andre er et godt stykke foran nå. Innimellom ser de folk på åsryggene, slik at de får en retning å gå etter, men Bo bekymrer seg over hva som skjer hvis kursen dreier. Alene her ute spiller det i alle fall ingen rolle hvordan man ser ut.

«Går det bra? Vi ligger litt bak, klarer du å øke farten?»

Doro ser på henne og løfter hodet. Det går fortere, men ganske snart er tempoet tilbake til det samme.

Bo kniper leppene sammen. De har solen å styre etter, kursen har lenge vært den samme, så de tar dem nok igjen ved neste pause. De pleier å ha minst to stopp i løpet av dagen, for å hvile og for å samle folk. Hun aner ikke lenger hvor langt bak de befinner seg. Det undrer henne at ikke Karo følger med på hvor folk er, men selv hun går sikkert med øynene rettet mot bakken.

Så hører Bo lyden av sand som blir tråkket på. Bak dem! Hun snur seg. Der står de. Fem, nei seks, villhunder. Hun ser ribbein som presser mot en brun og grå, spraglete pels. Hodene henger lavt, og tungene er langt ute. Det må være de samme. Stanken av hund er i alle fall den samme. Minst to av dem har blodige sår.

Selv bærer hun på en stikkestokk, men Doro har ingen våpen. Dyrene kommer nærmere. Øynene deres viser hva de har tenkt. Hun skriker så høyt hun klarer. Det virker som om lyden gjør hundene enda mer pågående, men denne gangen lar de være å bjeffe. Stille sprer de seg rundt dem som om de følger en kommando. Dyrene rusler avventende fram og tilbake, samtidig som øynene stirrer stivt mot de to kvinnene.

20.

Toavtremann skjønner at Toavtokvinne så hva som skjedde og ikke ser på fallet som klønethet. Hun sier ingenting, men strekker hånden mot ham. Han velger å reise seg uten hjelp. Enavfiremann tusler vekk. Han snur seg et stykke unna, men det er for mørkt til å se ansiktet. For øyeblikket har Toavtremann kvinnen for seg selv.

«Bry deg ikke om ham», sier hun.

«Jeg vet. Han kan være vanskelig.»

«Hvorfor slår du ikke til ham?»

Ansiktet hans strammer seg samtidig som blikket finner øynene hennes.

«Jeg er ikke redd», kommer det kjapt.

Det trengs flere ord.

«Jeg kan slå ham, men han er en av oss, så det blir feil.»

Nå smiler hun igjen.

Han har fantasert mye om hvordan det ville være å ha sex med henne, men å gjøre det er noe annet. Er det riktig å invitere henne med til soveskinnet? Smilet hennes antyder at svaret blir 'ja'; men i så fall dukker det opp så mye annet. Riktignok dreier det seg om kun ett av livets mange skritt, men han aner at det ene skrittet styrer retningen langt framover. Det blir så stort – som å hoppe høyere enn hva kroppen klarer.

Trommingen er over, folk har hoppet fra seg, og bålet har gjemt seg i glørne. Han legger hendene på skuldrene hennes. Igjen møtes øynene. Stemmen hans er alvorlig.

«Du har kommet ut av sjøen for meg.»

Hun smiler enda bredere, men sier ingenting.

«En gang …», begynner han, men tenker seg om.

«Når tiden er inne, vil jeg vi skal dele soveskinn.»

«Hmm», sier hun og ser spørrende på ham.

«Det er … Vi har …»

Han hadde tenkt igjennom det første han skulle si, men så blir det vanskelig å finne ord. Plutselig klør det i nakken. Deretter klør det i skrittet.

Hun ser rolig på ham.

«Jeg er klar. Klar til å dele soveskinn, men jeg må vite. Også du må være klar. Hvis du ikke vet, er det for tidlig.»

«Kanskje», svarer han usikkert.

«Ikke kanskje. Du må vite. *Jeg* trenger å vite.»

Toavtremann er forvirret. Det hjelper ikke at natten er svart og lyset fra glørne knapt nok til å ane øynene. Hvordan kan han vite når ansiktet hennes ikke ligger åpent foran ham? Hvordan kan *hun* vite? Vite at hun er klar for *ham*?

«Du sa noe om å dele soveskinn», sier hun spørrende.

«Det er et langt skritt», svarer han tilslutt. Hun ser på ham uten å si noe.

«Det kommer barn. Og barn blir ofte værende.»

«Ja, det er et langt skritt», svarer hun lett.

For Toavtremann høres det ut som om skrittet for henne bare er neste hopp i en dans. Gå videre eller bli hos den samme. Er det alt det dreier seg om? Nei, det er mye mer. Det er store forventninger. Forventninger som kan bli svært tunge å bære, derfor er viktige valg aldri opplagte. På en måte gjør det livet spennende – det å måtte bestemme seg – men det er også med på å gjøre livet krevende. Så hva skal han si?

Hun fortsetter å stirre på ham.

De ser ikke at Enavfiremann har kommet tilbake med et spyd i den ene hånden.

21.

Villhundene er et par mannslengder unna. Istedenfor å gå fram og tilbake har de begynt å sirkle rundt dem. Solen har sluttet å bry seg, men luften står fortsatt stille. Det virker som om hundene vet at de har overtaket.

Kvinnene står rygg mot rygg med beina på den løse bakken. Samtidig dreier de rundt slik at Bo kan vifte med stikkestokken om noen kommer for nærme. Det aner henne at dyrene har respekt for stokken. Antakelig savner de sine døde kamerater. Likevel er situasjonen desperat.

Heldigvis befinner de seg på en liten høyde. Hundene må angripe i motbakke. Dessuten er det bare sand der de står, og Bo vet hvor tungt det er å bevege seg i sand.

Villhundene viser likevel ingen tegn til å gi opp. Heller ikke virker det som om noen har lyst til å være den første som kaster seg mot stokken hennes. Det gir håp, selv om situasjonen er håpløs. De kommer ikke videre, for da må de ned fra høyden, så villhundene har lite annet å gjøre enn å vente på at de viser tegn på svakhet – eller på at mørket skjuler dem. Bo merker at øynene følger ansiktet hennes.

Solen står like over horisonten. Det er ingen tvil om hvor den har tenkt seg.

«La dem spise meg», sier plutselig Doro. «Du kan fortsatt løpe.»

«Nei», sier Bo skarpt. «Vi står sammen. De skal få føle stokken min.»

«Da dør vi», sier Doro stille. «Da dør vi begge.»

«Nei, vi skal leve», sier Bo, men stemmen er ikke like selvsikker.

Hundene har tydeligvis ingen hast. De vet at de vinner. Hun ser det på dem.

Plutselig synker Doro sammen på bakken. Det danner seg en liten sky av støv som henger rundt henne. Øynene peker fortsatt mot Bo, men ansiktet er tomt for liv. Bo skvetter rundt idet hun aner at en av hundene forsøker seg. Dyret vender brått når det får stokken mot seg.

De er tilbake i stillingskrigen. To av hundene legger seg like godt ned på bakken. Gradvis forsvinner de siste restene av sollys. Også Bo er i ferd med å gi opp.

22.

Før Toavtremann klarer å bestemme seg for hva som er det riktige skritt videre, kommer tre av mennene fra hennes stamme. De henvender seg til ham.

«Vi trenger å snakke sammen. Det er viktig.»

«Snakke?»

«Ja. Alle må bli med. Alle menn.»

Toavtremann tenker at noen valg kan man godt la henge, for da gir de flere sjanser til å glede seg over det som kommer. Han merker at Toavtokvinne ser på ham, men møter ikke blikket hennes. Hun forstår sikkert at han ikke kan si nei til de andre.

Det henger sovelyder i luften. Trolig er det mest barn, samt eldre kvinner som legger seg sammen med barna. Noen blåser liv i bålet, og mennene samler seg i en sirkel rundt de ferske flammene.

Eldstemann i stammen til Toavtremann fører ordet.

«Vi ba dere hit for å feire at solen går lavt. Vi feirer også Enavenmann. Mange av dere kjenner ham godt. Nå ligger han på stranden med oppblåst mage og venter på dere en siste gang.»

Det blir en pause. De andre nikker som bekreftelse. En av dem sier:

«Det har vært godt. Dere har god mat og gode dansere.»

Eldstemann fortsetter.

«Han har ligget lenge nok til ikke å blø. I natt tar vi ham med ut på sjøen. Vi stikker hull på magen og legger en stein inni, så surrer vi soveskinnet hans rundt kroppen. Vi må langt ut, for han skal til forfedrene.»

«Ja. Det er riktig», sier en av de andre høflig.

Alle vet hvordan man begraver de døde, men i en slik situasjon vet folk også at de rette ordene må legges fram. Sjøen har ører. Ordene er ikke ment for de tilstedeværende, men for åndene der ute.

Det blir stille en stund, før Enavfiremann griper ordet.

«Jeg har drept en mann. En tyv. Han stjal en båt. Han skal ikke til forfedrene.»

«Vi vet», sier en av mennene fra nabostammen. «Også hos oss. Vi har også hatt problem med fremmede. Det er nødvendig å passe på.»

«Vet dere hvor de kommer fra?»

«Nei. Plutselig er de der. De stjeler. Noen ganger mat, andre ganger ting.»

«Hmm, vi må passe på.»

Det er for mørkt til å se tydelige ansikter, så stemmene står på egne bein. Det gir ordene mindre kraft.

Ingen kvinner har satt seg ned. Toavtremann tenker at samtalen fungerer best slik, det blir mindre unødvendig snakk og mer fokus på det som er viktig. Samtidig aner han at det står kvinner innenfor hørevidde, derfor betyr det mye at også hans stemme høres. Han vurderer å påpeke at Enavfiremann ikke var alene om å ta tyven, men synes ikke det gjør seg.

«Ja, vi må passe på og være klare», sier han med en bestemt stemme.

«Hvis det kommer mange, vil vi hjelpe. Send en gutt. Vi slåss for dere», sier en fra nabostammen.

«Ja, ja», er det flere som bekrefter.

Stemmene er dempet og alvorlige.

«Og vi hjelper selvsagt dere», svarer eldstemann.

«Sammen er vi sterke. Vi må knytte flere bånd», sier Toavtremann.

«Sterke nok. Vi kan ta dem», er det noen som svarer.

«Ja, la oss drepe de fremmede. Skogen er vår. Våre forfedre har bodd her siden vannet kom og ga liv til skogen», fortsetter Toavtremann.

Praten går videre, selv om alt som betyr noe for lengst er sagt. De er enige om at hvis det dukker opp fremmede, så er det best å drepe før de fremmede rekker å bli farlige.

Noen av de eldre mennene tygger på blader som gjør det lettere å holde seg våken. Toavtremann synes bladene smaker beskt og takker nei når han blir budt. Til slutt reiser han seg stille og går. Bålet er igjen i ferd med å dø ut.

Neste dag skal han snakke tydelig med Toavtokvinne, resten av natten er for å sove. Kvinner drar sterkere i tankene enn menn, likevel er fellesskapet med mennene viktigere. Han er sikker på at de andre føler det samme.

Før han sovner, hører han at noen skyver ut minst to båter. Han vet hva de skal, men han vet også at det er de eldre mennene som drar ut. Det er deres oppgave å sørge for at Enavenmann når fram til forfedrene. Selv holder han seg helst unna, stanken av flere dager gammel død er noe av det verste han vet. Dessuten trenger han å vurdere hva som skal bli mellom Toavtokvinne og ham. Spørsmålet både gleder og gruer.

Til slutt griper søvnen ham, men han våkner igjen mens det fortsatt er svart natt. Igjen er det noen fremmede lyder. Så hører han raslingen av noe som langsomt beveger seg mot ham. Plutselig er han helt våken. Han setter seg opp i et forsøk på å finne ut hva det kan være.

23.

Bo har holdt seg på beina. Villhundene er nærmere nå og enda tydeligere i hva de vil.

Så hører hun rop. Hun tør ikke vende hodet, men aner i øyekroken Kaje som kommer løpende. Bak ham er Mule og flere av de andre mennene. De holder spydene hevet.

Også villhundene hører og ser. En av dem gjør et siste framstøt mot Doro. Dyret kommer helt fram, men Doro rekker å rykke foten tilbake før den får tak. Det gir Bo tid til å stikke. Spissen bommer idet hunden skvetter tilbake.

Villhundene gir opp og forsvinner idet Kaje når fram.

Også Bo synker sammen på bakken. Hun ser seg rundt. Yamyam er ikke blant dem som kom til unnsetning.

Heller ikke neste dag ser de åpent vann, men Firfinger er flink til å finne riktig sted å grave i de tørre bekkeleiene. Noen ganger dukker det opp mudder, andre steder må de ta til takke med å suge på våt leire. Det er alt. Vandringen går videre.

Varmen og mangelen på drikke går hardest utover de eldste og de yngste. Det er flere som er på randen til å gi opp. Det blir stadig vanskeligere å holde folk samlet, trass i frykten for villhunder.

Utover dagen begynner det å blåse. Før Sirea merker vinden, aner hun at luften byr på en ny lukt. Nye lukter vekker normalt nysgjerrighet, men nå orker hun ikke å tenke på hva det kan være.

Samme kvelden finner de vann.

Mule har klatret opp på en åsrygg og roper ned.

«Her! Vann! Masse vann!»

Karo stusser, toppen av en ås er det siste stedet hun ville lett etter vann. Alle klatrer opp til der Mule står.

Det *er* en rar ås. Istedenfor å ha en topp så har den et stort hull i midten. Åsryggen danner en rund sirkel omkring hullet, og her fins virkelig vann. Mye vann. Karo innser at fra et slikt sted kan jo ikke vannet renne vekk, antakelig er det derfor det fortsatt befinner seg der. Vannet er blankt og ligger helt stille som om det sover. Veldig bra at Mule tok seg bryet med å bestige høyden.

Hun ser den motsatte kanten av kollen speile seg i vannflaten. Også de hvite skyene har sitt motstykke der nede. Merkelig nok er det nesten ingen planter som forsyner seg, bare litt stivt gress som pryder vannkanten enkelte steder.

Skråningen ned mot vannet er til dels bratt, med små skrenter og steinrøyser, men ett sted finner slettelandet veien fram. Hun legger merke til skjelettene fra døde dyr som ligger der. To av dem er av kuduer og det er flere mindre antiloper. Også dyrene kommer selvsagt hit for å drikke, trolig kommer villhunder og andre rovdyr for både å drikke og spise.

De første er allerede nede ved bredden og slurper i seg. Sjøen er preget av en råtten stank. Vannet er ikke pent og klart, men virker grumsete samtidig som det har et kraftig grønnskjær. De har klart seg med verre kilder de siste dagene, men synet av det rare vannet fører likevel Karos tanker til Bujuelven. Der er vannet alltid klart, sprudlende og kjølig.

Hun hører noen si:

«Det smaker rart. Omtrent som svette.»

Så legger hun merke til Firfinger. Han står med hånden i den merkelige sjøen og stirrer opp mot henne. Ansiktet synes ikke å sette pris på at de endelig har nok å drikke. Stemmen er tung.

«Det er ikke bra.»

«Hva? Hva er ikke bra?» svarer hun.

«Jeg tror ... Det er best vi ikke drikker. Vannet er ikke bra.»

Karo legger merke til ansiktene til de første som drakk. De viser grimaser, og noen viser tegn på smerte. Så reiser Firfinger seg opp og roper.

«Ikke drikk. Vannet er farlig.»

Stemmen viser tydelig at han mener det. Folk vender seg mot ham. De fleste trekker seg tilbake.

Firfinger fortsetter å bruke stemmen.

«Vannet ikke bare smaker vondt, det kan være farlig. *Ikke drikk!*»

Rude bryr seg ikke og drikker videre. Til slutt går Lele bort til ham.

«Rude. Ikke drikk. Det er farlig.»

Han ser opp. Karo aner at Rude først har tenkt å gi blaffen i advarselen, men når han ser ansiktet til Lele, reiser han seg og blir med.

De slår seg ned ved et tørt elveleie litt bortenfor. Her fins det heldigvis et par akasietrær som gir skygge. Også trærne virker preget av det vonde vannet, bladene er bleke og stive, barken har sprukket opp.

Ved å grave dypt der elveleiet byr på en aning av leire, dukker det til slutt opp sølevann. Det virker enda mindre fristende enn det de fant på kollen, men smaken er riktigere.

Flere kaster opp. Noen er så slappe at de ikke klarer å holde seg på beina, deriblant Rude. Han ligger på ryggen – urørlig og blek. Munnen har sendt tilbake alt som var flytende inne i kroppen hans.

Det samme gjelder Sandro, kusinen til Mule.

Sandro er gammel nok til å gå på egne bein, men for ung til å ha styrke i beina. Hun er fortsatt i de sårbare årene og Karo vet at hun er svak. Moren har presset henne til å holde følge med de andre, samtidig som jenta må bære sitt eget soveskinn. Da de endelig fant vann, lot hun datteren drikke så mye hun orket, før hun selv smakte på vannet.

Karo er fortvilet. Hun vet at de som blir syke på den måten, trenger rikelig med ordentlig vann, ellers tørker kroppen inn. Hun husker flere barn som døde fordi for mye rant ut. Alt de har her er litt sølevann.

Heller ikke denne natten får Karo sove.

På morgenkvisten dør Sandro. Moren rister henne hardere og hardere, men det hjelper ikke. Den lille kroppen forblir uten liv. Til slutt legger moren seg oppå datteren, som for å skjerme henne for alle framtidige farer.

For sent, tenker Karo. Hun legger seg ved siden av og gråter sammen med moren. Det renner lyder fra morens munn, men ordene er uforståelige.

Karo har aldri hørt om at vann kan forårsake sykdom og død, men Firfinger sier at han kjenner til giftig vann. Det er ikke like giftig som giftslangen, men farlig om man får i seg mye. Mange har kastet opp, men de fleste synes å bli bra igjen. Den lille pytten med sølevann blir fort tømt, men vannet siger tilbake bare de venter.

Heldigvis klarer Lele, med hjelp av Kaje og Mule, å legge ned en antilope. Alle mennene dro ut, men i forskjellige retninger, de tre hadde flaks.

Blod fra et dyr er akkurat hva de trenger. De kapper halsen og lar blodet renne over i en kalebass. Så får alle drikke, men bare én munnfull. Karo smaker så vidt, hun skal klare seg hvis hun får en bit kjøtt.

Tørsten og sulten plager henne ikke lenger. Alt som er igjen, er et stort tomrom i hodet og en kropp som nekter å reise seg.

Yamyam står og venter på tur. Plutselig er Mule der og dytter ham til side. Karo ser at Yamyam skal til å protestere og dytte tilbake, som to barn som er misfornøyd med den andres måte å leke på. Han lar være. Isteden er det Mule som åpner munnen. Heller ikke nå har han gode ord å gi bort.

«Du hører ikke til her. Det er ikke ditt dyr.»

Yamyam sier fortsatt ingenting, men hun liker ikke uttrykket i ansiktet. Hun kjenner det igjen fra da de sloss mot den andre stammen. Ansiktet sier at han ønsker å drepe – bare ikke akkurat nå.

Karo orker ikke å engasjere seg. For en gangs skyld er hun passiv tilskuer til en situasjon der noen tråkker helt feil, selv om hun vet at en slik hendelse kan være starten på langt farligere handlinger. Det knyter seg inni henne å se på, men hun er tom for krefter. Kroppen er så utkjørt at selv ordene har tørket inn. Munnen orker ikke forsøke å grave dem fram.

Med en gang de beveger seg vekk fra akasietreet, er solen der og plager dem. Skal de noen gang komme videre, må det bli tidlig på morgenen eller sent på kvelden.

Sandro ligger fortsatt på den støvete bakken. En sped og uttørket kropp med et ansikt som vender seg mot himmelen, men med øyne som ikke lenger ser. Karo har ikke engang krefter til å føle noe ved synet av den døde jenta. Livet er altfor nær slutten, ikke bare for jenta, men for hele stammen. Hun tenker at selv er hun klar, det er barna og de unge som fortjener å få oppleve mer. Hun lar kroppen synke sammen på bakken med hendene foran ansiktet. Så blir hun tvunget til å sette seg opp og følge med.

Mennene har samlet seg i to grupper. Mule står foran på den ene siden, mens Kaje har plassert seg foran Firfinger og Yamyam på den andre siden. Det er mange sinte fjes, og de peker tydelig mot hverandre. Kun Mules gruppe har skygge, de andre må tåle solen. Flere griper hardt om spydene sine. Så lukker hun øynene. Hun er tilbake i Bujudalen der alle er fornøyde.

Det neste hun hører er stemmen til Bo.

«Karo! Karo, våkn opp!»

Deretter ser hun Bo haste forbi. De to gruppene står fortsatt vendt mot hverandre. Mule har spydet hevet, men enn så lenge hiver han bare ut ord. Bo går inn mellom dem. Hun lener seg fram mot Mule og sier noe som tydeligvis er ment for ham. Mule vender øret mot Bo og dermed øynene vekk fra Yamyam. Det neste Karo ser er at Bo lynraskt trekker hodet sitt tilbake, løfter armen og gir Mule en kraftig ørefik. Han holder på å falle overende, men trolig mest av overraskelse. Firfinger og Yamyam tar noen raske skritt bakover, men Kaje blir stående. Ansiktet til Yamyam er rettet mot bakken mesteparten av tiden, innimellom sender han korte blikk mot Mule.

Mule virker om mulig enda sintere og gjør seg klar til å denge løs på Bo. Hun står helt stille. Løfter ikke engang armene. Mule ser seg rundt, antakelig etter noe han kan plukke opp og bruke til å kaste, men finner ingenting. Han tramper foten et par ganger så hardt at støvet virvler, deretter snur han seg og går vekk. De andre, i begge gruppene, synker sammen på bakken.

Karo stabler seg på beina og går over til Rude. Også den kroppen virker livløs, men hun aner at magen hever og senker seg. Først hoster han, så begynner det å renne ut stygge ord.

«Du er dum. Alle er dumme. Kom deg vekk. Vekk … De fremmede er farlige. De ...»

Hun får ikke kontakt med øynene og ordene er tilsynelatende ikke rettet mot henne. Lele kommer bort. Han sier ingenting, men legger hodet til Rude i fanget og begynner å massere. Det hjelper. Stemmen går over i lav mumling for så å forsvinne helt. Igjen er både munnen og kroppen til Rude uten synlig tegn til liv.

24.

Det har skjedd noe med stammen. Karo merker forandringen både i ansiktene og på de livløse kroppene. Alt har blitt mye verre selv om månen har vært med dem hver eneste natt. Både folk og landskap er utslitt som en gammel skinnfell. Selv følelsene har tørket ut. Litt sinne henger igjen her og der, men de fleste virker tomme. Helt tomme.

Det skal være småprat, gjerne hele tiden, to og to eller flere sammen. Hva man prater om spiller ingen rolle, det kan være alt mulig eller ingenting; når surret av stemmer stilner er noe alvorlig galt. Noe sykt som med Rude, men en sykdom som rammer fellesskapet. Folk sitter stille på skinnfellene sine og stirrer mot bakken – eller tilbake den veien de kom fra. Før hendte det at hun ble vekket av at noen begynte en lengre samtale midt på natten, for så å bryte ut i latter, nå er natten uten lyder. Den er ikke bare blottet for fugler, og trær som hvisker i vinden, men også for mennesker. Kun døden beveger seg der ute, enten i form av raske rovdyr eller den langsomme veien via sult og tørst.

Alles Mor har ført dem vekk fra alt som betyr noe. Hvorfor?

Kanskje de ikke har vært snille mot hverandre – eller mot Firfinger og Yamyam? Da de tok tur på å drikke av blodet, så fulgte folk veldig nøye med på hvor mye andre drakk. Kaje skulle aldri foreslått å dra. Den gangen så hun en sjaman, nå ser hun enda en utslitt ung mann som lar seg styre av fjerne tanker. Det var dumt av henne å lytte. Og det er *hennes* ansvar.

Kommer de til å lage fortellinger om henne som blir lagt til stammens kunnskap? Hva vil fortellingene si? At Karo var kvinnen som førte stammen i døden?

Hun innser at hvis alle dør, blir det ingen fortelling. Likevel.

De trenger vann for å komme tilbake til Bujudalen. Finner de vann, er det på tide å snu. Døden er ikke for dem å bestemme over, men de styrer sine egne bein.

Mule sitter sammen med Doro og Gido. Han henvender seg til Doro.

«Yamyam var ikke der for deg. Ikke når du trengte hjelp.»

«Jeg vet», svarer hun stille.

«De forsyner seg av alt som er oss. De er som villhunder.»

Doro løfter hodet vagt, men øynene peker vekk.

«Vi skal ta tilbake. Vi skal ta deres blod. Da gir de noe tilbake.»

Nå snur Doro seg og ser rart på Mule, fortsatt uten å si noe. Gido derimot, møter øynene hans.

«Du har rett. Problemene startet med dem. Vi klarer oss best uten.»

Ansiktet til Mule lyser opp.

«Så dere er enige?»

«Ja da», hvisker Doro.

Så legger hun seg med hodet i fanget hans. Mule vurderer å be henne massere pikken. Han vil vise at han fortsatt har kraft nok til å være mann. Det stemmer tilsynelatende ikke. Dessuten har hun sovnet.

Her er ingen blomster til Sandros begravelse, men ved foten av åsen finner de noen steiner de kan legge over den lille kroppen. Så dekker de til med sandete jord. Det blir en kort og dårlig seremoni. Moren er for uttørket og utkjørt til å gråte, men Karo legger merke til at det renner tårer fra øynene til faren. Det kommer ingen lyd. Når noen dør, er det alltid masse jammer, gråt og beklagelser – her er det kun stillhet.

De kommer seg ikke videre den dagen. Solen virker enda mer plagsom. Villhundene jager i hodet til Karo.

Folk sitter med ansiktene vendt vekk fra der piken ligger. Selv sliter Karo med å bli kvitt synet av den bleke kroppen. Sandro overlevde de farlige barneårene, hun burde klart seg om det ikke var for det giftige vannet. De fant ingen store steiner, så i tankene ser hun for seg hvordan villhundene forsyner seg av innvollene. Det gjør henne enda tristere. Hun trøster seg med at det er bedre at de tar henne, enn at de går løs på levende barn. Forfedrene tar sikkert imot Sandro uansett.

Kaje kommer bort. Han sier ingenting. Hun bestemmer seg for å skyve vekk irritasjonen over Kajes ansvar, det hjelper så lite å dele ut skyld.

«Hvordan går det med deg?»

«Vet ikke», svarer han. Stemmen hans er uten kraft og glød.

«Magen din? Er magen din syk?»

«Bare litt. Jeg drakk ikke mye. Vannet var ikke godt.»

«Kaje, jeg trodde du stod nær Alles Mor. Hvorfor skjer dette? Og hvor er det grønne du lovte oss?»

Han nekter å møte blikket hennes, men stirrer intenst mot de svidde høydedragene som solen nylig har gjort seg ferdig med. Hun følger blikket hans. Ikke bare lyset, men også luften forandrer seg når solen går ned.

«Kaje, hva tror du? Jeg trenger å høre deg.»

Først nå ser han på henne, men blikket er vått og usikkert.

«Jeg tror vi må følge sol og måne. Jeg vet det grønne er der. Da jeg så ned på det fra fjellene, var det grønt overalt. Overalt.»

«Jeg vil snu», sier hun tydelig.

«Vi kan ikke snu uten vann», påpeker Kaje.

«Men er du sikker? Sikker på at vi finner det grønne?»

«Jeg tror», begynner Kaje. Stemmen er tydelig lei seg, men kraftig nok til å bli hørt også av andre. «Jeg tror vi må ofre noe. Alles Mor vil det. Ofre et menneske eller to fordi det må til. Først da fortjener vi en ny dal. Da ...»

Karo avbryter.

«Ofre?!»

«Ja. Det må til.»

Rundt dem er det helt stille. Karo går over til å hviske.

«Folk er utkjørte. Kroppene er så tomme at de knapt klarer å stå. De orker ikke mer lidelse. Ikke flere motbakker.»

«Jeg vet», sier Kaje. «Jeg beklager.»

«Kaje, Kaje, det er ... Nei, det er ikke. Du ...»

«Jo, det er min skyld.»

Karo ser forbauset på ham.

«Vi var alle med. Det er ikke bare din skyld.»

Kaje stirrer tilbake. Så vender han blikket ned og sier lavt:

«Jeg vet ikke.»

Hun drar kroppen hans inn mot sin. For en gangs skyld er den ikke myk og medgjørlig.

«Også vi er slitne», sier hun. «Jeg ser det på deg og du ser det på meg.»

«Ja.»

«Men vi må gå», fortsetter hun. «Alt annet er død.»

«Jeg vet», svarer han spakt.

«Jeg vet», gjentar han med en stemme som synker ned i sanden.

Karo våkner midt på natten av tydelige lyder fra den grunne graven. Hun tvinger seg til ikke å vende blikket i den retningen, men hun ser at andre gjør det. De sier ingenting, men snur seg raskt vekk igjen.

Tidlig neste morgen får de stablet seg på beina og fortsetter vandringen før solen kommer opp.

Nå legger de kursen mot der solen forsvant. Skrittene er langsomme og hodene henger. De fleste har nok med å stirre mot dit neste fot skal møte bakken, likevel klarer de å holde et jevnt sig framover.

Heldigvis finner de enda et bekkefar der de får gravd seg ned til sølevann. Her er det også områder med gress og små busker. Litt senere får de teften av dyr. Det viser seg å være en liten flokk gnuer som forsøker å gjemme seg bort i et søkk. De klarer å sirkle dem inn uten at dyrene rømmer.

Gnuene har mørke striper på de fremre flankene. Det ser ut som om de har brukt sot fra bålet for å gjøre seg krigerske. Slike dyr kommer aldri opp i Bujudalen, men de har sett flokker nede på slettelandet. Karo tenker at det er rart gnuene forviller seg ut i dette landskapet, er de virkelig like dumme som menneskene?

Mennene er svake, men det samme synes å gjelde dyrene, også de har tydeligvis gått uten vann. De får isolert et hunndyr. Karo er glad for å se at Yamyam og Mule faktisk deltar side om side. I alle fall er begge villige til å gi det de har igjen av krefter for å ta dyret. Moff løper rundt og bjeffer. De er alle som villhunder, tenker hun, alle mennene. Kvinnene sitter samlet et stykke unna som en tuft av stive og tørre gresstrå.

Kaje får satt en stokk i det bakre låret, men det blir Yamyam som klarer å komme seg opp foran slik at han får stokken inn i det ene øyet. Dyret rekker å sette en kraftfull klov i magen hans. Både gnuen og Yamyam synker sammen.

Det går en støkk i Karo. De har behandlet Yamyam dårlig, det blir helt galt om han dør for at andre skal få mat. Både gnuen og Yamyam blir liggende. Han holder seg for magen. Karo går bort.

«Gikk det bra? La meg se på magen din.»

Huden er hel, men veldig rød. Hun vet det tyder på skade inne i kroppen, og at det kan være farlig. Hun har sett folk dø av dem.

Yamyam vender ansiktet mot henne med et blikk som synes å fornekte smertene.

«Jeg tror ... Det gjør litt vondt. Vondt.»

«Du blør. Inne i magen. Det er best du blir liggende.»

Han ser på henne med noe Karo usikkert tolker som takknemlighet, og gjør som hun sier.

Mesteparten av magen blir etter hvert preget av en mørk, blårød farge. Hun håper skaden på innsiden ikke er alvorlig. Normalt ville de satt det avgjørende spydet i halsen på dyret, det er lettere, men det aner henne at han valgte øyet for da risikerer de ikke å sløse bort blod.

Så kaster han opp. Det kommer ikke mye, men det er rødfarget. Karo frykter det verste. Hun griper seg i å tenke at halvparten av problemet med de fremmede kanskje er løst.

Gnuen, og vannet de fant, redder dem den dagen. Alles Mor har likevel ikke gitt opp, tenker Karo, men tar hun seg av dem i morgen også? Og hvor mange flere må dra i forveien til forfedrene?

Hun lurer på hva de skal gjøre med Yamyam hvis han dør. Vil han begraves? Bør de forsøke å sende ham til deres forfedre, eller vil han til sine? Det hviler på henne å sørge for at også Yamyam kommer dit han vil. Hun burde spurt ham hva han ønsker seg, men det er vanskelig så lenge han lever. Hvis han dør, skader det sikkert ikke å prøve med en riktig begravelse. Med mindre faren ønsker noe annet.

Firfinger går bort til Sirea som har satt seg unna de andre. Både ansiktet og stemmen hans er preget av fortvilelse.

«Kaje sier de skal ofre to mennesker.»

Sirea skjønner ikke hva han mener og ser rart på ham. Firfinger fortsetter.

«Karo tror Kajes ord betyr mer enn alt annet.»

Igjen tar han en pause mens han gjør et intenst forsøk på å fange blikket hennes. Hun velger å ikke møte de fortvilete øynene. Nå er stemmen sint, men dempet.

«Bare på grunn av det de kaller Alles Mor, så vil de drepe. Kaje sa det. Det er dumt. Jeg tror de starter med Yamyam. Han er lett å ta fordi han ofret seg. Ofret seg for dem. Etterpå vil de prøve seg på meg. Vi står utenfor, og folk liker oss ikke.»

Hun sier ingenting og vender blikket mot åsene foran dem. Han gir seg ikke.

«Kanskje tar de deg også.»

«Jeg tror …», begynner Sirea, men nøler og blir avbrutt.

«De skal få merke. De … Også de skal få se døden. Du vet hva jeg har?»

Sirea skal til å si noe, men Firfinger reiser seg og går bort. Øynene hennes følger skikkelsen som forsvinner bak neste bakketopp. Ja, hun vet hva han har og at det er farligere enn spyd. Mye farligere.

Sirea sitter igjen med en dyp uro i kroppen. Det er like før de går løs på hverandre. Riktignok har hun et godt forhold til begge de to sidene, men hun har ikke lyst til å være der når spydene overtar for ord. Kaje er den viktigste grunnen til at hun har blitt med så langt, men Kaje er der ikke for henne. Hun kan nok – og er sterkt nok – til å klare seg på egenhånd.

25.

En ny dag har kommet ved bredden av sjøen, men de fleste ligger fortsatt på soveskinnene. Det er en blå dag, både på sjøen og i himmelen; antakelig blir det også en varm dag, for luften står stille.

Toavtremann merker at han har sovet dårlig. Han våknet flere ganger i løpet av natten på grunn av lyder. Da er det nødvendig å reise seg, eller i alle fall sette seg opp med spydet klart i tilfelle det skulle være et rovdyr. Etter episoden med tyven er han også bekymret for at inntrengerne kommer og hevner seg. Lydene er regel noen som må på do.

Folkene fra nabostammen begynner å forberede seg på å gå tilbake til sin egen leir en kort dagsmarsj langs sjøen. Tømmerstokkbåtene deres ligger der, ettersom det er raskere å bruke beina, og nå er de spente på om noen har stjålet dem.

En av de yngre mennene kommer bort til Toavtremann.

«Vi må tilbake. Hvis båtene er borte, skal dere få beskjed.»

«Fint. Flyt med vannet.»

«Du og. Flyt.»

Så går fyren over til stammens kvinner. De ligger eller sitter fortsatt rundt soveskinnene og småprater. Toavtremann følger med på avstand. Han ser at mannen snakker til dem og at de fleste reiser seg, men Toavtokvinne er blant de som blir sittende. Resten av følget har plukket opp tingene sine og hilser på vei ut ved å løfte den ledige armen.

Toavtremann vender blikket mot noen blå blomster som vokser på bakken rett foran ham. De er små, men har en intens blåfarge som overgår både vannet og himmelen. Han bøyer seg fram. Så ombestemmer han seg, blomstene trives best på bakken.

Toavtokvinne er der fortsatt, men hun ruller sammen soveskinnet. Langsomt reiser han seg og går bort til henne. Han sier ikke noe før de tre kvinnene slutter å snakke, og hun snur seg mot ham med et smil.

«Liker du leiren vår?» spør han.

Hun ser overrasket ut.

«Omtrent som vår. Er det ikke?»

«Jo, jo.»

Han setter seg ved siden av henne – akkurat passe langt unna.

«Du ble … Fint at du … Skal jeg finne noe å spise? Det ligger igjen fisk ved bålplassen.»

Hun ler.

«Du satte deg jo akkurat.»

«Jo, jo, men det er mat igjen.»

Hun setter seg nærmere ham, sørger for at øynene møtes samtidig som hun demper stemmen.

«Har du sovet godt? Og … Har du tenkt? Tenkt på det vi snakket om i natt?»

Også han demper stemmen.

«Jeg har. Jeg … Kan du bli litt lenger? Du må ikke dra med de andre?»

«Det går fint.»

De smiler til hverandre. De to andre kvinnene sender noen ubehagelige blikk. Begge virker utålmodige. Toavtremann tenker at på en måte har han skjøvet valget foran seg, men samtidig har han allerede tatt første skrittet.

Lenge sitter de stille og ser på hverandre. Han bestemmer seg for å late som om de andre kvinnene ikke er der. De burde gått vekk. Han skal til å foreslå det, men så kommer det noen menn og henvender seg til ham.

«Hei, du kan ikke bare sitte her. Vi trenger flere spyd. Tenk på inntrengeren, det kan bli krig. Vi skal ut og finne noen gode emner.»

Han nikker og reiser seg.

Toavtokvinne blir igjen med de to venninnene. Alle de andre har dradd tilbake og leiren er nesten tom.

«Vil du virkelig?» sier den ene.

«Han er kjekk. Jeg tror han er bra», svarer hun.

«Men han aner ikke hva han vil, og blikket virrer rundt. Fyren vimser som en fuglunge. Dessuten må du vekk. Du må hit. Vi kommer til å savne deg, og du kommer til å savne oss.»

«Jeg vet», sier hun med et smil. «Før eller siden må også dere velge.»

«Du er heldig», sier den andre. «Du får noe nytt. Her skjer det noe, og mennene her er morsomme. Dagene blir ikke lenger de samme.»

«Jeg vet», svarer hun igjen. «Det er på tide det skjer noe i livet mitt, men dere må komme og besøke meg. Vi skal lage barn.»

«Finn en til meg», sier venninnen. «Jeg vil også hit.»

Toavtokvinne smiler fornøyd. Så faller smilet sammen. Egentlig er hun ganske usikker. Toavtremann er fjern, og han virker ikke helt voksen.

26.

De blir værende der gnuen falt resten av dagen. Først og fremst av hensyn til Yamyam, men også fordi da klarer de å spise opp dyret før de går videre.

Yamyam er bedre neste morgen. Han sier at han er klar for å fortsette vandringen, selv om magen er like blå.

Lele har fått Rude på beina og sammen stavrer de av gårde. Karo legger merke til at også Mule og Kaje går sammen. De har ikke fysisk kontakt som Lele og Rude, men de befinner seg ganske nærme hverandre. Så hører hun noen sinte ord fra Mule. Hun oppfatter ikke hva det dreier seg om, men legger merke til at Mule finner seg en plass langt unna Kaje.

Måten Rude har oppført seg på de siste dagene forundrer. Han var aldri slik før, tvert imot så var han den mest stabile i stammen når det kom til humør. Kanskje ikke så mye latter, men aldri annet enn vennlighet. Hva er det som skjer med folk her ute i det døende landskapet?

Hun savner Bujudalen.

Himmelen er klar, luften står stille og solen plager dem. Ettersom de har dreid i den retningen der solen og månen forsvinner, blir det mer opp og ned, men til gjengjeld er det også mer fuktighet i bekkeleiene. Dessuten dukker det opp trær. Karo innser at det var dumt av dem å trekke så langt ut på slettelandet.

På kvelden går Karo bort til Sirea og leder henne vekk fra de andre.

«Sirea jeg vil gjerne prate. Er det greit?»

Sirea ser på henne med det ansiktet hun bruker når hun lukker seg. Hun sier ingenting, men løfter hodet. Ansiktet er ikke med. Noen ganger viser ansiktet det som ligger innerst inne bak øynene.

«Du reddet oss fra ditt eget folk», fortsetter hun. «Jeg tror på deg. Jeg tror du vil oss godt, men jeg vet ikke lenger hvor du står.»

Hun tar en pause. Sirea ser på henne bak et fortsatt like lukket fjes. Først når Karo presser blikket sitt på henne, åpner hun munnen.

«Jeg prøver å hjelpe.»

«Ja?»

«Det er fortsatt flere som ikke liker at vi er her.»

«Jeg vet», sier Karo stille. «Du mener Firfinger og Yamyam. Tror ikke det gjelder deg. Jeg har sett.»

«Yamyam er utsatt», fortsetter Sirea med litt mer glød i stemmen. «Han er en god mann, og Firfinger er bekymret. Han … Hva tror du?»

Sirea husker det Firfinger sa om å drepe, men tenker at det blir galt å bringe det videre.

Karo tenker seg grundig om før hun svarer, men når ordene først er der, føler hun at de står godt. Nesten slik det var før.

«Vår stamme utveksler koner. Aldri menn. Firfinger er gammel, så han gjør ikke noe, men Yamyam er ung som de unge mennene. Det blir rart. Unge menn ønsker kvinner. Jeg tror noen utvikler dårlige følelser uten selv å forstå hvorfor. Kanskje dere …»

«Du har fornuftige ord», avbryter Sirea. Så snur hun seg og går vekk.

«Jeg tenkte … Kom til meg hvis det er noe», sier Karo halvhøyt etter henne.

De slår leir et sted der flere trær har samlet seg. Trærne gir en god følelse. Her er det mulig å sanke ved, men de er så vant til å klare seg uten leirbål at ingen tar på seg oppgaven. Dessuten er nettene varme her nede, i Bujudalen satt folk større pris på bålet.

Sent på kvelden smyger Firfinger og Yamyam seg vekk fra leiren. Mangelen på flammer gjør mørket mer synlig, så selv om månen ikke er oppe, aner de konturene av de nærmeste åsryggene. Utenfor skogholtet fins det ingenting, dermed blir alt så fjernt. Stillheten bidrar til at natten skaper avstand.

«Du så hvordan jeg stakk kuduen. Kuduen. Jeg tenkte Mule. Den idioten. Han fortjener en stokk i øyet», sier Yamyam.

«Kanskje», sier faren mildt.

«De behandler oss som … som villhunder», klager Yamyam.

«De har tatt imot. De kunne ha drept», svarer faren. Stemmen er fortsatt rolig, men Yamyam aner at den har i seg bekymring.

«Det kom mange fremmede i vår stamme. Alle ble dømt etter hva de gjorde, ikke hvor de kom fra.»

«Noen ble drept. De fleste her er snille.»

«Jeg vet», kommer det litt for brått fra Yamyam. «Bo er snill. Og hun liker ikke Mule. Han bør i alle fall dø.»

«Fordi han også liker Bo?»

«Fordi han ødelegger for oss», svarer Yamyam.

«Du fortalte aldri Karo om da Mule stakk deg i låret?»

«Nei. Jeg tåler et stikk. Stikk. Vil ikke være den som klager.»

Firfinger forstår sønnen, men tenker at Karo burde få vite. Samtidig aner han at motviljen de har merket, bygger på mye mer enn Mules sjalusi. Det står flere bak, og de må ha andre motiver. Problemet er at han ikke skjønner hva, de har gjort hva de kan for å delta.

«Jeg vet, men vi må være forsiktige», sier han for å roe ned sønnen.

«Vi klarer oss uten. Vi får med Sirea og Bo og drar vekk. Vi kan mye mer om andre planter og andre mennesker, folket her kjenner bare egen dal. Dal. Utenfor den virrer de rundt som kuduer.»

«Jeg tror de vet. Vi er nyttige for dem, men de er nyttige for oss. To menn alene har dårlig fotfeste.»

Yamyam er ikke overbevist, men innser at det er nødvendig å få faren med på planene.

«Du har ikke sett blikket til Mule, han er klar til å drepe. Jeg må drepe først, men etterpå må vi dra. Er du med?»

Han synes faren bruker for lang tid på å tenke.

«Jeg tror du har rett, men vi må vente til tiden er inne.»

«Du har tatt vare på den? Ikke sant? Giften.»

Firfinger nikker. Han er glad for at sønnen viser styrke og initiativ, men er samtidig bekymret for at han skal stå for feil handling til feil tid. Giften gir dem en utvei. Han nevner ikke det han hørte Kaje si om å ofre mennesker. Yamyam er utålmodig, dermed skal det lite til før han dreper i utide. Et langt liv med jakt har lært ham betydningen av tålmodighet.

«Jeg skal drepe den fyren», sier Yamyam, men ordene er ikke ment for faren.

Firfinger tenker at før var det å drepe et annet menneske fjernt for Yamyam, nå er gutten klar. Selv har han ikke samme styrke som før, men hans hode og Yamyams ungdommelige armer bør holde dem i live.

«Ja, men vent. Og ikke vis noen, heller ikke Sirea, hva slags tanker du går med.»

Yamyam sier ikke noe, så faren fortsetter.

«Mule kommer ikke snikende om natten, for han vet de andre vil dømme ham. Hvis han angriper, er det fordi vi provoserer. Vi trenger å bruke hans dumhet.»

Sønnen ser ut i luften.

«Er du enig?»

Sønnen nikker. Firfinger aner at han har flere tanker. Gutten er flink til å holde kjeft. Det er bra. Trolig blir de nødt til å slåss, men det er viktig at andre ikke leser den muligheten. Viser de feil ansikt, blir det færre alternativer.

«Jeg står alltid sammen med deg», sier faren til slutt.

Sønnen snur seg mot ham og nikker. Så omfavner de hverandre. Hos Storeflekk ville de aldri gjort noe sånt, men her virker det naturlig.

27.

Den sparsomme vegetasjonen gjør det lett å ta seg fram. Noen steder må de riktignok bøye av for å komme rundt klynger av busker, andre steder plager det høye, stive gresset beina. Karo ser flere som har røde striper på leggene der de skarpe kantene på stråene har rispet dem. Sårene er sjelden så dype at de blør.

Luften har blitt disig, og det har kommet en lysende ring rundt solen. Det er slike tegn Alles Mor bruker for å vise at hun gir dem regn. De har funnet nok sølevann til å stilne den verste tørsten, men friskt vann fra himmelen er noe helt annet.

Hun liker at de kun ser landskapet et lite stykke foran seg. På slettene virket alt endeløst og håpløst, her åpner det seg nye muligheter bak hver kolle og åsrygg. I flere av dalsøkkene finner de ferske spor av de små antilopene, de det er mindre farlig å jakte på. Hun merker at det vekker mennene.

Solen har kommet foran dem. Folk har ikke de samme kreftene som da de startet vandringen, de stopper i et søkk der det er spor etter en elv. Vannet er borte, men leiren er tydelig våt, så det skal bare dreie seg om å grave.

Kaje stusser over at denne elvedalen peker nedover i den retningen de går – de har fortsatt høyere rygger foran seg. Han har satt seg ned sammen med Lele når Silla, Kajes halvvoksne fetter, kommer løpende inn i leiren.

«Kom! Kom! Jeg har funnet det.»

Kaje ser på gutten.

«Funnet hva?»

«Vann. Alt vannet. Mer enn alt. Det er her, og det smaker godt.»

Lele virker skeptisk. Verken terrenget eller vegetasjonen tyder på at det er mye vann i nærheten, likevel blir de begge med. De passerer flere åskammer, men allerede fra den første ser de at trærne samler seg et stykke foran dem.

Gutten har rett. Her er mer vann enn de noen gang har sett, og det renner forbi nesten uten å lage lyder. Det har spredd seg utover et mye større område enn Bujuelven rår over, selv etter at den har kommet seg ned til slettelandet.

De vasser ut og drikker så mye de orker. Vannet er friskt og kjølig – helt uten leire og insekter. Ved bredden finner de dessuten en fin leirplass. Her får de et svalende vinddrag og en eim av skog istedenfor smaken av tørt støv. Skogen står tettere på andre siden av vannet.

Kaje gleder seg med de andre. Det føles som om det er dette Alles Mor har styrt dem mot – en enorm overflod av godt vann omgitt av åpen skog.

Først når solen er i ferd med å forsvinne bak åsene på den andre siden av elven, kommer tankene. Så godt vann har de ikke hatt siden de forlot

Bujudalen, men noe ved situasjonen demper likevel Kajes entusiasme. Noe er galt! Selvsagt er det fint med friskt vann, likevel er det et eller annet som skurrer.

Han står ved bredden og stirrer utover når Bo kommer bort. Hun smiler bredt.

«Vi fant fram. Er du fornøyd?»

Han blir usikker på hva som ligger bak smilet, og ser seg rundt før han svarer. Noen av barna er fortsatt uti og plasker med armene. Det er tydelig at folk trives.

«Er *du* fornøyd?» spør han.

«Jeg klarer meg.»

Han tenker at det er som å høre Sirea og tar sjansen på et nytt spørsmål.

«Hva vil *du*?»

Hun snur seg vekk, men svarer med rolig stemme.

«Jeg? Jeg vil at alle skal ha det godt, og så vil jeg finne en mann. Men jeg vil være her, sammen med dere.»

«Jo, jo, men hvor? Hvor skal vi gå?»

«Hvor? Det spiller ingen rolle. Spør *hvem*, for det er viktig. *Hvem* betyr noe, ikke hvor.»

«Jo, men hvor betyr også noe», insisterer Kaje i et forsøk på å overbevise seg selv. «Vi har lært det de siste dagene. *Hvor* betyr liv eller død, *hvem* betyr ikke annet enn glede.»

Hun ser rart på ham.

«Det var voksent sagt.»

Han smiler tilbake.

«Jeg er voksen.»

«Likevel er hvem viktigere», fortsetter hun. «For deg er det Sirea, men du har snudd deg vekk. Øynene dine ser ikke etter annet enn grønne skoger.»

Et øyeblikk stirrer Kaje intenst rett fram. Plutselig ser han problemet. Så tar han rundt henne og klemmer hardt. Bos kropp former seg etter hans.

De setter seg ned ved siden av hverandre. Det er ikke nødvendig med flere ord. Hun har ikke skjønt, men det gjør ikke noe, for *han* har sett. Han trenger den grønne skogen for å kunne være sammen med

Sirea. For ham er det opplagt. Han må ha gjort seg fortjent til den kvinnen.

Problemet, som Bo hjalp ham å se, er at fra å mangle vann har de med ett for mye. Altfor mye! *Vannet sperrer veien videre.* Elven er så bred at selv de høyeste trærne ikke kan falle fra en bredd til den andre.

Uten å si noe reiser han seg og går ut i vannet. Det er dypt. Så dypt at det er umulig å vasse over, dessuten merker han hvordan det drar i kroppen. Med vann til over navlen blir han stående og stirre mot den andre elvebredden. Der er det mye grønnere. Her er det så vidt han klarer å holde balansen. Det må bety at de nærmer seg. Samtidig er de lengre unna enn noensinne.

Støyen av skrål og latter er mer dempet nå, likevel er det ingen tvil om at folk er fornøyde. Kaje merker at også enkelte andre har øynene rettet mot den fjerne bredden, men ingen synes å ha noen tanker om å dra dit. Bak stemmene hører han en lav brumming av vannmassene som vil forbi, nå og da ispedd lyd fra fjerne fugler.

Det var ikke dette de kom for! De taklet tørken, det virker helt galt at vannet skal stoppe dem. Denne elvebredden er ikke de grønne skogene månen vil gi dem, men hvordan kommer de videre?

Først må han overbevise de andre om at det er nødvendig, så må han finne ut *hvordan*. Begge oppgavene virker håpløse.

28.

Toavtremann liker å gjøre ting sammen. Fellesskapet varmer. Samtidig er han glad for at de andre ikke har invitert Enavfiremann.

Det tar mesteparten av dagen å finne og kappe til gode emner for spyd. Steinene deres har skarpe egger, men det krever likevel mange slag for å kappe selv et lite tre. Når han kommer tilbake, ser han Toavtokvinne sitte sammen med de andre kvinnene fra hans stamme.

De to venninnene har tydeligvis dradd tilbake, men Enavfiremann sitter ved siden av henne. Begge befinner seg i utkanten av sirkelen.

Først tenker han å gå bort og prate med henne, men de andre mennene drar ham med seg. De har noen store steiner som er båret inn i leiren med det formål å slipe til trevirke. Spydene må være rettest mulig, ha glatt overflate og en langstrakt spiss i den enden som er tykkest. Det gir best balanse å ha spissen i den enden. De dårlige emnene kan brukes til stikkestokker. De vurderer hverandre ut ifra det håndverket de får til, men kommentarene er spøkefulle.

På kvelden går han bort til kvinnene og setter seg sammen med dem. Enavfiremann har forsvunnet, trolig sendte de ham vekk. Praten er livlig, og han liker ikke å avbryte. Til slutt snur en av dem seg mot ham.

«Der er han. Han vil ha henne. Ha henne.»

Kvinnene ler. Toavtokvinne smiler blygt.

«Hun er fin. Du har funnet en god kvinne», er det en annen som sier.

«Ta henne med deg. Se hva du får til.»

Oppmuntringene blir mer og mer muntre og direkte.

«Den må stå som et spyd. Og så må du treffe. Er du sikker på at du klarer? Vet du virkelig hvor? Hvor du skal treffe.»

Han skjønner at ordene ikke er ment for ham. De forventer ikke svar. Han har heller ingen svar. Det var dumt å sette seg der, men det er enda tyngre å reise seg.

Hun reiser seg først og rekker ham hånden. Da er det lett å komme seg på beina. Hun leder ham bort til sitt soveskinn. Ettersom resten av stammen hennes har dradd, ligger det et stykke vekk fra der andre sover. Han tenker at det er fornuftig å dra dit. Kvinner er krevende – særlig når det er mange av dem – det er mye lettere å prate med menn.

Hun legger seg. Han glir ned ved siden av og begynner å fikle med brystene hennes. Stedet er omgitt av et behagelig mørke og en god lukt av gress og blomster. Etter en stund tar hun hånden hans og fører den ned mot skrittet. Der er hun våt. Så begynner hun å leke med pikken hans.

Hun holder på lenge, men det skjer ingenting. Toavtremann begynner å bli fortvilet, den reiser seg ofte når det ikke passer, det holder å tenke på henne, men nå er den slapp som en død jordrotte. Hvorfor ikke når han er sammen med henne? Det er direkte pinlig.

29.

Det går to dager.

Folk liker leirplassen de har funnet. Her er små åsrygger de kan bestige for å få oversikt. Skogen mangler riktignok en del trær, men lukten er tilbake. Den spesielle eimen som følger trærne, var en selvfølge i Bujudalen, noe de ikke tenkte over, og som Kaje først innser savnet av her hvor den er tydeligere enn noensinne. Dessuten vet de at det fins dyr i området. Aller viktigst, vann er ikke lenger noe problem. De tørre slettene er en fjern og tilbakelagt del av livet.

Kaje oppsøker Karo. Det plager ham at alle andre stråler når situasjonen er fortvilet.

«Karo, vi må finne ut hvordan. Ellers sitter vi fast.»

«Hvordan? Hvordan hva?»

«Ser du ikke? Vannet sperrer oss. Det stopper oss.»

Hun ser betenkt på ham.

«Hvor vil du?»

«Andre siden. Andre siden selvsagt.»

«Så, det er ikke bra nok her? Vi har mat og vann.»

«Nei.»

«Hvorfor ikke?»

«Dette er ikke riktig skog. Ikke den månen vil gi oss.»

Karo aner hvor problemet sitter.

«Det gjør ikke noe. Kanskje månen har ombestemt seg. Elven gir jo det vi trenger.»

Kaje tar en pause før han fortsetter. Tankene har vokst inne i ham, men det er særdeles viktig å få dem fram på riktig måte.

«Nei, det blir galt. Jeg må vise folk de grønne skogene. Ellers tror de meg ikke.»

«Det gjør ikke noe så lenge alle er fornøyde. Du har …», prøver Karo.

Kaje avbryter.

«Jo, jo, men det ... Det gjør noe. Dessuten ...»

Kaje tar en pause. Når han fortsetter, er det mer trykk i stemmen.

«Her er få dyr og nesten ingen planter. Stedet gir oss mat nå, men ikke i dagene som kommer. Vi trenger en bedre skog.»

Karo innser at Kaje faktisk har rett. Denne elvebredden duger antakelig ikke på sikt. Folk er fornøyde, men det er fordi de sammenligner med hva de har vært igjennom. Hun har ikke sett frukttrær, og det krever mye tid å skaffe nok mat. Her er lite ved. Kajes motvilje mot å bli er knyttet til behovet for å lede stammen til de grønne skogene han så fra fjellet, men problemet han påpeker er virkelig.

«Folk har vandret langt. Hvis skogen her ikke gir det vi trenger, drar vi hjem. Til Bujudalen. Vi savner det vi hadde der. Lele tenker det samme.»

Kaje stirrer lenge på henne, så reiser han seg brått og går.

Kvelden nærmer seg. For en gangs skyld kommer Sirea til Karo og sier noe uten å måtte.

«Det har blitt verre.»

Karo ser spørrende på henne, men holder igjen. Hun ønsker at den unge kvinnen skal komme med tankene sine uten å bli dyttet. Hun setter seg ned, men Sirea blir stående, så hun reiser seg igjen.

«Det gjelder Yamyam. Han kom til meg.»

Sirea tar en pause. Stemmen er lav, men tydelig, når hun fortsetter.

«Mule hev spydet etter ham. De var ute i skogen så ingen andre så. Han unnslapp, men det var like ved. Det er ikke første gang. Du vet hva som skjer med fredelige dyr, om du presser dem mot en bergvegg? Det er ikke slik du vil det skal være. Snart blir noen drept.»

Karo vet omtrent hvor folk står hva gjelder de to nykommerne, men hun innser at den slags innsikt ikke er nok til å løse problemet. Hun og Lele tok avgjørelsen uten å prate ordentlig med alle. De ba de to fremmede om å bli med. Det var dumt. Alle må få legge til sine tanker.

«Veldig fint at du gir ord», begynner hun. «Vi trenger ord. Jeg tenkte først at Yamyam og Firfinger skulle være med oss, men jeg ser at det ikke går så bra. Tror du de klarer seg på egen hånd?»

Karo ombestemmer seg før Sirea rekker å svare.

«Folk har det bedre nå, så jeg synes vi skal prøve litt til. Jeg kan prate med Mule, så kan du …»

Sirea avbryter.

«Noen ganger er det farlig å gjøre ting om til ord. Men jeg er bekymret for hva Mule gjør. Og … Også for hva Yamyam og Firfinger kan finne på. De har styrke uten bruk av muskler.»

Karo ser nøye på Sirea samtidig som uroen inne i henne vokser. Hun snakker langsomt og lavmælt.

«Jeg vet hvordan Yamyam drepte Storeflekk da de ville ta hulen vår. Jeg vet …»

«Ikke Storeflekk, de drepte Brushode. Og ikke Yamyam, men faren. Men … Det spiller ingen rolle, for de har mer. Mer gift. De kan bruke den mot dere, men de bør bruke den *med* dere. Om nødvendig. Der vi er nå, er det ingen mennesker, men finner vi skogen til Kaje, finner vi sikkert også folk. Dere trenger dem mer enn de trenger dere.»

Sirea blir plutselig stille og ser på Karo. Karo innser at hun kanskje virket avvisende, så hun prøver å smile, samtidig som hun løfter hodet for å få Sirea til å fortsette.

«Vil dere prøve å ta giften fra dem?» spør Sirea uten å vise med stemmen hva hun selv mener.

Karo snur seg vekk før hun svarer.

«Vi har tenkt. Lele har tenkt. Han antok at Firfinger hadde mer, men sier vi ikke skal gjøre noe. Han sier vi må skape tillit, for om dere ikke har gift, kan dere likevel drepe. Det er bare å gå rundt med stikkestokk midt på natten. Hvis tilliten forsvinner, må vi gå hver vår vei.»

Nå ser de på hverandre igjen, Sirea med respekt i blikket.

«Det er fornuftig sagt, men tilliten har forsvunnet.»

Karo setter seg ned, og nå gjør Sirea det samme. Hun setter seg ganske tett inntil. Karo legger hånden om skulderen hennes, og presser kroppen inn mot sin. Den er ikke motvillig, men heller ikke myk. Ikke like myk som Bo pleier å være. Hun vet godt at de har nytte av Firfinger og Yamyam, dessuten er de to troendes til å hevne seg hvis de blir utstøtt. Den beste løsningen er å gjenopprette tillit.

«Sirea, Sirea. Takk for at du kom. Og at du er ærlig. Jeg skal prøve å gjøre hva jeg kan. Jeg vet at Yamyam hører på deg, kanskje du kan hjelpe ham å se.»

Yamyam hører på meg så lenge det passer ham, tenker Sirea. Høyt sier hun:

«Jeg skal prate med ham.»

Etter en stund legger hun til.

«Du står for noe godt.»

Bo ser stadig oftere på Yamyam. Han er ikke en person som får blikket til virkelig å feste seg, men han oppfører seg slik en mann skal. Han nøler ikke med å bruke seg selv når det trengs, og han virker mild og tilbakeholden selv når andre ikke er det. Dessuten er det fortsatt noe mystisk ved ham. Han har noe i seg som andre menn mangler. Kanskje ikke mangler, men det er ett eller annet ved ham som trekker øynene hennes.

Før de nådde elven, dreide dagene seg om å komme videre. Alle visste at de var nødt til å gå for å overleve. Hodene var tomme for andre tanker. Her ved elven har alt det andre som livet byr på, begynt å vokse fram igjen.

Yamyam har satt seg på toppen av en liten kolle. Derfra er det mulig å følge elvens vandring et godt stykke. Nedover forsvinner landskapet i åpen skog, ispedd tørre sletter, oppover hever det seg i åser og daler der trærne har et tettere fellesskap.

Bo setter seg ved siden av. Hun kom opp bakfra og merker at han skvetter.

«Beklager. Mente ikke å skremme», starter hun.

«Ble ikke skremt. Skremt», svarer han raskt.

Hun nøler med å si noe. Blikket går til de fjerne fjelltoppene som ligger bak åsene. De stikker seg fram i den klare kveldsluften. Den lave solen gir dem en varm og tiltrekkende rødtone. Så vender hun seg mot Yamyam. Ansiktet hans virker ikke uvennlig, bare litt lukket.

«Vi er ikke som Mule. Ikke vi andre.»

Han ser på henne og smiler sjenert.

«Jeg vet, du er ikke sånn. Du er snill. Snill.»

Hun er i ferd med å krype tett inntil og legge armen rundt ham, men så oppdager hun ansiktet til Mule nede i leiren. Det er rettet mot dem. Isteden blir det Yamyam som legger hånden på hoften hennes. Hun kaster et raskt blikk på spydsåret Yamyam har øverst på låret. Uten å tenke flytter hun seg vekk. Det blir viktig å si noe.

«Mule knuffer med andre også. Særlig Kaje. Han bare er slik.»

«Jeg vet», mumler Yamyam.

«Ikke døm ham for hardt. Vi har alle litt vondt i oss. Han er … Han *kan* være snill.»

Det kommer noe fjernt over blikket hans når han igjen ser på henne. Så reiser han seg og går. Ikke mot leiren, men i motsatt retning. Hun sitter igjen med en ekkel følelse.

Kaje har sett at Karo snakker på tomannshånd med Sirea; han trenger å gjøre det samme, men det er tungt og vanskelig å gå til henne. Det har lenge vært et fjell mellom dem, og det har vokst etter at de forlot Bujudalen.

Sent på kvelden er behovet så stort at fjellet flytter seg.

«Sirea. Du vet jeg ønsker å fly som fuglene.»

Hun ser på ham med et rart smil. Kaje tolker det som hånlig. Hun sier ingenting, så han fortsetter.

«Jeg vet, jeg vet, bare fuglene flyr. De … Jeg kan ikke. Men …»

«Du vil over elven», avbryter hun.

«Ai, det er det. Hvordan … Vi må over elven. Hvordan visste du?»

«Ahh.»

«Jeg har sett fiskene. De svømmer. Vi mennesker kan ikke fly som fugler, men kanskje fisken kan lære oss å svømme.»

Kaje har lagt merke til at Sirea er flink til å holde seg flytende i vannet, men å ta seg fram over et så langt strekk med rennende vann er selvsagt noe helt annet.

«Jeg tror det er mulig», sier hun. «Mennesker kan lære å svømme. Ikke fly, men svømme som fisken. Jeg kan. Jeg kan bevege meg i vannet. Men vi har barn og gamle, det spørs om *de* kan.»

«Ai, ai, jeg vet. Også jeg kan flyte, men elven griper meg. De gamle klarer ikke å flyte engang, elven tar dem.»

Sirea synes stemmen til Kaje virker tung og trist.

«Du har nok rett», svarer hun stille.

De blir sittende uten å si noe. Hun klarer ikke la være å tenke på hvor forandret Kaje har blitt. Da hun først så ham, strålte ansiktet som på en fornøyd guttunge, nå er det fjernt, trist og stille som hos en gammel mann. Likevel aner hun den samme personen bak de mørke, dype øynene. Det er et eller annet der som hun sliter med å rive seg løs fra.

«Er det alt du vil? Få folk med over elven?»

Han snur seg mot henne. Øynene har fått tilbake noe av den spesielle kraften. Hun tror han skjønner hva det er hun tenker på, men det tar tid før han svarer.

«Sirea, jeg vil mye mer. Mye mer. Jeg vil vi skal gå sammen, og ha det godt, men først ... Først må jeg gi folk det jeg skylder dem.»

«Du har alltid gitt alt du har. Du skylder dem ingenting», prøver hun.

Nå ser han ned.

«Det er ikke slik. Ikke for meg.»

Hun skjønner. Kanskje er det på tide at hun prøver å føye seg.

«Vi kan komme over. Jeg tror det er mulig, og kanskje vet jeg hvordan. Men er du sikker? Sikker på at du vil over?»

Hun ser ansiktet til Kaje stråle, akkurat slik hun liker ham best. Hun legger armene rundt ham. Kroppen hans er myk og villig. Så presser hun leppene sine mot hans, men de er tørre og svarer ikke.

30.

Toavtremann våkner tidlig. Det er demringstid, men han vet at også denne dagen blir varm.

Tankene går til de små, blå blomstene. De er vannets øyne på land, og det peneste som vokser i skogen. De er der for at vanngudene skal kunne hjelpe menneskene, derfor lar han dem stå og trår alltid ved siden av. Han lurer på om de ser ham her i tussmørket.

Toavtokvinne ligger der fortsatt. Han snur seg andre veien for ikke å risikere å møte blikket hennes. Skal han gi opp denne kvinnen? Det fungerte jo ikke, uten at han skjønner hvorfor. Han vet at han liker henne veldig godt, og hun har en kropp som fanger øynene minst like sterkt som blomstene. Likevel!

Lenge ligger han og irriterer seg. Så går han for å se om det fins noe spiselig ved bålplassen. Det er fortsatt stille rundt i leiren med unntak av enkelte sovelyder. Heldigvis er det ingen der, for han har mer behov for noe å slå på enn noen å prate med. Det han trenger, er å kjøre stokken inn i en av de største antilopene. Det gir en herlig følelse. Eller kanskje drepe et menneske, slik han var med på å drepe båttyven.

Han finner noen knokler med kjøttrester. Hun kommer etter og setter seg ved siden av. Det blir hun som bryter stillheten.

«Det gjør ikke noe.»

«Uhm.»

Han har blikket rettet mot sjøen, men hun tar hodet hans og vender det mot sitt.

«Det spiller ingen rolle. En annen natt.»

«Beklager.»

Hun legger armene på skuldrene hans.

«Ikke beklag. Det gjør ikke noe.»

Først nå retter han øynene mot henne.

«Men … Jeg er *mann,* jeg klarte manndomsprøven. Det krevde mye. Mye mer.»

Hun bøyer seg framover og presser leppene sine mot hans – ganske hardt, men bare et kort øyeblikk.

«Jeg vet du er mann. Jeg vet du kan.»

Så lar hun hånden gli ned mot skrittet hans. Den spretter opp.

«Kom», sier hun mildt og leder ham tilbake til soveskinnet.

31.

Kaje sitter ved bredden og stirrer over mot andre siden. Slik har han sittet fra før lyset kom. Sirea har ikke lagt fram noen plan for hvordan de skal komme seg over, så han regner med at det var noe hun sa for å behage. For ham kunne de like godt befunnet seg i ørkenen, gleden over vannet har tørket ut.

Heldigvis aner han at også andre ser problemer med stedet de befinner seg. Ikke barna selvsagt, men flere av de voksne. Stedet virket så fint. De tørre slettene gjorde denne leiren til mye mer enn hva den har å by på. Det er vanskeligere å finne mat her enn det var selv siste tiden i Bujudalen. Elven har med seg nok vann til alt levende, likevel er jorden sandete og tørr. For kvinnene går mye av dagen med til å lete etter spiselige planter, men utbyttet er dårlig. I Bujudalen hadde de tid til så mye annet, de hadde lange kvelder med bål og prat, her er folk utslitt når solen går ned. Det er ikke dette de satte livet på spill for.

Så innser han plutselig hva som er det største problemet. Folk vil ikke videre, de vil tilbake. Men det blir jo helt feil.

Som så ofte før blir det Lele som tar et initiativ. Sent på kvelden, i lyset fra et lite og uvillig bål, sitter han sammen med Karo og prater lavmælt. Elven er så vidt synlig bak de blafrende flammene. Vinden er mild, men ubesluttsom, noe som gjør røyken plagsom uansett hvor man setter seg.

«Kaje sier vi må videre.»

Det blir en lang pause, men når Karo først sier noe, er hun mer enn vanlig bestemt.

«Nei! Vi *kan* dra tilbake. Vandringen har kostet nok.»

Lele hadde regnet med et slikt svar.

«Dette er vår sjanse. Hvis vi noen gang skal få oppleve de grønne skogene, må vi gjøre et forsøk. Ellers er alt strevet til ingen nytte.»

«Bujudalen har alt vi trenger. Vi skulle aldri dradd derfra.»

Han merker at hun sliter med å holde stemmen dempet.

«Vi kan dele oss. De som vil, drar videre, andre drar tilbake.»

Nå spretter hun opp og er tydelig sint.

«Hva!»

All annen prat stopper opp. Lele ser seg rundt. Også han kommer seg på beina. Stemmen er rettet mot alle som fortsatt sitter rundt bålet.

«Vi trenger å finne et sted som er bedre. Jeg tror det er mulig, men vi må over elven.»

Igjen ser han seg rundt, men folk virker mer nysgjerrige enn irriterte – bortsett fra Karo.

«Hvordan?» er det noen som spør.

«Jeg har tenkt. *Vi* har tenkt, jeg og Sirea. Det ligger døde trær her. Vi må finne ett som er passe stort. Så må vi hugge og brekke av greinene. Dessuten trenger vi noe til å skyve mot vannet. Gravestokker bør fungere, men helst skal vi ha stokker som er enda bredere.»

Merkelig nok er Firfinger den eneste som kommer med sin mening.

«Lele har rett. Vi kan komme oss over. Vi krysset det tørre, og vi kan krysse det våte.»

Det blir stille en stund. Flere av kvinnene virker tydelig nervøse, men kun Doro setter ord på følelsene.

«Vi vet ikke. Vannet … Det kan gå galt, vannet kan sluke oss.»

Lele ser på henne.

«Alt kan gå galt, men trærne flyter. Så lenge vi holder oss til dem, kan ikke vannet ta oss.»

«Jeg er redd», kommer det spakt fra Doro.

«Du kan slåss mot vannet», sier Kaje oppmuntrende. «Hvis du slår armer og bein mot vannet, så holder kroppen seg oppe.»

«Kanskje du, men jeg er for stor. Vannet vil meg vondt», svarer hun. Det er mye følelse i stemmen.

«To av oss er døde. Er ikke det nok?» fortsetter hun.

Lele snur seg mot Karo, men hun velger å gå vekk fra bålet med raske skritt.

Sirea har sittet og tenkt. Nå reiser hun seg og går bort til Lele. Også Kaje reiser seg og stiller seg sammen med dem, men det blir Sirea som fører ordet.

«Jeg har sett hvordan kvister og trær lar seg føre av vann. Det vil kreve gode skyvepinner og mye innsats, men jeg tror vi kan. Jeg er villig til å prøve.»

Hennes ord synes å ha større kraft enn alle andres. Lele løfter hodet, men sier ingenting. Han liker ikke at Karo forsvant, men Karo bør innse at hun ikke lenger har samme innflytelse. Ansiktet til Kaje derimot, stråler som bålet når han igjen sier noe.

«Vannet er en test. Enda en oppgave vi må overvinne.»

De fleste ansiktene er tomme, likevel virker det som om bålet tar i litt hardere for å gi dem noe å samle seg rundt. For en gangs skyld protesterer ikke Mule. Han virker riktignok betuttet, men Lele regner med at det er mest fordi han ikke kom på den muligheten selv. Alles Mor leder stammen ved å meddele seg gjennom dem som har best kontakt med henne.

Lele blir plutselig oppmerksom på Kaje. Øynene peker rett oppover slik at kun det hvite er synlig. Samtidig faller underkjeven ned så munnen blir til et gapende hull. Deretter faller hele kroppen sammen. Lele setter seg på huk ved siden av, men før han rekker å gjøre noe, er Kajes øyne tilbake. De ser spørrende på ham.

Neste dag er de i gang. Lele vil at de også lager reimer – slike de bruker til å knytte sammen skinnsekkene og henge dem over skulderen – bare mye lengre. De har nok av huder, og alle vet at skinnreimene er sterkere enn bast, dessuten har de ikke funnet noen gode basttrær. Helst vil Lele ha en så lang reim at de kan feste den i flytetreet og etter overfarten dra treet tilbake gjennom vannmassene. Men det er langt til den andre siden, og de trenger skinn for andre formål.

Det tar tre dager før det meste er klart. Reimen er lang nok til en prøvetur. De binder den til enden av treet, seks personer setter seg på treet mens andre står på land og holder i reimen.

Strømmen er sterkere enn de hadde trodd og årestokkene gir ikke så mye kraft, likevel viser padlerne at de kan påvirke hvordan vannmassene styrer treet. Så ryker reimen. Treet er med ett i godt driv nedover elven mens padlerne står på for harde livet. De klarer å styre inn mot land. Der hopper de i vannet og får dradd treet tilbake til utgangspunktet.

Lele innser at det blir nærmest håpløst å få til en tilstrekkelig lang og sterk lærreim, så løsningen må bli at noen padler treet tilbake. Det bør være mulig å få alle over ved å la det gå i flere omganger. De som står igjen, må flytte nedover elven etter hvert som strømmen tar treet, men det gjør ikke noe. Det gikk an å styre, men før de forsøker igjen, vil han ha bedre padleredskap. Folk blir bedt om å dra langt av gårde i et forsøk på å finne gode emner – døde trær eller greiner som er tykke nok i ene enden til at de klarer å skape et stort, flatt område.

Kaje jobber nesten uten å ta seg tid til å spise og sove, likevel er ansiktet hans slik Sirea liker det. Han kommer bort til henne i solnedgangen. Alt er klart for et nytt forsøk neste dag.

«Kom! Vi må prøve vannet.»

Hun blir med uten helt å skjønne hva Kaje mener.

De vasser ut slik at vannet når til midjen. Der tar han tak rundt henne og kysser lenge med åpen og levende munn. Så lener han plutselig kroppen bakover, samtidig som han sparker fra med beina. Sammen flyter de nedover.

Begge får hodene under vann, men det går fint å holde pusten. Etter en stund prøver de å få beina ned på bunnen igjen, men der er det bare vann, og vannet fører dem utover. Sirea river seg løs. Ved å slå med armer og bein beveger hun seg innover mot bredden, men det går langsomt. Det krever alt hun har av krefter. Et par ganger glemmer hun å lukke munnen og ender med å hoste opp vann.

Solen har forsvunnet når de endelig kjenner den sandete bunnen mot føttene.

«Det var det jeg trodde. Vi kan svømme som fisken», sier Kaje lett.

Hun ser oppgitt på ham, men så bryter hun ut i latter.

«Vannet kunne tatt oss. Det var like før.»

«Jeg tror vannet er med oss, ikke mot oss. Jeg har sett månen speile seg i det.»

Typisk Kaje, tenker hun.

De kommer seg inn på bredden. Begge er utslitt etter strabasene så det ender med at de sovner sammen på en ørliten strand der vannet skvulper mot beina.

Lele dirigerer opplegget med padletreet. Han fyller opp med så mange det er plass til, men står selv igjen og ser på at andre padler. Det går fortere nedover elven enn bortover mot den andre bredden.

Mule er med, men tar sin padlestokk ut av vannet.

«Det går ikke», roper han. «Vi må snu.»

Yamyam er også der, og svarer:

«Jo, det går. Vi må ta i. Gi alt armene orker.»

Lele biter seg i leppen. Treet flyter, men retningen er lite gunstig. De gjenværende skynder seg nedover elven.

Til slutt ser de at fronten på treet støter mot bredden på motsatt side. Bakenden svinger nedover til hele treet ligger inntil. Folk hopper i elven og vasser i land. Noen løper vekk som om vannet skulle komme etter for å ta dem.

Flytetreet befinner seg langt nedenfor der de startet, men det spiller mindre rolle.

Kaje og Yamyam padler tilbake. De klarer å holde en bedre kurs enn da de var mange. Igjen er det bare for alle andre å forflytte seg videre nedover.

«Treet flyter fint, men det er tungt. Det er vanskelig å styre. Vannet bestemmer mest, men jeg tror vi kan gjøre det bedre», påpeker Kaje.

«Ja?» sier Lele.

«Greinene bremser, så vi må kappe dem helt ned.»

Det er en overkommelig oppgave. Lele sørger for at det står igjen korte stubber til å holde seg fast i. Neste tur går bedre, de taper ikke like mye for vannets ønske om å dra dem med seg.

Elven er bredere der de nå befinner seg, men samtidig roligere. Den drar ikke så hardt i treet, likevel tar overfarten lengre tid. Ved hjelp av en reim drar de treet et stykke tilbake oppover elven. Det har begynt å mørkne. De trenger mer dag, men solen vil ikke, så spørsmålet er om de skal utsette de siste to turene til neste morgen.

Det vage lyset fra en ganske stor måne gir dem mot, dermed bestemmer de seg for å fortsette.

Det går bra. Helt til Silla er uvøren. Han har alltid hatt masse energi, nå prøver han å flytte seg lengre fram på stokken. Det innebærer å klatre rundt andre, noe som viser seg å være en dårlig idé. Treet ruller rundt, og alle havner i vannet.

De fleste klarer å holde seg fast enten i selve trestammen eller i de gjenværende greinstubbene. Silla klarer det ikke. Han sto da treet veltet og havnet derfor et stykke unna. De andre ser ham kave alt han kan med armer og bein, men av en eller annen grunn drar strømmen ham raskt vekk. Det er som om Alles Mor straffer ham. Yamyam prøver å rekke ham padlestokken, men avstanden er for stor. Alle har øynene rettet mot gutten. De ser hodet forsvinne under vann. Det dukker opp igjen et annet sted, men blir raskt borte. Enda en gang dukker det opp. Gutten skriker og veiver vilt, men til ingen nytte.

Kaje har klatret tilbake på stokken og er klar til å kaste seg etter ham. Også Lele har kommet seg opp på trestokken. Han griper foten til Kaje idet han er i luften.

«Nei! Kaje! Det går ikke.»

Det blir et kraftig plask når Kajes kropp deiser i vannet. I samme øyeblikk innser Kaje at det han prøver på er nytteløst, Silla var mange mannslengder unna da han forsvant siste gangen. En fisk skulle klart det. Langsomt snur han seg slik at han får tak i hånden til Lele og blir dradd tilbake til tømmerstokken. Ingen sier noe. Ansiktene lukker seg, og øynene dreier vekk fra der gutten forsvant.

32.

Silla er borte. Vannet har tatt ham. Alt som står igjen, er gråtende kvinner på en fjern elvebredd. Enda en gang kom døden som en overraskelse. Enda en gang har Alles Mor vist at det er hun som rår over liv og død.

De trenger å ta én tur til, for Doro og et par andre sitter igjen på feil side. Nå som de fleste er over, har de ikke noe valg, selv om det er nesten mørkt. Det å være samlet betyr mer enn alt annet – særlig nå når tapet av Silla begynner å prege ansiktene. Moren har heldigvis kommet seg over og sitter med hodet gjemt mellom knærne. Kroppen har kraftige rykninger, men det kommer ingen lyder.

Karo setter seg ved siden av og legger hånden på ryggen hennes. Før hadde hun alltid ord som hjalp, nå er hun tom. Lele burde overta også denne oppgaven, det var han som dro dem ut i vannet.

De som har kommet over, bestemmer seg for å trekke passe langt nedover elven for å lage et bål. Padlerne trenger noe å styre mot.

Det var for mørkt til at Doro så hva som skjedde, men hun hørte skrikene. Slike skrik er de verste. De man ikke aner hvorfor er der. Nå sitter hun stille med ansiktet gjemt bak hendene. Kaje er med tilbake og går bort for å berolige henne. Han vet at hun gråter, spørsmålet er hva han bør si, har hun skjønt at de mistet Silla?

«Doro. Doro. Det går fint. Bare sitt stille. Hvis vi går rundt, så hold deg fast i meg. Du kan holde i lærreimen min.»

Hun ser på ham.

«Hva … Hva skjedde? Vi hørte skrik, og …»

Kaje tenker seg om.

«Det var …»

Ansiktet hennes flytter seg plutselig helt inn til hans slik at han ser øynene. Hun tar tak om overarmen hans og klemmer så hardt at det gjør vondt.

«Det går bra. Jeg skal få deg over. Jeg lover. Vi skal være sammen med de andre.»

Først sier hun ingenting, men presser pannen sin mot hans. Så flytter hun på hånden slik at den får et solid grep om pikken hans, som om den skal redde henne. Han tenker at ettersom den er helt slapp, gir den ikke mye å holde seg fast i, men det gjør ikke vondt. Så griper hun fatt i pungen hans, og det gjør vondt. Stemmen hennes er så vidt hørbar.

«Jeg vet. Jeg må. Slik er det. Jeg ... Jeg er klar.»

Kaje smiler til henne, men merker at smilet ikke blir av den riktige sorten. Forhåpentligvis ser hun det ikke.

«Det går bra. Det går sikkert bra.»

Begge reiser seg. Hun står stille rett foran ham. Selv i det svinnende lyset ser Kaje at kinnene er våte og røde. Stemmen framhever tårene.

«Kaje. Kaje du må. Hvis jeg … Hvis vannet tar meg. Du må love. *Finn meg!* Finn meg og begrav meg. Jeg vil til forfedrene.»

«Doro. Hør. Vi skal over. Du klarer det, og jeg passer på. Jeg lover.»

Den siste turen begynner bra. Elven holder på å slippe opp for krefter, dessuten har de blitt flinkere til å koordinere padlingen. Dermed klarer de å styre sånn noenlunde i den retningen de vil. Månen gjemmer seg bak et slør av skyer. Den gir ikke nok lys til å se land på motsatt side, men de aner fortsatt den siden de kom fra. Det gjelder å styre rett vekk. Det er ikke så farlig akkurat hvor de havner, bare de kommer seg over.

Kaje har vært med på alle turene, og armene merker at de har blitt presset mye hardere enn hva de er vant til. Padletakene gjør vondt, dermed får han ikke padlepinnen til å skyve like hardt mot vannet. Også de andre mennene sliter for stokken beveger seg stadig langsommere. Det fører til at de havner lengre ned enn beregnet, men det er jo bare å følge bredden tilbake.

Karo og Lele leder folkene på land nedover langs elven. De holder seg tett samlet. Månen ligger gjemt bak skyene. Det er nok lys til å se hvor man tråkker, men ikke til å se landskapet lengre fram.

Så er det ikke mer elv. Det vil si, elven dekker alt. Det er vann på alle kanter unntagen den veien de kom. Her er elven lydløs, men de hører små bølger som slår mot land. Det har kommet noe nytt og fremmed i luften, den er ikke lenger preget av skogduft.

De blir stående stille. Ingen hadde ventet noe slikt.

Så kommer månen fram. Den speiler seg i vann som brer seg utover så langt det er mulig å se.

Karo tenker at det er hit elven vil. Den har funnet veien hjem, samtidig som de selv har gått seg vill. Hun innser at hvis de ikke klarer å lage bål, risikerer de at folkene på tømmerstokken padler ut i de uendelige vannmassene. Da vil vannet før eller siden sluke både treet og alle som sitter på det.

«Vi må lage bål», sier hun stille, men høyt nok til at stemmen når over bølgeskvulpet.

Først nå virker det som om folk våkner. De trekker seg tilbake til et område der det står trær. Månen hjelper dem, men det er likevel vanskelig å finne ved uten ordentlig lys. Lele og Firfinger gjør så godt de kan med de kvistene som blir bragt inn. Heldigvis har de klart å holde knusken tørr, og Lele er god med ildsteinene.

Steinene føder gnister. Til slutt klarer knusken å fange en gnist slik at det begynner å ulme. Det gir røyk. Da er det bare å blåse forsiktig, helt til det vokser fram flammer. Karo stirrer på de ørsmå babyflammene. Aldri før har et så lite bål varmet så godt.

Kaje oppdager det samme som de på land har erfart. Månen gir gjenskinn i vannet, men nå har de vann på alle kanter. Elven er ikke lenger en elv, den har vokst til en enorm sjø. Han får noe av den samme følelsen som da han krysset det hvite i fjellene, det er som om de har kommet vekk fra alt levende. De er helt alene på et sted der selv ikke Alles Mor har noe hun skulle sagt. Samtidig drar vannmassene fortsatt tømmerstokken utover. Det er nesten ikke kraft igjen i padlestokkene.

Plutselig innser Kaje alvoret i situasjonen. De har ikke lenger noen bredd å bevege seg mot, og det virker som om sjøen har tenkt å ta dem. Løftet han ga Doro, begynner å svi i hodet.

Han sier ingenting.

Alle padler så hardt de orker. De som ikke har padlestokker, bruker hendene. Månen antyder en retning, men blir det riktig? Han hører at Doro gråter, men det er ikke tid til å stoppe opp for å trøste henne, dessuten vet han ikke hva han skal si.

33.

Det føles godt, veldig godt, å ligge ved siden av henne med kroppene tett sammen. Først nå er Toavtremann sikker på at han tok et langt skritt i riktig retning. Sammen skal de lage barn og fange fisk. Mange barn og mye fisk. Han skal klare alt det som forventes av en mann.

Så reiser han seg langsomt og går i retning sjøen. Der plukker han varsomt én av de små, blå blomstene, og tar den med tilbake til Toavtokvinne. Også hun må få oppleve de blå øynene på nært hold, og han vil at blomsten skal se dem sammen.

«Den er til deg. Det er sjøens øyne som passer på oss.»

Hun ser på ham og smiler før hun tar tak i armen og trekker ham inntil seg. Han venter, men hun sier ingenting, så han fortsetter.

«Jeg vil … Jeg vil at sjøen skal se oss. At vi er her for forfedrene.»

Igjen smiler hun, tar tak i blomsten, og putter den i munnen.

Det går en støkk i Toavtremann, men han sier ingenting og håper hun ikke merker det. Dessuten håper han at blomsten ikke blir sint – eller at den er giftig.

«Nå har blomsten sett meg», sier hun med en myk og spøkende stemme. «Den har sett hele meg, og den vet at jeg vil være med deg.»

Det er liv i leiren nå, men de to ligger fortsatt tett sammen på soveskinnet. De andre sender nysgjerrige blikk i deres retning, men det kommer ingen kommentarer. I alle fall ingen som når fram til dem. Så legger han merke til Enavfiremann som går fram og tilbake et stykke unna. I den ene hånden holder han spydet, i den andre en klubbe, samtidig som ansiktet er rettet mot dem. Fyren er et problem, men det er ikke verd å ta det opp nå. Han vil ikke skremme henne bort.

Toavtremann kommer på noe han har lovet å gjøre.

«Jeg må opp.»

Hun ser på ham.

«Ja, vi bør vel komme oss på beina. Solen er her.»

«Jeg vet. Jeg har lovet noen av guttene. Jeg må hjelpe dem. De skal lære å bli voksne, og de trenger hjelp. De spurte meg, og jeg sa jeg skulle bli med.»

Hun lar øynene hvile mot hans. Stemmen er ikke fullt så myk.

«Det haster ikke. De blir menn uansett. Alle gutter blir menn før eller siden.»

Han lurer på om det er spott i øynene, men legger seg ned og trekker kroppen inn mot sin. Slik ligger de lenge. Han synes det er lenge.

«Nå må jeg opp», sier han til slutt.

Det virker som om hun er fornøyd. Han tenker at det holder å gi kvinner litt av det de ber om. De blir sure om de ikke får noe, men ber de om et tre, så blir de tilfreds med en grein.

«Det er greit. Bare gå du. Fint at de spør deg», sier hun med en stemme som er langt mer kjærlig enn den var sist. «Du må gjøre det som kreves. Du er mann nå, ordentlig mann, og det krever mye.»

Øynene hennes har noe rart i seg. Han ser spørrende på henne, men hun sier ikke mer.

Det haster ikke. De tre guttene det gjelder, skal være ute i skogen i flere dager, og både han og andre voksne menn deltar i opplæringen.

Samtidig tenker han at de har ligget lenge nok. De skal spare tiden sammen på soveskinnet til natten – og til alle nettene som kommer.

34.

Det er kveld et annet sted i skogen på den samme siden av elven. De vage dalene der er kjent under navnet Asoka. Skogen er frodig, men hvis regnet blir fraværende over lang tid, kan det være vanskelig å finne vann uten å grave i leirete bekkeleier eller dra ut til den store elven som aldri gir opp. De går fram og tilbake dit på under en dag, men som regel er ikke den turen verd bryet.

Også her samler folk seg rundt et bål. Der lyset fra flammene så vidt når fram, henger det en gutt. Beina er bundet sammen av en lærreim. En annen reim er knyttet til denne og ført opp til en grein, slik at han henger opp ned. Folk som går forbi, spytter på ham. Slik skal det være.

Tsabo er en voksen kvinne, Tsabu er hennes mann. Det er noe alle vet, og de fleste respekterer. Tre av barna som virrer rundt i leiren tilhører dem, selv om den eldste, en jente, virker helt forskjellig fra de to yngste. De fleste aner hvem som er faren hennes, men slikt blir ikke gjort om til ord. Det spiller likevel liten rolle, for alle skal bidra med å ta seg av barn.

Det som betyr noe, ligger i navnet. Når en mann klarer å vinne gunst, ikke bare drive fram øyeblikkets kåthet, blir han med til kvinnens stamme. Der legger de skinnene sine sammen for natten. Dessuten tar han hennes navn, men med en 'u' som endelse. Unge kvinner er ofte ikke videre opptatt av å ha en fast mann, men de prøver å finne noen hvis de blir gravide.

Gutten som henger etter beina, hadde fått en jente ned på soveskinnet sitt. Bare menn har lov til å dra noen med seg, og de skal ikke prøve seg på annet enn voksne kvinner. Hvis kvinnen viser tydelig motvilje, skal de la henne gå. Det hjalp ikke at jenta ikke viste antydning til motstand, det gutten prøvde på, er mot stammens regler.

Sent på kvelden regner Tsabu med at gutten har lært, så han tar ham ned.

Ansiktet er rødt, og kroppen virker vissen, men han setter seg opp. Flere av de andre skuler over mot gutten, selv holder han øynene lukket. Ingen sier noe.

Tsabu følger med på hvordan gutten har det. Ansiktet er fortsatt preget av ubehag, men bortsett fra stillheten og mangelen på kontakt med omverdenen, så virker han frisk. Han var selv borte og spyttet på gutten et par ganger. Også han prøvde seg før han ble voksen, det gjelder å passe på at ingen ser deg.

Han tenker at det ikke dreier seg så mye om straff. Gutter må lære å tåle. Dessuten trenger ungdommen å vise jentene *at* de tåler. De har verre ting i vente før de vinner retten til å være menn. Selvsagt må de også kjenne stammens regler, men han er sikker på at denne gutten for lengst har forstått dem, han har bare ikke villet dem.

Stammen har mange barn, så mange at det siste guttebarnet ble gitt til skogen. Det kom to babyer – en gutt og en jente. Moren gikk med på at det holdt med én. De fleste nyfødte opplever å ta sine første skritt, og det er et godt tegn, men det tar mange og lange skritt å bli voksen.

Tsabo er liten med krusete hår og flat nese. Brystene henger ned, men har holdt seg rimelig godt for en mor til tre levende og to døde. Magen er skrukket og uten fett. Mannen er mye høyere, holder alltid ryggen rett og blikket åpent for omgivelsene. Øynene ligger dypt under buskete øyebryn. Det er tydelig at haken stikker seg fram – selv om den er dekket av skjegg.

De to sitter og spiser side om side. De snakker til hverandre uten å ense de andre samtalene rundt dem. Tsabu var ansvarlig for å tilberede måltidet – derfor ligger det for Tsabo å kommentere.

«Hjertet er seigt og trevlete»

«Ja, ja. Som føttene til en halvdød kudu. Jeg vet.»

«Hmm, smaken av alder», sier hun.

«Ja, jeg vet. Et langt liv. Det må smake elde. Slik er det.»

De tygger videre. Tsabo spytter ut noen rester hun finner i seigeste laget.

«Du skal ikke spytte», kommenterer mannen mildt.

«Jeg vet. Men det var ikke godt.»

«Prøv heller leveren. Jeg har blandet den med bananer.»

Han rekker henne en kalebassbolle med rødaktig grøt som hun glupsk stikker den ene hånden ned i. Sammen sørger de for at bollen raskt blir tom, men det er mye annet igjen.

Det er stille en stund før Tsabo igjen føler behov for å kommentere. I en slik situasjon er det regnet som både riktig og viktig å si noe om det de spiser.

«Fettet i brystene er harskt.»

«Slik er det. Sånn … Nei, nei, det er ikke harskt, bare klumpete. Det smaker rart. Fett vi lar ligge blir harskt. Du vet godt hvordan harskt fett smaker.»

Tsabo nikker. Blod og fettrester har fordelt seg i ansiktet – det meste i nærheten av munnen. Hun virker misfornøyd, men spiser videre. Skjegget til Tsabu er enda verre tilgriset.

Hodet er satt på en stokk rett utenfor leiren, men slik at det retter seg mot dem. Det lange, grå håret blafrer vagt samtidig som vinden drar røyk og gnister vekk fra bålet. Ansiktet følger med på menneskene som sitter rundt bålplassen. Blikket har mistet det meste av hva det en gang hadde, likevel synes Tsabo at det virker bestemt.

Hun plukker opp en pinne og begynner å dytte fettrestene vekk fra mannens skjegg. Så hever hun stemmen slik at også andre legger merke til ordene.

«Vi har spist. Det var riktig, og alle har fått. Alle som vil, så ingen skal klage.»

Tsabu nikker.

De fleste ordene er omtrent som hos månefolket, men når de uttaler navn – både på mennesker, dyr og steder – legger de inn en klikkelyd. Disse lydene bærer lengre enn andre, så på avstand er det de rare klikkelydene som preger luften. For dyrene høres ikke klikkelydene ut som mennesker.

Tsabo lener seg framover og ser hardt på mannen.

«I morgen vil jeg ha godt kjøtt. Ordentlig kjøtt.»

«Ja, ja, det er klart. Jeg skal jakte. Ksitu blir med. Slik du vil. Det er kudu lengst nede, der vår skog grenser mot de andre. Vi skal skaffe mykt antilopekjøtt med ferskt, hvitt flesk. Kuduene der nede er fete og fine.»

Tsabo smiler. Mannen er en god jeger. Han kommer som oftest hjem med noe spiselig, og alt er bedre enn menneskekjøtt. Selv skal hun ta med barna og finne frukt. Barna liker det, og hun liker smilene som renner over av den røde fruktsaften. Hun vil at barna skal få oppleve det hun selv husker fra sin barndom. Livet er som den store elven. Det dukker stadig opp nytt vann, men det nye vannet opplever akkurat det samme som vannet dagen før.

35.

De oppdager lyset fra hva som må være et bål, men det er langt unna, og det kommer ikke nærmere. Synet gir styrke til musklene. Nå går det i riktig retning. Kanskje det ikke er så langt likevel.

Sjøen gir dem til slutt fra seg. Slitne, men glade er de atter samlet. Bortsett fra Silla. Tapet av gutten demper gleden ved å være gjenforent. Han gjorde mye av seg som levende, dermed gjør han også mye av seg som død. Stammen blir aldri den samme igjen, tenker Karo. Heldigvis ligger ikke hans død på hennes skuldre.

Moren til gutten kommer bort. Ansiktet er rødt av tårer og sorg.

«Var det verd det?»

Karo skjønner spørsmålet, men har ikke noe svar.

«Hvor mange skal vi miste før vi finner en dal. Vi *hadde* en dal. En god dal.»

«Jeg vet», svarer Karo. Først ser hun seg rundt for å vite om Kaje er i nærheten, så tvinger hun seg til å møte morens øyne.

«Jeg beklager. Det ble ikke slik vi hadde tenkt. Lele insisterte på å krysse elven.»

Moren sier ikke mer, men ansiktet har vendt seg mot bakken. Det blir en pause før Karo fortsetter.

«Det er vanskelig. Det er så mye ingen av oss rår over. Alt kan skje. Vi mister unge til skogen i Bujudalen også, det er en del av livet.»

Moren gråter mer åpenlyst nå.

«Vi skulle aldri dradd. Vi hadde alt.»

Karo løfter på hodet og sier stille:

«Ja. Det var galt. Vi hadde nesten alt.»

«Det er de fremmede. De drev oss. Mule har sett det», fortsetter den gråtkvalte kvinnen.

Karo vet ikke hva hun skal si, så hun legger armene på skulderen hennes og lar pannene møtes.

«Han … Silla. Han kommer ikke til forfedrene engang», fortsetter moren. «Han er borte. Ikke bare nå. For alltid.»

Å la pannene møtes er ikke nok, Karo tar tak rundt kvinnen og drar henne inn til seg.

«Jo, vi skal ha seremoni. Selvsagt. Vi skal sørge for at han kommer dit. Du ser ham igjen. Helt sikkert.»

Det hjelper litt, men ikke mye. Folk kommer til henne i vanskelige situasjoner – det er jo dette hun kan. Eller *kunne*. Kanskje er omsorg nå hennes viktigste og eneste bidrag. Lele forlanger å føre, hun sitter igjen med å trøste ofrene. Dessverre bærer det ikke, trøsten hennes henger som en brukken kvist. Karo merker en dyp smerte i brystet. Det må være slik det føles å bli stukket av et spyd.

Hun merker et plutselig hat mot Lele. Slik har hun aldri hatt det før. Og hvorfor legger hun skylden på Lele, det er Kaje som har ført dem vekk?

De fleste våkner sent neste morgen.

Så mye vann har Lele aldri sett. Han tenker at vannet tilhører dem nå. Det truer ikke lenger, og det har heller ikke makt til å bestemme over stammen. Bølgeskvulpet har stilnet. Menneskene har Alles Mor, mens alt vannet har, er en blank og stille overflate.

Kanskje har det også fisk?

I neste øyeblikk ser han en fisk sprette ut av vannet for så å lande med et plask. Det rare er at fisken kom akkurat idet han tenkte på den. Slikt betyr noe. Også Bujuelven har fisk, og det hender de klarer å fange noen ved å dytte dem fort med hendene. Det krever at de først får fisken inn der vannet er grunt. Her har fiskene enorme områder å forsvinne i, så det er umulig å fange dem.

Rude sitter et stykke bak de andre. Lele setter seg ned ved siden av ham, men den gamle vennen bare reiser seg og går. Så snubler han og faller. Lele reiser seg for å gå bort og hjelpe, men ombestemmer seg.

De tapte enda et liv på veien. Litt synd at Silla ikke er til stede i sin egen begravelse, men her har de i det minste blomster som de legger på en stein ved elvebredden. Karo sier høyt hva Alles Mor tenker, og at elven fra nå av heter Sillaelven.

Kaje husker sjøen oppe i fjellene der Bujuelven starter. Selvsagt må alle elvene ende i en sjø, det går jo ikke an å renne videre i det uendelige. Alles Mor løfter vannet opp til himmelen slik at det kan falle ned igjen i fjellene og renne ned gjennom Bujudalen. Det virker så riktig, så gjennomtenkt, og så snilt. Snilt av Alles Mor å ordne opp, for ellers hadde ikke skråningene rundt fjellene vært fulle av liv, de hadde vært preget av den samme tørre døden som landskapet de karet seg igjennom.

Han ser seg rundt. De har ikke så mange valg hva gjelder retningen videre: Enten oppover elven eller langs bredden av vannet. Han foreslår det siste. Vannkanten fører omtrent i den retningen solen tar.

Der elven kommer ut, er landskapet ganske flatt, men lengre borte blir det mer livlig med bølgende åser. Kaje har fått nok av flate sletter. De er som en lang natt der man ikke finner søvn.

Ingenting stopper dem nå, de skal finne de grønne skogene. De kan følge vannet, men før eller siden må de dreie i retning fjellene. Elven kommer sikkert derfra.

Det er noe nytt og spennende å se så mye vann samlet på ett sted. Øynene kan følge bredden ganske langt i begge retninger, men så blir den borte. Noe slikt trodde han ikke fantes. Videre den veien bredden forsvinner, er det bare vann. Han stirrer dit den flate, blå horisonten møter en disig himmel. De går over i hverandre. Det gir en merkelig følelse, som om han ser helt fram til der livet tar slutt.

Folk blir med. Det kommer ikke en gang protester.

Bo oppsøker Sirea. En stund går de i stillhet, side om side. Bo tenker at Sirea har noe av det samme i seg som hun selv. Kroppene er i alle fall ganske like. Håret er riktignok forskjellig, bortsett fra at begge har skåret det av, men Kaje har sagt at Sirea minner om henne i ansiktet. Og hun kjenner seg igjen i Sireas måte å være på.

«Hva tenker du på?» spør hun, mest for å få henne til å vise ansikt.

Sirea ser på henne med et ørlite smil.

«Du har sikkert mer interessante tanker. Hva tenker *du* på?»

«Jeg ...»

Det ble vanskeligere enn hun hadde tenkt. Sirea gjør av og til ting vanskelig. Etter en stund bestemmer hun seg.

«Jeg lurer på om vi to. Om vi er like. Jeg tenker at vi går med lignende tanker.»

«Gjør vi?»

«Jeg vet ikke.»

Bo har aldri merket noen direkte motvilje fra Sirea, men føler heller ikke at hun kommer henne nær. Hun vet at Sirea har noe stort i seg, men også at hun holder andre på avstand. Bo bestemmer seg for å prøve en annen vei inn.

«Er du fortsatt interessert i broren min?»

Nå ser Sirea på henne med et bestemt blikk. Deretter snur hun seg vekk på en måte som gjør at Bo regner med at det ikke kommer noe svar, men etter en stund snakker Sirea.

«Det er vanskelig. Det kommer og går. Jeg vet ikke hvor Kaje står, og heller ikke hvor jeg selv står.»

Bo løfter hodet, men regner med at det ikke er noen vits i å gå videre med temaet. Dermed blir det Sirea som bryter stillheten.

«Og du? Er du interessert i Yamyam? Han er en bra mann.»

Hun innser at også det spørsmålet er krevende å forholde seg til.

«Du vet ... Jeg liker Yamyam, men jeg tror han liker deg. Han ser på deg, og det virker som om han gjerne vil.»

«Hmm. Men vi to er jo like. Mente du ikke det?»

Hun stirrer lenge på Sirea før hun mumler:

«Kanskje ikke *så* like.»

Først nå virker det som om Sirea legger oppriktig vennlighet i stemmen.

«Jeg søker ikke ham. Jeg tror han er din hvis du vil. Han har sagt at han synes du er pen, og han har sagt det på en måte som betyr noe.»

«Takk», sier Bo. Det er ikke så mye for ordene, som for at hun engasjerer seg. For at hun deler.

«Plager Mule deg?» fortsetter hun.

«Han plager Yamyam mer enn meg. Jeg takler ham. Si til Mule at han skal passe seg, Yamyam kan drepe ham.»

De forsetter i stillhet.

Kaje legger merke til at Bo og Sirea går sammen. Etter neste hvilepause er Sirea igjen for seg selv. Humøret er så godt at han oppsøker henne.

«Sirea. Noen sa at du vil forlate oss, jeg vil så gjerne at du blir.»

«Hvorfor?»

Kaje ser ut i luften.

«Vi trenger deg.»

«Vi?»

Kaje snur motvillig hodet mot henne.

«Ja vi.»

«Og jeg», kommer det spakt etter en stund.

«Hvorfor?»

«Jeg … Jeg vil gjerne. Gjerne være sammen med deg.»

«Hvorfor?»

«Jeg vet … Jeg vet ikke.»

Han merker blikket hennes, og at hun anstrenger seg for å holde stemmen myk.

«Yamyam har svarene. Du har ikke funnet dem.»

Humøret hans er med ett ikke så godt lenger. Han går vekk. Samtidig øker han farten slik at han havner foran alle de andre. Det er fint at terrenget er kupert, det krever mer slit og man slipper ha øyne på seg hele tiden.

Han har ikke gått langt, før han bråstopper. Rett foran ham er et syn som får hjertet til å banke og øynene til å skrike. Det gir frysninger nedover ryggen.

Han holder skriket inne i seg, det hjelper likevel ikke, mannen er helt sikkert død. Svært død. Likevel er skikkelsen skremmende. Kaje har sett livløse kropper før, men ingen slike.

Fyren henger i et tre. En lærreim surrer sammen armene, og en annen reim er tredd igjennom. Dermed ser det ut som om det siste han gjorde var å løfte hendene over hodet. Hodet henger forover og har ikke mer det skulle sagt. Øynene er fulle av fluer.

Det samme er stumpene av bein der føttene skulle vært. Føttene er kappet som på et slakt, og blodet har for lengst rent seg ferdig. Alt som står igjen, er noen mørkerøde trevler av kjøtt rundt hvite stumper av bein; begge deler pakket inn av en enorm mengde surrende, svarte fluer. Det ufyselige ved stedet blir understreket av stanken som er enda mer påtrengende enn synet.

36.

Enavtogutt er ute i skogen. Han har fått litt hår under nesen samt i skrittet, ellers er huden glatt og ren som på et barn. Han er sammen med to andre gutter i samme alder. De har med seg Toavtremann.

Her ute skal de lære hva som kreves for å bli mann, etterpå må de vise at de behersker det. Derfor er stemningen spent. Kvelden før hadde Toavtremann vært skeptisk til oppgaven, men nå føler han seg ovenpå.

Det betyr mye for omdømmet å klare alt på første forsøk, så de tre guttene følger nøye med på hans forklaringer. Først prater han om spiselige planter og dyr. Det er ikke så viktig, for slikt lærer livet dem, derimot trenger de å vite hvordan de skal forholde seg til vannet. Det vil si, til de åndene som rår over vann og dermed over alt som betyr noe i livet. Samt lære om hvordan vannet hjelper dem når de skal vise at de er menn og vinne gunst hos en kvinne, for der å så det frø som skal spire til en ny generasjon. Dette er for gutter. Kvinner *må* ikke komme i nærheten, for da risikerer de at vanngudene blir sinte. Jentene får sin egen undervisning, der de lærer hva kvinner trenger å vite. Uansett kjønn, om de består testen, så blir det en fest for å markere overgangen til voksen.

For de tre guttene er dette livets høydepunkt. Selv de gamle ser på voksenseremonien som den viktigste dagen. Fødselen sier ikke så mye, ingen husker den og mange dør før de får vist at de har i seg det som kreves for å være menneske. Å finne en ektefelle og skape barn er stort, men man vet aldri når det kommer. Døden er et betydelig skritt, men den det gjelder er ikke ordentlig til stede. Mottakelsen i vannriket er viktig, men krever ikke noe spesielt, i alle fall ikke av den som skal dit. Derfor er voksenseremonien livets lengste skritt.

Toavtremann har kommet til hva menn må gjøre for å skape barn. Alle leker med pikkene sine til de blir harde. Så forklarer han hva mer man kan gjøre, og hvordan kvinner er skapt.

«Å lage barn sier mye, men det er ikke vanskelig», avslutter han.

Guttene flirer. Enavtogutt er den mest utadvendte og aktive av de tre. Han ser på Toavtremann.

«Klarte *du* det? Ja, har du klart det? Med hun kvinnen, hun fra den andre stammen? Vi så dere i går.»

Toavtremann venter før han svarer, for han vil at gutten skal fjerne gliset fra ansiktet. Til slutt gir han opp å vente.

«Det er ikke vanskelig. Snart er det deres tur.»

Han skifter raskt tema til hvordan man lager bål. Det er forholdsvis lett å snurre rundt en pinne som er plantet i en grop på en bredere stokk, men samtidig krever det håndlag om man skal klare å vekke flammene. Dessuten krever det en følsom pust og kunnskap om knusk. Oppgaven er langt fra ny for guttene, men han vil se hvor flinke de er. De har nytte av trening og rettledning.

37.

Kaje har mest lyst til å løpe vekk, glemme det øynene fant, men det blir galt å stikke av. Det fins ting alle må vite om – selv om det er snakk om noe motbydelig. Sirea tåler sånt, men han vet at Reko blir redd. Hun er ofte redd, og døde mennesker med avkappete føtter demper neppe bekymringene. Kaje har allerede mye dårlig samvittighet med tanke på Reko, å servere henne noe slikt gjør ikke situasjonen bedre. Det samme med Doro selvsagt. Hun har enda lettere for å bli skremt.

Han slipper å ta avgjørelsen. Først Mule, så Lele og Sirea står plutselig ved siden av ham. De sier ingenting, men Kaje tipper at alle har omtrent de samme følelsene og tankene. Til slutt vender Lele seg mot ham.

«De andre må få vite.»

Kaje løfter hodet som tegn på enighet. Mule løper tilbake mot der resten av stammen går.

«Det er noen der», sier han uten å prøve å få pusten igjen. «Det henger noen der.»

Karo går bort til ham.

«Mule, hva er det?»

«Det henger en død mann.»

Hun virker skeptisk.

«En død mann!?»

«Ja, ja. Helt død», fortsetter Mule. «Og de har kappet av føttene, så han ikke kan stikke av.»

Døde menn stikker sjelden av, tenker Karo, men finner det best ikke å si noe.

«Han … Begge føttene. De er vekk. Han har hengt der lenge, og han stinker. Han …»

Karo ser på ansiktet til Mule. Det er sjelden vanskelig å lese hva som beveger seg der.

«Kanskje folk her sender sine døde til forfedrene på den måten», foreslår hun.

«Nei, nei», sier Mule. «Han kommer ingen vei. Ikke … Ikke uten føtter.»

Det ender med at alle, fra de eldste og ned til de yngste, blir stående stivt foran den livløse kroppen. Barna med åpen munn og store øyne, de voksne med leppene knepet sammen.

Sirea bryter stillheten.

«Jeg har sett noe lignende før. Jeg tror han henger der for å si noe til fremmede.»

Karo løfter hodet.

«Du mener at de dreper folk som trenger seg på. De ønsker ikke å treffe oss.»

«Kanskje vi bør gå en annen vei», foreslår Lele.

Karo ser på ham.

«Hvilken vei er en annen vei?»

Lele innser problemet. Bak dem er elven, til venstre er sjøen. Det er ikke så mange retninger å velge mellom, og de vet ikke hvor folket som har kappet av beina holder til.

Han tenker at det er rart. Den døde mannen har ingen sår bortsett fra de avkappede beina. Samtidig sitter han igjen med et klart inntrykk av at fyren ble drept. Det er, eller var, en ung mann. Hvis han døde naturlig, hvorfor kappe av føttene og henge ham opp som fluebeite? Det hele bærer preg av at noen mislikte denne fyren så sterkt at de ikke har nøyd seg med å drepe.

Etter en lengre diskusjon bestemmer de seg for å fortsette langs bredden. De holder seg mer samlet nå, og med menn foran og bak som forsvar mot et eventuelt angrep.

Skogen er ikke lenger like fin.

38.

Toavtremann har gått tilbake, men guttene skal holde seg ute i skogen i tre dager. Det er ikke bare et spørsmål om å lære, de må også vise at de klarer å overleve på egen hånd. Sammen holder de på å praktisere det hemmelige vannritualet, det kun menn har lov til å utføre. Medbrakt vann i tomme strutseegg blir smurt utover egen og andres hud for så å tilføye de rette ordene og spise de rette urtene. Idet de er som aller mest oppslukt av oppgaven, er det et eller annet som får Enavtogutt til å løfte hodet.

Det står noen der! Ikke bare én, men mange mennesker, og de stirrer på dem. Dessuten er det både menn og kvinner. Kvinner *skal* ikke se. De *må* ikke se! Hans første klare tanke er at disse folkene har ødelagt hele opplegget, slik at de ikke får lov til å delta i voksenseremonien. Så legger han merke til alle våpnene og utstyret de bærer med seg, og at det dreier seg om helt ukjente ansikter.

Kroppen stivner. De andre vender hodene for å følge blikket hans. Enavtogutt spretter opp og løper. Han snur seg ikke, men hører lyder som antyder at kameratene kommer etter.

I leiren finner han Toavtremann som holder på å skyve en båt ut i vannet sammen med den nye kvinnen. En annen båt har akkurat kommet inn. Kurven deres ligger i strandkanten og inneholder fire døde fisk. Bølgene slår forsiktig innover kurven og forsyner seg med blod. I et kort øyeblikk er det røde vannet alt øynene ser.

Gutten puster så hardt at han har problemer med å snakke.

«Det … Det er noen. Mange. Og de så oss. *Så oss!* De kommer!»

Toavtremann tar seg tid og snakker rolig.

«Hva er det? Hva kommer?»

«*De fremmede!* De er mange. Alle går med spyd, og de kommer for å ta oss.»

«Du mener mennesker?»

«Ja, ja. Mange. Det var *kvinner*.»

Toavtremann ser spørrende på gutten.

«Kvinner!?»

«Ja, ja.»

«Bare kvinner?»

«Nei, jeg sa menn og kvinner. Menn med spyd, alle har spyd.»

Han tenker seg om mens øynene hviler mot gutten. Så snur han seg raskt rundt og lager to kraftige plystrestøt. Folk rundt retter seg opp og vender ansiktet mot Toavtremann. Et øyeblikk står alle stille. De som har våpen i hånden, går deretter raskt nedover mot sjøen, de andre, både kvinner og menn, løper dit de har spyd liggende. En annen gutt blir sendt for å varsle nabostammen.

39.

Alle har stoppet opp der de først oppdaget de tre guttene. Sirea ser på Karo.

«Jeg tror ikke det er bra.»

«Hmm», sier Karo. Ansiktet er bekymret.

«Jeg tror ikke vi burde vært her. Guttene ble redde, men de viste også irritasjon.»

«Hmm», gjentar Karo. «Du har rett. Vi burde ikke vært her.»

Stemmen til Sirea er overraskende rolig.

«Og nå? Hva gjør vi nå?»

«Jeg vet ikke», svarer Karo ærlig. «Hva sier du?»

«Vi kan snu, men kun til elven. Den stopper oss. Antakelig er vi fortsatt i deres skog. Derfor …»

Stemmen til Sirea stilner. Karo ser at hun tenker. Ingen andre sier noe, men ansiktene viser frykt. Karo innser at den døde mannen har klart akkurat det han ble satt til å gjøre. Samtidig er hun glad for at Sirea kommer fram med sine tanker, hennes egne visjoner om framtiden har blitt mer og mer utydelige ettersom hodet for lengst er tilbake i

Bujudalen. Det ligger langt utenfor hennes evner å finne de riktige svarene i en slik situasjon, bare Sirea kombinerer ungdommelig åpenhet med alderdommens innsikt. Derfor gjentar hun.

«Ja, hva sier du?»

Hun skjønner at Sirea jobber med et svar. Når stemmen til slutt kommer i gang, er den dempet, men tydelig. Hvert ord har tyngde.

«Jeg drar. Jeg skal gå. Følge i den retning guttene løp. Prøve å bli venner med folket. Det er bedre. Mange menn er farlige, en enslig kvinne er ikke. De behøver ikke drepe meg.»

«Du er modig», sier Karo. Hun ser på Sirea med både beundring og bekymring. Hun tenker på alt det andre de kan gjøre med henne. Før de dreper. Sirea er en attraktiv kvinne. Isteden gjentar hun:

«Du er modig.»

«Dere var snille mot meg, da jeg først kom. De fleste mennesker har noe godt i seg, det gjelder bare å vite hvor de har det.»

Reko står like ved og har overhørt samtalen.

«Jeg blir med. Det er bedre å være to.»

Sirea ser forbauset på henne.

«Det er farlig.»

«Jeg vet. Selvsagt er det farlig, men hvis du kan.»

Sirea fortsetter å se på henne mens hun tenker seg om. Den første innskytelsen er å si 'nei, jeg må gå alene'; den neste er å si at hun kan bli med, men må holde seg usynlig i bakgrunnen, slik at hun kan rapportere til de andre hva som skjer.

Det er noe galt med den siste strategien. Hun skjønner at Reko virkelig ønsker å delta, dessuten blir det feil overfor de fremmede å opptre med noe skjult. Det gjør seg dårlig. Særlig hvis de fremmede oppdager Reko, og hun er ikke videre erfaren med å holde seg i dekning. Slikt passer ikke for henne.

«Det er greit. Du kan bli med hvis du virkelig vil, men det *er* farlig.»

Plutselig hører de et rabalder av fuglelyder like ved der de står. Alle snur seg. Bak en vegg av blader aner de bare mange mørke, flaksende skygger som fjerner seg. Det er ingen tegn til verken mennesker eller dyr under treet. Så blir alt stille. Lyden lever videre i hodet til Sirea.

«Jeg ... Jeg er ...», begynner Reko forsiktig, men ingen enser henne. Så hever hun stemmen.

«Jeg er ikke redd.»

Sirea legger merke til at ansiktet sier noe annet.

Først nå dukker Kaje opp. Sirea tenker at han har en egen evne til å være andre steder, og om ikke kroppen er borte, så er i alle fall hodet hans. Kaje har tydeligvis fått med seg samtalen.

«Reko, Sirea, dere kan ikke. De vil drepe dere. Det er bedre at jeg går. Gjerne alene.»

«Fremmede menn provoserer», sier Sirea stille. «Både menn og kvinner er mer åpne for fremmede kvinner.»

«Men …», begynner Kaje.

Det er helt stille når han fortsetter.

«Men dere kan dø. Vi trenger dere. *Jeg* trenger dere.»

Sirea ser på ham med rynket panne og et spørrende blikk.

«Stammen trenger deg. Blir det krig, så trenger dere menn. Flest mulig menn.»

«Dere kan dø», gjentar Kaje, men stemmen er spak nå.

Sirea ser på Karo, men henvender seg til ham.

«Hør med Karo. Jeg tror hun forstår.»

Det virker ikke som om Karo har lyst til å si noe, men til slutt lar hun seg styre av alle blikkene.

«Sirea har gode ord, men jeg er ikke sikker. Kvinner blir utsatt for annet enn menn.»

Sirea tar et skritt til siden og griper armen til Reko.

«Vi går nå, og vi går alene. Det er best slik.»

«Vi trekker ned til sjøen», sier Lele. «Dere finner oss i nærheten av vannet.»

Karo sier ingenting, men Sirea ser at hun kniper munnen sammen som for å markere at det er ord der som burde få kommet ut.

40.

Sirea velger å følge bredden. Hun vil det skal være helt synlig at de kommer, og at de ikke har våpen. De starter med å vasse ut i vannet og dukke helt under for å få rene kropper. Luften står stille, og sjøen ligger som en glatt og uberørt flate. Reko reiser seg opp og ser utover vannet. Så retter hun blikket ned og finner sitt eget speilbilde. Hun har sett det også i badekulpene i Bujuelven, men aldri så tydelig. Hun virker fortsatt ung, men Sirea er mye penere. Hun skotter over mot henne.

«Har du sett deg selv?»

Sirea snur seg og ler.

«Nei, det er ikke noe å se på.»

«Jo, du er den peneste», insisterer Reko.

«Tull, du har et mye snillere ansikt.»

Tilbake på land finner Reko noen små blomster med kraftig blåfarge. Hun plukker tre stykker og stikker inn i håret.

«Er du på jakt etter menn?» spøker Sirea.

«Tror du ikke at hvis de liker oss, så er de snille?»

Sirea svarer ikke. Hun tenker at det er greit Reko ble med – og Moff selvsagt – men at det ikke er utseendet som kommer til å avgjøre. Kanskje er det en fordel å være to. Med to sammen blir det én som ser eventuelle ugjerninger. Én som kan prøve å stikke av. Først og fremst må hun stole på at hun finner fram til det gode hos folkene de møter. Det farligste er å treffe på en enslig mann, eller en liten gruppe menn, vekk fra leiren. Da er det mindre som stopper dem fra å gjøre hva de vil. Hun vet godt at alle stammer har meninger om rett og galt, men at slike regler står sterkest der mange er sammen. Selv de verste mennene misliker at andre ser på mens de gjør overgrep.

Fuktigheten de fikk med seg fra vannet, har tørket opp. Likevel blir ikke varmen plagsom, ettersom luften har begynt å bevege seg. Draget som kommer inn fra vannet, demper solens stråler. Reko holder seg et skritt bak, mens Moff vimser rundt foran dem.

Sirea aner lukten, før hun ser leiren. Eimen av gammelt bål der det er stekt mat, er lett å kjenne igjen. Hun tenker på tidligere tilfeller der hun oppsøkte fremmede, og hva som gjorde at hun overlevde. Denne stammen har ingen god grunn til å drepe. Riktignok kom de over noe som hun antar var en del av voksen riter for gutter, og som trolig skulle være hemmelig, men det kan ikke være *så* farlig. Fyren som hang i treet, hadde forhåpentligvis gjort verre ting.

De runder et nes, så er de der.

Stedet ligger fint til. Sjøen danner en grunn bukt, og inne i bukta går det en jevn, sandete bakke ut i vannet. Hun legger merke til stokkbåtene som ligger trukket opp på stranden. De minner om den de selv lagde, men disse er mer forseggjort. All barken er fjernet for å gi en glatt overflate. På en av dem ser hun to streker risset inn i treet slik at de danner en V.

Det er flere mennesker enn hun hadde regnet med. Hvis det kommer til kamp, er de fremmede i overtall. Flere av mennene og enkelte kvinner bærer med seg spyd.

En ung gutt er den første som oppdager dem. Ropet er så høyt at det vekker selv trærne.

«Der!»

Alle snur seg. De som har, løfter spydene sine. Sirea legger merke til at de ikke bruker slyngkjepp, og bare noen få går rundt med køller. Det tyder på at folket ikke er spesielt rettet mot krig. Hos Storeflekk var mennene opptatt av å ha våpen egnet til å drepe både dyr og mennesker. Mennesker byr gjerne på nærkamp, og da er klubben et godt våpen.

De er innenfor rekkevidden til spydene om de kastes, men uten slyngkjepp er de utenfor den avstanden der stokkene er farlige. I alle fall hvis det kun kommer én av gangen. Hun holder hånden ut for å signalisere at også Reko skal stoppe. Så løfter hun begge armene med håndflatene åpne mot de fremmede.

«Vi er her i fred. Vi vil ikke vondt. Bare lære. Lære av dere.»

Det blir helt stille. Hun lurer på om de forstår hva hun sier. Så hører hun den samme gutten.

«Det er dem. De så oss! De må dø! Dø.»

Tonefallet er annerledes, og noen av ordene blir sagt på en rar måte, men forskjellene er ikke større enn at Sirea forstår. Det er bra. Det er et godt tegn og gir det utgangspunkt hun trenger.

«Forstår dere? Forstår dere hva jeg sier?»

Igjen blir det stille. Så overtar en av mennene. Han tar flere skritt mot dem med spydet hevet. Et par ganger later han som han skal kaste. Sirea aner at Reko krøker seg sammen, selv blir hun stående stille. Først når han er nærme nok til å stikke, åpner han munnen.

«Jeg hører. Jeg vet. Dere er fremmede, og dere skulle ikke vært her.»

Sirea prøver å tenke. Mennene kunne lett ha løpt fram og drept dem, at de ikke gjør det, er også et godt tegn. Samtidig innser hun at hennes neste ord kan bli avgjørende. Skjebnen henger i at hun klarer å snu stemningen i en positiv retning. I verste fall håper hun at Reko er klar til å løpe – og at hun løper fort.

«Jeg vet. Vi er fremmede, og vi beklager at vi er her. I deres skog. Vi beklager at vi kom over guttene. Vær snill og unnskyld oss.»

Ingen sier noe. Hun aner en litt tafatt, men samtidig fiendtlig stemning. Det begynner å haste å finne fram til det gode i disse menneskene.

«Vi søker menn. Vi ønsker ektefeller.»

Fortsatt er det ingen av de fremmede som tør vise ansikt. Det slår henne at utsagnet ikke har mer hold enn et tørt gresstrå, men før hun rekker å finne på noe bedre, hører hun så vidt stemmen fra en jente som står halvveis skjult bak mennene.

«Skal dere få menn, må dere danse.»

Sirea tar ordene som et skritt i riktig retning, jenta virker oppegående og er modig nok til å bruke stemmen. De bytter sikkert kvinner med andre stammer, dermed er ikke hun og Reko noen trussel mot kvinnene her. Hun mener å ha funnet fram til en fornuftig fortsettelse, men før hun rekker å si noe, hører hun Reko bak seg.

«Jeg liker å danse.»

Så kommer det flere rop fra både menn og kvinner, men det er mest dem som står bakerst.

«Drep dem. Drep dem. De er fremmede.»

Flere av mennene begynner å gå i retning der de står. Fortsatt er stokkene hevet, og ansiktene sier det samme som stokkene. Fra øyekroken aner hun at Reko tar et skritt tilbake. Bra. Selv blir hun stående, fortsatt med håndflatene åpne foran seg. Hun innser at de trenger en annen strategi, kvinnelighet holder ikke når du står foran en fiendtlig innstilt forsamling der det er både kvinner og menn.

«Dere behøver ikke drepe. Vi vil dere ikke vondt.»

Flere av mennene er nærme nok til å hive med drepende virkning, men Sirea tenker at så lenge hun ikke beveger seg, haster det ikke for dem å hive. På jakt dreier det seg nesten alltid om å kaste mot et dyr i bevegelse – et dyr som prøver å unnslippe.

«Vi har noe å lære bort. Hør før dere hiver.»

Endelig synes ordene hennes å ha den tilsiktede virkningen. En ung kvinne kommer opp på siden av mennene.

«La oss høre henne.»

Mennene beveger seg likevel enda et skritt framover. Sirea antar det er for å sørge for at kvinnen er bak dem. Hun ser at de er konsentrerte som på jakt. Det er noe innbitt over menn når de er oppslukt av spydene sine.

Før hun rekker å si noe, tar Moff noen skritt fram og begynner å bjeffe. Søren ta, den pokkers hunden. Selv Moff burde skjønt, det nytter ikke å ta en aggressiv tone, særlig ikke når overmakten er så opplagt; deres eneste sjanse ligger i å vekke det gode hos disse menneskene. Hun burde sørget for at Moff ble igjen.

«Moff! Stopp! Kom her.»

Moff stopper faktisk å bjeffe. Hun vet av erfaring at hunden noen ganger skjønner hva hun vil og hører på henne, men det er langt fra alltid. Nå snur den, går tilbake og setter seg ved siden av henne. Bra. Ett problem mindre. Den forsto tydeligvis alvoret i stemmen. Hun puster ut og retter igjen blikket mot de fremmede. Hun forventer at de hiver stokkene sine – om ikke mot henne, så i alle fall mot hunden.

Det gjør synet som møter henne enda mer overraskende.

De nærmeste mennene har senket stokkene. Ansiktene har gått fra tydelig harme til like tydelig overraskelse. En av dem har sunket ned på knærne. Øynene deres stirrer vekselvis på henne og hunden. Bølgeskvulpene overdøver alt annet.

Overraskelsen må legge seg før hun klarer å tenke. Dermed tar det tid før hun innser at situasjonen brått har snudd, at det skal så lite til for å få folk til å vende spydene sine en annen vei. Nå har de sjansen hun har ventet på.

«Det er en villhund. Den går med meg. Den hører på meg. Jeg kan lære dere å være sammen med hunder. Det er nyttig.»

Hun er usikker på om folkene hører etter, eller om de skjønner hva hun sier, men det uvennlige har lagt seg. Hun innser også at det ble flere ord enn hva hun kan omsette i gjerning. Langt bak de andre hører hun en sped guttestemme.

«Drep dem.»

Hun både ser og hører at ordene hans er uten kraft og skynder seg å fortsette før stemningen snur.

«Vi vil dere godt. Vi vil dere skal være våre venner. Vi lover å være snille. Og vi kan hjelpe dere.»

En av de nærmeste mennene har fortsatt øynene på Moff.

«Det ... Det er en villhund?»

«Ja. Den er snill. Den hjelper meg.»

Sirea blir usikker. Hun har enda ikke fått Moff til å delta ordentlig på jakt, så det med 'hjelp' blir litt vagt. På den annen side så reddet jo Moff dem den gangen de ble angrepet av andre villhunder.

«Villhunder er farlige. De er gode jegere. De dreper mennesker», fortsetter mannen.

«Moff er snill. Jeg har lært ham.»

Nå retter han blikket mot henne. Hun ser at han er imponert. Så retter han blikket mot brystene hennes. Vel, han er jo mann. Øynene virker mer nysgjerrige enn pågående.

Reko har kommet opp på siden av henne.

«Vi vil dere skal være våre venner.»

Sirea tenker at fordelen med Reko er at hun virker så ærlig og uskyldig. Hun er ute av stand til å lyve – knapt nok overdrive – og det er opplagt at hun ikke utgjør noen trussel. En av de fremmede kvinnene går forbi mennene og stiller seg foran Sirea.

«Jeg tror dere. Vi tar imot. Vi skal ikke drepe, så lenge dere er gode mennesker.»

41.

Tsabo og Tsabu markerer grålysningen med et raskt knull. Det er fort gjort og gir en god start på dagen. De beholder plassen i hverandres hoder. Om kvelden er de begge trøtte. Dessuten gir ikke kveldsmørket nok til øynene, begge liker å lese den andres ansikt slik at de kan delta i hverandres følelser.

Ksitu er lavere enn Tsabu og har et skarpt fjes som sjelden smiler. De to er fra samme nabostamme og står hverandre like nær som brødre. De drar ut før solen viser seg over trærne og får med seg ytterligere en mann samt Karus – en nesten voksen gutt. For å legge ned større dyr er det best å være flere, særlig hvis dyrene befinner seg i et område som også andre stammer mener er sitt. Da hender det at ikke bare dyrene blør.

Akkurat den gutten har et anstrengt forhold til faren. Karus vet – og alle andre vet – at faren vurderte å drepe ham som barn. Ettersom menn flytter med kvinner, er ikke gutter like viktige som jenter. I vanskelige tider er det nødvendig å prioritere.

Det er en god dag. Himmelen er blå med spredte skyer, og et tydelig drag i luften gjør det mulig å nærme seg dyrene motvinds. Skogen er tørr. Ett av frukttrærne byr på modne frukter, så de behøver ikke kjøtt. Likevel, antilopeslakt er alltid populært, og mennene liker å gå på jakt.

«Er dere klare?» spør Tsabu.

De to mennene nikker. Karus er ekstra ivrig og kommer med ord som ikke er nødvendige.

«Jeg er alltid klar, og jeg går med dere.»

Tsabu smiler til ham. Gutten vet at de har tenkt seg ned til grenseområdet. Det er sjelden de møter noen, men det innebærer likevel en risiko å bevege seg så nær de fiendtlige nabostammene. Samtidig trenger de av og til å gjøre nettopp det, for ellers vil grensen krype stadig lengre inn i deres skog. De har med seg både stokker og klubber, og det skal mye til før noen tør angripe fire godt bevæpnede menn. Det gutten ikke vet, er at det i dette området nylig har vært et sammenstøt. En mann fra en vennligsinnet nabostamme såret en av fienden med spydet sitt. Tsabu tenker at det er dumt å skremme gutten.

Mennesker som blir utsatt for stikk, dør sjelden med en gang. Det blir ikke som med antiloper; man stikker ikke mennesker for å drepe, men for å si ifra. Når folk kommer tilbake med kvestelser, så vet de andre i stammen hvor grensen går. Noen dør riktignok senere, for det er farlig å gå rundt med dype sår.

Det er sjelden at stammene ved den store sjøen tør ta turen helt opp mot deres skog for å angripe, såpass respekt har de sørget for å ha. De er sterkest, så hvis mennesker må dø, skal det være de andre. Folket ved sjøen er fulle av dumme ord og rare overbevisninger. De er lettlurte og lettdrepte.

42.

Om kvelden er alle samlet. Karo og Sirea sitter sammen med Toavtremann og Toavtokvinne. De to er blant de mest nysgjerrige – noe som gjør dem lette å prate med. Karo og Sirea deler deres nysgjerrighet. Toavtremann er spesielt interessert i Moff. Han virket skeptisk da Moff gikk bort for å lukte på beinet hans, men ansiktet blomstret da Moff begynte å slikke.

«Hvordan?» begynner han. «Hva har du gjort? Villhunden følger deg.»

Sirea smiler. Enda en gang har Moff vist seg verd alle de beinrestene den har fått. Denne gangen til enda større overraskelse.

«Moff har fulgt meg. Lenge. Jeg gir den mat. Vi har glede av hverandre.»

«Så du har ingen mann?» spør Toavtokvinne.

Sirea ser overrasket på henne. Så smiler hun.

«Nei, ingen mann.»

Tankene går til Kaje, men det er jo så usikkert. Dessuten hadde hun startet med å si at hun og Reko søkte menn.

«Så hunden … Hunden er … Dere gjør alt … sammen?»

«Vi gir hverandre mye.»

Sirea tenker at det passer å være litt vag. Den fremmede kvinnen ser lenge på henne, men spør ikke mer. Isteden sier hun:

«Vi er sammen. Vi har akkurat blitt sammen. Det er fint.»

Sirea har skjønt det.

«Jeg ser dere har det fint sammen.»

Det blir stille før Toavtremann fortsetter.

«Villhunder betyr noe. Det går langt tilbake. Hunden din inngår i en fortelling, en historie fra de eldste.»

Karo lyser opp.

«Fortell. Vær så snill, la oss høre. Vår stamme har mange fortellinger, og jeg kan de fleste»

Mannen tar en pause. Sirea er usikker på om det er for å tenke seg om, eller fordi fortellinger ikke er for fremmede.

«Du må ikke. Ikke hvis det blir galt.»

Han ser på henne.

«Nei, nei, jeg kan alle ordene. Jeg må bare huske.»

De venter i stillhet.

«For lenge siden. Det var … Mitt folk var i krig. De fremmede holdt til oppover langs elven og kom hit for å drepe og for å stjele. De tok med seg kvinner, selv om kvinnene ikke ville, og de hadde mange spyd.»

«Hmm», sier Karo.

«En dag kom det en fremmed mann. En helt fremmed. Han hadde med seg en flokk villhunder og tilbød seg å hjelpe. Han sa at villhundene hans var farligere enn noe menneske, sammen skulle de få fiendene våre til å holde seg unna. Neste kveld hørte mitt folk masse bjeffing. Så ble det stille. Helt stille. Mannen var borte, også hundene, men de slemme sluttet å plage oss. Vi skjønte at den fremmede kom fra sjøen, at han var sendt av åndene, og at han kom for å hjelpe oss.»

«Ahh, så når dere så Moff. Dere tenkte …»

Sirea blir avbrutt av Toavtremann.

«Ja, men i fortellingen er det en mann. Og det er mange hunder. Likevel … Det var noe med deg. Noe med stemmen din. Ordene var som bølgesang. Det virket som om du steg opp fra sjøen, så jeg tenkte at åndene og vanngudene har sendt deg.»

Sirea smiler bredt.

«Jeg liker sjøen.»

«Vanngudene? Er det Alles Mor?» spør Karo.

Han ser spørrende på henne.

«Alles …? Alles hva?»

Sirea avbryter. Stemmen er forsiktig, men tydelig.

«Ja, det er nok det. Det samme. Dere ... Dere bruker forskjellige navn.»

De andre ser rart på henne. Ingen sier noe, men hun innbiller seg at både Karo og Toavtremann forstår hva hun prøver å si.

Karo bryter til slutt tausheten.

«Toavtremann. Det er … Navnet ditt. Vi har ikke slike navn. Det …»

Også Sirea la merke til de rare navnene da de fremmede introduserte seg. Hun har aldri hørt slike navn før, men aner at det ligger noe bak. Karo nøler så lenge at hun like godt overtar.

«Vi lurer på hva navnet betyr. Hvorfor heter du Toavtremann?»

Han ler.

«Jeg vet. Jeg vet. Dere har andre navn. Dere har rare navn. Våre er riktige, for de sier noe. Navnene deres sier ingenting. I alle fall ikke for meg.»

Sirea fortsetter.

«Så hva sier det? Navnet ditt?»

«Meg? Det sier jeg er mann – ikke gutt. Det sier jeg har en eldre bror, og at min far har to søsken.»

Karo og Sirea ser på hverandre og begge tipper hodene opp.

«Det er alt», avslutter han.

«Takk», sier Karo. «Vi bare lurte. Det er et godt navn. Det sier mye.»

«Ja», svarer mannen vennlig. «Her ved sjøen har vi navn som betyr noe.»

Igjen blir det stille. For Sirea er stillheten god. Det er bra når ordene folk gir hverandre får tid til å bli en del av fellesskapet. Ingenting haster. Dessuten er det godt å sitte sammen og utveksle tanker og kunnskaper. Hun har alltid likt å bli kjent med nye mennesker, og hun har likt utfordringen ved å skape vennskap – særlig når alt peker i motsatte retning.

Igjen er det Karo som kommer med sine tanker. Sirea liker stemmen til Karo, og hun vet at den alltid bringer noe godt.

«Det var noe annet. Noe vi så. Noe … Vi ble skremt. Vi …»

Hun snur seg usikkert mot Sirea som fullfører spørsmålet.

«Det hang en død mann i skogen. Langt inne i skogen. Beina var …»

Toavtremann avbryter samtidig som han ser alvorlig på dem.

«Jeg vet. Vi hang ham der. Vi drepte ham.»

Han ser nøye på de to kvinnene før han legger til.

«Han stjal. Han var en tyv. Vi *måtte* drepe.»

«Så dere dreper …», begynner Karo.

«Vi dreper når vi må», sier mannen. Stemmen er fortsatt tung.

«Vi …», begynner Sirea. «Vi så føttene. Nei, vi så ikke føttene. Det var litt rart.»

Igjen tenker han seg om.

«Vi vet ikke hvor han kom fra, men ... Det er ikke viktig. Jo, det er viktig å holde ham unna forfedrene, derfor måtte han vekk fra vannet. Vi kappet av beina for å hindre at han kommer seg tilbake til vannet.»

«Jeg skjønner», sier Karo stille. «Jeg vet. Noen ganger må man drepe.»

Sirea innser at Mule hadde rett da han hevdet at beina var kappet for å unngå at fyren stakk av, men det gjør ikke gjerningen mer fornuftig. Så lurer hun på om Karo virkelig mener det hun sa om å drepe, men innser at det ikke er noe gunstig tema. Ikke her og nå. Toavtremann synes å ha behov for å gi en mer utdypende forklaring.

«Våre egne drar til sjøen. Når de dør. Vi venter til de er klare, så tar vi dem langt ut. Der finner de tilbake til forfedrene våre. Det er dumt om mennesker som vil andre vondt havner sammen med dem.»

«Jeg skjønner», sier Karo. «Det er greit. Vi har ikke sjøen, våre forfedre drar til månen.»

«Månen?»

Mannen ser tydelig forbauset ut.

«Ja, månen», gjentar Karo.

«Men hvordan kommer de dit?»

Sirea tenker at det er et godt spørsmål, men Karo har svaret klart.

«Vi sender dem dit. Etter at de dør. Alle vil dit, men ikke før de er døde.»

Toavtokvinne har vært stille lenge, men nå ser hun på Karo og sier mildt.

«Det høres fint ut. Jeg liker månen. Jeg liker lyset den gir, og måten den speiler seg i vannet.»

Bo sitter sammen med en gruppe yngre menn og kvinner fra den lokale stammen. Hun merker at flere av dem, også barn, saumfarer kroppen hennes med blikket. Selv liker hun ikke å bruke øynene så tydelig mot fremmede, men det aner henne at i alle fall én av mennene liker det han ser.

«Du er kvinne», sier mannen plutselig.

Tonefallet er annerledes enn hva Bo er vant til, så hun er usikker på om det er ment som et spørsmål. I så fall er det lite fornuftig spurt, hun ser ikke ut som en pike, og i alle fall ikke som en mann.

«Hva heter du?» spør hun.

«Enavfiremann», svarer han raskt. «Far er en stor mann.»

Hun ser på ham og prøver å smile.

«Og du?»

«Jeg?»

«Ja.»

Han ser spørrende på henne.

«Mener du om *jeg* er en stor mann? Jeg er ung, men jeg blir som far. Jeg har mye i meg, og jeg er den beste til å hoppe.»

Bo lar øynene være mer grundige. Fyren er høy. Ansiktet er smalt og spisst og bærer på mer selvsikkerhet enn han trenger.

«Jeg ser. Jeg tror deg, du kan sikkert drepe en antilope bare ved å stirre på den.»

Hun griper seg selv i å virke spydig. De trenger å bygge vennskap.

«Se heller her», sier Enavfiremann.

Han fingrer med pikken og den spretter opp i stående stilling.

«Jeg har sett slikt før», svarer hun rolig. «Selv små gutter kan det.»

Først nå fokuserer han på øynene hennes.

«Kanskje, men jeg kan mye mer enn dem.»

Bo finner det best å ikke si noe, så fyren fortsetter.

«Jeg vil du skal danse. Jeg vil se.»

«Danse?» svarer hun usikkert.

«Ja. Selvsagt. Vi hopper opp og ned for å finne en partner.»

«Jeg kan ikke sånt.»

«Da må du lære. Har du ikke sett fuglene? De gjør det samme. Vi har lært av dem», fortsetter han.

En av guttene ler, og flere jenter fniser.

Hun har aldri sett noen fugler som hopper og vender blikket spørrende mot gutten som lo.

«Enavfiremann har rett. De svarte fuglene hopper. Du ser de spretter opp fra gresset. Hopper de høyt nok, så vinner de.»

«Du mener hekseveveren», sier en av jentene.

Hun er fortsatt skeptisk og vender ansiktet mot sjøen. Vannflaten er ganske stille, bare vage forhøyninger som beveger seg opp og ned – fram og tilbake. Kveldsolen har gitt overflaten en ny og ukjent farge. Det er som om vannet danser.

«Vil du ikke», fortsetter Enavfiremann med en stemme som er tydelig irritert. «Du må! Jeg er mann, og jeg forlanger det.»

Nå reiser hun seg og begynner å gå vekk, men han griper tak i foten hennes og rykker til slik at hun faller forover.

43.

Jaktlaget til Tsabu sitter i skyggen av et lavt tre på toppen av en liten kolle – omtrent der dalen deres går over i et vagt, bølgende landskap. Det er ikke mange trær som liker seg her nede. Tsabu lurer på hvorfor trærne ikke tillater at det blir flere av dem. Egentlig er det fint, for det gjør skogen åpen nok til at antilopene blir synlige, samtidig er den tett nok til at de kan snike seg innpå.

Han vet at menneskene som holder til her, ikke liker hans folk. Hvis de ikke hadde vært så feige, ville de angrepet. Øynene går til de to døde impalaene som ligger mellom dem. Dyrene ble oppdaget på god avstand så jaktlaget klarte å komme seg nedvinds uten å bli sett. Alle de fire sitter med smil om munnen.

«Skal vi?» sier Karus.

Tsabu ser på de to dyrene. Det er fine eksemplarer med en myk og behagelig pels. Han lar hånden stryke den ene over ryggen. Fortsatt er det kroppsvarme. Så vender han øynene mot gutten.

«Nei, vi venter.»

Gutten ser på Tsabu.

«Er ikke du sulten?»

«Jo, men … Kvinnene liker å være med. Også de vil feste på innvollene. Og det er lettere å bære på hele dyr.»

De andre ser på ham, men sier ingenting. Tsabu er eldst, så hans ord har mer i seg. Dessuten vekker synet av de døde antilopene forventinger som gjør at sulten blir til noe godt.

«Vi har fått det som tilfaller oss. La oss dra tilbake og dele med de andre», sier Karus.

Tsabu vet at han selv ofte sier omtrent det samme. Guttungen ønsker å virke voksen, og da betyr det mye å være den som kommer med de riktige ordene.

Han blir ikke voksen.

Stokken treffer Karus bakfra. Kraften er så stor at spissen får huden på forsiden av brystkassen til å bule ut, men ikke stor nok til å gå helt igjennom. Gutten hadde satt seg nærmest et buskas på kveldsiden av kollen. Fem menn kommer imot dem fra bak buskene, fire av dem har stokkene hevet.

Tsabu og de to andre er på beina før de rekker å kaste på nytt. Så kommer det to stokker susende. Tsabu klarer å hoppe unna, men han ser at den andre stokken skrenser brystet til Ksitu. Det er liten tvil om hva de må gjøre. Det nytter ikke å nøle – og det er ikke tid til å tenke – angrep er deres eneste sjanse. Prøver de å løpe, risikerer de å få stokkene i ryggen, og angriperne løpende etter. Tsabu vet at ingen andre trener så mye på nærkamp som dem. Angriperne er én mer, *to* mer fordi gutten ligger nede, men bare to av dem har fortsatt spyd i hendene.

På en måte liker han situasjonen. Han er redd, men samtidig så opphisset at ingenting – ingen frykt, ingen smerte – betyr noe. Det dreier seg utelukkende om å treffe med sine stikk og slag, og å unngå motstandernes forsøk. At de fremmede er i overtall, gjør ham enda mer skjerpet.

I motsetning til angriperne er de smarte nok til ikke å hive spydene. De har vært med på det før, alle tre, og de lever fortsatt. Han rekker å tenke at det var dumt av dem å sende det første spydet mot guttungen. Et par av ansiktene kjenner han igjen som medlemmer av en av de lokale stammene.

Det starter bra. Tsabu får inn et godt stikk i et tynt lår. Også Ksitu får inn et stikk. Han treffer magen. Det gir mye blod og lite gjenværende kampvilje. Så får Tsabu selv et stikk i siden.

44.

De blir værende hos folket som lever ved sjøen. Karo har begynt å kalle dem *vannfolket*. Etter hvert som de blir kjent, kommer det gode følelser i ansiktene til de fremmede. De to stammene er ganske like i måten å tenke på; den store forskjellen, slik Karo ser det, er at de fremmede er trukket mot innsjøen, der de selv er trukket mot månen. Månen og fjellene. Hun har slått seg til ro med at ikke alle kan sende forfedrene til månen; da ville det fort bli fullt, og det ville sikkert føre til krangel, så det er naturlig at andre stammer drar andre steder.

Hennes folk synes å trives, men hun merker at Bo sitter for seg selv, og at ansiktet virker mutt og innesluttet. Karo skal til å gå bort til henne, men Bo reiser seg og går. Hun forsvinner vekk fra leiren og vekk fra sjøen. Karo vurderer å følge etter, hun likte ikke det hun så, men tenker at Bo ønsker å være for seg selv. Det gjør henne urolig. De befinner seg på et fremmed sted med fremmede mennesker, da er det farlig å gå på egen hånd.

Hun legger merke til at en av de yngre mennene stirrer i den retningen Bo gikk. Så reiser også han seg og går.

Kaje liker å sitte ved bredden av sjøen. Å stirre utover den flate, blå overflaten gir en ro han sårt trenger. Her klarer han å skyve vekk problemer og bekymringer. Han plukker opp små steiner og hiver dem så langt han kan. De lager tydelige plask, men så er de vekk. Slik er vannet. Det sluker det meste – også engstelser.

Dessuten er det spennende med et utsyn som ender i ingenting. Øynene følger bredden forbi der elven rant ut, men så blir alt borte. Noen gang er det et tydelig skille mellom blått vann og grå himmel, men nå klarer han ikke å se hvor skillet går. Vannet glir over i himmel som om de er to sider av den samme steinen. Det er et merkelig syn.

Han har spurt de innfødte hva som ligger bak vannet. Noen svarer 'vann', mens andre sier 'land'. Det forundrer ham at ingen vet. De må jo bare gå til de finner svaret. Hadde det ikke vært for den grønne skogen han har lovet å føre dem til, skulle han fortsatt langs sjøen helt til han fant ut – om det så skulle tatt flere regntider.

Kanskje ... Det er jo månen som skal føre dem til skogen.

Sirea og Yamyam ble med ut på en av båtene, men det var ikke plass til ham. Han husker gutten som falt av, og som vannet slukte, og tenker at det samme kan skje med Yamyam. Det er fort gjort å skli på de glatte stokkene, og før eller siden blir man sliten av å holde seg flytende. I så fall ville ...

Nei, slike tanker er feil. Det er opp til Alles Mor å bestemme, men man skal ønske andre det beste, fordi det er slik hun vil at de skal tenke. Selv har han sittet sammen med kvinnene og lært å lage kurver av det lange sivet som vokser langs bredden. Kurvene blir ikke like solide som skinnposer, men de er lette og kan gjøres store. I tillegg er det noe nytt.

Plutselig dumper det en ung kvinne ned tett inntil ham.

«Hei. Jeg er Toavtokvinne, kan jeg sitte sammen med deg?»

Han flytter seg litt unna og snur seg mot henne.

«Jeg er Kaje. Jeg vil gjerne prate med deg.»

«Det er et fint navn. Jeg kommer fra stammen bortenfor. Min far har stor innflytelse der.»

De prater lenge om sjøen og hva den har å gi mennesker. Kvinnen er pen og hyggelig, men ansiktet hennes fører tankene over på Sirea. Så flytter hun så nærme at kroppene møtes.

De sitter stille en liten stund, men så reiser Kaje seg.

«Jeg har lovt å bli med på jakt. Ser deg sikkert senere.»

Også hun reiser seg og smiler bredt.

Skumringen nærmer seg, men det er ofte en god tid for jakt. Dyrene har spist og roet seg. Kaje legger ut sammen med Lele og noen av de lokale mennene. De fremmede ønsker å lære om bruken av slyngkjepp, så Lele og Kaje instruerer så godt de kan. Når de fremmede forsøker seg, går stokkene på tvers i luften og havner helt andre steder enn der de var ment å lande. Kaje tenker først at de fremmede er spesielt klønete, men så hører han Lele.

«Slyngkjepp er vanskelig. Den krever trening. Mye trening.»

Kaje innser at han har glemt hvor mye tid han selv brukte på å lære. Når man først kan noe, så er det jo enkelt, det er før man kan, at alt er vanskelig.

En av elevene er i ferd med å gi opp. Han vender seg mot Kaje.

«Hvor sikker er du? Treffer du like godt som når du hiver?»

Kaje ser på ham.

«Nei. Ikke like godt. Men har du lært, så treffer du dyret. Akkurat hvor er sikrere om du bare bruker armen. Best om du støter.»

«Jeg forstår. Ja, jeg ser. Dere jakter mest dyr. Ikke vi, vi tar fisk. Fisken er liten, og vi står på en båt. Det er vanskelig. Men avstanden er kort. Jeg tror ikke slyngkjepp hjelper.»

Kaje smiler til ham.

«Ai, jeg tror du har rett. Slyngkjepp er for antiloper. For fisk bruker jeg hendene.»

«Hendene?»

«Ja. Men ikke her. I elven der vi kommer fra. Det er lite vann, så fisken er lett å se. Da kan jeg slå den opp på land.»

Den andre ser skeptisk ut, men sier ingenting.

De kommer over et ferskt skitested for impalaer. I likhet med mennesker så liker disse antilopene å samle seg om visse steder for å legge igjen avføring. Ved å følge sporene som fører vekk, finner de fram til en liten flokk. De er nok mennesker til å sette opp en klappjakt med blokkere. Ett lag jager opp dyrene. De er spredd ut slik at de styrer flukten i en bestemt retning, nærmere bestemt der et par personer ligger i bakhold. Opplegget resulterer i to antiloper og gir en god demonstrasjon på bruk av slyngkjepp.

På veien tilbake tenker Kaje at det er dette de trenger. Fellesskapet rundt jakten knytter folk tettere sammen enn forholdet til en kvinne. Jakten er bedre på mange måter, legger de ned et dyr, er det en opplagt suksess; og det er ingen langvarige forpliktelser. *Alle* er fornøyde, beruselsen varer lengre enn et samleie, og anstrengelsen gir dem noe å spise.

Det er tydeligvis ikke så ofte folk her har antilopekjøtt på bålet. Kvinnene ser beundrende på ham når Kaje kommer bærende på en av skrottene. Så flokker de seg rundt og vil høre om hvordan han klarte å drepe dyret. Riktignok var det han som først fikk slengt spydet i denne antilopen, men han legger vekt på strategien og samarbeidet, samt på at alle deltok like mye. De fremmede mennene smiler fornøyd.

Etterpå kommer en av dem bort til Kaje.

«Prøv Enavenkvinne. Hun med det lengste håret og alt samlet i én reim. En god kvinne, og hun liker deg.»

Kaje vet hvem han mener. Han la merke til smilet hennes for det hadde noe spesielt ved seg. Han slet med å tolke akkurat hva som lå i ansiktet, men det strålte på en måte som antydet både vennlighet og savn. Dessuten hadde kvinnen en særdeles stor munn med kraftige lepper som sendte et kyss ut i luften mot ham. Han ser på mannen og forstår at han venter et svar.

«Ai. Takk.»

Mannen smiler og legger hånden på skulderen hans, men Kaje vender ansiktet mot sjøen. Det er den som gir øynene det de virkelig ønsker seg. Han tenker at det fine med sjøen er at alt befinner seg der ute, men samtidig ingenting.

Igjen er det kveld. En mild og stille kveld. Bo har tatt med seg noen røtter som hun fant i skogen. Hun skraper og vasker dem i vannet, så legger hun dem på et skinn ved bålplassen slik at alle kan forsyne seg.

Like ved siden av henne ligger det en del tørket siv som hun begynner å leke med. Hun har skjønt poenget med å lage kurver, men det er morsommere å lage rare figurer. Noen ser ut som mennesker, andre som dyr, og hun leker med å gi dem navn slik de innfødte bruker, som Åtteavåttekudu eller Toavtognu.

Barn fra begge stammene kommer for å være med på leken. De ler høyt av figurene som hun fører rundt foran dem. Hun har skjønt at navn med lave tall regnes som finere, så hun plukker opp Åtteavåttekudu og peker på Enavfiremann som sitter et stykke unna. Hun merker at de lokale barna begynner å smile, men fjerner raskt smilet når de ser at Enavfiremann snur seg mot dem.

Så kommer Enavfiremann. Bo nektet å hoppe for ham kvelden før, nå unnlater hun å vende seg mot fyren. Barna holder øynene rettet mot figurene eller mot hverandre.

Enavfiremann setter seg ned rett bak Bo med ett bein på hver side. Etter en liten stund lar han hendene gli opp på skuldrene hennes, så over på fremsiden der han klemmer om brystene. Hun kjenner pikken hans mot ryggen.

Først stivner hun til, men etter å ha søkt i ansiktene til noen kvinner som står et stykke unna, reiser hun seg opp. Ingen sier noe. Igjen velger Bo å gå inn i skogen. Solen har gått ned, men det ligger fortsatt et gjenskinn som så vidt når fram under trærne. Etter en liten stund reiser mannen seg og følger etter.

Karo la merke til en tilsvarende situasjon tidligere på dagen, hun blir enda mer bekymret nå. Mørket gjør det vanskeligere å håndtere vanskelige menn.

45.

Tsabu og mennene vender tilbake til leiren. Alle har blødende sår, men det er bare gutten som ikke kan gå. De tre voksne har hver sin kropp hengende over skuldrene. Ksitu bærer på gutten og legger ham forsiktig ned ved bålplassen. De to andre legger antilopene like forsiktig ved siden av. Alle de tre kroppene er uten tegn til liv, men gutten skiller seg ut ved å ha størknet blod over store deler av huden. Kvinner og barn kommer løpende mot dem. Moren legger seg ved siden av, prater til gutten og klapper ham. Tsabu står og ser på med øynene halvt lukket.

«Det hjelper ikke. Han er her ikke lenger.»

Moren vender ansiktet mot Tsabu, men fortsetter uten å si noe.

«Det nytter ikke», gjentar Tsabu. «Vi skal gjengjelde. De skal få vite hvem vi er.»

«Dere drepte ingen?» spør hun.

«Nei, men vi skal», svarer Tsabu.

«Hvorfor drepte dere ikke? Hvorfor ingen av dem?»

«Vi skal. Vi *skal*. En av dem kunne så vidt gå.»

Tsabu vet at det er nødvendig. Nå holder det ikke med dype stikk. Ikke bare gutten, hele stammen har fått et stort og åpent sår – de må gjøre noe for å lege såret og gjenopprette balansen. Ellers risikerer de at den ulne grensen mellom de to folkegruppene blir skjøvet inn på deres jaktområder. De dummingene bør vite at over dem begynner fjellene, og der er det lite å hente.

Han antar at folkene der nede har skjønt. Selv sjimpansene dreper hverandre når det er nødvendig. De ser ofte dyrene patruljere sine grenser og noen ganger slåss. Av og til ligger det igjen en død sjimpanse, men det er sikkert bare når det må til.

Som regel holder menneskene og sjimpansene avstand, men også her oppstår det konflikter, først og fremst når det gjelder frukttrær. Derfor hender det at de dreper sjimpanser. Det skjer ikke ofte, sjimpansene er vanskelige å jakte, dessuten er de redd dyrene skal angripe dem for å gjengjelde. Stammen har historier om krigføring både mot andre stammer og mot sjimpanser, kun krigen mot mennesker fremstår i ettertid som fornuftig. Selvsagt hender det at noen dør i slike kriger, men det gir også mennene en sjanse til å vise hva de står for. Mot, samt evnen til å håndtere våpen, er det som betyr noe, det som gir anseelse – både menn imellom og hos kvinnene.

Det er lenge siden sist noen av hans folk ble drept, men ikke lenger enn at Tsabu husker. En ting er om noen kvinner blir voldtatt, eller eldre individer drept, folk som ikke er viktige; men det er farlig å bli for få voksne menn. Derfor er det nødvendig å skape balanse. Den gangen hadde fienden drept flere yngre menn fra hans stamme og fra en av nabostammene. Som hevn samlet de alle mennene fra de berørte stammene og oppsøkte de fremmede.

De gjorde det de måtte gjøre. Den usynlige grensen ble atter synlig nok.

Grensen i den retning solen står opp, er aldri noe problem. Den ligger klart markert i terrenget. Den store elven skiller både mennesker og de fleste dyrene i to verdener.

Så vidt Tsabu vet, er det ingen mennesker på andre siden av elven. Heller ikke i retning fjellene bor det noen. De eneste som plager dem, er folkene nedover mot den store sjøen. Der har de mye god skog, så de burde ikke lage bråk.

Et stykke utenfor leiren ligger det to store steiner. Dit tar de gutten. Den laveste steinen er flat på toppen, mens den andre har en høy og spiss topp som om den prøver å vise seg fram.

Moren gråter, men det er ikke så farlig; hun har en sønn til som snart blir voksen, og dessuten to døtre. Andre kvinner er verre stilt, å føre tre barn fram til voksen alder er bra.

Faren gråter ikke. Ansiktet er uten følelser. Også det er bra, menn må kunne se døden uten å la det forstyrre tankene. Kvinner behøver ikke den egenskapen.

I området rundt steinene og i skogen bortenfor, ligger det avgnagde knokler. Alt starter i skogen – og alt drar tilbake dit.

Det er moren som forklarer situasjonen for trærne.

«Dette er min sønn. Han gikk på jakt for oss. Han var modig, men de andre stakk ham uten å vise ansikt. De var feige. Nå vil gutten tilbake til dere. Han er en god gutt, så jeg vil dere skal ta imot.»

Det blir en lang pause. Folk holder blikkene unna hverandre. Selv de små barna stirrer mot bakken. Trærne gir fra seg et lavt sus, så vidt hørbart når alt er stille.

«Våre fiender har drept ham», fortsetter hun. «Slikt har skjedd før og det kan skje igjen. Det skal hevnes, for vi vet hva som er vårt.»

Mennene lar hodene gli fra side til side. Som på et signal begynner samtlige kvinner å gråte høylytt.

Stammen har et annet problem som den døde gutten bringer fram. Taso, en nesten voksen kvinne, har et bein som blir større og større. Ikke lengre, bare større. En stund har hun stavret rundt på det underlige beinet, men nå sliter hun med å reise seg. Særlig de nedre delene, foten og leggen, er enorme, dessuten har de fått en merkelig og avskyelig form.

De tre eldste kvinnene har satt seg sammen. Alle vet at sykdom kan være farlig for hele stammen, de har håpet det skulle gå over, men beinet blir bare verre. Kvinnene har vært enige lenge, men det passer når alle er samlet ute ved steinene. De går samlet til en eldre mann for å høre med ham.

«Hva gjør vi med Taso?»

Eldstemann ser på kvinnene.

«Hun har lite å gi. Det er langt tilbake.»

«Ja, slik er det. Du vet.»

Mannen stirrer først rett ut i luften. Så retter han ansiktet oppover og snakker med en stemme som ikke er ment for andre enn ham selv.

«Slik er det. Noen gutter og jenter drar tilbake til skogen. Det er slik skogen vil ha det.»

Talskvinnen dulter bort i skulderen hans slik at han igjen retter blikket mot henne.

«Ja. Hvem? Hvem blir det?» sier hun.

«Jeg skal prate med en av mennene. Kanskje Tsabu. Ja, Tsabu, han kan. Han vet hvordan.»

«Godt.»

Det blir stille en stund før mannen igjen former ord. De kommer langsomt. Også de går rett ut i luften.

«Dere kvinner må vise ansikt og sørge for at hun er der.»

Talskvinnen ser på ham.

«Vi vet. Vi forstår. Kanskje går det greit.»

«Hva?»

«Jeg tror hun har skjønt.»

«Åh, ja. Men hun må få vite hva som skjer.»

«Ja, ja. Selvsagt.»

Den unge kvinnen blir ført fram av stammens eldste. Hun blir stående mellom de to steinene.

Tsabu har fått beskjed av de tre kvinnene. Nå går han bort, omfavner henne og presser kroppen hardt inn mot sin. Plutselig bruker han foten sin til å dra beina vekk under henne. Spydet sitter i øyet før hun treffer bakken. Det kommer en rar lyd fra munnen, men det høres ikke ut som noen protest.

Han drar spydet ut igjen. Blodet dekker raskt hele ansiktet. Taso er ikke lenger til stede ved sin egen død.

Den verste oppgaven står igjen. Det ligger på ham å forklare for trærne. Han trenger en pause for å samle de rette ordene. Ingen andre sier noe. Det eneste de hører er suset fra skogen blandet med lyden av fjerne fugler. Lukten av ferskt blod henger rundt steinene.

Så hører Tsabu noen sirisser synge like ved. Han har liggende døde sirisser ved leirplassen, nå får han plutselig lyst til å spise dem, så best å få unnagjort det han må si.

«Hva Taso kunne vært, hun ble ikke. Det som ikke hører hjemme, går tilbake til skogen. Slik har det alltid vært, og slik vil skogen ha det. Taso kunne blitt kvinne, men hun endte som halvvoksen jente med ødelagt bein. Vi vil at skogen tar imot henne som det hun er. Alt hører hjemme mellom trærne.»

Det får holde. Han snur seg og går med raske skritt tilbake mot leiren.

To døde på én og samme dag er slik skogen liker det, tenker han. Da slipper den stadig å måtte ordne med døde kropper. Også for menneskene er det greit. Følelsene som følger de døde, ødelegger humøret, særlig hos kvinnene; belastningen blir mindre ved at flere forsvinner samtidig.

Mennene trenger at noen av og til dør, for det gjør døden både lettere å bære og lettere å gi til andre. Det er viktig å pleie lysten til å drepe. Han er klar. Et godt stikk skaper hurtig død og en god følelse – uansett hva man stikker. Han gleder seg til hevntoktet.

46.

Bo går så langt inn i skogen at hun er utenfor synsvidde. Der svinger hun skarpt til høyre og gjemmer seg bak noen busker. Etter en stund kommer Enavfiremann. Han bærer på et spyd. Bo kaster en liten stein slik at den lander et stykke foran ham. Hun kan se at han stopper for å lytte, for så å gå raskt i retning av lyden. Så sniker hun seg tilbake til leirbålet og setter seg sammen med Lele.

Det tar lang tid før Enavfiremann dukker opp. Han virker tydelig overrasket når han ser Bo sitte der. Bo ser på ham og får et hatefullt blikk tilbake. Også Lele ser på henne, men med et tydelig smil om munnen. Han snakker med en stemme som ikke når forbi hennes ører.

«Du lurte ham? Jeg så hva han gjorde, men vær forsiktig. Han er en mann som lett blir sint. Du vet ikke hva han har i seg.»

«Jo, jeg tror jeg vet», svarer Bo. «Kan jeg legge soveskinnet mitt ved siden av ditt?»

Han ser lurt på henne.

«Ai. Du er trygg hos en gammel mann.»

Neste kveld setter Kaje seg igjen ved bredden av vannet et stykke utenfor leiren. Overflaten forandrer seg hele tiden – omtrent som menneskenes ansikter. Folk som bor her klarer kanskje å tolke vannets ansikt. Igjen kommer Toavtokvinne bort og setter seg ved siden av. Han smiler til henne, men sier ingenting. Selv vender han seg tilbake mot sjøen, men han merker at blikket hennes peker mot ham.

«Du er annerledes», sier hun plutselig.

Kaje snur seg og smiler til henne.

«Du også. Du er både annerledes og pen.»

Nå smiler hun enda bredere.

«Hvorfor har du ingen kvinne?»

Kaje tenker seg om. Sirea har holdt seg unna ham etter at de kom til den fremmede stammen. Når han ser på henne, lar hun ikke øynene møtes.

«Det er vanskelig. Jeg vet ikke. Det blir …»

Hun avbryter.

«Nei, det er ikke så vanskelig. Jeg er sikker på at du er mann.»

Så dreier hun seg mot ham og legger hendene varsomt på hver sin side av hodet. Langsomt beveger hun munnen sin mot hans. Det er ikke noe Kaje kan stoppe, så det ender med at både leppene og tungene møtes. Deretter lar hun hånden gli ned mot skrittet. Det vekker pikken hans, men også tankene. Han drar ansiktet tilbake og ser på henne.

«Det er en kvinne, men jeg vet ikke.»

Hun virker litt skuffet, men smiler fortsatt og sier halvhøyt.

«Det spiller ingen rolle. Jeg har en mann, men kom til meg når du vil.»

Så legger hun til.

«Ikke inne i leiren, bare her ute.»

De sitter sammen i stillhet til solen har gått ned og mørket er i ferd med å ta over. Sammen går de tilbake til bålplassen. Kaje aner skyggen av en mann som forsvinner foran dem. Toavtokvinne ser det samme, og dermed forsvinner det brede smilet hun har gått med.

Kaje går bort til Karo. Akkurat nå er det ingen barn som flokker seg rundt, så han benytter anledningen. Karo har en egen evne til å gi hjelp, selv når man ikke vet *at* man trenger hjelp – eller for hva. Han legger seg ned med hodet i fanget hennes. Som vanlig er det hun som snakker først.

«Har du det bra her?»

Istedenfor å møte blikket vender han ansiktet inn mot magen. Huden der er ikke like skrukkete som på moren.

«Vi må videre.»

«Hvorfor? Hvorfor det?»

«Vi trenger noe annet. Et sted for oss selv.»

Karo tenker at han trolig har rett, før eller siden bør de dra. De fremmede er hyggelige, men det blir for mange mennesker på ett sted. En slik situasjon blir enda vanskeligere når folk ikke kjenner hverandre. De kan finne seg et sted ved vannet, eller dra tilbake til Bujudalen, men uansett så haster det ikke. Samværet med vannfolket har gjort dem godt. De har fått ny kunnskap, flere har til og med lært å svømme. Dessuten har de begynt å beherske båtkunsten, slik at de nå føler seg trygge på å kunne krysse elven. Det er viktig, for Karo vet at mange har følt seg fanget på den siden de nå befinner seg. Enda viktigere har det vært å oppleve noe nytt som samtidig er positivt. Ellers har stort sett alt det nye vendt seg mot dem, her har de snudd fiendskap til vennskap.

Hun orker ikke å ta diskusjonen om videre vandringer nå.

«Du har sikkert rett.»

«*Nei!*»

Karo synes stemmen er unødig brå, men lar ham fortsette.

«Jeg har ikke rett. Ikke alltid. Vi trenger dine tanker. Vi trenger *deg*.»

Hun tar tak i hodet hans, masserer det litt, og vender det slik at øynene møtes.

«Er det noe annet? Noe med kvinnene her? Jeg …»

«Nei. Kvinner … De forventer noe. De vil ha noe jeg ikke har. Jeg er redd.»

«Redd? Hun med den store munnen?»

Han ser overrasket på henne.

«Enavenkvinne? Hva med Enavenkvinne? Hvorfor … Hvorfor henne?»

Karo smiler.

«Jeg tror hun forventer noe.»

«Nei. Jo …, kanskje. Det er så mye.»

Bo kommer bort og stiller seg ved siden av dem. Karo synes også hun virker trist.

«Bo. Sett deg ned. Går det bra med deg?»

Hun setter seg, men ansiktet er vendt vekk.

«Jeg liker meg ikke her.»

Det slår Karo at de to søsknene er ganske like selv om utseendet er helt forskjellig.

«Vi pratet akkurat om … Er det noe med deg? Noe med mennene? De fremmede mennene?»

«Det er én som plager meg. Han dytter. Han … han vil ha meg, hele tiden, men jeg vil ikke. Jeg liker ham ikke.»

Vel, det er i alle fall én forskjell på de to: Bo nøler ikke med å legge fram tankene sine. Karo liker det.

«Jeg kan prate med ham, eller med noen av de eldre. Det løser seg sikkert, de fleste her er snille og fornuftige», sier hun.

Så kommer Toavtremann bort til dem. Han stiller seg foran Karo og Kaje med et spyd i den ene hånden. Karo lurer på hvorfor han går med spyd så sent på kvelden og midt inne i leiren. Så legger hun merke til ansiktet – det er langt fra vennlig.

«Dere skal dra videre.»

Heller ikke stemmen er blid. Så kaster han stokken slik at det blir stående mellom beina hennes og rett foran nesen til Kaje. Det er tydeligvis ment som en demonstrasjon, ikke et forsøk på å drepe, men det gjør ikke situasjonen hyggeligere.

Hun ser på Kaje, men ansiktet hans er igjen fjernt. Så vender hun blikket mot fyren med spydet. Hun skal til å spørre ham om hva som foregår, men han snakker først. Nå er stemmen tydelig rettet mot henne.

«Jeg sa dere skal vekk. Ellers går spydet mitt gjennom munnen på fyren du har på fanget. Forstår du.»

Karo kaster et raskt blikk på Kaje. Munnen er vid åpen, men ansiktet virker mer forbauset enn skremt. Hun løfter hodet. Han rykker til seg spydet og skal til å kaste igjen samtidig som Karo husker at det å løfte hodet her betyr nei.

«Ja, ja, jeg forstår. Vi forstår.»

De blir til neste morgen. Karo sover dårlig den natten. Kaje ville ikke si hva det dreide seg om, men hun har sett at den mannen er sammen med en av kvinnene på stedet, og innser at det kun fins én sannsynlig forklaring.

Hun er skeptisk til at månen har noen ny dal å gi dem, likevel tenker hun at Kaje bør få en siste sjanse. Dermed bestemmer de seg for å fortsette i retning de nærmeste høydedragene. Skogen Kaje prater om ligger jo ved foten av fjellene, og i den retningen er det virkelig tettere med trær.

Før de går, tar hun en prat med eldstemann i stammen. Han får et fjernt blikk i øynene når Karo forteller om planene.

«Dere kan ikke. Ikke dit.»

«Hvorfor ikke? Åsene frister. Vi liker et landskap som lever.»

Han nøler lenge før han igjen ser på henne og sier kort.

«Ikke dit.»

«Men hvorfor? Hvorfor ikke?» insisterer Karo.

«Menneskene der. De … De dreper. Og de spiser.»

Karo ser lenge på ham før hun svarer.

«Alle dreper og spiser av og til. Også vi.»

Nå demper mannen stemmen.

«De dreper selv når de ikke må, og de spiser mennesker. De er ikke som oss. De er slemme.»

Karo løfter på hodet som et tegn på at hun forstår, men igjen blir bevegelsen tolket feil. Stemmen er opphisset.

«Du tror meg ikke? Prøv? Dere blir spist. De er ikke som oss for de lever uten fisk.»

Karo tenker at alle fremmede er farlige – helt til man har gjort dem til en del av seg selv – men hun sier ikke mer. Hun forteller heller ikke hva mannen sa til de andre.

47.

Lele trivdes ved den store sjøen og har mest lyst til å bli værende, men velger å ikke tale imot. Han liker også å la beina føre dem mot noe nytt og ukjent.

De drar tilbake til elven og følger den oppover.

Solen stråler fra en klar himmel. Det er varmt, men Lele liker varmen. Særlig her for det holder å stikke kroppen ned i det kjølige vannet. Elven demper lukten av skog, men setter samtidig sitt eget preg på luften.

Kaje har sagt at han ikke så tegn til liv på den andre siden av fjellene, så der bør det være plass. Men hvem skal de utveksle kvinner med, hvis det ikke er andre stammer i området. Det er ikke bra. Det er viktig å få inn nye kvinner. Ukjente ansikter bringer livet videre. Vel, de får klare seg med det de har. Her er både unge menn og unge kvinner – alt som skal til for å skape framtid.

Tankene blir avbrutt av at Mule kommer bort. Han foretrekker å gå i forkant av følget. De yngre mennene gjør gjerne det, for da har de bedre sjanse til å finne spor eller ane lukten av byttedyr.

«Det var noen der!»

Lele merker at stemmen hans er mer enn vanlig opphisset, men samtidig dempet. Den stemmen viser ofte tegn på irritasjon – nå er det noe annet.

«Hva?»

«Jeg så en mann. Han fulgte oss, samtidig som han holdt seg skjult. Det er noen her.»

Det tar tid før informasjonen trenger helt inn hos Lele. Dette *er* viktig. Hvis det bor folk i området, bør de tenke seg om. Fremmede er farlige – og særlig når noen kommer inn i deres skog. Han får Mule med seg til Karo som går sammen med Firfinger. Mule sier ingenting, men blir stående og stirre på Firfinger.

«Mule sier det er noen her.»

De to stopper opp. Firfinger retter blikket hardt mot Karo.

«Vi bør stoppe. Før vi går videre, trenger vi å vite, så det er best å slå leir.»

Karo løfter hodet til svar. Først nå forteller hun hva hun har hørt om at folk her spiser mennesker. Det gjør ikke ansiktene lystigere.

Den store elven er fortsatt i nærheten, så vann er ikke noe problem. Hun legger merke til Mules øyne. Så lenge de befant seg hos vannfolket, var ikke Yamyam og Firfinger noe problem, enten fordi det var så mange fremmede, eller fordi folk ble opptatt av andre ting. Nå skjønner hun at konflikten ikke har lagt seg, for øynene har i seg hat når han ser på dem. Kanskje er løsningen å blande stammen ut med flere fremmede?

Før de rekker å samle folk, kommer Reko løpende. Karo ser på lang avstand at hun er oppskaket. Det må være noe som er viktig for Reko, ettersom hun ikke er sammen med Kaje.

Reko er ikke blant dem som holder følelsene sine bak et lukket ansikt, hele kroppen er med på å si ifra. Karo liker det, men av og til blir det mye tramp og lite innhold. Hun tar selv ordet før jenta har pust nok til å snakke.

«Hvor har du gjort av Kaje?»

Reko ser forvirret på henne.

«Kaje?»

«Ja, du pleier å holde på ham.»

Karo oppdager plutselig at hun gråter. Først nå blir hun bekymret. Stemmen til Reko virker desperat. Hun roper ut ordene bare avbrutt av dype gisp.

«Du må høre. Høre meg!»

Det blir en kort pause mens hun prøver å samle pust.

«Det er ikke Kaje. Det er Doro. De tok henne! Mennene. De tok henne!»

Karo blir stående og måpe.

«Fremmede. Fremmede menn. Jeg så. De tok henne med seg.»

Karo synker sammen på bakken. Det er noe sånt hun har fryktet, helt siden de forlot Bujudalen. Hun har skjøvet frykten foran seg, ingen orker å gå rundt med slike tanker hver dag. Når fremmede menn stjeler en ung kvinne, er hele stammen i fare. Selvsagt tok de Doro. For mennesker som spiser mennesker, er Doro sikkert spesielt fristende.

Hun vender ansiktet mot Lele. Han bør si noe.

«De tok Doro. Fremmede menn», gjentar Reko. Stemmen er mindre opphisset, men ansiktet like fordreid.

Reko og Doro hadde gått for seg selv et stykke unna de andre. De ville lete etter spiselige planter og tenkte det var best å ikke tråkke i andres spor. Doro var bak en liten åskam da Reko hørte stemmer. Lydene kom fra der Doro befant seg. Hun hørte ikke hva de sa, men stemmene var fremmedartede og virket opphisset. Istedenfor å havne i den samme fellen, klatret hun opp på en rygg. Derfra rakk hun å se tre menn forsvinne inn bak trærne med Doro. Hun var redd de hadde lagt merke til henne, og ville komme etter, så hun løp tilbake helt til hun fant Karo.

Solen er bare halvveis, men nå er det ingen tvil om at de trenger å stoppe.

De trekker opp på en høy kolle der de får utsikt både mot elven og skogen. Kaje og flere av de andre unge mennene er fortsatt ikke å se. De hadde funnet spor av antiloper, dermed er det fare for at de blir borte en stund. Avtalen var å følge elven oppover. Karo tenker at de antakelig vil søke tilbake mot elven for å komme sammen med resten av stammen.

Når de ikke finner spor av mennesker, drar de forhåpentligvis nedover elven. Problemet er at hvis de fremmede tar kvinner, er de også troendes til å drepe menn – særlig folk som jakter i deres skog. Hun lukker øynene i et forsøk på å hindre tankene å se framover.

Lele og Firfinger tilbyr seg å oppsøke de fremmede. Doro er kvinne, så antakelig dreper de henne ikke med en gang. Sirea stiller seg foran dem.

«Hvis de er et folk som lett dreper, så dreper de i alle fall menn.»

«Vi sniker oss inn. Først bare for å se», sier Lele.

Hun ser hardt på ham.

«De fremmede *kan* denne skogen. Og de tenker at noen kommer. De vet at Doro ikke var alene. De oppdager dere, før dere oppdager dem.»

Både Lele og Firfinger synes å innse fornuften i det hun sier, men gir uttrykk for at de ikke har noe valg. Karo ser på Sirea.

«Hva synes du? Hva bør vi gjøre?»

«Jeg går», sier hun stille. «Jeg kan fremmede. Jeg kan menn. Det er ikke første gangen, og det fungerte med folket ved vannet.»

Det blir stille. Selv fuglene er stille.

Rude har plassert seg mellom Lele og Firfinger. Det er tydelig at også han ønsker å delta i diskusjonen.

«Det er dumt. Vannmenneskene var snille, men disse … De er … Farlige. Farlig ...»

Karo ser på ham og tenker at ordene ikke lenger er til stede i hodet hans. Samtidig innser hun at Sirea trolig er deres beste sjanse. Uansett er det synd å ikke la denne kvinnen få slippe til, hun har vist en egen evne til å finne løsninger når alt virker håpløst.

«Vi vet ikke. Ikke enda. Vi fryktet vannfolket også», sier Lele rettet mot Rude.

«Det er …», begynner Sirea. «Alle har noe godt, men alle har også noe slemt og farlig. Karo har lært meg å finne det gode.»

Karo tenker at hun ikke har lært Sirea noe som helst, og at Sirea ofrer seg mer for dem enn hun hadde behøvd. Det er rart, for i andre sammenhenger virker hun lite engasjert. Hun deltar sjelden når praten dreier seg om dagligdagse ting, eller hvor veien går videre, men er likevel villig til å risikere livet når det står noe stort og farlig foran dem. Hun er nødt til å advare henne.

«Jeg har hørt at de spiser mennesker.»

Sirea ser på henne, men ansiktet er fortsatt like følelsesløst. Slikt biter tydeligvis ikke på den kvinnen. Stemmen er i alle fall uten frykt.

«Jeg liker ikke å dø, men det spiller ingen rolle om jeg blir spist.»

Det blir til at Sirea drar alene, men Lele sier han vil følge et stykke bak for å hjelpe hvis det skjer noe. Skogen er tettere her nede enn den var ved sjøen, slik at det er lettere å holde seg skjult. Dessuten, så lenge Sirea går foran vil de være opptatt av henne og neppe bekymre seg over om det kommer en enslig person bak. Sirea smiler – et litt blekt og slitent smil. Ettersom de fremmede kan tenkes å angripe, vil ikke Karo sende av gårde flere enn de to.

48.

Sirea aner ikke hvor leiren deres befinner seg, men Reko pekte ut retningen de forsvant. Hun antar at de har satt kurs tilbake mot leiren, slik at hun kommer til å høre stemmer eller lukte bål. Det er heldigvis et vagt vinddrag mot henne.

Skogen har en annen eim enn den hun er vant med, antakelig fordi den er befolket av andre trær. De er verken høye eller står tett sammen, men gir likevel så mye skygge at bakken bare har lave urter og små klynger av buskas. Hun får en sterk følelse av å ha vært i denne skogen før. I så fall må det gå helt tilbake til barndommen – før foreldrene ble drept.

Hennes første bekymring er om de har satt ut vakter. Så tenker hun at det spiller liten rolle, skal hun utrette noe, må hun få kontakt. Å snike seg fram virker bare provoserende, det hun trenger er en plan for å unngå at de bare tar henne til fange.

Solen har forsvunnet bak trærne, men den gir fortsatt nok lys til å se og bli sett. Dessuten kryper en blek måneskive opp bak henne. Den er i ferd med å bli full.

Skogen her er virkelig noe helt annet enn i Bujudalen. Heldigvis er den enda lettere å ta seg fram i. Hun lurer på om menneskene lar seg forme av skogen, eller om de selv påvirker hvordan skogen oppfører seg.

Enkelte av dyrelydene kjenner hun igjen. Den mest interessante er sjimpanser som prater i det fjerne. Hun er spesielt opptatt av sjimpansene, for de har mye menneske i seg. Kaje har sagt han kan prate med gorillaer, men at sjimpansene er vanskeligere å få kontakt med. De skvetter unna. Dessuten er de, ifølge ham, farligere. En gorilla angriper aldri et menneske uten en grunn, noe sjimpanser er troendes til å finne på. De ikke bare angriper, de spiser små barn om de får sjansen.

Så kommer det noen kraftige skrik ganske nærme. Hun stopper opp. Det hørtes mer ut som aper enn mennesker, men mennesker kan finne på å ta til seg dyrelyder.

Hun fortsetter. Det kommer ingen opplagte menneskelyder. Menn som er ute på jakt, kan være stille, men en leirplass med kvinner og barn er aldri stille.

Idet hun runder en åsrygg, aner hun eimen av røyk. Det ville vært rart om de ikke hadde bål. Hun gjør om på planen, velger å gå langsomt og holde seg til steder der det gryende månelyset ikke når fram. I lyset fra et bål er det lett for henne å se dem, men vanskelig for dem å se henne.

Leiren ligger i et åpent søkk. Hun hører det risle av vann, antakelig bare en liten bekk. Hun hører også surret av småprat, men oppfatter ikke ordene. Det er ingen barneskrik og heller ingen høylytt latter.

Rundt bålet sitter det en gruppe mennesker. Det er færre her enn i Kajes stamme. Først ser hun ingenting til Doro, men litt utenfor sirkelen står det et par menn og ser ned på noe som foregår på bakken. Hun kryper til siden for å se bedre.

Nå ser hun Doro. Hun ligger på ryggen med en mann oppå seg. Hun hører ingen lyder fra henne, men fyren har trolig hånden over munnen hennes. De to tilskuerne sier heller ingenting, men setter sikkert pris på det de ser. Menn gjør ofte det.

Hun legger merke til at mennene har tynne pinner stukket gjennom nesen slik at de danner en strek over munnen – piggsvinpigger som hos vannfolket. Kvinnene har det ikke. På mennene de ble kjent med, syntes hun piggene bare virket rare, men nå innser hun at de får dem til å virke farligere.

Hva gjør hun nå?

Doro er spesiell. Hun har lenge ant at Doro misliker henne. Hun har knapt pratet med den kvinnen, men slikt skal ikke påvirke avgjørelsen. Dette er noe hun gjør for fellesskapet.

Så slår det henne at hun meldte seg fordi hun liker utfordringen og spenningen. Tanken får henne til å stusse. Det virke forferdelig dumt å oppsøke farer fordi man liker det. Hun vet at i så måte er hun forskjellig fra andre kvinner. Er det noe alvorlig galt med henne?

Kanskje var det også for å imponere Kaje. Hun foretrekker den forklaringen. Det er greit nok å være annerledes, men det er dumt å gjøre dumme ting.

Hun kan dra tilbake til Karo. De har nok menn til å angripe leiren og redde Doro, men muligheten frister ikke. Det skal så lite til før blodet begynner å flyte, og hvis det først bryter ut kamp, er det ingen vei tilbake. Doro blir trolig det første offeret. De må regne med å bli såret selv, og de skaffer seg fiender.

Alternativet er å gå inn alene med gode ord og et vennlig ansikt. I så fall er det best å vente til de er ferdig med sex, da blir menn lettere å ha med å gjøre. Dessuten gir det henne tid.

49.

Tsabu og to av de andre mennene har vært hos nabostammen. Det er viktig å være mange når man skal sørge for balanse og markere grensen. De har avtalt å samles når månen er full. Naboene var ikke veldig ivrige, men en slik forespørsel går det ikke an å si nei til.

De har bestemt seg for å drepe mange – for å skape respekt og for å svekke det folket slik at de ikke utgjør noen trussel. Med nok folk er dette en lett oppgave som bør kunne utføres uten vesentlige tap.

Tilbake i sin egen leir blir mennene sittende lenge rundt bålet. Det er mørkt når Tsabu famler seg tilbake til plassen ved siden av Tsabo. Hun snur seg mot ham, men sier ingenting. Han er trøtt og sovner med en gang.

Når han våkner neste morgen, står Tsabo der med en stor kalebass. Hun holder den høyt, og basert på muskelbruken i armene regner han med at den er full av vann. Solen vinker bak trærne, og himmelen er ren og klar. Ingen tvil om at det er en god morgen.

«Så fint. Jeg er tørst», sier han med en grøtete stemme.

«Ja, den er til deg», svarer hun.

Han merker at det er noe rart med stemmen hennes. Først nå vender han blikket mot ansiktet. Hun står mellom ham og solen, så lyset blender øynene. Han vender seg derfor først i motsatt retning, før han løfter hånden for å skjerme for solen. Det er ingen tvil, Tsabo er sint. Han kjenner henne godt nok til å vite hva som rører seg, øynene sender gnister som fra et sprakende bål. Han prøver å tenke, men det eneste tankene finner fram til, er at han har en avtale om å jakte oppover i retning fjellene.

Han løfter overkroppen opp i sittende stilling for å få i gang hodet.

Da kommer den. Han rekker å se bevegelsen, og får hevet armene for å beskytte seg, men kalebassen med alt vannet dundrer likevel i skallen hans. Kroppen faller tilbake mot bakken. Han hører noe blir knust, og kjenner det kalde vannet som renner nedover ansiktet. Det gjør med ett veldig vondt i hodet. Armer og bein tar noen sprellende bevegelser, så ligger han helt stille.

Det er helt stille rundt ham også.

Hans første tanke er: 'Jeg døde ikke.'

Etter en stund tar han seg til hodet. Jo, det var kalebassen som ble knust, men fuktigheten er ikke bare vann, fingrene blir røde. Så hører han Tsabo.

«Der fikk du den.»

«Men … Knust kalebass. Det er for … Det var ikke …»

«Ja! Riktig. For utro menn.»

«Men … Jeg …»

Igjen avbryter Tsabo. Stemmen er ikke lenger like sint. I forhold til hva den var, virker den nesten kjærlig.

«Ja. I går kveld. Jeg overhørte kompisen din. Han pratet med kona.»

«Du forstår ikke.»

«Jo, et knull er et knull.»

Tsabu gnir vann og blod vekk fra øynene og klarer å løfte kroppen nok til at den lener seg på albuene. Det banker i hodet, men av en eller annen grunn er ikke smerten lenger like merkbar.

«Nei, nei. Det er ikke slik. Jeg måtte. Vi trenger de andre. Vi trenger å gå sammen. Det ... Det ville vært uhøflig, så jeg måtte.»

«Tull.»

«Nei, du skjønner ikke. Det *er* slik.»

«Tull.»

«Du har knust hodet mitt.»

«Nei da. Bare kalebassen. Det var riktig.»

«Men hva om ... Hva om jeg ikke kan gå på jakt. Hva spiser du da?»

Hun ser på ham. Øynene er ikke sinte, men hånlige.

«Du går alltid på jakt.»

Pokkers kvinne. Slag skal besvares med slag. Han begynner å reise seg.

50.

Det tar ikke lang tid før mannen som lå oppå Doro er ferdig. Sirea forventer at de to som stod og så på, også vil ha sitt, men de tusler vekk. Doro ligger ved siden av den første mannen, og Sirea ser at hun puster tungt. På tide å temme frykten.

Rolig går hun inn i leiren med håndflatene åpne foran seg. Vannfolket syntes å godta det som et vennskapelig tegn, og dette folket har noe av det samme i seg. Menn og kvinner stopper opp i praten og snur seg mot henne. De som sitter, reiser seg. De som står virker overrasket og anspente.

Hun har forberedt hva hun skal si: At hun kommer med ønske om fred. At stammen hennes er stor og sterk, og at de må slippe Doro fri. Hun tenker det er best å ha mange ord klare, for da går det mer tid før noen griper til våpen. Dessuten kan ord, som blir sagt med en riktig stemme, dempe både sinne og angrepslyst. Før hun rekker å åpne munnen, hører hun Doro.

«Sirea! Så fint du kom. Du må treffe Aksi. Han er en fantastisk mann.»

Det tar tid før betydningen av det som blir sagt, synker inn i hodet til Sirea. Hun blir stående og måpe.

Når de riktige tankene først er på plass, blir hun forbannet, men mest på seg selv. Hun burde klart å lese situasjonen før hun gikk inn i leiren. Hun var så fast bestemt på at det dreide seg om bortføring, at hun ikke vurderte ansiktene til de som var involvert. Det var en grov feil. Slike dumheter kan være farlige, det gjør dem desto mer irriterende. Hun *burde* skjønt, Doro nøler ikke med å hoppe på når en pikk står klar foran henne.

«Han har *tre* pinner i nesen», fortsetter hun entusiastisk. «Folk lytter til ham. Også er han flink. Det var *så* godt.»

Nå som hun står nærme, ser hun at mannen har kvaliteter. Ansiktet er regelmessig, kroppen sterk og øynene virker snille. Situasjonen er ganske komisk, men Sirea behersker trangen til å le. Slikt gjør seg dårlig hos fremmede.

«Doro. De andre er bekymret. De trodde du var tatt med makt. De sendte meg for å redde deg.»

«Redde meg!?»

«Ja.»

«Beklager. Jeg trodde Reko så. Jeg ville ta dere igjen i morgen. Vi går og går, jeg trenger noe mer. Noe annet, når sjansen byr seg.»

Situasjonen *er* komisk. Sirea klarer ikke la være å smile. Smilet gjør at spenningen inne i henne slipper taket. Først ser folk rart på henne, så smiler de tilbake.

De fremmede er virkelig hyggelige. Doro har fortalt dem at hennes stamme er på vandring og ønsker fred med lokalbefolkningen. De ønsker å finne sin egen dal, men ikke på bekostning av andre. Det virker som om folk godtar det.

Lele har skjønt hvordan det lå an, og neste morgen kommer han med resten av stammen deres.

Igjen viser det seg nyttig å knytte kontakt med folk som kjenner området. Både mennene og kvinnene vil gjerne ta del i månefolkets kunnskap, og månefolket får mye nyttig informasjon om de lokale forholdene. De lærer om spiselige urter, måter å lage redskap tilpasset stedets muligheter, og om alt annet skogen her har å by på. Ordene deres er akkurat som hos vannfolket.

Lele setter seg ned sammen med tre eldre kvinner. De fniser som småpiker når han prater til dem. Særlig den ene som sier at hun har mistet mannen sin. Lele liker oppmerksomheten, men ønsker ikke annet enn å benytte anledningen til å lære. Kvinnen virker heldigvis fornøyd med å prate.

«Du har en artig nese», sier hun. «Litt skrukkete i huden, men fortsatt mye mann.»

Lele smiler.

«Tilhører dere vannfolket?»

«Vannfolket? Du mener de som bor ved sjøen?»

«Ja.»

«Vi kjenner dem. En av de yngre kvinnene kommer derfra, så spør henne.»

Lele ser i den retningen hun veiver med armen, men klarer ikke skille ut noen spesiell kvinne.

«Og dere? Hva kaller dere stammen deres?»

«Stammen? Hva mener du? Mennesker har navn.»

Lele er litt skuffet. Det er lettere å holde rede på forskjellige folk når de har et navn. Den fniseglade kvinnen ser på ham.

«Du kan kalle oss turako. Folket ved sjøen sier noen ganger det, men vi gjør det ikke. Vi er mennesker.»

Lele ser seg rundt.

«Turako? Det er et fint navn.»

«Ja. Kjenner du ikke turaku?»

Hun fortsetter før han rekker å svare.

«Fuglen selvsagt. Den er stor, og så er den mest blå med gult og rødt hode. Du ser den ofte i trærne.»

Den prateglade kvinnen tar en kort pause.

«En ung gutt klarte å fange en levende turaku. Den bodde hos oss. Ganske lenge. Folket fra sjøen så det, og de likte fuglen så godt at de begynte å kalle oss alle for turako.»

«Så hva skjedde?»

Hun ser oppgitt på ham.

«Med fuglen mener du? Noen av oss ble sultne.»

Lele lærer at det bor mange stammer i området. Disse folkene er gode venner og finner koner hos hverandre, men oppover i høyden bor et helt annet folkeslag. Noen krigerske drittsekker ifølge enken. Høyere oppe, forbi disse menneskene, vet hun ikke. Ingen drar dit. Ifølge stammens tradisjoner bor det onde ånder der som i sinne har kastet landskapet sammen i enorme hauger. Det er ikke et sted for mennesker.

Karo sitter sammen med Kaje og noen av de lokale kvinnene. Hun merker beundring i kvinnenes ansikter når Kaje forteller om fjellene, og om det hvite som ligger øverst. En ung kvinne kommer bort til Kaje. Hun har med seg en kalebass som inneholder en seig, hvit væske. Karo har lagt merke til den kvinnen, ansiktet er behagelig og kroppen virker sunn og sterk.

«Smak. Det gjør deg godt.»

En av de eldre kvinnene smiler bredt. Karo vender seg spørrende mot den eldre, men hun sier ingenting. Kaje prøver først å drikke av kalebassen, men det er for seigt til at noe renner ut.

«Slik.»

Den unge kvinnen stikker fingeren oppi for så å suge på den. Bortsett fra fargen så minner det om honning. Kaje gjør det samme.

«Prøv», sier han til Karo.

Smaken er søtaktig, men samtidig besk. Hun skjønner hvor det kommer fra, og tenker at det er mulig å venne seg til smaken, men at andre trær har bedre kvae. Antakelig har akkurat denne kvaen helbredende egenskaper. Hun spør den eldre kvinnen.

«Hva er det bra for?»

Damen begynner å le. Karo ser lenge på henne, men gir til slutt opp. Hun har for mye latter i seg, hele kroppen rister, så det faller på den yngre å svare.

«Det kommer fra mudyitreet. Treet har store egenskaper. Det gir melk. Det samme som mødre, men mye sterkere.»

Den unge kvinnen smiler bredt. Karo legger merke til at Kaje gjengjelder smilet. Den eldre damen har kommet seg ut av latteren og hvisker til Karo.

«Hun er en god kvinne. Ikke la ham stjele henne, jeg vil ha henne.»

Karo snur seg.

«Så … Hva gjør kvaen? Jeg kjenner mange planter som hjelper mennesker. Jeg vil gjerne lære om bruken av hvit kvae.»

«Du er for gammel.»

«Hva? Jeg trenger helbredende stoffer mer enn Kaje, han er fortsatt sterk.»

Igjen ler den eldre kvinnen.

«Helbredende. Du tror det? Nei, nei, det … Det fanger. Du sitter fast i klisteret. Hun ønsker seg barn, for da får hun fram det hvite fra brystene.»

Den unge kvinnen har satt seg ned ved siden av Kaje. Nå bøyer hun seg fram, tar tak rundt hodet hans og kysser – først på pannen så på munnen. Deretter sier hun med en lav og inderlig stemme.

«Jeg er Sasi. Jeg vet at du heter Kaje.»

Hendene hennes beveger seg varsomt ned fra hodet og rundt kroppen hans – som om hun holder på å fange et skremt dyr.

Den eldre kvinnen er ferdig med å le og virker alvorlig.

«Har han noen søsken?»

Karo ser forvirret på henne.

«Ja?»

«Hva slags?»

«Du mener … Spør du om kjønn?»

«Selvsagt.»

«Han har to. To søstre.»

«Det er bra. Sasi har en bror. Det blir bra. En fin blanding.»

Det aner Karo at Doro ønsker å bli hos disse menneskene. Hun vet godt at forelskelse er enda sterkere enn stammetilhørighet, ingenting kveler en ordentlig forelskelse. Ingenting bortsett fra de to personene det gjelder. Ingen andre følelser bestemmer over livet til unge mennesker på samme måten, men hun vet også at det går over. Det tar bare et par regntider å skylle bort selv den mest dyptgripende lidenskapen.

Stammen har allerede mistet flere etter at de forlot Bujudalen, og det er viktig å ikke bli for få. Tradisjonen tilsier at kvinner blir med mennene, så hvis de mister Doro, hadde det vært fint om Kaje kunne få med seg Sasi. Hun virker klok, og hun har sikkert nyttig kunnskap om skogen.

På den annen side syntes den eldre kvinnen å antyde at Kajes søster i så fall må gå med Sasis bror. Karo synes det høres rart ut. Poenget må jo være at søsknene skal få være sammen videre i livet; men i så fall, hvilken stamme skal de slå seg ned i?

Så kommer hun på at Kaje er i ferd med å utvikle seg i retning av å bli sjaman. Riktignok har han et stykke igjen, men sjamaner forventes å gå gjennom livet uten en fast kvinne, dog ikke nødvendigvis uten kvinnelig selskap. Samtidig lurer hun på om det kan være andre ting som gjør at Kaje nøler med å dra i gang noe med kvinnene de møter. Han har ikke vært mye sammen med Sirea den siste tiden. Reko er sjelden langt unna, men det sier ikke så mye.

Før kvelden er slutt, har hun forsonet seg med at det ligger utenfor hennes innflytelse å styre hvilken vei de unge velger.

Mule har ingen bremser. Hun har sett ham stå der som en frustrert hangorilla i sine forsøk på å få oppmerksomhet, men kvinner flest er mer opptatt av gode øyne enn av store muskler. Nå oppdager Karo at han er i ferd med å få belønning for strevet. En kvinne som virker eldre enn Mule, men uten tegn til å ha født, viser interesse. Hun lar hendene til Mule få bevege seg fritt, men nekter å legge seg ned. Heldigvis har Mule nok erfaring til ikke å presse på.

Karo har satt seg i utkanten av folkemengden. Barnet som ligger i fanget hennes, har sovnet, så hun følger med på alt som skjer. Det er nysgjerrigheten, det å tolke folks ansikter, som gjør at hun liker så godt å se på. Selv har hun ingen glede av det seksuelle, ikke for egen kropp, og heller ingen begeistring ved å se på andre. Det er like greit, men hun skjønner hvorfor de unge er så opptatt av hverandre. I Bujudalen dukket det sjelden opp nye ansikter, men både hos vannfolket og her er det rikelig.

Kvinnen som Mule klår på, heter Sitty. Karo liker navnet, dessuten virker også hun fornuftig. Istedenfor å lære Mule å kjenne via hendene hans, oppsøker hun Sirea. Karo sitter nærme nok til å få med seg en del av det som blir sagt, og skjønner at den fremmede spør om Mule. Karo tenker at det er et godt valg av informant.

Sirea fører kvinnen med seg ut i skogen. Mule står igjen med en bekymret mine. Karo snur seg mot Lele.

«Hva tror du?»

Han ser spørrende på henne.

«Tror du Mule får den kvinnen?»

«Hvilken kvinne?»

«Så du ikke? Hun som forsvant i skogen med Sirea. Hun han legger hendene på.»

Nå smiler Lele bredt.

«Mule vil ha seg et knull. Jeg tror han har en sjanse der. Han …»

Karo avbryter. Hun merker at hennes egen stemme er skarp.

«Mule trenger en kvinne. Vi trenger at han finner en kvinne.»

Nå virker Lele mer alvorlig.

«Jeg tror ikke det er hva Mule tror han trenger.»

«Jo, men … Jeg tror hun avviser ham. Mule bør bli avvist. Han trenger å lære.»

«Mule vet godt hvordan man knuller. Han er ivrig og sikkert god som noen.»

Karo gir opp. Innerst inne vet hun at Lele tenker på en annen måte når det gjelder mennesker. Samtidig innser hun at ønsket om å finne ut hva som skjer videre, er mer for spenningen ved å se om hennes gjetninger slår til, enn fordi det er så viktig å få med seg en ny kvinne.

Det mørkner uten at Sirea og Sitty kommer tilbake. Firfinger kommer over og setter seg ved siden av Lele. Karo har fått anbragt barnet på et soveskinn og vil hjelpe til med å få opp bålet, men to andre barn kommer bort og setter seg på fanget hennes. Også de sovner raskt. Barna blir slitne av de lange vandringene, de liker bedre å vimse rundt enn å bevege seg i én retning hele dagen.

Så kommer en av de fremmede mennene opp til dem. Fyren er spinkel, med skrukkete hud, tydelige ribbein og pistrete hår.

«Dere kan prate for stammen?» spør han.

Lele reiser hodet.

«Ja, du kan prate med oss. Vi er de eldre.»

«Jeg ser det», sier den fremmede og smiler.

Han tar en pause. Ansiktet blir mer alvorlig.

«En av de unge følger Sitty.»

Karo svarer, slikt er tross alt mer for henne.

«Jeg vet. Jeg har sett.»

«Hun er min», sier han langsomt.

«Beklager. Hun gir ikke inntrykk av å ha mann. Jeg skal prate med Mule.»

«Min datter», fortsetter mannen. «Hun kan velge mann. Skogen liker ikke om noen gjør henne tykk uten å ta ansvar. Gjør han det, må han bli. Eller hun må gå med dere. Men her er det hennes valg, ikke mannens. Dere bør vite det.»

Karo klarer ikke dy seg.

«Hva vil hun?»

Mannen ser spørrende på henne.

«Du mener om hun vil ha ham? Jeg vet ikke. Det er hennes tanker som avgjør, ikke mine.»

De siste ordene er litt bitre.

«Jeg skal prate med ham», sier hun langsomt og med vekt på ordene. «Vi er besøkende, her følger vi deres skikker.»

51.

Neste kveld kommer faren til Sitty med mer av den hvite kvaen.

«Mudyitreet gir oss dette», sier han. «Det er det eneste treet som har hvitt blod. Åndene som bor i treet gir oss for at vi skal ta vare på skogen. Vi deler det hvite for da betyr vi noe for hverandre.»

Så går han rundt. For hver av de nyankommende stikker han fingeren i bollen, tar først på pannen slik at det blir en liten hvit flekk, og stikker deretter fingeren i munnen slik at alle får smake.

Karo synes smaken er enda verre denne gangen, men mannen har skitne fingre. Noen typer kvae har en søtaktig og morsom smak, men denne gir en følelse av at munnen klistrer seg sammen. Hun har mest lyst til å spytte ut, men antar at det er uhøflig.

Det ene barnet på fanget hennes spytter ut og treffer nesten foten til mannen. Forhåpentligvis skjønner fyren at barn må få være barn.

Mannen med bollen overser spyttingen. Ansiktet virker lukket. Til slutt taler han med en alvorlig, men vennlig røst.

«Nå er vi venner. Vår stamme står med dere. Trenger dere hjelp, så kommer vi. Trenger vi hjelp, går vi til dere. Vi er ett folk.»

Lele tar på seg å takke for tilliten, og sier at de vil gjøre hva de kan for å hjelpe.

Den fremmed fortsetter. Nå er blikket vendt mot Mule.

«Alt som er hvitt er godt. Små barn vokser ved å drikke av mors bryst, og kvinner får styrke av å ta i seg menns melk. Det er god visdom. Alle vokser seg sterke, og ingen får barn før de skal.»

Mule er forbausende stille, men løfter hodet som tegn på at han forstår. Ordene sitter alltid løst når han er med sine egne, tenker Karo, men han har ikke like lett for å finne fram i et mylder av ukjente ansikter. Mannen synes ikke å reagere når Mule løfter hodet istedenfor å senke det som tegn på at han forstår. Kanskje har han allerede skjønt forskjellen i bruk av hodet?

Fyren fortsetter.

«Det er derfor vi gamle blir hvite. Våre ferdigheter vokser etter som tiden forsvinner bak oss.»

Karo liker ordene hans.

De holder sammen med sine nye venner i flere dager. Dermed lærer de mye om hvordan man overlever i disse skogene.

Karo er skeptisk til tanken om at alt hvitt har spesielle egenskaper. Hun trodde selv at det hvite i fjellene var spesielt, helt til Kaje dro dit og fant ut at det er kaldt vann i fast form.

Uansett hva man mener om det hvite, det svarte kan være forferdelig. Noen av buskene i skogen har svarte bær, de ser gode ut, men smaker enda vondere enn kvaen. De fremmede sier at de svarte bærene er fulle av onde ånder som dreper hvis man tar til seg for mye.

Enda verre enn de svarte bærene er de enorme, svarte fluene. De er på størrelse med en fingernegl og bitter som en firfirsle. Noen ganger går bittet over til å bli et stort og betent sår.

De innfødte gjør hva de kan for å unngå eller drepe disse fluene. De har oppdaget at ved å gni huden inn med blader fra flue-hate-busken, så holder insektene seg på avstand. Samtidig skjønner Karo at man ikke bør spise de bladene. Hun innser at dette er viktig kunnskap. Selv kjenner hun til og bruker, forskjellige blader som gjør at sår gror bedre, men hun har aldri hørt om urter som holder insekter borte.

De innfødte bruker bladene først og fremst mot fluene, men hevder at de også hjelper mot andre insekter. Karo bestemmer seg for å eksperimentere for å se om de holder maurene unna. I så fall kan de bruke bladene når de pakker inn mat. Noen av maurene som tar seg til rette, smaker vondt.

Det virker som om Mule har tilpasset seg lokale skikker. Han holder seg nær Sitty, men det ser ut som om de har utviklet innsikt i hverandre. Likevel er hun spent på hvordan det går videre. Mule er i stand til å velte vennskap, ikke bare mellom to personer, men mellom hele stammer.

Neste dag kommer alle jegerne tomhendte tilbake selv om de var ute helt til solen gikk ned. Karo vet at folk som sulter har mindre tålmodighet. Lele kommer opp til henne og sier omtrent det samme.

Som så ofte ellers, er det de eldre som må ta et initiativ. Få folk til å løfte hodet. Lele stiller seg opp ved bålet og sier hva Karo og han har kommet fram til. Ansiktene til de eldre fra den andre stammen viser at også de har tenkt.

Doro bestemmer seg for å bli hos sin nye mann. Karo tenker at det virker riktig, de to synes å ha det godt sammen. Selv om det her er kvinnen som bestemmer hvilken stamme man skal slå seg ned hos, ender det som oftest med at kvinnen blir hos mannen. Dette er dessuten den tradisjonen Doro er vant med. Ettersom mannen ønsker å bli, føler hun det galt å argumentere for at han skal dra med henne. Dermed mister de Doro. Karo venter spent på hvordan det går med kvinnene Kaje og Mule har truffet.

Lele setter seg ned sammen med faren til Sitty.

«Vi har tenkt oss opp mot fjellene og videre vekk fra elven. Hva vet dere om skogen der?»

Den gamle mannen ser usikkert på ham.

«I den retningen», fortsetter Lele og peker ut i natten.

Nå virker mannen tydelig bekymret.

«Det er ikke bra.»

«Hvordan da?»

«Ikke bra. Ikke bra», gjentar han med trykk på begge ordene.

Lele ser spørrende på ham, men får ikke mer svar.

«Kaje var i det hvite. Fra toppen av fjellene, i den retningen jeg pekte, så han store, grønne skoger og ingen røyk. Vi tror månen fører oss dit.»

Mannen er fortsatt like stum.

«Hva er galt? Vi vil gjerne høre.»

Nå våkner i alle fall øynene til mannen. Lele aner irritasjon i blikket, men stemmen er like myk.

«Der er sikkert mye skog, men også mennesker.»

«Ja?»

Mannen nøler før han fortsetter.

«I den retningen bor de slemme. Vi holder oss unna.»

«Dere har ingen kvinner her fra dem?»

Først nå hardner både blikket og stemmen.

«De bytter ikke kvinner. De dreper dem.»

Karo blir stum, men Lele fortsetter tvilende.

«Dreper?»

«De dreper oss.»

Lele husker at Karo hadde hørt det samme da de var hos vannfolket. Han vinker på henne.

«Vi skal holde oss unna», sier han til mannen.

Stemmen blir litt mykere når Karo setter seg, men den er fortsatt bestemt.

«Dere bør ikke dra oppover. De stikker, de dreper, og de spiser mennesker. Se her.»

Han peker på et sår høyt oppe på låret. Såret virker dypt, og det er betent – ikke noe man har lyst til å gå rundt med.

Sirea har fortalt at hennes tidligere stamme spiste barn som ble tatt til fange. Karo hadde vondt for å tro det den gangen, men innser at sånt kan skje, ingen andre vesener i skogen finner på like mye rart som menneskene. Så tenker hun seg om. Jo, stammen har en historie der det fortelles om sjimpanser som spiser andre sjimpanser.

«Spiser de virkelig mennesker», sier hun med ørlite håp i stemmen.

«Ja», svarer han kort.

En ung gutt som lener seg mot skulderen til mannen, gjentar med en blanding av skrekk og fryd.

«De spiser mennesker. De spiser alt. De spiser kroppen og alt som er inni.»

Lele ser på gutten før han vender blikket tilbake til den eldre.

«Så hvor bør vi dra.»

«I den retningen du peker, må dere forbi de slemme. Skogen der tilhører dem, og de liker ikke fremmede.»

«Så hvor kan vi gå for å komme forbi deres skog?»

Mannen ser på ham med vidåpne øyne.

«Forbi? Dere kommer ikke forbi. De spiser ...»

«Jo, men hvis vi kommer forbi.»

«Vi vet ikke. Ingen av oss har vært der. Noen har dradd i den retningen, men de kom ikke tilbake. Slik er det. Vår skog er her.»

Så ser han på Karo og fortsetter.

«Kvinnene her vil ikke dit. Det er farlig. Dere får i alle fall ikke med dere min datter.»

«Kan vi ikke gå rundt?» spør Karo i et siste forsøk.

«Vet ikke. Kanskje hvis dere krysser elven, og så går opp til fjellene. Vi vet ikke.»

Karo og Lele ser på hverandre. Ingen av ansiktene stråler, men begge skjønner hva den andre tenker.

Månen er nesten full. Det er slik de liker den, og det er et godt tegn. Det betyr at månen viser veien. De går til Kaje som sitter sammen med Sasi litt utenfor sirkelen av mennesker. Han tar ikke trusselen alvorlig og vil videre, men det er lett å se frykten som våkner i ansiktet til Sasi.

52.

Asokafolket har samlet seg. Nabostammen har fått med en annen nabo, slik at de er tre grupper som møtes ved leirplassen der Tsabo og Tsabu holder til. Alle vet hvorfor. Det er mennene dette dreier seg om, men også en del av kvinnene er med fordi de setter pris på anledningen til å treffe bekjente.

Mennene begynner lenge før solen går ned.

Bålet er i gang, og det er større enn vanlig. Høye flammer gir en følelse av styrke og overskudd. En etter en går mennene opp til bålet og griper avbrente kvister. Noen av de yngre foretrekker kvister der det fortsatt bor flammer, eller som gløder når de puster på dem. De eldre er ferdig med sånt, og nøyer seg med kalde pinner. Så begynner de å tegne med kvistene på brystet og på lårene. De heteste pinnene gjør huden rød. Noen presser mot huden slik at det lukter brent hud og dukker opp blødende sår.

En ung kvinne går rundt og stikker nesen borti der huden er svidd. Noen ganger slikker hun på såret. Hun liker lukten, mennene liker oppmerksomheten, og hun liker at mennene ser fornøyd på henne. En gruppe eldre kvinner står samlet og messer et taktfast *ao-ao-ao*. Mennene lager ikke lyder, for de trener på å være stille.

Når alle har merket kroppene sine med sot og sår, begynner de å hoppe i takt med kvinnenes *ao*. Sotet blander seg med svette og enkelte steder blod. Godt hjulpet av bevegelsene skaper det intrikate mønstre nedover kroppen. Mange forsyner seg også av den lysegrå asken og gnir den utover ansiktet.

Endelig er de samlet. Tsabu føler det helt ut til fingerspissene. Alle mennene i området står sammen, og de gir alt for hverandre. Det er dette som gjør dem sterke, én mann er ingenting, men med så mange hoder og så mange spyd rettet mot et felles mål – da er de alt. De er sterke nok til å legge ned en flokk elefanter, og sterke nok til å drepe alle nabostammene.

Mens det fortsatt er lys igjen, begynner de å kaste spyd mot hverandre. De passer på at den de kaster mot ser hva som kommer og har sjansen til å hoppe unna. Det er en lek, men en lek for voksne.

Dette fortsetter utover kvelden. Noen av de yngre mennene kommer med kraftige brøl, men blir raskt hysjet ned, for natten skal ikke ha store lyder. Flere tygger på blader fra krigsbusken, men Tsabu foretrekker å ha et hode som er fokusert på oppgaven.

Tsabo går opp til mannen sin.

«Du kommer tilbake?!»

Det lyder som en mellomting av spørsmål og ordre. Tsabu ser på henne.

«Jeg kommer alltid tilbake. Ingenting tar meg, jeg lar meg ikke stikke. Ingenting dreper meg.»

«Jeg vet», sier hun lett. «Du er sterkest.»

«Jeg kommer tilbake.»

Hun legger den ene hånden på skulderen hans mens den andre tar tak i pikken.

«Ta gjerne med noen. En kvinne. Hun kan hjelpe til med å finne kvister til bålet. Det gjør ikke noe om du knuller fremmede kvinner, bare ikke de vi kjenner.»

Han ser spørrende på henne. Det er fortsatt ømt på toppen av hodet der kalebassen traff.

«Jeg kommer tilbake», gjentar Tsabu. «Jeg tar ikke med noen, men … Når vi har drept mennene, da har vi lov.»

De drar mens månen fortsatt står høyt. Det er mye natt igjen, men de har en lang marsj foran seg. Tanken er å komme fram i grålysningen. Folk som fortsatt har søvnen sittende i kroppen, har lite kraft både i hodet og i armer. Selv har de styrke og pågangsmot nok til å ta på seg hva som helst.

Tsabo står og ser på at mennene forsvinner inn i den mørke skogen. De småløper i en lang rekke. Alle har med seg kølle samt minst to spyd. Hodene peker rett fram. Ingen snur seg og ser tilbake.

53.

Elven renner der fortsatt. Å krysse den to ganger tar for mye tid, derfor følger de den siden de befinner seg på. Kaje liker sjøen bedre, elven virker farlig, men den gir samtidig ekstra liv til omgivelsene. De er advart, men både Karo og Lele er enige med ham i at advarslene trolig er overdrevet. Antakelig er de preget av stridigheter mellom stammene i området, men angår ikke fremmede som er på vei forbi. Nedsettende ord sitter løst mellom folk som har utviklet fiendskap.

Likevel holder de seg tettere samlet. Dessuten sender de ut speidere. Lele mener det er bedre å møte fremmede alene i skogen framfor å komme på dem som en samlet flokk. Det siste er provoserende, dessuten bør en enslig ung mann oppdage en gruppe fremmede før de oppdager ham, og om nødvendig komme seg unna ved å løpe.

De har ikke noe valg. Slik føler i alle fall Kaje det, og så lenge Lele gjør hans tanker om til ord som når fram til alle, er det den grønne skogen som leder dem. Verken tørke eller vann har stoppet dem så langt – ei heller fremmede mennesker.

Av og til lurer han på om skogen bare var en drøm.

De kom sent av gårde, så den første dagen blir kort.

Elven er mer bestemt her oppe. Den bukter seg ikke gjennom landskapet, men styrer ganske rett på. Kaje tenker at de er som vannet, de har et mål de skal nå. Det gir en god følelse å vite hva man vil og føle at alt flyter i riktig retning.

Her er ingen tegn til andre mennesker.

Skogen har blitt lavere og tettere. Det gjør det vanskeligere for dem å oppdage mennesker på avstand, men det betyr også at de kanskje klarer å komme seg forbi uten selv å bli oppdaget. Planen er å dra så langt opp mot fjellene at de er utenfor det området mennesker bryr seg om, for så å kunne følge fjellene til de kommer forbi det fiendtlige folket.

Kaje er trett. Turakofolket lagde mye nattebråk. Det var snorkelyder og folk som absolutt skulle drive med alt mulig rart midt på natten. Dessuten slet han med dårlig samvittighet for Reko, og bekymringer for hvorvidt Sirea kommer til å forlate dem.

Han våkner midt på natten.

Nå dukker også Sasi opp i tankene. Leppene hennes berørte ham på en måte han ikke hadde kjent på lenge. Han følte det helt ned i skrittet da tungen hennes lekte med hans. Det vekket noe som spredte seg gjennom kroppen. Likevel virket det ikke riktig å legge seg ned med henne. Hun sa seg til og med villig til å trosse frykten og bli med, men heller ikke det var berettiget. Hele tiden var det som om Sirea stod og så på ham med sine dype og kloke øyne.

Det indre bildet av Sirea gir en egen form for varme. Ikke noe annet i skogen føles så intenst og ømt. Det rare er at hun samtidig virker fjern. Han har flere ganger våknet av en drøm der han griper etter henne, men hendene går tvers igjennom. Kroppen hennes blir til luft.

Heldigvis er månen der for ham, hele månen med alt den har å by på. Det mektige måneskinnet gjør skogen fristende. Han aner ikke hvor lenge det er til solen kommer, men velger å reise seg. Det føles bedre enn å ligge, for månen har i seg evnen til å skyve vekk betente tanker – spesielt når den setter ham i kontakt med Alles Mor.

Natteluften er kjølig, men etter en varm dag er det godt å fryse litt.

Himmelen har fått tak i noen skyer, men akkurat der månen befinner seg er det ingen. Selv stjernene holder seg på ydmyk avstand fra månen. Den henger høyt over ham i den retningen som peker vekk fra elven, og gir lys nok til at han kan se bakken selv under trærne. Det er så mye den vil vise ham.

Han er ikke kjent i dette området, og bestemmer seg for å følge månen. Enkelte dyr er aktive om natten, men gjemmer seg om dagen. Da han våknet, hørte han rop fra vervetaper, antakelig av den hvite sorten. Han har sett at de av og til befinner seg på bakken tidlig om morgenen, og der er de mottakelige for spyd. Aper er veldig vare for lyder og bevegelse, de smetter opp i trærne nesten før man rekker å heve armen. Derfor tar han med både slyngkjepp og spyd.

Igjen hører han kallene til vervetapene. Ganske nærme. Lukten av skog er ispedd en vag eim av dyr. Mesteparten av bakken her er dekket av gress og små urter som gjør det lett å bevege seg stille. Noen steder er det lave busker som er egnet til å gjemme seg bak.

Tanken på apene, som antakelig befinner seg på bakken ikke langt unna, gjør opplevelsen av naturen enda mer intens. Det er som om alt levende kommer sammen i ett felles liv. Noe stort som også han er en del av. Noe han har lært å kalle Alles Mor. Mennesker kan mene at de eier skogen, men hun *er* skogen, dermed er det bare hun som kan dele på naturen slik at både mennesker og dyr får det de trenger.

Nå er han like ved.

Apene lager ikke lenger lyder, men han hører rasling i løv, og han aner hvit pels som beveger seg på den andre siden av noen kraftige busker med store mørkegrønne blader. Dessuten kjenner han igjen lukten. Antakelig tre eller fire individer. Han vet at treet de holder til under, bærer frukt; men at de fleste fruktene har havnet på bakken.

Det gjelder å komme seg helt fram til buskene uten å rasle med løv, for så å bevege seg ytterst forsiktig rundt kanten med slyngkjeppen og spydet klar til å bli slengt mot det første hvite øynene griper fatt i. Hvis han kommer tilbake til de andre med morgenmat, vil det lette trykket han føler inne i seg.

Det går bra. Nå aner han pelsen til en ape som sitter og spiser på bakken rett bak buskene. Han må regne med at den er på beina før han rekker å kaste, men det gjelder å sanse retningen og dermed hvor han skal styre spydet.

Mindre enn en mannslengde igjen før han runder busken.

Plutselig spretter apene opp. Lyden av raske bevegelser på bakken kommer rett før synet av små, hvite kropper som fyker oppover trestammen.

Var han likevel ikke stille nok? Eller merket de lukten av menneske?

Før tankene, og forsøket på å lære av sine feil, er ferdige, hører han tydelige lyder fra skogen på motsatt side av frukttreet. Det kommer noen!

Det første han ser er en mann med to spyd i venstrehånden og en klubbe i den høyre. Så en til, og enda en. Raskt vokser de til en diger flokk, flere menn enn han noen gang kan huske å ha sett samlet. De trenger vekk alt det grønne og blir til en røys av fiendtlige mennesker som strekker seg så langt blikket når. Alle har øynene rettet mot ham. Flere har spydene hevet. Også de peker mot ham. Alle er tilklint med sot og aske, og de har ansikter som vil vondt. Øynene ser på ham med villskap og drap, omtrent som da stammen til Sirea angrep hulen deres. Han ser aldri på byttedyr med slike øyne. Fortsatt har han armen hevet og spydet hvilende mot slyngkjeppen klar til kast.

Hva gjør de her ute midt på natten?

54.

Tilbake i leiren sitter Tsabo og de andre kvinnene. Solen har stått opp. Den gir lys og varme selv om det ligger spredte, hvite skyer på himmelen. Alt ligger an til at det blir en god dag, men hun vet at det blir en lang dag. Tanken på hva mennene er i ferd med, gir et sterkt behov for å være sammen. Selvsagt er mennene sterke, men selv med overmakt, så er det fort gjort at noen blir skadet eller drept. Et enkelt stikksår er farlig nok.

Etter hvert må de ut i skogen for å finne noe spiselig, men ingen har lyst til å reise seg og gå. Fellesskapet i det åpne dalsøkket binder dem til bakken. Tsabo ser på øynene til de andre at hun ikke er alene om slike følelser.

Bare de minste barna løper rundt og leker som før – uten frykt eller forventninger til dagene som kommer. Barna virker nesten enda livligere enn vanlig, de liker at alle mødrene er samlet slik at det er lett å hoppe opp i et fang om behovet melder seg.

Tsabo plages av dårlig samvittighet og henvender seg til en av de andre kvinnene.

«Mannen din sa at Tsabu knullet en kvinne i nabostammen. Er det sant? Er du sikker?»

Hun ser irritert på henne.

«Det var ikke for dine ører.»

«Ordene ble sagt, de kom til mine ører», sier Tsabo stille.

«Jeg vet bare hva mannen min sa. Spør ham.»

«Jo. Men … Du kjenner ham. Tror du på hans ord?»

Den andre kvinnen stirrer mot noe fjernt.

«Ja. Men det spiller ingen rolle. Kun et knull. Ikke noe å bry seg om.»

«Jeg knuste en kalebass.»

«Jeg vet. Alle vet.»

Det blir stille en stund. Tsabo ser seg rundt. Solen er sterk, likevel skjelver hun når den nervøse og ampre stemningen tar tak i henne. Hun burde ikke knust den kalebassen. Hun hadde ikke gjort det om mannen selv hadde fortalt om hva som hadde skjedd, men å høre det fra en annen gjorde vondt. De andre har ansiktene vendt vekk fra henne.

«Jeg er tørst. Jeg trenger en ny kalebass.»

«Ja, skaff deg en ny, men ikke knus en gang til.»

«Har du vann i din?»

Den andre kvinnen ser surt på Tsabo.

«Ja. Til meg. Ikke for deg.»

«Men …»

«Vi trenger mennene, og du er en dårlig kone.»

Tsabo gir opp. Hun vurderer å beklage seg, men liker ikke tanken. Det hun gjorde, var tross alt i tråd med stammens tradisjoner. Isteden reiser hun seg og går. Hun trenger ingen kalebass, det er fortsatt godt vann i bekken. Mer enn vann trenger hun å være ett med de andre kvinnene. Det kommer til å kreve noe av henne.

55.

Morgenen er langt på vei også hos månefolket. De gjør seg klar til å gå videre. Utover dagen sprer folk seg, men fra morgenen av er de samlet. Det er viktig at alle er med på å peke ut kursen når de starter opp.

De er vant til å ta en dag av gangen, for før dagen viser hva den byr på, er det vanskelig å vite hva de bør gjøre. Alles Mor kan plutselig forandre på været, kanskje skape et kraftig regn, eller noen kan ha blitt syke i løpet av natten.

Det er Karo som først savner Kaje. Hun går til Sirea som sitter på huk sammen med Yamyam og gnager på noen røtter fra kvelden før.

«Vet du hvor Kaje er?»

Sirea ser seg rundt. Så reiser hun seg for å få bedre oversikt.

«Han går av og til ut tidlig på morgenen.»

«Jeg vet», sier Karo stille. «Men han kommer tilbake. Han vet når vi drar. Han går ikke langt.»

«Ja, det er rart. Han burde vært her. Jeg har ikke … Vi står hverandre ikke så nært. Ikke nå.»

Karo ser på Sirea. Et eller annet får henne til å vende hodet mot Yamyam. Han har øynene rettet mot Sirea, og Karo leser et 'bry deg ikke om ham'. Kanskje bare gjetter hun basert på hva hun har sett tidligere, men uansett liker hun ikke uttrykket. Yamyam er en grei mann, hun vet det, men Kaje fortjener å få Sirea.

Hun begynner plutselig å lure på hvorfor hun tenker slik. Kaje har Reko, og Reko synes fast bestemt på å være hos Kaje om så alle trærne i skogen ramler over dem. Så finner hun svaret. Hun er redd for å miste Sirea, det er der det sitter. Hvis Sirea blir sammen med Yamyam, er det fare for at begge går andre veier. Ikke bare har hun blitt svært glad i denne merkelige kvinnen, hun vet at Sirea har i seg mye kunnskap, og at hun evner å se langt – kanskje lengre enn noen andre. Stammen trenger henne.

Reko virrer rundt og spør alle om de vet hvor Kaje er. Til slutt legger hun seg ned på magen med ansiktet skjult mot bakken. Karo ser en vag risting i kroppen, tårene er ikke synlige, men hun skjønner at de er der. Langsomt går hun over mot den liggende skikkelsen for å trøste, men kommer for sent. Reko spretter opp, griper Kajes andre stikkestokk og løper ut i skogen.

«Stopp! Reko. Bli her!»

Det nytter ikke. Enten hører hun ikke, eller hun nekter å høre. Ja, ja, hun må få lov til å føle, og til å la følelsene styre beina. Slik er menneskene. Kun mennesker gjør ting som er direkte dumt.

De blir enige om å utsette avreisen til Kaje er tilbake.

Lele tenker at veien videre er det viktigste, det er den de virkelig trenger. Dagene er til for å føle livets flyt – slik de nå føler elven. Det spiller liten rolle akkurat *når* de finner dalen månen vil gi dem, om det skjer en av de neste dagene eller flere regntider fram. Det er vandringen som gir livet innhold. Likevel, for å beholde det gode ved å se framover og søke noe som ikke bare er utenfor synsvidde, men kanskje også utenfor rekkevidde, er det viktig å ikke miste mennesker. De har allerede mistet flere, men så langt ingen friske, voksne menn. Barn og gamle dør lett. Så føler han et stikk av dårlig samvittighet, gutten som druknet var jo nesten voksen.

Karo går med lignende tanker. De tåler ikke å miste Kaje. Han betyr altfor mye. De trenger Sirea, men de trenger også Kaje. Kanskje tar han feil hva gjelder de grønne skogene, men han har tross alt ført stammen sammen, og i det siste har ikke problemet rundt Firfinger og Yamyam skapt åpenlyse konflikter. Selv Mule har trolig innsett at de trenger dem.

Det de har lagt ut på, krever at de også har noen med spesielle egenskaper, noen som peker framover. Hun har tro på at Sirea og Kaje sammen finner riktig retning. De trenger bare å finne hverandre.

Både Karo og Lele vandrer rundt i leiren uten å tenke på hvor beina beveger seg. Helt uventet støter de mot hverandre. Begge holder seg så vidt stående. Øynene møtes. Karo griper rundt Lele og drar ham hardt inn mot sin kropp. I den senere tiden har hun flere ganger merket et sinne mot Lele, nå vil hun ha den følelsen vekk.

Hun minnes en av historiene stammen bærer på. Den handler om Ismal, den siste ordentlige sjamanen de har hatt. Ett eller annet ved Kaje, eller ved Lele, fører tankene over på ham.

Ismal levde før hun selv ble født. Antakelig lenge før. Stammen slet med å finne nok mat. Dyrene gjemte seg, dessuten var mange av mennene syke. Det hele endte med at Ismal sa: 'Jeg vet hvor, og jeg skal lede dere.' Han dro både kvinner og menn med seg langt ut på slettelandet, lengre enn de hadde vært noen gang tidligere. Der ute kom de til et digert akasietre, et tre så stort at det alene kunne vært en hel skog. Under treet lå det en flokk med impala antiloper. Dyrene bare lå der. De lot mennene komme helt fram og stikke så mange som stammen trengte. Uten sjamanens innsikt ville de vært hjelpeløse – antakelig døde.

Kaje er enda ung, men har i seg å bli en stor sjaman, en sjaman som kommer til å leve videre i mange generasjoner. Tanken gleder henne. Kanskje har morgenturen i skogen vist ham noe som fører stammen på riktig kurs.

56.

De krigerske mennene samler seg i en ring rundt Kaje. Fortsatt har de spydene hevet. Kaje legger merke til at alle har flere spyd med seg, men han ser ingen slyngkjepp. Rart. Hvis man likevel har tenkt å kaste stokkene, er det best å bruke slyngkjepp, da går spydene lengre og får mer gjennomslagskraft.

Alle ser ut som om de har lyst til å drepe, men ingen hiver. Kaje er klar til å kaste seg til siden hvis han ser brå bevegelser i noen av armene. Forsiktig slipper han både spydet og slyngkjeppen sin ned på bakken. Så reiser han armene og holder håndflatene mot dem.

Noen av dem slapper av i kroppen, men handlingen har ikke avvæpnet folkene. Best å formulere noen ord.

«Jeg er her i fred.»

De ser rart på ham. Mannen som står foran, tar ett skritt fram. Brått drar han spydarmen tilbake for å kaste. Kaje rører seg ikke. Han innser at hvis de vil drepe, er det likevel ingenting han kan gjøre, ikke mot så mange menn som er så godt bevæpnet. De har allerede omringet ham, så det nytter ikke å løpe. Han blir overrasket over sin egen ro. Musklene er ikke engang spent.

Den neste tanken som dukker opp, er behagelig: Han er klar. Klar til å dø. Alles Mor har ført ham hit.

Mannen kaster ikke. Armen slipper seg halvveis ned igjen. Ansiktet virker overrasket. Brått hever han armen som for å kaste en gang til. Fortsatt rører ikke Kaje seg.

Nå er han tydelig overrasket. Kaje aner at fyren er imponert over den roen han viser.

De fremmede begynner å snakke fort seg imellom. Kaje oppfatter kun litt av hva som blir sagt, de har noen rare ord og noen enda rarere lyder. Merkelige 'klikk' spretter fram innimellom alle ordene og forvirrer ham. Likevel skjønner han at diskusjonen går på hvorvidt de skal drepe – for så å komme seg videre. Til slutt tar mannen med spydet enda et par skritt fram. Han stopper en drøy armlengde unna kroppen til Kaje. Nesten *for* nærme til å stikke. Kaje merker en pust med en kraftig, råtten lukt. Rolig ser han den fremmede inn i øynene.

«Jeg er Kaje fra månefolket. Hvem er du?»

Det tar litt tid før den fremmede bestemmer seg for å si noe.

«Jeg er Tsabu. Dette er vår skog.»

Igjen den rare klikkelyden. Det virker som om navnet blir spyttet fram. Den siste setningen kommer med trykk og følelser.

«Jeg vet», svarer Kaje mykt.

«Hva vet du?» kommer det kjapt.

«Hva … Jeg vet. Skogen tilhører dere. Beklager. Vi skal ikke være her.»

Det blir stille, så han legger til:

«Vi vil dere ikke vondt.»

Den fremmede ler høyt.

«Vi kan drepe *deg*. Du dreper ikke oss.»

«Jeg vet», svarer Kaje, fortsatt med en stemme uten frykt. «Jeg ser det i øynene deres. Vi … Mitt folk. Vi dreper ikke. Vi dreper ikke mennesker.»

«Du snakker annerledes, du er ikke dem.»

Kaje ser spørrende på ham.

«Dem?»

«Ja, *dem*.»

Det begynner å demre for Kaje hva mannen mener. De er ute for å drepe, men innser at Kaje ikke tilhører det folket vreden peker mot. Heldigvis er måten å snakke på så vidt forskjellig at det blir lagt merke til. Uansett er det bedre å utveksle ord enn spyd. Han er overbevist om at de *kan* drepe, men ingen dreper andre mennesker uten en god grunn. Ingen finner på noe slikt. Det er så opplagt.

Det *burde* være opplagt.

«Vi kommer fra åsene på andre siden av fjellene. Det er ikke noe vondt mellom oss og dere, og vi skal videre. Hvorfor vil dere … Dere har ingen grunn til å drepe meg?»

Tsabu ser rart på ham.

«Deg? Jeg vet ikke.»

«Hvis du ikke vet, er det ingen grunn til å drepe.»

«Kanskje du vil drepe meg.»

Kaje ser på ham og sier så oppriktig han kan.

«Jeg dreper ikke mennesker.»

Så legger han til:

«Dessuten er du ikke redd for meg.»

Det siste utsagnet synes å ha den ønskede virkningen.

«Nei, jeg er ikke redd. Jeg, jeg er ikke redd noen. Vi er de sterkeste.»

Kaje minnes Storeflekk og alle mennene han dro med seg for å angripe dem. De hadde samme holdningen. En holdning som forsvant da Sirea stakk Storeflekk gjennom øyet. Han har verken lyst eller mulighet til å gjøre det samme med Tsabu.

«Du er heller ikke redd», sier en av de andre mennene med tydelig beundring. «Hvorfor er du ikke redd?»

Kaje tenker seg om.

«Jeg vet hvor jeg står. Og jeg vet at Alles Mor er med meg.»

«Alles hva?»

«Hun som styrer skogen. Hun som er skogen. Hun er i meg.»

«*Vi* styrer skogen. Den er *vår*», kommer det raskt fra Tsabu.

«Jeg vet. Jeg mente … Dette *er* deres skog. Jeg vet det.»

Nå er det en liten, helt ung mann bakerst i flokken som har behov for å markere seg.

«Det er ikke deg vi må drepe. Men vi må drepe deg.»

«Hvorfor?» gjentar Kaje.

«Fordi … Fordi det er det vi er her for. Vi er ute for å tappe menneskeblod. Dessuten må vi drepe stammen din.»

«Hvorfor?» gjentar Kaje.

Det synes å være et godt spørsmål. Enten de bryr seg eller ikke, tvinges de til å se forbi spydenes rekkevidde.

Tsabu overtar.

«Vi er ute for å hevne en gutt. Han var en gutt, ikke en gang mann, og de kastet uten å si noe. Uten å vise ansikt. Det krever at vi dreper.»

«Det var ikke oss. Ikke min stamme», svarer Kaje. Han merker at stemmen virker oppgitt.

«Kanskje ikke, men du står i veien. Ditt folk står i veien. Vi kjenner dere ikke, men dere må ha kommet fra landet til våre fiender, da er også dere våre fiender. Så vi må drepe dere. I krig er det store sår som teller, rask død eller langsom død.»

Kaje ser alvoret i situasjonen. De hørte ingenting om drap av en gutt da de besøkte turakostammen, men de er deres venner. De har til og med lovet å hjelpe dem. Samtidig hjelper det ingen om alle i hans stamme dør. Han er ikke i tvil om at disse menneskene er en langt større trussel enn Storeflekk og hans menn. De er flere, de står tett sammen, og de oser av drapslyst. Ingen gnir seg inn med så mye sot, søle og blod uten å mene noe.

«Mitt folk ønsker ikke krig. Vi vil ikke drepe, vi vil videre. Til en ny dal. En dal som månen gir oss langt bortenfor skogen deres.»

Enda en mann tar ordet. Kaje tenker at i en god stamme er det lett for alle å dele sine tanker, ikke kun dem som ønsker å stå foran.

«Men dere står med folkene nedover mot sjøen?»

Kaje tolker det som et spørsmål og ikke en påstand, men et spørsmål uten noe enkelt svar. Han vet godt at han ikke er flink til å lyve. Han misliker både sin egen og andres uærlighet. Dessuten er en løgn som står for fall, alltid verre enn en ugunstig sannhet. De har passert gjennom turakoenes skog, det er vanskelig å tro at det har skjedd uten kontakt med de som bor der.

Mannen som spurte, står like bak Tsabu. Han er mye lavere, men kraftigere. Kaje tenker at de to er omtrent som ham og Mule, men at da hadde Mule stått foran. Eller kanskje ikke. Ikke hvis de sto ansikt til ansikt med noe virkelig farlig. Mule er ikke spesielt redd, men han er heller ikke spesielt modig.

Mule-fyren blir utålmodig.

«Står dere i lag med våre fiender?»

Ingen tvil om at spørsmålet krever et svar.

«Vi traff dem, men vi dro videre. Vi ville videre til skogene og dalene langt unna. Dit månen drar.»

«Månen er i himmelen», svarer en av de andre spydig.

«Ja, men den viser oss veien», insisterer Kaje.

«Tull», sier mannen. «Månen er i himmelen. Den gir ikke engang godt lys.»

«Vi må drepe deg og folket ditt», gjentar en annen mann. «Vis oss hvor dere holder til.»

«Drep meg, ikke de andre», sier Kaje rolig. «De andre vet ikke om dere, så dere behøver ikke drepe. De drar videre.»

Kaje hører enda en ny stemme. Den kommer fra en mann som står skjult bakerst, tydeligvis en ung mann som har mer ord enn mot. Mer ord enn fornuft.

«Vi dreper dere. Dreper dere alle. Alle. Bare ikke unge kvinner. De er våre. Mennene skal dø.»

«Mitt folk dreper ikke mennesker, men vi drepte da vi ble angrepet. Da jaget vi de fremmede vekk.»

Den skjulte, litt spake stemmen liker tydeligvis å servere tankene sine.

«Ha! Hvis dere jaget dem, hvorfor her? Hvorfor er dere her? Du sier dere jaget dem, men de jaget dere. Dere er svake, og vi er sterke.»

Kaje går til siden for å prøve å få et glimt av ansiktet, men også den ukjente stemmen beveger seg slik at han forblir skjult av høyere kropper. Et øyeblikk tenker Kaje å kommentere mannens mot, men biter det i seg. Han innser at her og nå er ordene alt han har, hvis han misbruker dem, går det ille. Feil ord kan utslette hele hans folk.

«Dere er sterkere, men også mitt folk stikker når vi må. Kanskje dere vinner, men noen vil gå ut med sår. Kanskje uten liv.»

Tsabu overtar med en undrende stemme.

«Du taler godt, men du må dø. Det er mulig vi lar de andre leve, men *du* må dø.»

Kaje løfter på hodet som tegn på at han er enig.

«Hva! Nekter du å dø. Prøv å plukke opp spydet og se hva som skjer.»

Kaje kommer på folk her har andre måter å prate med kroppen.

«Nei, jeg er klar for å dø. Forfedrene vil ta imot meg.»

Kaje ser at armen til Tsabu igjen hever seg, men han ser også nølingen i bevegelsen og usikkerheten i øynene.

«Drep meg hvis dere må, men dere bør heller lytte. Døde kropper har ingenting å lære bort.»

«Kan *du* noe? Noe vi ikke kan?»

«Ja», svarer Kaje ærlig. «Jeg har truffet mange mennesker og lært mye. Fremmede er nyttige. Dessuten har jeg et våpen.»

Enda en mann tar et skritt fram.

«Så … Så hva … Hva har du?»

Kaje plukker forsiktig opp spydet sitt og slyngkjeppen, men passer på at spissen vender mot bakken.

«Se her.»

«Hva er den korte stokken? Jeg så du holdt den sammen med spydet», fortsetter mannen og tar enda et skritt mot ham slik at han blir stående ved siden av Tsabu.

«Slyngkjepp. Det er en slyngkjepp. Jeg ser at dere mangler. Slyngkjepp er veldig nyttig, for den gir ekstra kraft til spydet, men kun for dem som vet hvordan.»

Mannen ser skeptisk på ham.

«Jeg kan lære dere», fortsetter Kaje.

«Fint. Fortell oss. Du kan dø etterpå.»

«Dere må la meg og folket mitt passere.»

Igjen er det Tsabu som overtar. Kaje skjønner at hans ord står sterkt. Heldigvis er han en mann som tenker før han stikker. Det er bra. Ikke alle har det i seg.

«Du kan lære oss, men vi kan drepe deg. Og de andre. Du vet ikke, så hvorfor hjelpe oss?»

Kaje innser at det han nå formulerer, betyr alt. Han har blitt gitt en mulighet, og den må ikke falle. Til syvende og sist er det ordene, ikke tørke eller vann eller antall spyd, som skiller mellom døden og veien videre. Det er ordene, og det ansiktet ordene kommer fra.

Hvis hele hans stamme drar til forfedrene, blir det ingen igjen, og hva er forfedrene uten noen i skogen som tenker på dem. De trenger forfedrene, men forfedrene er enda mer avhengige av *dem*. Han ble ledet ut i skogen for å møte disse menneskene, nå ligger det på ham å finne en løsning; om ikke for seg selv, så for alle andre. For Sirea. Og for Karo og Reko. Han rekker å tenke at rekkefølgen på personene som dukker opp i hodet, betyr noe. Han sviktet da han dro til fjellene; hvis han svikter en gang til, så er døden det eneste rette.

«Jeg ser mennesker. Jeg ser …»

Han tenker seg om en gang til.

«Jeg ser at dere er ute for å drepe, og jeg forstår. Jeg forstår hvorfor, men jeg ser også at dere er mennesker. Dere dreper fordi det er en grunn til det. Noen drepte en gutt uten grunn, og det er helt galt. Det er riktig å ta igjen, men samtidig står dere for noe. Dere vet hva som er rett og hva som er galt. Å drepe mitt folk blir ikke riktig for vi har ikke gjort dere noe.»

Tsabu viser tydelig beundring nå.

«Du taler godt. Du har en stemme som ser.»

«Jeg har Alles Mor», svarer Kaje stille.

Tsabu vender seg mot de andre.

«Jeg tror på denne mannen. Han har noe i seg, noe vi ikke har sett før. Jeg tror han har noe å lære oss, og at han og folket hans fortjener å leve. Hva mener dere?»

Ingen sier noe. Kaje liker det som kommer over ansiktene. Ønsket om å drepe har glidd ut av øynene. *Han har klart det!* Det føles utrolig godt. Ikke det at han lever, men hva han har gjort for stammen. Det gjør ikke en gang noe at de andre antakelig aldri får vite hva han har utrettet.

«Vi dreper de rottene en annen natt», fortsetter Tsabu. «Du og din stamme blir med oss, vi må vite at dere ikke drar tilbake. Og vi vil vite at dere drar videre. Men går alt som vi sier, så lar vi dere leve. Du har mitt ord.»

Kaje holder på å svare med å løfte hodet, men lar være i siste øyeblikk.

«Vi skal være venner.»

Først etterpå kommer tvilen. Kan han virkelig stole på disse mennene. De hadde mye drap i øynene da de først dukket opp; det er dempet nå, men det som en gang lå der, kommer sikkert lett tilbake. Hva skjer når de tar med kvinnene sine til dette folket? Her er mange menn. Finner de på å ville ha kvinnene, men at mennene fra hans stamme står i veien? I så fall blir det at han forråder stammen. Enda en gang.

De fleste mennene vender tilbake. Kaje skjønner at de tilhører forskjellige, men sammenknyttede stammer. Det er Tsabus stamme som tydeligvis skal ta seg av Kaje. Han ser på det som et godt tegn. Overmakten er ikke lenger så stor, dessuten har han klart å få fram en smule tillit.

Tillit er dyrebar. Den trenger tid for å vokse, og enda mer tid på å bli stor og sterk, men han har i det minste lagt ned et frø. Forhåpentligvis har det havnet i god jord.

57.

En stor gruppe av de fremmede mennene insisterer på å følge Kaje. Han merker at noen virker ganske likegyldige, mens andre er tydelig aggressive. En av dem spytter gjentatte ganger mot føttene hans. Det gjør skrittene enda tyngre. Han bekymrer seg ikke for hva som skjer med ham selv, men alle de andre. Hva om han tar feil? Om disse menneskene bare ønsker å suge kunnskap for så å drepe? Dessuten krever tillit at han klarer å få to frø til å spire, så langt har han kun plantet det ene. Det er nødvendig å få begge stammene til å godta hverandre, og det står som en nesten umulig oppgave.

Plutselig dukker Reko opp. Hun stopper brått idet hun ser alle de fremmede mennene. Kaje skjønner at de sotbefengte kroppene med utallige spyd er et ubehagelig syn. Hun hever spydet hun bærer på, og som Kaje med en gang kjenner igjen som sitt. Det ser ut som om hun har tenkt å kaste. I øyekroken aner han at flere har armene klare til å hive. Det haster.

«Reko! Stopp! Det er i orden. Vi går sammen.»

Hun dropper spydet, løper fram og kaster istedenfor kroppen sin mot Kaje. Kaje tar tak rundt henne.

«Reko, jeg skaper fred, fred mellom disse menneskene og oss. De har lovet oss.»

Hun ser på ham med tårer i øynene.

«Jeg trodde du var død. Jeg trodde noen hadde drept deg. Jeg så det.»

«Nei, nei, jeg lever», sier han mens han stryker henne over ryggen.

De fremmede står rundt dem. De sier ingenting, men Kaje aner forståelse og ikke harme i enkelte av ansiktene. Problemet er at de nesten ikke viser ansikt.

Karo er tydelig lettet over at Kaje er tilbake, og dessuten lettet over at han tilsynelatende har skapt fred med det folket de fryktet mest. Det blir til at hele stammen følger de fremmede til deres dalsøkk.

De fleste kvinnene og barna sitter fortsatt i leiren når de kommer fram. De virker om mulig enda mer overrasket og skeptiske, når de ser hva mennene drar med seg; men etter noen runder med ord blir ansiktene mer åpne. Alle mennesker har noe menneskelig i seg, tenker Karo, det gjelder bare å finne fram til det. Hun vet ikke hva Kaje har gjort for å klare det, men aner at oppgaven antakelig krevde langt mer enn bare mot. Alle spydene, sammen med de tilklinte kroppene, antyder at de fremmede var ute for å drepe. Kaje bekreftet den antakelsen.

Språket er forståelig, men klikkelydene forvirrer. Dessuten har de helt andre navn på planter og dyr. Karo er som alltid nysgjerrig, nå lurer hun på hvorfor folk snakker på omtrent samme måte, mens det samtidig er tydelige forskjeller? Hvorfor er noen ord annerledes? Det at de faktisk klarer å forstå hverandre, er nesten like rart. Greit nok at de har sine måter å tenke på, og særegne leveregler, men måten å prate på bør være den samme. Alles Mor burde sørget for det, ellers oppstår det altfor lett misforståelser.

Kaje søker øynene til Sirea, men klarer ikke å fange dem. Det er for tidlig å gå bort og klemme henne, selv om det er hva han har mest lyst til.

Han merker at det er flere menn enn kvinner til stede i leiren. Antakelig har en del av folket fra nabostammene blitt igjen. Det tyder på at de ikke har gitt opp toktet mot turakofolket.

Dagen er fortsatt ung nok til å skaffe mat. De fremmede ber Kaje vise dem hvordan han bruker slyngkjeppen. Mennene tar med en gang poenget når de ser hvilken kraft han tilfører spydet. Alle vil låne slyngkjepper for å prøve seg.

Også turakomennene hadde vært interessert, men her viser de et mye sterkere engasjement. Både Kaje og flere andre låner bort sine kjepper. Kaje ser for seg hvordan turakofolket blir angrepet av menn fra asokastammene som stormer fram med hevete slyngkjepper. Han ser ansiktet til Sasi og kroppen hennes, idet mennene kaster seg over henne. Der stopper tankene. I det minste har begge folkegruppene nå fått del i samme kunnskap, det gir et snev av balanse.

Det er fint å dele, men man burde holde igjen kunnskap egnet til å drepe mennesker. Han forsvarer det de gjør med at slyngkjeppen er beregnet på jakt. Dessuten tenker han at hvis de fremmede ønsker å angripe de nærmeste dagene, så rekker de likevel ikke å lære seg bruken, dermed gir han like godt bort sin slyngkjepp til Tsabu. Samtidig foreslår han at de drar ut sammen for å finne et emne og lage en ny, for da lærer Tsabu også hvordan man framstiller et slikt redskap. Tillit vokser ved at man gir noe og ved at man gjør ting sammen.

Moff viser seg igjen som et spesielt nyttig medlem av stammen. Alle er imponert over hvordan hunden følger Sirea. Ingen har sett noe slikt. Barna er først redde, men når Sirea holder om Moff, går de fram og klapper den. Først et lite klapp for så å hoppe raskt tilbake, men de modigste lar hunden få snuse mot hendene eller føttene deres slik Sirea ber dem om. Moff oppfører seg heldigvis pent. Den synes å skjønne at små barn ikke utgjør noen trussel, og den føler seg trygg i selskap med Sirea. Sammen med bruken av slyngkjepp bidrar Moff til at de oppnår respekt hos de fremmede. Holdningen han merket da de først møttes, er, om ikke borte, så i alle fall mindre synlig.

På kvelden setter Sirea seg ned sammen med Kaje.

«Du klarte det.»

Kaje ser spørrende på henne.

«Det var du som ga oss innpass hos dette folket. Du gjorde noe stort.»

Han legger armen rundt skulderen hennes og drar overkroppen inn mot sin.

«Takk. Jeg håper det. De ville først drepe.»

«Da har du gitt det du skylder», prøver hun.

Først smiler han, men så blir ansiktet matt.

«Jeg vet ikke. Det er noe rart med disse menneskene. Vi er ikke forbi.»

Karo setter pris på at de kvinnene er villige til å gå sammen med henne i skogen og dele sine kunnskaper. Hun vil gjerne gi noe tilbake, men finner ikke de spesielle urtene hun kjenner fra Bujudalen, og som hun antar at ikke så mange vet om. Hennes viktigste kunnskap gjelder urter som helbreder, alle kjenner planter egnet til føde.

Det at hun har lite å bidra med, synes ikke å være så farlig. De fremmede kvinnene vet godt at dette er deres skog, og at de derfor kjenner best hva som er verd å ta med seg.

Tilbake i leiren legger hun merke til at istedenfor å samle alt de har sanket i en haug ved bålplassen, så tar den enkelte kvinne med seg sitt. Hun innser etter hvert at de deler med hverandre ved behov, men hun er vant til at alt som blir brakt inn, er felles.

Hos de andre stammene de har besøkt, fant de yngre mennene og kvinnene raskt fram til hverandre. De lokale mennene går fortsatt rundt med kropper tilklint av sot, så hun skjønner godt at kvinner nøler med å rette øynene mot dem, men her er til og med Mule tilbakeholden. Et eller annet ved dette folket maner til forsiktighet. Stedet gjør Karo urolig. De bør antakelig komme seg videre så fort som mulig.

En av de eldre kvinnene virker åpen og grei å prate med. Hun er lett gjenkjennelig med sin skrukkete hud og lange hår som fortsatt er nesten svart. Hun er ikke utpreget vennlig, heller litt brysk, men likevel ikke avvisende eller redd for å bruke ord.

På kvelden, når alle har funnet seg en plass innenfor lyset av bålet, tar Karo sjansen. Spørsmålet har plaget henne lenge, og hun trenger et svar. Det er jo viktig å forstå fremmede mennesker; hvordan de tenker, og hva de står for.

«Stemmer det ...», begynner hun, men blikket hun møter innbyr ikke til mer.

Hun snur ansiktet vekk, men vender det tilbake når hun aner at kvinnen ser spørrende på henne.

«Jeg lurte på», fortsetter Karo. «Vi har hørt ... Hørt at ...»

«Bare spør. Vi vet hva vi er, og hva vi står for. Vi er annerledes. Som ... Vi bærer barna med oss overalt. Vi er i alle fall forskjellig fra folket nedover mot sjøen.»

Karo ser på henne og kniper leppene sammen. Så føler hun seg med ett trygg nok til å fortsette. Hun prøver å ikke legge følelser i ordene, men det er vanskelig.

«Ikke barna. De voksne. Vi har hørt ... Dere spiser mennesker.»

Svaret kommer uten nøling.

«Ja.»

«Så det er sant?» sier hun, men tenker med det samme at hun ikke burde vist overraskelse.

«Ja. Selvsagt.»

Karo ser på henne.

«Var det derfor mennene dro ut for å drepe?»

«Hva?»

«De dro for å drepe mennesker?»

«Ja?»

«For å spise dem?»

«Hva?! Nei, nei, de dro for å hevne. De andre drepte en gutt. En *gutt.*»

Karo er i villrede.

«Så dere spiser ikke mennesker?»

«Jo, jo.»

«Men … Hvem? Hvem spiser dere?»

«De døde. De døde selvsagt.»

Karo tenker at det er et fornuftig valg. Folk lever ikke så lenge hvis de blir spist. De dreper alltid dyrene før de spiser dem. Løven gjør ikke det. Den gamle kvinnen viste tegn til irritasjon, så hun bestemmer seg for ikke å spørre mer. De er tross alt gjester her, det krever at man tilpasser seg og ikke kommer med uhøflige spørsmål.

Damen ser på henne med intense øyne. Munnen er full av noen blader, Karo antar at de påvirker dem på en eller annen måte. Det renner spytt fra munnviken, og kvinnen virker lettere opphisset.

«Er det så rart? Spiser ikke dere de som dør? Hvordan holder dere ellers kontakten? Det er ikke noe godt kjøtt. Du tror vel ikke vi spiser de døde fordi vi liker kjøttet? Vi har menn. Flinke menn, så her er alltid godt kjøtt.»

Først nå skjønner Karo. Det er pinlig. Hun har spurt dumt, og hun har forfulgt tanker som peker i feil retning. Det er ikke bra.

«Beklager. For oss er det rart. Jeg skjønner. Skjønner hvorfor dere spiser de døde. Vi … Vi gjør noe lignende, vi sender de døde til forfedrene.»

«Forfedre? Nei, de … De er jo spist. De er i oss.»

Karo ser ned. Stemmen er spak.

«Nei. Selvsagt. Jeg skjønner.»

Det blir stille. Praten fortsetter rundt dem, men de to sitter lenge i taushet.

«Vil du ha?»

Et øyeblikk tenker Karo at hun blir bydd kjøtt fra et eller annet dødt familiemedlem, men den fremmede kvinnen holder fram blader av samme type som hun har sett i munnen hennes.

«Hva gjør de?»

«De gjør deg godt. Du ser litt bortenfor ut. Tygg så føler du deg bedre. Sterkere.»

Bladene er store og ganske lodne i overflaten, men det er formen som byr henne imot. Omrisset minner om et hjerte. Hun har aldri likt å spise hjerter. Lever og nyrer er godt; tarmene er noen ganger veldig gode, avhengig av hva dyret har spist, men hjertet er noe annet. Det er tungt å tygge, og hun har opplevd at hjertet slår videre selv om dyret er dødt. Det er noe rart med hjertet, derfor lar hun alltid andre spise det.

Likevel takker hun ja. Å ikke ta imot er uhøflig, for alt hun vet kan det være veldig uhøflig, dessuten er hun nysgjerrig. Hun ønsker å lære om alt det de fremmede rår over.

Bladene snur ganske riktig noe i hodet hennes. Verden blir varmere, og tankene litt hyggeligere.

Den gamle damen sier bladene hører til noen mannshøye busker, og at det fins mye av dem bare man drar langt nok oppover mot fjellene. Karo tenker at de er lette å kjenne igjen. Hun får lyst på mer.

58.

Kaje blir vekket i den tidlige grålysningen den tredje morgenen etter at de kom. Det er Tsabu som står ved siden av ham. Han har tre spyd samt Kajes slyngkjepp i hendene. Kaje liker ikke uttrykket i ansiktet.

«I dag er dagen.»

Kaje er fortsatt ikke helt våken.

«Dagen? Hvilken dag?»

«Dagen for å drepe. Selvsagt. Du vet vi må drepe. Dere er våre venner. Noen av de andre har dradd tilbake, så vi trenger at alle er med.»

«Hva!?»

Nå er stemmen til Tsabu tydelig irritert.

«Du har sagt at mitt folk og ditt folk er venner. Da dreper vi sammen.»

Alvoret i situasjonen begynner å gå opp for Kaje.

«Jeg sa at vi ikke dreper.»

«Du sa at dere dreper når dere må», svarer han skarpt.

Kaje kommer seg på beina. Han ser at mesteparten av de fremmede mennene er oppe. De har spredd seg rundt i leiren og står og ser seg rundt med hendene fulle av spyd. Også hans folk er i ferd med å komme seg på beina. Det er for mørkt til å se tydelig, men han aner likevel engstelse.

Folk samler seg rundt bålplassen. Kaje lurer på hvorfor de absolutt skal ha med seg mennene fra hans stamme. De er mange nok til å gjennomføre toktet uten. Kanskje vil de vise hvem som bestemmer, kanskje liker de ikke å forlate kvinnene sine med fremmede menn. Han henvender seg til Tsabu.

«Hvorfor? Dere har nok menn, så hvorfor oss?»

Tsabu ser lenge på ham.

«Vi trenger å vite hvor dere står. Og vite hva dere er. Hvis dere ikke er med, kan dere være mot. Dere kan advare de andre, og dere kan ta våre kvinner.»

«Vi lover ...», begynner Kaje, men blir raskt avbrutt.

«Løfter er bare verd noe når man viser dem.»

Karo har kommet seg opp og stiller seg ved siden av Kaje.

«Det går ikke. Vi blir ikke med på å drepe. Folket der er ikke våre fiender, for de har ikke gjort oss noe.»

Det blir stille en stund. Så vinker Tsabu til seg et par andre menn og hvisker noe til dem. Mennene går bort og drar Reko opp på beina, så fører de henne med seg til bålplassen. Kaje ser at Reko er skrekkslagen. En av mennene henter en reim og binder hendene hennes fast på ryggen. Han skjønner hvorfor de valgte henne.

«Denne kvinnen», begynner Tsabu.

En av de andre mennene kommer bort og hvisker noe i øret hans.

«Denne kvinnen blir her. Vi binder henne til det treet.»

Tsabu peker. Kaje bryr seg ikke om hvor han peker, øynene er rettet mot Reko. Hun har begynt å gråte. Han legger merke til at de fremmede kvinnene er uten synlige følelser, med unntak av to som ser på Reko med spott i øynene. De fleste har blikket alle andre steder. Tsabu fortsetter.

«Hvis dere ikke er med, eller hvis dere stikker av. Da ...»

Han tar en lang pause. Nå er det en av kvinnene som kommer bort og sier noe for hans ører. Så fortsetter han.

«Den kvinnen», begynner han, men stopper for å tenke seg om. Stemmen er kraftigere når han fortsetter.

«Alle mennene vil ta henne. Så stikker vi en stokk opp samme sted, og legger henne på bålet som en ferdig flådd antilope.»

Nå er ansiktet til Reko fordreid av redsel. Kaje har et intenst behov for å gjøre noe, men han vet at overmakten er for stor. Finner han på noe overilet, kan det få svært uheldige konsekvenser. Da er det bedre å håpe på en løsning senere.

Først nå innser Karo hva det er som har bekymret henne med dette stedet. Det ligger i ansiktene. De fremmede viser nesten ikke følelser – og de er vant til ikke å vise noen. Alle i hennes stamme er tydelig berørt.

«Vi har gitt dere kunnskap. Lært dere bruken av slyngkjepp. Vi vil dere ikke vondt, så dere må la oss gå», sier hun så bestemt som hun klarer.

Tsabu ser dumt på henne. Igjen henvender han seg til Kaje.

«Det er ditt valg. Kvinnen. Eller gjør som vi sier.»

Kaje tenker seg om.

«Jeg blir med», sier han spakt.

«Godt. Du må få med alle mennene. Alle.»

Kaje ser seg rundt. Noen løfter vagt på hodet, flere beveger seg langsomt mot ham.

«Ja.»

«Jeg tror det», legger han til litt usikkert.

Stemmen til Tsabu er bestemt og hard.

«Da går vi. Husk hva som skjer med kvinnen. Vi bruker dagen på å gå, natten til å drepe. Det er slik vi har bestemt, og månen er fortsatt der for oss.»

Kaje misliker at han trekker inn månen. Han er sikker på at den ikke ønsker å være med, men det hjelper ikke å protestere. Igjen går tankene til Sasi. Han ser for seg henne og Doro med hendene bundet fast på ryggen mens mennene tar tur på å voldta dem.

Nesten alle mennene beveger seg inn i skogen. Bare de aller eldste fra den lokale stammen blir igjen. De fremmede danner både en fortropp og en baktropp.

Karo er fortvilet.

Det står klart for henne hva denne stammen virkelig mangler: Alles Mor. Selvsagt! Det er Alles Mor som styrer hennes folk mot det gode og vekk fra det onde. De havnet i dette uføret fordi folket her mangler evnen til å skille mellom rett og galt. Dermed får ikke det gode fotfeste.

Hun går bort til Sirea.

«Hva skal vi gjøre?»

Karo skjønner at spørsmålet også har opptatt henne, likevel tenker hun seg om lenge.

«Jeg vet ikke. Det er ikke bra, men jeg tror vi må føye dem. Problemet er når de kommer tilbake. Hva kan vi vente da?»

Karo er fortvilet.

«Skal vi stikke av? Dra etter mennene?»

«Jeg tror ikke vi får med Reko. De er for mange her i leiren. Vi risikerer at de bestemmer seg for å drepe.»

Karo merker at tårene kommer, men tar seg sammen for at gråten ikke skal skape lyder.

«Jeg ... Jeg vet ikke. Jeg vet ikke om jeg klarer.»

Hun synker sammen på bakken. Nå rister hele kroppen. Det er lenge siden sist. Svært lenge siden. I øyekroken aner hun at Sirea vurderer å sette seg ved siden av, men hun blir stående. Så hører de et saftig skrik som raskt blir etterfulgt av flere. Det kom fra den retningen mennene tok, men hun er usikker på om det dreier seg om mennesker eller aper.

59.

De to sitter på en platting. Den er laget av stokker surret fast til greiner som tilhører et enormt tre. 'Sovetreet' er ikke spesielt høyt, men greinene sprer seg utover skogen slik at de holder andre trær på avstand. Foreldrene har lagt plattingen en knapp mannshøyde over bakken; lavt nok til å kunne hoppe ned, men høyt nok til at den er vanskelig å nå for dyr som trives på bakken. Treet er dessuten morsomt å klatre i, og plattingen byr innimellom på glimt av sol gjennom det tette løvverket som alltid er over dem.

Noen av trærne i skogen er så høye at ingen har sett toppen. Disse mangler greiner nede ved bakken, så bare sjimpanser og aper kjenner den delen av verden der de øverste greinene sitter. Det er greit. Menneskene har funnet sine trær og sin plass.

Det er en fin dag. Solen står allerede høyt over tretoppene, men i skyggen, der de to barna befinner seg, er det svalt – i alle fall så tidlig på dagen. De fleste voksne har dradd ut for å ordne med det voksne gjør. Hvis det er vanskelig å finne mat, blir også barna med, men denne dagen fikk de være hjemme å leke.

Titi og Tata har brukket små kvister fra forskjellige busker og trær. Noen er fra gutte-trær der barken er grov, helst mørkegrå, og gjerne sprukket opp; mens andre er fra jente-busker med en myk og lysere bark. Dessuten har de samlet lav som henger fra trærne, samt fibre fra det høye gresset som her og der samler seg i tufter på skogbunnen. Fibrene gjør at de kan surre pinnene sammen slik at de blir til rare figurer.

De fineste figurene er de som har den mest overraskende formen, men de må holde gutte-kvister fra jente-kvister. Ingen vil leke med en figur som er blanding. Noen figurer blir til dyr, andre til mennesker. De fleste får merkelige navn, og de finner på besynderlige ting. På morgenkvisten dro de i gang en historie om en kvinne som får besøk av mange fremmede menn, nå vil de sørge for at historien ender slik den bør.

Titi og Tata er i ferd med å forlate barndommen. De er søsken og akkurat like gamle. Begge har begynt å få hår i skrittet, Titi har små bryster som hun stadig fingrer med, mens Tata har noen få, korte hår på overleppen. Begge vil heller leke med figurer som er voksne, enn å være voksne selv. Livet som voksen er strevsomt, mens for figurene går alt lett som en lek.

De liker å være sammen. Noen ganger kommer barn som holder til på andre plattinger, bort for å leke med dem. Det er bra. Da blir det enda flere figurer som finner på morsomme ting.

Tidligere på dagen så de tre andre barn som kom gående mot plattingen, men i det de var nesten framme, snudde alle seg og hastet tilbake.

På en grein høyt over dem sitter *Han* – mannen uten navn. Mannen som ikke er menneske, men noe uforklarlig som det fins kun én av i hele skogen. Litt som figurene de leker med, men *Han* er merkelig på en annen måte.

Det dreier seg om noe farlig. *Han* har enorm makt, for det ligger for ham å enten skade eller hjelpe mennesker. Han styrer over sykdom og død. Siden han er den eneste av sitt slag, bestemmer han over skogen; de som ikke føyer seg, får oppleve skogens vrede. Det skal ikke så mye til, men som regel er han ikke slem mot barna, så Titi og Tata er bare litt redde. Likevel holder de seg unna og de gjør som han befaler.

Han nekter å spise planter – kun kjøtt – selv om han sjelden deltar i jakten selv. De andre deler med ham, fordi da hjelper han dem å finne dyr. Det gir på en måte balanse, i alle fall så lenge han klarer seg med det vanlige kjøttet – stort sett av aper og små gnagere spedd på med firfirsler og fugler.

Skogen har ordnet det slik.

Det hender han forlanger kjøtt fra bonobosjimpansene. De andre liker ikke det. Bonoboene er deres venner og dermed ikke noe man dreper. Når de har mye mat, deler de av sitt overskudd med bonoboene; og bonoboene hjelper å passe på mot felles fiender som de svarte leopardene og de rødbrune gullkattene.

En gang forlangte han å spise menneskekjøtt. Den lille piken var allerede død, så de lot det skje.

Nå klatrer han ned fra greinen og nærmer seg de to barna. Han går helt bort, bøyer seg forover og plasserer hendene i skrittet deres. Først på Titi, så Tata. Hendene presser så hardt at de unge kroppene nesten blir løftet opp fra plattingen.

60.

Tsabus folk passer hele tiden på at Kaje og hans menn går i midten. De holder høy fart, så svetten siler hos de fleste. Håret til Kaje ligger klistret mot pannen. Munnen har mer enn nok med å puste, men det spiller liten rolle, ord kan likevel ikke stoppe fremmarsjen.

De starter med å dra tilbake til elven. I motsetning til andre elver er den nesten stille, men Kaje hører den vage brummingen som vannet gir fra seg. En advarende brumming.

Han lurer på om de andre vet hvor turakofolket holder til. Kanskje kan han villede dem? Nei, neppe. De finner fram ved å kjenne etter lukten av bål eller følge spor i skogen.

Etter hvert tar de flere pauser. Kaje regner med at de ikke ønsker å komme fram for tidlig. Det er kveld når de nærmer seg det aktuelle området. De stopper bak en kolle på et sted der de så vidt kan ane lukten av røyk. En ung mann blir sendt for å speide. Solen har gått ned. Mørket nærmer seg, men månen nøler med å komme fram. Kaje skjønner godt hvorfor den holder seg skjult.

I følge Tsabu er planen ganske enkelt å løpe inn i leiren og drepe et passe antall for så å trekke seg unna.

Det tar ikke lang tid før speideren er tilbake. Han forteller at det er vanlig leirliv på stedet, og at de fleste mennene trolig er til stede. Tsabu sier at de trenger månen og skal vente til den har kommet opp og folk har lagt seg for å sove. Det gir Kaje tid til å tenke.

Den runde måneskiven dukker opp til slutt, men bak et slør av dis. En ny speider forteller at bålet bare er slitne glør, og at alle ligger på bakken. Trærne gir dype skygger, men det åpne området ved leiren har nok lys til å gjøre folk synlige. Tsabu går rundt og ber mennene om å gjøre seg klare, så ber han Kaje sørge for at folk fra hans stamme også er med. Han minner om hva som ellers skjer med Reko.

Kajes stamme sitter samlet. Han stiller seg foran dem med ryggen mot Tsabu. Høyt sier han at de skal følge Tsabu når angrepet starter, men med fingeren peker han i motsatt retning, samtidig som han lar to sprikende fingre fra andre hånden peke rett opp.

Alle reiser seg. De sprer seg utover. På et signal fra Tsabu begynner de å løpe, først opp mot høydedraget, så bortover til de når kanten av den flate dalen der leiren ligger. I det de nærmer seg kanten, stopper Kaje opp. Han sier ingenting, men reiser ene armen med to sprikende fingre. Hans menn bråstopper, snur og løper vekk.

Flukten blir raskt oppdaget. Kaje venter så han kan se hva som skjer. Tsabu dreier seg rundt et stykke nede i skråningen. Kaje legger merke til at Tsabu vrir hodet flere ganger fram og tilbake mellom åsryggen og leiren nedenfor. De fleste mennene hans er for opptatt til å merke at noen avbrøt angrepet. Så kommer ropet.

«Stopp!»

Det var det Kaje hadde håpet på. Flere av mennene til Tsabu stopper opp selv om ansiktet og stemmen peker mot de som flykter. Tsabus menn virker tydelig usikre på hvilken retning de skal ta. Kaje hadde inntrykk av at ikke alle var like ivrige på toktet, og at de trolig er glade for en unnskyldning for å slippe. Igjen roper Tsabu.

«Stopp!»

Det blir en kort pause. Det siste Kaje oppfatter er:

«Vi dreper dere. Vi dreper når vi kommer tilbake.»

Han har oppnådd det han ville. De slipper å være delaktige i drap på turakofolket, og kanskje blir det heller ikke så mye krig. Noen i leiren hørte det første ropet. Han hørte stemmer fra leiren og så at flere kom seg på beina, så de er ikke lenger like forsvarsløse.

Kaje er utenfor synsvidde, men han hører mange stemmer og mange rop. Han vet ikke om angrepet ble avbrutt, i så fall må de regne med at Tsabu kommer like etter dem, men han vet at de første krigerne nådde helt fram til leiren. Dermed er det ikke så lett for de andre å snu, det setter kameratenes liv i fare. De blir derfor ganske sikkert forsinket. Nå trenger han å få folk til å løpe så fort beina bærer dem.

Det er mørkt, men heldigvis er månen der for å hjelpe. Kaje vet hvorfor. Hadde den ikke vist seg, og hadde den ikke vært omtrent full, ville de hatt et alvorlig problem med å finne veien tilbake. Asokafolket er sikkert så godt kjent at de ikke trenger den.

Kaje har de raskeste beina, derfor tar han seg noen ganger tid til å stoppe og lytte. Det er umulig å bevege seg lydløst når man haster fram i en mørk skog, så de burde få et forvarsel om noen kommer etter. Første gang han mener å høre lyd fra forfølgerne, er når de nærmer seg leiren.

Natten er i ferd med å vike for dag når de stormer inn. De haster rundt og vekker alle sine. Noen har allerede fjernet repet rundt Reko, nå ligger hun sammen med Sirea.

Også folk fra den andre stammen våkner. Flere av kvinnene virker vettskremte og løper ut i skogen. En av de unge guttene som ble igjen for å passe leiren, spretter fram like foran Kaje. Han har spydet hevet, men istedenfor å hive går han noen skritt bakover. Så bestemmer han seg for å kaste, men idet armen er i gang, snubler han i en stein og faller. Spydet blir kastet, men går en knapp mannslengde. Kaje ser at gutten hiver seg rundt på magen og holder seg for øynene, men han bryr seg ikke. Isteden går han bort til kvinnen han vet er Tsabus kone. Hun virker nervøs, men blir stående. Igjen løfter han en åpen hånd som tegn på fred.

«Vi drar videre. Vi skal ikke skade dere.»

«Hmm.»

Det virker som om hun slapper av.

«Mannen din fortsatte angrepet. Vi snudde. Vi liker ikke måten de behandlet oss.»

«Jeg skjønner», sier hun.

Ansiktet virker mer åpent og reflektert nå. Kaje blir stående og se på henne. Han merker et sinne dypt inne i seg, men lettelsen ved å være tilbake betyr mer.

«Jeg likte det heller ikke», sier hun plutselig. «Det ble feil. Jeg skal si til Tsabu at dere dro videre, og at dere ikke søkte hevn. Han vil forstå. Vi er forskjellige, men vi er alle mennesker.»

Nå smiler kvinnen. Kaje kan ikke huske å ha sett det før, men det gjør henne med ett mer menneskelig. Det får harmen til å forsvinne.

«Ai», sier han. «Vi skal opptre som gode mennesker.»

Kvinnen tar et skritt mot ham. Kaje tenker at hun likevel har tenkt å angripe og at ordene var ment som en avledning, så han tar selv et skritt tilbake. Hun stopper opp. Etterpå slår det ham at kvinnen sannsynligvis ønsket å gi ham en klem; men når forholdet først er fordervet, er det vanskelig å få tilliten tilbake. Idet han beveger seg vekk, hører han stemmen hennes en siste gang. Den virker ærlig.

«Lykke til. Håper du finner skogen din.»

Karo står nærme nok til både å se og høre. Kaje har vist sine egenskaper, tenker hun. Hun oppdager plutselig at Mule står rett ved siden av henne og snur seg.

«Jeg tror Kaje reddet oss. Han blir en stor sjaman.»

«Reddet!» utbryter Mule. «Han fikk oss til å stikke av. Det krever ikke mot.»

Karo ser på ham og tenker at det kanskje ikke krever så mye mot, men desto mer klokskap. Hun sier ingenting, men Mule er ikke ferdig. Stemmen er dempet, men følelsene er likevel tydelige.

«Sjaman!? Hva … Hva mener du? Han er like mye sjaman som en jordrotte. I alle fall mindre enn meg.»

Karo angrer på at hun henvendte seg til ham.

«Vi får se», sier hun stille.

Mule klarer ikke lenger å dempe stemmen.

«Ja, vent å se. Bare vent. Han leder oss feil. De grønne skogene gir død og fordervelse.»

De veksler mellom å gå og småløpe til de kommer et godt stykke oppover langs elven. Solen har kommet opp. Det er viktig å passe på at alle er med. De eldste og de yngste mangler hurtighet, og særlig barna virker trøtte.

De fortsetter hele dagen med kun korte spisepauser. Alle vil lengst mulig vekk. Noen steder, der vegetasjonen passer, legger de ut lurespor som peker i feil retning. Første del av dagen beveger de seg oppover mot fjellene, men etter hvert dreier retningen slik at de holder høyden. Høyere opp stikker det fram steile knauser som de ikke har lyst til å forsere. Denne dagen er det ingen som klager over at de er slitne, selv om mange ser ut som om de er utkjørt. De presser videre til solen atter har forsvunnet før de slår leir.

Om de fremmede kommer etter, er de klare til å forsvare seg. Det aner Kaje at det neppe blir noe problem, Tsabu var riktignok drapsvillig, men ikke dum. Lele derimot er sikker på at asokafolket kommer til å søke hevn for at månefolket svek dem, om ikke den natten så neste. Han mener at for Tsabu dreier det seg mer om prestisje enn gjengjeldelse.

Karo engasjerer seg ikke i diskusjonen, men bruker heller tiden til å tenke. Hun merker at møtet med det krigerske folket har satt dype spor både hos kvinner og menn. De fleste sitter stille og stirrer ned i bakken. Det er noe særdeles ubehagelig med den situasjonen de havnet i. Tanker om døden kom altfor tett innpå. Dessuten er ikke faren over.

Hun er overrasket over at de klarte å stikke av uten å lide tap. Kvinnene og barna i leiren var svært sårbare, likevel avbrøt ikke de fremmede angrepet og løp etter. Kanskje så de ikke langt nok.

Eller ...? Kanskje så de enda lengre. De kan ha skjønt at månefolket ikke utgjorde noen trussel. Hun foretrekker den siste tanken.

Hun tror ikke på det den gamle kvinnen sa om at de døde lever videre inne i dem. De skjønte ikke at døde mennesker ønsker å bli gjenforent med forfedrene. De manglet mye både når det kom til kunnskap og måte å leve på.

61.

Med mindre ett av de små barna våkner, så er Kaje gjerne den første til å starte dagen. De andre unge liker å ligge lenge, så han deler ofte morgenen med de eldre. Dette er ikke noe han pleier å tenke over, men nå ser han hvorfor. Hvorfor Alles Mor har sørget for at folk har ulike sovevaner. De fleste har perioder i løpet av natten der man er mer eller mindre våken – særlig i en situasjon som nå når de frykter angrep. Forskjellene gjør at det nesten alltid fins noen som er våkne nok til å reagere om det skulle skje noe. Han husker flere ganger der en eller annen vekket stammen fordi vedkommende merket nærvær av rovdyr.

Denne morgenen aner han at noe er på gang. Både øyne, ører og nese anstrenger seg, men han finner ingen tydelige varsler.

Han aner riktignok en fremmed lukt, men det er ikke så rart, de befinner seg på et fremmed sted.

Kaje skotter over på Sirea. Fortsatt sover hun ganske nær ham. Hun må ha plassert soveskinnet sitt etter at han la seg. Reko lå tett inntil, men de har rullet fra hverandre i løpet av natten. Er det de to kvinnene som gjør ham engstelig?

Begge sover en lydløs søvn, og begge ligger på ryggen med lukkede øyne vendt mot det vage skinnet av en himmel som forbereder sitt eget morgenrituale. Han ser brystkassen heve og senke seg på Reko, mens kroppen til Sirea er uten synlig bevegelse. Igjen fokuserer han på Sirea. Jo, også hun puster, magen går ørlite opp og ned, først så han bare på brystet.

Tankene går til asokafolket. Var hans innsats virkelig verd noe? Slik Sirea antydet. De kom seg forbi uten tap av menneskeliv, men ikke uten tap. Selv tre dagsmarsjer unna, svever fortsatt trusselen fra disse menneskene over dem om natten. Han gjorde hva han kunne, kanskje hjalp det, men innen han finner den grønne skogen, forsvinner ikke problemene. Uten skogen er ikke Sirea der for ham – da er det ingen her for ham.

Igjen snur han seg mot henne, men klarer å holde igjen trangen til å krype over. Synet av den sovende kvinnen sender likevel varme stråler gjennom kroppen. På en måte er hennes nærvær enda sterkere når hun befinner seg litt unna. Han tenker at det nærværet blir ikke borte, selv om hun velger å forlate dem.

Så lar han blikket gli rundt leiren. Er de der alle sammen? De siste nettene har folk lagt seg tettere sammen. Det mangler ingen. Om noen hadde forsvunnet, ville øynene hans visst det. Han ville visst det uten å tenke. Alle har en plass inne i hodet, en plass som reiser seg når en person ikke er til stede.

Likevel er det ett eller annet som ikke stemmer.

Solen gjør lysningen på himmelen sterkere, mens den søvnige månen er i ferd med å forsvinne på motsatt side.

Han reiser seg opp og starter med å gå vekk for å pisse. Det gir en god følelse å stå og se på strålen. Enda en gang vurderer han å legge seg sammen med Sirea; når hun våkner, kan han fortelle hva han føler.

Det går ikke. Det blir ikke riktig. Isteden spaserer han ned mot der de hadde bålet kvelden før.

Hva?!

Han tar et langt skritt tilbake. Det *var* virkelig noe galt i leiren, han visste det, men først nå ser han hva det dreier seg om. Antakelig var det lukten som fikk ham til å reagere. Den er tydeligere her nede, og det er en eim han ikke kan huske å ha støtt på før.

De mangler ingen, men de er én for mange!

Det er en spesiell situasjon. Helt nede ved bålplassen, slik at konturene på avstand går i ett med gjenværende rester av ved, ligger det en mann. En ukjent figur. *De er virkelig én for mange.* En eldre mann med en merkelig, grå og hullete skinnfell lagt over den nedre delen av kroppen. Armene er spinkle og senete. Både hode og ansikt er dekket av langt, grått hår, mens brystet er bart som på et barn. En person han aldri har sett før!

Et øyeblikk lurer han på om det virkelig er et menneske. Noe slikt skal ikke skje. Det hender de møter fremmede i skogen, men ingen går inn til en fremmed stamme midt på natten og legger seg ned for å sove der. Alle vet at fremmede kan være farlige. Noe slikt er ikke bare risikabelt, det er uhøflig. Han har hørt om folk som dreper uten å snakke sammen. Også det er uhøflig, men samtidig mer forståelig. Det er tross alt bedre å stikke først enn å miste sjansen til å stikke.

Kanskje noen av de andre tok imot ham? Det var flere igjen rundt bålplassen da han gikk for å legge seg.

Fyren har med seg en stikkestokk, men ingen slyngkjepp. Stokken er utslitt. Den er helt grå, bortsett fra der det mangler en stor flis i den bakre enden. Den passer til en person i dårlig forfatning. Spissen burde vært slipt. Kaje henter sin egen stokk og går langsomt tilbake mot den gamle mannen. Han beveger seg i en sirkel for å betrakte personen, finne ut om han sover, og vurdere hva han står for.

Den fremmed løfter opp hodet før han er ferdig med runden. Først ligger han stille og ser på Kaje. Så løfter han overkroppen opp fra bakken slik at tyngden hviler mot albuene.

«Jeg er ikke farlig», sier han med en myk og stille stemme. Måten å snakke på er fremmedartet.

«Tilhører du asokafolket?»

Han ser overrasket på Kaje. Så smiler han.

«Nei. Jeg vokste opp i fjellene. Jeg kjenner til Asoka området og stammene som bor der, men jeg er ikke som dem, jeg holder meg unna.»

«De var ikke gode. De prøvde å få oss til å drepe.»

«Gå forsiktig i asokaenes skog. De dreper lett.»

Kaje løfter hodet.

«Ai.»

Mannen reiser seg helt opp og lar igjen blikket møte Kaje sitt.

«Jeg er ikke som dem. Kan jeg bli? En dag, eller kanskje to. Du ser ut som et godt menneske.»

Kaje smiler. Så går han bort, legger armene på skulderen til mannen og presser pannen sin mot hans. Mannen virker usikker, men følger med i det Kaje gjør. Etterpå fortsetter Kaje.

«Jeg ser. Du er ikke farlig. Er du et godt menneske?»

«Dere bør treffe meg. Jeg tror dere ønsker å treffe meg.»

Kaje ser spørrende ut, men finner ingen passende ord, så mannen fortsetter.

«Kanskje vet jeg noe. Hvis dere er gode mot meg, gjør jeg noe for dere. Vi mennesker har alltid et eller annet å gi hverandre.»

«Ai. Du ser ikke farlig ut», svarer Kaje forfjamset.

Så legger han til:

«Jeg er Kaje av månefolket.»

«Jeg er Uri, jeg har ikke noe folk. Jeg vandrer alene. Slik har det blitt, og slik vil jeg ha det.»

«Uri, du er velkommen til å prate med oss.»

«Takk. Jeg kjenner skogen her, og dere er fremmede. Ikke sant?»

«Ja, vi er. Vi er på vei. Vi skal til en dal som månen gir oss.»

«Da så», sier han undrende.

Kaje har hørt om folk som bare har seg selv. Stammen har historier om slike rare mennesker, men han har aldri før truffet noen. Likevel har også han tenkt på en slik mulighet, så Uris levemåte er nok til å vekke nysgjerrighet.

«Går du alltid alene?»

«Ja. Nei. Ikke alltid. Ikke da jeg ble født. Ikke mens min mor tok seg av meg. Men … Det ble til at jeg dro. Det er bare meg, derfor er jeg ikke farlig, men jeg klarer meg. Jeg er nok. Jeg kan gå mot solen, eller jeg kan gå vekk fra solen, og jeg kan ombestemme meg midt på dagen. Ingen andre styrer, så dagene er mine. Kun mine. Alle dagene.»

Kaje skjønner at det ligger tanker bak valget fyren har gjort – og at de tankene er verd å høre.

Noen av barna dukker opp. De holder seg bak Kaje og ser undrende på den gamle mannen. Kaje merker at de virker mer nysgjerrige enn redde; denne mannen har lært å ikke skape frykt. Han er virkelig noe helt annet enn mennene fra asokafolket. Han byr på ansiktet sitt.

Mule kommer bort til dem. Uten å se på mannen henvender han seg til Kaje.

«Hvem er det? Hva har du … Hva har du dradd med deg nå?»

«Jeg er Uri og jeg er ikke farlig», gjentar mannen før Kaje rekker å si noe.

Nå vender Mule seg mot mannen.

«Fremmede er alltid farlige. Vi kjenner deg ikke. Du kan skade oss.»

«Ja, jeg kunne skadet dere. I natt. Mens alle sov. Men jeg kan også hjelpe dere.»

Mule rynker på pannen. Det tar tid før ordene når fram, men Kaje skjønner at han tilslutt klarer å gripe dem.

Også Karo og Lele har stått opp. Mannen gjentar sin historie, og Kaje ser at han skaper tillit. Det er en viktig evne. Det er en evne som er god å ha enten man har vennlige eller vonde hensikter.

De lar ham bli.

Han har virkelig noe å lære dem. Særlig kvinnene. Ettersom han går alene, er han god på både spiselige og helbredende urter, men ikke på jakt. Det hender han dreper små dyr, men han liker det ikke. Han liker ikke å se på at dyrene dør som følge av hans stokk. Store dyr prøver han seg ikke på – han sier de krever for mye svette og gir for mye kjøtt. Plantene smaker bedre og dekker hans behov, dessuten er de behageligere å ha med å gjøre.

Kaje forstår hva han mener, men også dyrene er noe Alles Mor gir dem, og jakten på et bytte er det største de har sammen. Det største mennene har sammen.

Når solen forsvinner bak trærne, er den fremmede fortsatt der. De lar ham nøre opp bålet. Flammene er av den riktige sorten, de spruter ikke gnister, og de gir en vag røyk som stiger pent mot en gradvis mørkere himmel.

Den fremmede kjenner skogen mange dagsmarsjer i alle retninger. Han vet også om folkene som bor der, så når de spør hva de kommer til å møte, har han svar. Han sier det er mennesker mange steder, men trolig ikke i de dypeste, grønneste skogene; og i alle fall ikke øverst opp mot fjellene. Han sier også at skogen gjør stadig mer av seg i den retningen de har pekt ut. Trær og busker går nesten i ett. Han tror det er mulig å overleve selv i de aller tetteste skogene, likevel traff han ingen andre der.

Spiselige planter og insekter er det overalt, hvis man vet hva man leter etter. Vann er sjelden noe problem. Elvene og bekkene som kommer fra samme retning som solen, gir vann selv når det er lenge siden det har regnet. Noen ganger er det mye av alt, andre ganger lite eller ingenting.

«Det er det hvite», sier Kaje. «Det ligger aller øverst i fjellene.»

Uri ser spørrende på ham.

«Hvite? Jeg har sett noe hvitt der solen kommer opp.»

«Du må helt opp for å møte det», forklarer Kaje. «Det er der elvene får vannet sitt, når det ikke regner. De tar så mye av det hvite som de ... Som de trenger.»

Uri virker skeptisk. Først sier han ingenting, men så kommer det stille:

«Ja, det hvite er det nok mest av øverst. Øverst på hodet mitt.»

Karo ler.

«Kaje har vært der», sier hun.

Kaje setter pris på støtten. Det føles vondt når folk er skeptiske til ting du faktisk har opplevd.

Lenge er det stille. Det gjør ikke noe, ord er ikke nødvendig når ansiktene er sammen.

Etter en stund vender Uri seg mot Karo.

«Det var noen. Ikke så mange, kun noen få. Langt inne i det grønne. De var rare. De levde med sjimpanser, men også sjimpansene var rare. Skogen der var annerledes. Jeg vet ikke. Dere bør være forsiktige, jeg kjenner dem ikke. Jeg holdt meg unna for først traff jeg to menn. De ... De ville noe med meg.»

«Hva? Hva ville de?» spør Karo nysgjerrig.

Han ser på henne, men sier bare:

«Dra heller et annet sted.»

Kaje er mest interessert i å høre om sjimpansene.

«De lever med sjimpanser?»

Uri har et fjernt uttrykk i ansiktet.

«Sjimpansene var der.»

«Ja, ja», fortsetter Kaje ivrig. «Lever de med dem?»

«Ja, jeg tror det.»

«Angrep de deg.»

«Nei, nei. Eller ... Ikke med spyd.»

«Men sjimpansene? Angrep sjimpansene? De kan være farlige. De tar små barn.»

Mannen ser på Kaje.

«De virket ikke farlige. De angrep ikke. Ikke sjimpansene, det er ikke dem. Dyrene er ikke farlige.»

«Jeg har ...», begynner Kaje, men ombestemmer seg.

Lele ser på ham.

«Jo, fortell ham om Godara. Det er det? Ikke sant?»

Kaje ser overrasket på Lele før han igjen vender seg mot den fremmede mannen.

«Jeg har en venn. En gorilla som heter Godara, og jeg traff ham sist i fjellene. Jeg vil gjerne bli kjent med sjimpansene. Dyrene har mye å lære oss.»

Først smiler den fremmede, men så snakker han med en stemme som er veldig alvorlig.

«Forsiktig. Dyr er dyr. Mennesker er mennesker. Også mennesker kan være farlige, men du leser dem. Dyrene har i seg mye du ikke ser.»

«Kaje forstår gorillaer», sier Karo støttende.

«Jeg tror deg», sier mannen. «Jeg er bare en gammel mann. Jeg har lært å være forsiktig, derfor *er* jeg en gammel mann.»

«Du er en klok mann», sier Karo.

«Takk. Og dere er kloke mennesker. Og dere kan dyr, jeg har sett kvinnen med villhunden. Jeg har aldri før sett en villhund som liker mennesker. Det er godt.»

«Du har livets visdom», fortsetter Karo.

«Jeg?! Jeg er en skyggemann. Bare en skygge.»

Karo ser spørrende på ham.

«En skyggemann? Hva ...»

Igjen blir øynene fjerne. Karo innser at ordene hennes ikke når fram. Vel, noen ganger blir det for mange ord. Hun lener seg over mot den gamle mannen, legger armene rundt ham og presser kinnet sitt mot hans. Mannen rører seg ikke, men Karo aner en glød i ansiktet.

62.

Karo taler for at de skal utsette vandringene enda en dag. Hun mener de må benytte sjansen til å lære mer om skogen.

Ansiktene som samler seg rundt bålet den kvelden, er ikke lenger anspente, de har fått tilbake roen. Istedenfor å gjøre folk engstelige, som alle andre fremmede de har støtt på, gjør Uri dem mer avslappet. Han demper frykten for fremmede. Karo lurer på om det er personligheten hans, eller det at han som enslig gammel mann virker så ufarlig. Hun er på vei tilbake fra en liten tur i skogen når Mule kommer bort til henne.

«Det er nok. Dere drar all slags menn inn her, vi vil ikke ha dem. De fleste er enige med meg, så jeg vil du skal sende bort både jamsroten, fingerfyren og sjimpanseoldingen. De hører ikke til, og de er farlige.»

Karo har mest lyst til å gå rett forbi og sette seg ved bålet, men innser at det ikke løser problemet.

«De er ikke farlige, og de gir oss noe. Har du ikke sett?»

«Kanskje, men de har gitt det de har. De har ikke mer. Hvis du ikke sender dem vekk, skal jeg sørge for at de forsvinner. Natten er lang.»

Hun er usikker på om Mule virkelig er troendes til å drepe. Han er dum nok, så hva skal hun si? Å drepe noen av stammens egne gir grunnlag for utvisning, men disse mennene tilhører på en måte ikke stammen, og hun vet at flere er enige med ham. Så hva kan hun si?

Hun stirrer oppgitt på Mule, men det ender med at hun tusler tilbake mot bålet.

Den fremmede har satt seg nærmest flammene. Det virker litt uhøflig, men så innser Karo at ettersom han vandrer alene, er det ikke å lett å se at ikke alle får plass så nærme. Hun setter seg sammen med Lele litt tilbaketrukket på motsatt side. Reko sitter ved siden av mannen, antakelig fordi Kaje er i ferd med å ordne en ape de har drept.

Også Reko er nysgjerrig.

«Lever du virkelig helt alene?»

Han ser på henne og smiler.

«Det går greit. Jeg har lært å klare meg.»

Hun vender ansiktet mot bålet. Et liv uten andre høres rart ut, flammene hjelper henne å finne svar på ting hun lurer på.

«Men … Hva med mennesker? Savner du ikke andre? Har du ingen kvinne?»

Øynene hans peker mot henne, men ikke mot ansiktet.

«Du har pene bryster. Du må la meg ta på dem.»

Reko stivner i kroppen, men sier ingenting. Langsomt strekker han hånden fram. Når den nærmer seg, flytter Reko et hakk tilbake – vekk fra både ham og bålet. Han flytter etter. Det gjentar seg. Hun retter blikket mot der Kaje holder på.

Kaje ligger rett ut på bakken i en underlig, forvridd stilling. Den halvflådde apen dekker føttene hans. Hun skjønner med en gang at noe er galt og spretter opp.

«Karo!»

Hun løper bort til Kaje.

«*Karo!* Du må komme.»

I øyekroken ser hun både Karo og andre komme styrtende.

63.

Titi og Tata reiser seg opp. De har alltid hatt hverandre og gjort det meste sammen, derfor gjør de også ting samtidig. Uten å se på den andre, reiser begge seg som om de var ett individ.

For *Han* virker det merkelig – det at to mennesker oppfører seg som om de er styrt av ett hode. Merkelig og skremmende. De to har noe i seg som ligger utenfor hans makt. Selvsagt kan han gjøre hva han vil med dem, de er jo barn, men han er usikker på konsekvensene om han er slem. Han plager de andre medlemmene av stammen nå og da bare for å se hvordan de reagerer. Han har rett til å være slem.

«Dere er ikke som andre barn», sier Han.

Han ønsker å få kontakt med begges øyne samtidig, men blir nødt til å vende blikket fram og tilbake.

«Vi er oss», sier Titi. Det er hun som oftest prater først når ordene er ment for andre, mens Tata er ivrigst når det bare er de to til stede.

«Er dere opplært?»

«Ja, selvsagt», svarer Titi. «Vi er nesten voksne.»

«Jeg kan alt», sier *Han* med en selvsikkerhet som har mer tyngde enn dybde. «Jeg kan både gutter og jenter.»

De to vet godt hva han mener. De har lært om sex ved å leke med de andre i stammen, både barn, menn og kvinner. Det er en spesiell form for lek, og det føles godt. Samtidig merker Titi at med *Han* er det noe annet. Greit nok at han ser rar ut på en måte som føles ekkel. Ansiktet er lyserødt og ruglete. Huden ellers på kroppen er nesten hvit, og mange steder er den løs slik at det faller av flak.

Øynene er likevel det verste. Ikke fordi de er stygge. De er stikkende. Når han ser rett på henne med de sammenknepne, lyseblå øynene, er det verre enn å få kjeft fra de gamle. Det er alltid sinne i det ansiktet. Ellers kunne hun godt lekt med ham. Pikken er jo omtrent som på andre menn, bortsett fra at huden også der er lys; og at det lille som er av hår, er like hvitt som på hodet.

Hun prøver å gjøre stemmen positiv.

«Vi har mange fine figurer. Du kan bli med å leke med dem. Du får velge. Også de har sex.»

Han ser på henne. Langsomt beveger han seg nærmere.

«Du vet hvorfor du trenger melken som kommer ut av menns pikk?»

«Ja», svarer Titi nølende. «Det er sunt. Det gjør oss sterke.»

«Og du vet hvorfor det jeg har er spesielt?»

Hun ser på ham, men sier ingenting.

«Vet du?» spør han igjen.

Hun er ikke videre interessert. Hun foretrekker eggene de finner i maurtuene, også de er hvite. Likevel føler hun at det er nødvendig med et positivt svar.

«Du … Du er sterk. Så …»

Stemmen hans er i ferd med å få det tonefallet hun misliker mest. Da skaper den noe ekkelt som sprer seg utover skogen.

«Ja. Hva sier du?»

«Jeg blir sterk.»

Hun tar en pause før hun fortsetter.

«Fordi du er sterk.»

«Riktig», sier han. «Du vet når du vil. Men du får ikke. Du får ikke før du kommer til meg og spør pent.»

Hun står stille og ser på ham. Det er farlig å vende ansiktet bort, for noen ganger slår han når han ikke får oppmerksomhet.

Til slutt er det Tata som bryter tausheten.

«Sett deg ned. Du kan leke sammen med oss.»

Han vender ansiktet mot gutten. De ser at han holder på å si noe, men istedenfor snur han seg og hopper ned fra plattingen. De to blir sittende igjen og se på hverandre. Leken er ikke like morsom lenger.

64.

Kroppen til Kaje er slapp og livløs. Øynene er åpne, men ikke til stede. Det går rykninger i beina.

Både Reko og Karo sitter på kne ved siden av og prøver å mane fram liv. De aner at pusten går, så han er ikke død.

Karo har sett noe tilsvarende hos én annen mann. For lenge siden, den gangen hun var ung. Det var en sjaman som bodde med nabostammen, også han hadde rykninger i kroppen, og blikket ble borte. Etterpå pratet han masse og hjalp stammen ved å fortelle om dagene som kommer.

Plutselig spretter Kaje opp i sittende stilling. Han har et underlig uttrykk i ansiktet. Tilsynelatende er han enda mer forbauset enn dem.

«Du var borte», sier Karo mildt.

«Helt borte», fortsetter Reko med en fortvilet stemme.

Kaje ser uforståelig først på den ene, så den andre. De fleste i stammen har stilt seg i en sirkel rundt de tre. Reko drar hodet hans ned i fanget og begynner å massere det.

«Du skremte meg.»

«Beklager», sier Kaje spakt. «Jeg våknet. Jeg føler meg rar, men jeg vet ikke hva som skjedde.»

Litt senere er alle tilbake rundt bålet.

Uri har plassert seg bak de andre. Han gjør ingen forsøk på å nærme seg Reko.

Reko har forståelse for at fyren er gammel, ikke vant til å være sammen med andre, og ikke kjent med hvordan man forventes å oppføre seg hos dem. Dessuten, hadde Doro vært her, ville hun trolig satt pris på hans initiativ. Doro gikk av og til opp til menn og bad dem om å klemme på brystene.

Senere på kvelden, når Kaje og de fleste andre har lagt seg, setter hun seg like godt ved siden av Uri.

«Beklager», sier han stille. «Mente ikke å skremme deg. Du har rett, av og til savner jeg noen.»

«Det gjør ikke noe», sier Reko. Blikket hennes går igjen til bålet.

Han sier ingenting, så til slutt fortsetter hun.

«Jeg skvatt litt. Du kan … Du kan godt ta på dem. De er jo der.»

«Nei, nei. Det var ikke meningen. Det er bare … Det er så lenge siden. Jeg har ikke sett kvinner på veldig lenge.»

«Jeg har en mann», sier hun så lavt at kun han hører det.

«Jeg vet, jeg så det. Du er en god kvinne.»

Reko er mer interessert i menneskene som bor videre innover i skogen, så hun ber ham fortelle om dem.

«Jeg har vært der. Men de er rare, så jeg var forsiktig.»

«Jeg forstår», sier hun.

Så smiler han.

«Du bør holde deg unna, for de er mye verre enn meg.»

Ingen blir drept den natten, men Karo merker blikkene hun får fra flere enn bare Mule. Likevel blir de værende på samme stedet, uten å vise noen bort, enda en dag.

Karo liker den merkelige mannen som oppsøkte dem. Han står for noe annerledes og spennende. Skikkelsen bærer på et budskap om at ingenting betyr noe. Bekymringer biter ikke på en person som har intet å frykte og ingen å engste seg over. Dessuten har han snille øyne, og han er flink til å finne ord som beskriver tankene. Når kveldslyset begynner å roe ned aktiviteten, setter hun seg igjen ved siden av ham. Hun nekter å la Mules ord styre, og legger like godt armen på den nærmeste skulderen og drar den bakover slik at han vender seg mot henne. Så lener hun seg forover slik at skjegget henger ned på brystene hennes.

«Du kan gå med oss. Jeg liker deg, og du er en god mann.»

Lenge lar han blikket hvile mot henne. Karo regner med at han må tenke seg om, men når ordene først kommer, virker det som om de har ligget der hele tiden, og at blikket var der fordi han liker å utforske med øynene.

«Takk Karo. Du er en god kvinne, og du er klok. Hadde vi vært unge, skulle jeg gått med deg. Jeg har kommet for langt og har ikke så langt igjen. Slik har det blitt. Det hadde sikkert vært fint, i mange dager, men så … Beklager.»

Innerst inne hadde Karo ventet omtrent det svaret. Hun har sett hva som ligger i ham, og tror hun skjønner, selv om hun selv aldri kunne gjort det samme. Det passer ikke for henne. Mennesker trenger mennesker, og hun trenger mange. Livet uten de andre ville kanskje vært uten bekymring, men også uten betydning. Uten mening.

«Jeg forstår», sier hun, men innser etterpå at hun ikke forstår hvordan han klarer seg uten andre.

Lele og Rude kommer bort til dem. Rude dytter Lele foran seg, Karo ser at Lele er både lei seg og litt brydd. Rude stiller seg rett foran de to som sitter.

«Lele vil …»

Det kommer noe tomt over ansiktet til Rude. Karo skjønner at ordene forsvinner, men så finner han noen ord.

«Det er de fremmede. Han er ikke god. Han … Han.»

Igjen går det et tomt drag over ansiktet. Når stemmen kommer tilbake, virker den sint.

«Jeg slo ham. Han ville …»

Lele virker fortsatt lei seg.

«Jeg ville ha Rude med i skogen.»

Rude avbryter.

«Han vet ikke. Han …»

«Sett dere heller ned», sier Karo. Hun sliter med å holde på vennligheten i stemmen, det passer dårlig å legge fram slikt nå. Helst vil hun be begge om å gå bort, det nest beste er å få Rude til å roe seg. Situasjonen er pinlig nok med det som kommer ut av munnen, det er helt unødvendig å blokkere for bålets flammer.

Heldigvis forstår Lele situasjonen. Han griper forsiktig om overarmen til Rude og fører ham vekk. Rart nok synes det som om Rude ikke lenger bryr seg om det han hadde på hjertet.

Det blir stille også mellom Karo og Uri.

Om noe er vondt, uansett hva, så er det så lett å gi de fremmede skylden. Karo lurer på hvorfor. Hun lener seg framover og retter blikket mot bålet, også Uri liker tydeligvis stillhet. Til slutt blir det likevel han som bryter den.

«Den ene. Han sinte. Jeg har sett det før, noen gamle oppfører seg sånn.»

«Ja», svarer Karo. «Noen blir slik. Da trenger de andre.»

Uri snur seg mot henne og smiler forsiktig.

«Når jeg blir slik, trenger jeg å dø.»

Igjen blir det stille. Karo liker å lytte til knitringen av pinner som gir av seg selv til flammene. Altfor mange har det med å prate i utide, de lar ordene renne ut om alt og ingenting. Også hun var sikkert slik, men med alderen har hun lært å verdsette taushet. Er det et tegn på at hun ikke lenger engasjerer seg i det som foregår, eller at ordene ikke lenger fungerer like godt? Igjen blir tankene avbrutt av Uri.

«Det er noe mer.»

Han ser alvorlig på Karo, men hun har fortsatt blikket rettet mot bålet, så han vender øynene mot skogen.

«Ja?» sier Karo til slutt.

Mannen er taus, som om han venter på at øynene skal oppdage et eller annet der ute.

«Hva er det?» fortsetter Karo.

«Dere går i feil retning. Det er ikke bra. Ikke dit du peker.»

«Du sa det er mulig å leve selv der skogen er grønnest.»

«Ja, kanskje, men det er også lett å dø.»

Karo bare ser på ham. Hun skjønner at mannens bekymring sitter dypt. Til slutt bestemmer hun seg for at det må være noe som akkurat *han* har opplevd. Alle mennesker lar seg forme av egne erfaringer, dermed får de ulike oppfatninger om hva som er bra og hva man skal unngå. Det er som med urter, de som smaker godt for noen, smaker vondt for andre.

«Jeg vil vi skal være venner», sier hun til slutt. «Hvis skogen igjen bringer oss sammen, skal vi ta imot hverandre.»

«Ja», sier han stille. «Jeg liker det. Vi skal ta imot hverandre.»

Neste dag fortsetter de vandringen. Den fremmede forsvant i løpet av natten.

Karo lurer på om Mule jagde ham bort. Antakelig ikke ettersom Firfinger og Yamyam fortsatt er der. Hun sitter igjen med en følelse av at Uri var en drøm som hun akkurat har våknet fra.

Bekymringene er tilbake. Går de virkelig i feil retning, eller legger hun for mye i ordene til den gamle mannen fordi hun likte ham?

Det er noe ukjent og usikkert over området der de befinner seg. Som om skogen maner til forsiktighet. Hun lar hendene gli over barken på trærne, men barken er akkurat slik den skal være. Kanskje har det å gjøre med hvordan dagene går. Tiden beveger seg i feil retning. Her står solen opp der den skulle gått ned – bak fjellene – og den forsvinner der den burde startet.

Antakelig skal det være slik, likevel virker det helt galt. Heller ikke lukten og lydene er slik de burde vært. Og noen steder er vegetasjonen så tett at de ikke ser hvor de setter beina – langt mindre hva som skjuler seg bak nærmeste busk.

65.

Skogen blir som ventet enda grønnere og enda tettere. Den er vanskelig å trenge igjennom. Istedenfor å gå sammen i små grupper former de stadig oftere en lang linje som snor seg fram som en slange. Tornebusker går de rundt, lave busker tråkker de ned. Noen steder bruker de greiner nederst på trærne for å ta seg fram over bakken. Det går ikke fort, men det stopper ikke opp. Luften er varm, klam og oser av skog. Solen holder seg mesteparten av tiden bak løvverket. Innimellom hører de rasling av større dyr i trærne over dem. Bare sjelden får de et glimt, og da dreier det seg gjerne om aper. De har ikke sett spor etter antiloper.

Fra en forholdsvis åpen kolle ser de over på en langt høyere topp uten trær. Det er tungt å ta seg opp dit, men de trenger sårt å få en oversikt over terrenget.

«Dette er hva jeg så», sier Kaje når de endelig er oppe. «De grønne skogene. Og herfra ser vi det hvite.»

Karo har mistet troen på Kajes skoger, men samtidig blir alternativet, å dra tilbake til Bujudalen, stadig fjernere. For å komme dit må de passere området til asokafolket. Mer enn noensinne har de behov for et sted hvor de kan slå seg ned – om ikke annet så for en regntid eller to.

«Så du mener vi er framme?» sier hun uten videre håp i stemmen.

«Ja.»

«Jeg tror det», legger Kaje til nølende.

Landskapet ser fristende ut fra den åpne toppen. Det er veldig grønt, men skogen de kom fra er omtrent like grønn, og den var lite egnet.

Kaje peker.

«Hvis vi går i den retningen, tror jeg skogen er mer åpen. Litt mer for oss. Og i dalsøkkene renner det sikkert bekker.»

«Ja», svarer Karo. «Du vet best.»

'Nei.' Kaje sier ordet, men det kommer ingen lyd. Det blir liggende i munnen hans som en klump bedervet kjøtt.

Så tar han seg sammen.

«Nei!»

Ordet blir altfor tungt og tydelig. Han merker at Karo ser rart på ham, men snur seg ikke mot henne.

De går videre.

Sirea går for seg selv mesteparten av tiden. Hun liker seg bak alle de andre, for da er det ingen som forventer at hun tar ansvar. Fortsatt går tankene ofte til Kaje, men hun innser at Reko står nærmere. Reko har riktignok gitt opp å holde seg fast i lærreimen hans. Det gjør ikke lenger noe at Kaje dukker opp i hodet, for følelsene har sluttet å plage henne. Nå er det mest bildet av Kaje første gang hun så ham. Det er et godt minne, så det kan få bli.

Uri klarte seg alene, det samme kan hun, og Uri virket fornøyd med det livet han hadde valgt.

Utover dagen mørkner det. Sirea tenker at de går inn i en altfor tidlig kveld. Hun vet at enkelte lar seg forstyrre av mørket, men det plager ikke henne.

Så kommer regnet. Det stuper mot dem fra tunge og lave skyer. Store dråper slår mot bladene høyere oppe, og mange finner veien helt ned. Selv regnet fører tankene hennes over på Kaje. Hun minnes fossen de besøkte rett før de forlot Bujudalen.

Lele er blant dem som går foran. De første dråpene bryr han seg ikke om, men når regnet begynner å slå løs på dem, stopper han opp. Slikt regn skulle ikke kommet, det er fortsatt lenge til neste regntid. Greit med litt yr i luften eller en liten skur, men dette hører ikke hjemme.

De finner et sted der trærne gir bedre beskyttelse. Han har en lang diskusjon med Karo om hvorvidt det virkelig er en ny regntid som har begynt. Hun er enig i at solen ikke har riktig bane over himmelen, men påpeker at det er vanskelig å vurdere solens vandring uten de kjente landemerkene rundt Bujudalen.

De spenner opp huder mellom greinene. Hudene blir fort våte og tunge. Bakken er leirete og glatt. Alle er tilklint med søle over store deler av kroppen. For Lele gjør det ikke noe, men han vet at Karo misliker synet. Slikt vær krever en regntidshule.

Under hudene er det trangt om plassen. Etter litt knuffing spenner Firfinger og Yamyam opp sine egne et stykke unna.

Folk blir stille og innadvendte. Dessuten lager regnet så mye bråk at det er tungt å prate. Hvis det virkelig er regntid, så kan nedbøren vedvare i mange dager. Skal de finne seg en dal, må det være et sted der det fins ordentlig ly. Det er Mule som først setter ord på det mange tenker.

«Kaje. Du ville hit. Du sa at månen gir oss en dal, men hvor er hulene? Vi trenger ly.»

Kaje sier ingenting.

Flere antyder at det er Kajes oppgave å finne en god hule.

Kaje er like taus. Han sitter med hodet på knærne og blikket rettet mot en bakke preget av våt søle og dødt løv. Løvet har klistret seg sammen til et glatt, mørkebrunt teppe, og en del blader har funnet veien til foten og leggen hans. En igle er på vei oppover mellom bladene. Det blir Karo som til slutt forsvarer ham.

«Gi ikke Kaje skylden for regn. Vi tåler regn. Dessuten går det alltid over.»

«Dyrene klager ikke», påpeker Lele.

Regnet fortsetter hele neste dag. Akkurat her er det ingen bekk, så de samler vannet fra de oppspente hudene og heller det over i kalebasser. De skal i alle fall ikke tørste, tenker Karo. Likevel blir det en krangel om hvorvidt de bør gå videre til neste elv, eller vente til regnet gir seg. Karo orker ikke engasjere seg, men Lele får gjennomslag for at de skal vente én dag til. Det er tungt å ta seg fram gjennom en skog som er omskapt til sølevann.

Bo er blant dem som ikke lar seg merke av fuktigheten. Hun er varm nok, så det eneste hun misliker er at håret klistrer seg fast i ansiktet. Hun får med seg Yamyam ut i skogen.

«Hva synes du?»

Han ser spørrende på henne.

«Hva? Om hva?»

«Regnet, skogen, hva vi skal gjøre», renner det ut av Bo.

Stemmen er bekymringsløs og glad.

«Jeg ... Jeg likte dalen deres. Den var bedre.»

«Og meg?»

Lærreimen rundt pannen hans holder håret unna ansiktet, så hun både ser og hører reaksjonen.

«Deg? Det ...», begynner han, men vender så ansiktet ned.

«Ja, meg.»

Det blir stille så lenge at Bo retter øynene mot ham – helt til han åpner munnen.

«Hvorfor spør du? Spør. Du vet jo Mule reagerer hvis jeg ser, ser på deg.»

«Bry deg ikke om Mule. Han er bare masse ord og knuffing. Han får ikke lov til å skade noen.»

«Du vet han har prøvd», hvisker Yamyam.

Han sier ikke mer. Plutselig griper han hånden hennes og leder dem bort til et nedfalt tre som er egnet til å sitte på. Stammen er myk selv om mesteparten av barken har falt av. Noen store maur kryper inn og ut av små hull. Hun vurderer å smake på en, men synes det blir galt å ta oppmerksomheten vekk fra Yamyam.

«Jeg tør ikke», begynner han, men stopper opp.

«Tør ikke?»

«Ja, det er ikke bare Mule. Det er mange som ikke liker meg. Mange. Meg og far. Jeg tror de, tror de dreper.»

«Jeg skal prate med Mule.»

«Nei!» svarer han raskt.

Stemmen blir gradvis blidere.

«Det gjør det verre. Jeg vil ikke skape ufred. Forstår du?»

Bo sitter stille og hører på. Hun løfter hodet som svar. Yamyam fortsetter.

«Vi behøver ikke være her. Her. Du kan bli med oss. Meg og far og Sirea. Kaje og Mule kan søke det grønne, vi kan finne noe bedre. Bedre.»

Han stopper opp og ser på henne.

Hun skal til å si at hvis han er sammen med henne, så kan ikke Mule røre ham. Samtidig vet hun jo ikke hva Yamyam vil. Selv orker hun ikke tanken på å forlate stammen. Ord blir brått vanskelige, så isteden legger hun hodet på skulderen hans. Så lar hun hånden gli ned mot skrittet. Han reagerer med en gang når hun berører ham. Hun tenker at det må være lenge siden sist – både for ham og henne.

66.

Neste morgen står solen der som om den aldri har gjort noe annet. De ser riktignok ikke så mye til solen, men over alle bladene henger det en dyp, blå himmel.

Kaje merker hvordan alle gleder seg over strålene av lys. Enkelte steder trenger de helt ned til en bakke som er mett av regn. Også fuglesangen er tilbake. Eimen av skog er enda sterkere enn før. En lukt han aldri før har opplevd. Det er lenge siden han har vært så sikker: De er på rett vei!

De fortsetter i den retningen de hadde planlagt. Først trenger de en god dal med en ordentlig elv, så får de undersøke om dalen også byr på muligheter for ly. Det rare er at det været de hadde, som bar alle kjennetegn på en regntid, kun varte et par dager.

Først neste dag nærmer de seg det området Kaje hadde pekt ut. Fortsatt er det ingen tegn til mennesker, så han hadde i det minste rett i at skogen er ledig.

Tankene blir avbrutt av noen kraftige hyl. Lyden griper om skogen foran ham som tungt regn. Kaje blir usikker, men antar at det er sjimpanser. De dyrene har så mange lyder, og han vet at forskjellige individer kan ha ulike måter å meddele seg på. Det aner ham at dyrene varsler om rovdyr, men lydene kan også bety at de har klart å legge ned et bytte, som regel en eller annen stakkars ape. I Bujudalen angriper sjimpansene aldri et voksent menneske, men her kjenner de ikke dyrene.

Alle stopper opp. Så begynner Kaje å bevege seg langsomt framover. Retningen er dit lyden kom fra; fordi alternativene byr på for mye kratt, og fordi han ønsker å finne ut hva det var. Han har bedt Reko om å holde seg bak, men aner at hun følger ham.

Noen av trærne her er enorme. Det innebærer at bakken under har sparsomt med vegetasjon. Slikt er med på å styre hvor de går. Han nærmer seg to særdeles tykke stammer. Barken er brun og knudrete. Trærne er så høye at det er umulig å se toppen – bladene sperrer utsikten. De står der som et gammelt par etter et langt og godt liv.

Foran trærne er det en liten slette, og av en eller annen grunn er bakken der helt uten levende planter. Det som ligger igjen av løv og kvister er rotet med, og mellom bladene aner Kaje avtrykk etter dyr – eller mennesker? Han bøyer seg ned for å studere sporene. Enkelte fotavtrykk er ganske sikkert fra sjimpanser, andre ligner mer på mennesker. Det *er* mennesker!

Plutselig er det et yrende liv på sletten. Mange presser seg fram. Han blir raskt revet overende, dyttet ned på bakken og holdt fast. Spissen av en stokk presser hardt mot venstre side av brystkassen. Han ser at den trenger gjennom huden slik at det pipler fram blod, men føler ingen smerte. Over ham er det minst fire-fem menn. Noen sitter på beina og armene, andre lar stikkestokkene peke mot ham. En av dem roper.

«Stopp!»

Kaje skjønner at ropet ikke kan være myntet på ham ettersom han ligger klemt ned mot bakken. Han snur hodet og ser resten av de fremmede stå side om side med spydene rettet mot de andre i hans følge. Hånden griper fortsatt hardt om eget spyd, men grepet løsner når det blir revet vekk.

Han lot seg overraske, likevel er det ikke frykt som preger tankene. Rart. Det er liten tvil om at disse mennene er i stand til å drepe. Beslutsomheten er der.

67.

Også Reko nådde fram til den åpne plassen. Hun så hvordan de fremmede plutselig spratt fram mellom buskene på den andre siden, men rakk ikke å advare Kaje. To av mennene nådde fram til henne. Nå holder de henne fast, samtidig som den ene presser spydet mot magen hennes. Hun sparker etter de fremmede med beina, men mennene synes ikke å bry seg, de er mer opptatt av resten av følget som har samlet seg i skogkanten bak. Selv stirrer hun mot Kaje. Hun ser blodet som langsomt fjerner seg fra spydet som har trengt inn på venstre side av brystet. Det er bare en tynn, rød stripe, likevel skremmer den henne.

Kajes oppmerksomhet blir hengende ved fortvilelsen i Rekos øyne.

«Stå stille!» roper samme mannen igjen. «Stå eller vi stikker han som ligger nede. Vi dreper.»

Ordene har en rar klang, men Kaje har ikke noe problem med å forstå. Mennene er alle små og spinkle sammenlignet med folkene fra hans stamme. Disse danner en måpende klynge delvis skjult av busker og trær. Alle de fremmede har dessuten krøllete, mørkebrunt eller rødbrunt hår og små neser. Mange, men ikke alle, har en lærkalott på toppen av hodet. Noen har den surret fast under haken med en lærreim. De har truffet andre fremmede på sine vandringer, men dette folket skiller seg ut. De er like annerledes som han syntes Sirea var, første gangen han så henne. Menneskene her har like lys hud som henne. Sirea kunne tilhørt dette folket – på utseendet.

Han prøver å lese ansiktene. De virker ikke spesielt aggressive, men heller ikke vennlige. Samtidig aner han at de neppe vil nøle med å kjøre stokken tvers igjennom brystet hans hvis det peker seg ut som neste naturlige gjøremål. De er ikke sinte over at noen har trengt seg inn i skogen deres, men ser på fremmede som et faremoment. De virker fornuftige.

Kaje går over til å se på sine egne. Ansiktene viser en blanding av frykt, sinne og forvirring – med ett tydelig unntak. Sirea har kommet seg fram foran de andre, og hun ser rolig ut. Bra det er hun som snakker. Stemmen er tydelig, men samtidig mild.

«Dere trenger ikke drepe. Vi vil dere ikke vondt. Vi kommer i fred.»

«Hvorfor?» sier en av mennene.

Sirea blir usikker.

«Hvorfor? Hvorfor vi er her? Hvorfor vi ikke vil dere vondt?»

«Hvorfor?» gjentar mannen.

Kaje lurer på om de fremmede virker så små fordi han selv ligger på bakken, og fordi terrenget er lavere på den siden de står. Selv voksne menn har bare spredte hårtafser i ansiktet, det får dem til å virke barnslige. Det er ingen tvil om at de oppfører seg som voksne. Situasjonen er heldigvis i hendene på menn som tenker før de stikker.

De prøver å virke farligere enn de er. Stikkestokkene deres er krokete og grovt tilslipt. Ingen bærer klubber. Nei, det er ingen krigersk stamme. Dette folket er noe helt annet enn asokaene.

En av de andre mennene overtar. Han har tydeligvis oppfattet hvorfor Sirea ikke svarer.

«Ingen mennesker kommer hit. Ingen. Men … I følge de gamle, så kom det noen. Det var ikke bra, de som kom, prøvde å drepe. Bonoboene varsler oss.»

«Jeg skjønner», sier Sirea. Hun virker fortsatt like rolig.

Kaje lurer på hva det er hun skjønner.

«Mennesker kan være farlige», fortsetter hun. «Jeg vet, men vi er ikke. Vi er på vandring, og vi skal videre. Fremmede kan også bringe noe godt. Jeg tror dere har noe å lære av oss, og vi vil gjerne lære av dere.»

Det blir stille en stund. De som holder ham, ser på hverandre, men ingen sier noe. Som på et signal tar de bort stokkene og slipper både

Kaje og Reko. Kaje ser at hans to spyd har blitt lagt på bakken et stykke unna. Han lar dem ligge der. Samtidig holder han øye med dem.

De *er* et merkelig folkeferd. Det aner ham at det var disse menneskene Uri advarte mot. Riktignok er de små, men de er ganske mange.

Bak mennene har det dukket opp kvinner, og nå presser noen barn seg fram mellom beina på de voksne. Blikkene de sender er preget av nysgjerrighet. Det er et godt tegn. Også kvinnene og barna har det samme, krøllete håret, men flere samler mest mulig bak i nakken med en reim. Nesten alle kvinnene har den spesielle lærkalotten på toppen av hodet. Den ser ut som en forvokst sopp, og blir båret slik at øynene forsvinner bak kanten på læret. Det vil si, han aner hvor øynene er, men skyggen fra kalotten gjør at de ikke viser seg fram.

De bærer ingen skinn på andre deler av kroppen.

En eldre kvinne beveger seg langsomt tvers igjennom flokken. Folk viker til siden der hun går. Brystvortene er enorme, men resten av brystene henger som blader fra spydtreet før regntiden begynner.

Hun tar av seg lærhatten før hun begynner å snakke. Kaje tenker at det er fornuftig. Det er viktig å vise ansikt når man står foran fremmede – hvis ikke tror folk det verste. Stemmen er myk og hoppende som når barn ler. Munnen beholder et fastlåst smil selv når hun prater.

«Jeg er Bibi. Vi tar imot dere. Vi vil gjerne lære. Dere skal få dele med oss, men dere må oppføre dere som mennesker. Våre forfedre kom hit for mange generasjoner siden, så skogen tilhører bonoboene og oss. Bonoboene kaller oss for bobo fordi vi er mennesker.»

Karo har kommet seg fram ved siden av Sirea, nå går hun opp til den gamle kvinnen.

«Takk. Takk for at dere er snille. Vi skal tilpasse oss deres skikker.»

Så tar hun enda et skritt. Hun løfter armene for å legge dem på skuldrene til kvinnen og bøyer seg for å la pannene møtes. Kvinnen spretter tilbake med et forvirret og lettere irritert uttrykk i ansiktet. Karo blir stående med armene halvveis oppe og munnen helt åpen. Det tar tid før hun får sagt noe.

«Beklager. Det er slik … Det er vår måte å hilse. Vi lar pannene møtes.»

Den fremmede kvinnen har kommet seg. Smilet er tilbake, og fjeset er like mykt.

«Det gjør ikke noe. Vi liker ikke øyne som kommer for nærme. Sinte menn er slik, så vi har vår måte å hilse på.»

Hun går bort til Karo. Blikket hviler mot ansiktet hennes, men høyrehånden tar tak mellom beina på Karo og begynner å massere der.

Nå er det Karo som er like ved å hoppe tilbake. Kaje ser at overkroppen beveger seg, men føttene forblir på bakken.

«Det er mye hyggeligere», fortsetter Bibi. «Alle hilser slik. Også bonoboene. De vet. Det er det som skal til, både folk og bonoboer blir snille når du kjeler dem mellom beina.»

Et sted ganske nærme lyder igjen skrik av noe som trolig er bonoboer. Skriket videreføres av kraftige varselsignaler fra fugler. Kaje ser ikke fuglene, men hører vingeslag.

Blikket hans beveger seg over mot Sirea. Hun står fortsatt på samme stedet og med den samme roen. Kaje er sikker på at hun merker blikket hans, men hun vender ikke på hodet. Hun virker rolig, men samtidig konsentrert.

Kaje tror han skjønner, det gjelder å forstå hva de fremmede står for så fort som mulig. Lurer de dem med smilene sine? Ønsker de å avvæpne for å få et overtak? Det er noe i ansiktet til Bibi som gjør ham bekymret, men han klarer ikke gjøre bekymringen om til ord.

Sirea tenker at disse menneskene er spesielle. De har funnet fram til helt andre svar enn alle stammene hun tidligere har truffet. De har sin egen måte å være menneske på. Samtidig er det noe som gjør at folket virker kjent. Det dukker opp vage minner fra barndommen.

Hun gleder seg til å lære mer, derfor går hun bort til den gamle damen. Bibi smiler fornøyd når hun kjenner hånden hennes og gjengjelder hilsenen. Deretter går Sirea over til noen av mennene. Også de setter pris på å hilse på henne. De viser det med ansiktet – ikke med pikken. Sirea smiler bredt. Noe slikt har hun aldri opplevd før. Synd ikke Doro ble med dem, hun ville likt seg.

Skogen her gir nesten ingen sol. Karo skjønner at menneskene har tilpasset seg, de gir sol til hverandre. Smilene sitter løst nå som de har hilst og ikke lenger er redde. Selv savner hun solen. Hun har søkt flekkene der strålene når helt ned til bakken, men der er det sjelden plass til mer enn et par personer om gangen.

Noe annet hun savner er bålet. De slet med å få det til å brenne kvelden før. Døde trær er råtne og våte, de ferske trærne brenner dårlig. De fant til slutt noen busker som de fikk fyr på, og ved hjelp av de spede flammene klarte de også å få fyr på noen halvråtne greiner, men de ordentlige, velgjørende flammene dukket aldri opp.

De fremmede tar dem med tilbake til boplassen sin. Det første Karo legger merke til, er de merkelige plattingene satt sammen av pinner egnet som emne til spyd. Etter å ha sovet flere netter på våt og sølete bakke skjønner hun hvorfor, samtidig tenker hun at pinnene umulig kan være behagelige å ligge på. Dessuten, hva skjer om de fyrer opp et bål på plattingen? Hun ser ingen annen bålplass og spør like godt den gamle damen.

«Hvor har dere bål?»

Bibi ser på henne. Stemmen er fortsatt myk og munnen i et så stort smil at det nesten når tvers over det smale, rynkete ansiktet.

«Bål? Hva er bål?»

«Det … Bål er …»

Så tenker hun seg om.

«Nei, det er ikke viktig. Vi trenger det ikke. Sover alle oppe i trærne?»

«Ikke alltid, men det er best. På bakken er det mye rart.»

«Så vi bør også lage oss sovested i trærne?»

«Det er bedre enn bakken.»

Hun ser på Karo.

«Av og til sover vi nede. Mennene gjør det ofte, særlig når de ikke er her.»

Karo har lagt merke til at redskapene deres er klumsete tillaget. Hun har sett folk felle trær med noe som ligner på steiner de selv bruker til å flå dyr. Steiner uten en skikkelig skarp egg, og med for lite tyngde til effektivt å kappe selv tynne stammer. Det går selvsagt, men det gjør arbeidet med å skaffe stokker langt mer tidkrevende. Hun bestemmer seg for å gi den gamle damen steinøksen sin.

Bibi lyser opp. Hun roper på noen av mennene. Alle ser med en gang at den nye øksen er langt bedre enn deres egne.

«Slike har ikke vi», sier en av dem. «Vi er glade dere kom. Her deler vi alt.»

Karo kniper leppene sammen. De kan dele, men ikke alt. Også stikkestokkene bobofolket bruker er grovt tilvirket, og ingen har annet enn trespiss. Mule foretrekker en stokk der han har montert en spiss laget av lårbeinet til en antilope. Her mangler menneskene tydeligvis kunnskap. Kanskje mangler de også egnet materiale. Karo tenker at hennes folk helt sikkert har noe å lære dem. Selv trenger de å lære av lokalbefolkningen, og da er det viktig å ha noe å gi. Med folk man ikke kjenner, dreier det seg om å bytte, for da blir alle fornøyde. På den annen side kan de ikke gi bort alt de har med seg, særlig ikke hvis det er vanskelig å skaffe nytt.

Hun blir invitert til å sove på plattingen til Bibi.

Også de to barnebarna Titi og Tata kryper opp dit. De er på vei til å bli voksne. De smiler og fingrer lenge med skrittet til Karo. Karo aner at det å holde på lenge er et tegn på at man setter pris på noen, så hun gjengjelder hilsenen. Gutten får ståpikk med en gang. Når hun trekker hånden til seg, tar han tak og fører den tilbake. Karo innser at det bare er å fullføre det hun har begynt.

Hun prøveligger plattingen, men synes den ustødige og ujevne flaten er ubehagelig, selv etter at hun har lagt ut soveskinnet. På den annen side blir den gode lukten som skogen bærer på, friskere og tydeligere her oppe. På bakken blander den seg med lukten av råtne plantedeler.

Hun spør om hun skal samle noen blader. De to barna virker skeptiske. Bibi trekker på svaret.

«Ja. Du kan det. Vi pleier ikke … Vi liker ikke blader.»

For Karo høres det rart ut, men hun tenker at folk har forskjellige vaner. Så merker hun at gutten, Tata, tar tak i armen til bestemoren og drar henne til siden. Stemmen hans er lavmælt, men høy nok til at hun hører.

«*Han* var her. Humøret var nede, og han virket …»

Stemmen går over i hvisking. Bestemoren ser bekymret på gutten, men sier ingenting.

Guttens ord gjør Karo nysgjerrig, men hun tenker at det er galt å spørre. Så legger hun merke til noe de har risset inn i barken på den tykkeste delen av treet. Der, i synshøyde når de sitter på plattingen, er det tegnet et menneske. Det er kun et rundt hode, en skulder og en hofte samt streker for armer og bein, men over hodet er det to streker som gjengir kalotten de bruker. Slikt går det an å spørre om.

«Det dere har på hodet. Hva er det?»

Kvinnen ser overrasket på henne.

«Hva? Spør du *hva* det er?»

«Ja», svarer hun usikkert.

«Det er en hatt. Den er til å ha på hodet.»

Karo innser at spørsmålet var dumt.

«Jo, men hvorfor? Den … Den faller vel av? Og er den ikke i veien når du dreier på hodet?»

Nå ler Bibi.

«Ja, du har rett. Det hender den faller av, men da plukker jeg den opp. Den er best når det regner, men jeg liker å ha den der. Hatter gjør ansiktene penere. Særlig hvis de er godt laget. Du skjønner, hattene sier noe. Også blir ikke blikkene våre for intense.»

«Jeg tror jeg skjønner», sier Karo. Hun kommer på at også de noen ganger holder et skinn over hodet når det regner som verst, men hun har aldri tenkt på å forme skinnet for det formålet.

«Jeg fikk din øks, du skal få min hatt.»

Raskt tar hun den av og setter den på hodet til Karo. Hun tenker at det må se veldig dumt ut, men tør ikke ta den av. Det aner henne at Bibi lett lar seg fornærme.

«Jeg skjønner. Det har regnet mye, og i regnvær er hatten sikkert god å ha.»

«Riktig. Og det ser fint ut. Du virker mer voksen.»

Karo tenker at hun virker mer enn nok voksen uten hatt, men bestemmer seg for at hatten er viktig for den tilpasning til stedets skikker som hun har lovet dem.

«Hva gjør dere i regntiden?»

«Regntid?»

«Ja. Når regnet varer lenge. Når det regner både dag og natt i mange og lange dager.»

«Det pleier bare vare noen dager. Liker du ikke regn?»

Karo begynner å fundere på hvorfor hun synes solskinn er bedre, men finner ikke noe fornuftig svar. Hvorfor misliker folket hennes regnet?

Hun øyner en forklaring. I Bujudalen blir luften kjølig, regnet gjør at de fryser. Her er regnet en beleilig vask av kroppen. Bortsett fra all sølen. Og de glatte, våte og klistrete bladene. Og iglene som kryper opp og biter seg fast.

«Jeg ... Jeg vet ikke», svarer hun ærlig. «Vi drar til huler. Til berghammere og andre steder der regnet ikke kommer til. Har dere noe slikt?»

«Berghammere? Nei ... Nei, jeg tror ikke det. Men vi har plattinger. Regn er greit, men våt bakke er ikke så godt. Alt blir glatt og tilklint, derfor er det bedre å holde til over bakken.»

«Jeg skjønner», sier Karo, og nå mener hun det virkelig.

Kaje klatrer opp til dem. Han har funnet seg et sovested på bakken, men vil gjerne sitte litt sammen med Karo. Dessuten har han med seg en del insekter som han har sett de lokale spise, og som han gjerne vil dele. Det dreier seg om noen digre biller, men akkurat denne arten er myk i skallet. De fleste lever fortsatt og kryper dovent rundt på bladet han legger fram. Selv griper han en og stapper i munnen.

Titi skvetter til.

«Nei, nei! Stopp!»

Kaje ser på det forskremte ansiktet hennes og tar billen ut av munnen.

«Jeg har sett andre spise.»

Titi skjelver og vender blikket mot bestemoren.

«De smaker godt, men de er farlige», sier den eldre kvinnen uten å forlate smilet sitt.

«Giftige?» spør Karo.

«Nei», svarer hun kort.

Kaje legger merke til at Karo stirrer på den gamle damen, men til ingen nytte. Enten har hun ingen forklaring, eller så ønsker hun å beholde den for seg selv.

«På snutebiller må du alltid ta av hodet», sier Titi med en stemme som virker mer voksen enn kroppen.

Både Karo og Kaje ser på henne. Nå fniser hun

«Hvis ikke ...»

Kaje tenker at jenta passer best til å være barn.

«Hvis ikke. Hvis ikke», gjentar Titi.

«Hva?» sier Karo.

Titi vender seg mot bestemoren.

«Si det du.»

«Hvis du ikke passer på å ta av hodet, kan snutebillen bite seg fast i halsen. Som regel får du den løs, men en gang ble en gutt kvalt. Titi var der.»

Kaje ser på Titi og smiler.

«Takk! Takk for at du sa ifra.»

Barna er han trygg på. De vil ikke noe vondt, men det er et eller annet med de eldre i stammen. De har tatt imot dem, men ansiktene skjuler noe. Spesielt Bibi. Det ligger noe dypt bak øynene hennes som han håper blir liggende der.

68.

De får en fin dag i skogen sammen med Bibi og menneskene rundt henne. Lele kaller dem for 'hattefolket', men Karo påpeker at de bør kalle dem 'bobo' – det navnet de selv foretrekker.

Sent på kvelden dukker *Han* opp. Han går først til de nye, unge kvinnene, så de unge mennene, og hilser på dem med hånden mot skrittet; men kun en rask og formell hilsen. Likevel griper han så hardt på Kaje at det gjør vondt. Kaje vurderer å gjengjelde smerten, men tenker at det er dumt. Noe slikt menneske har han aldri sett før. En ting er det intense blikket, og bevegelsene som er hoppende. Ikke usikkert hoppende som hos barn, men tilsiktet hoppende som om han vil se om de lar seg skremme.

Fyren *er* skremmende. Det er mye mer enn måten å bevege seg på. Det dreier seg ikke om et menneske – i alle fall ikke et normalt menneske.

Sirea aner bekymring og misnøye hos enkelte av de andre, selv liker hun annerledesheten. Hun har skjønt at Bibi har litt samme rolle som Karo og holder seg i nærheten.

«Hva heter du?» sier Sirea når turen kommer til henne.

Mannen stirrer sint på henne. Så går han videre uten et ord og uten å hilse.

«Han har ikke noe navn», sier Bibi. «Bare *Han*.»

Sirea stusser.

«Hva er han? Jeg har møtt mange mennesker, mange steder, men aldri noen som ligner.»

«Han rår over skogen. Ingen går ham imot. Slik er det. Han er svak som menneske, men sterk som ånd.»

«Unntatt meg», føyer Bibi til med et sleipt smil. «Jeg vet hvor jeg har ham.»

Det er noe foruroligende ved personen hun kaller Han, men Sirea er likevel mest interessert i å finne ut hva som ligger bak de stikkende øynene. Håret er hvitt, ikke gråhvitt som hos gamle; dessuten virker han ikke gammel. De lyseblå øynene er likevel det mest spesielle. Slike øyne har hun aldri sett, de stirret mot henne på en måte som tvang hennes øyne til å vike. Sirea prøvde å holde blikket – helt til det kom noe vilt og rovdyraktig over fjeset. Hun likte ikke at øynene ble tvunget ned som på en sjenert småpike.

«Er han farlig?»

«Ja», svarer Bibi. «Farlig for dem som ikke bøyer seg. Øynene kan drepe. Jeg har sett det, de drepte en gang en kvinne. En kvinne han ikke likte. Han drepte henne med bare øynene.»

Sirea velger å holde seg unna det stikkende blikket, men bestemmer seg for å teste ham. Er han virkelig så farlig? Karo ville sikkert sagt at han har Alles Mor i seg.

Senere spør hun like godt Karo.

Karo nøler med å svare. Det virker som om hun har tenkt det samme selv.

«Nei. Jeg tror ikke. Mannen er … Det er noe annet. Alles Mor står for det gode, det fine i verden, den mannen står for noe som ikke er bra. Har aldri møtt en slik person.»

«Best å være forsiktig», legger hun til med en bekymret mine mens hun stirrer på Sirea. «Vi vet ikke. Ikke gjør noe dumt.»

Sirea snur seg vekk.

69.

Reko blir vekket tidlig på morgenen.

Glimtet av himmel mellom de høye trærne er ikke lenger svart. Det betyr at månen må være der oppe et sted – eller at solen vurderer å vise seg – skogen er for dyp og tett til at det er mulig å se forskjell. Så vet hun med ett hva det var som vekket henne: En hånd som befølte skrittet.

Hennes første tanke er at det burde holde å hilse om dagen. Så havner hånden på brystene hennes. Hun rekker å merke en stram, sur lukt, som av gammel urin, før en tung kropp presser seg mot hennes. Hun roper.

«Ka …»

Plutselig ligger den fremmede hånden over munnen hennes. Hun prøver å dytte vekk både den og kroppen med hver sin arm. Huden er ikke glatt, men tørr, ru og ujevn. Det går opp for henne hvem det er. Til slutt klarer hun å rive seg løs og komme opp i sittende stilling.

«Hjelp! Kaje!»

Så får hun et kraftig slag mot hodet og alt blir borte.

Det er fortsatt mørkt når Reko igjen åpner øynene.

«Reko. Reko! Hva er det? Hvorfor svarer du ikke?»

Heldigvis er det den riktige stemmen, den riktige lukten og den riktige huden når hun strekker ut hånden mot der stemmen befinner seg.

«Kaje, han slo meg. Den rare mannen. Han ville ta meg. Ikke bare hilse, men ta meg. Jeg ble redd, og så slo han meg.»

Kaje legger seg tett inntil og drar kroppen hennes inn mot sin.

«Ikke vær redd. Det er i orden. Jeg skal passe på.»

«Hvor var du? Du sover jo her? Hvorfor var du ikke her?»

Kaje nøler med å svare.

«Jeg … Jeg var hos Karo. Jeg ville prøve å ligge på en platting. Du hadde sovnet, så …»

Reko gråter stille.

«Jeg ble redd. Du var ikke her. Jeg vil ikke være her, og du var ikke her.»

Ingen av dem sovner igjen. Først blir det enda mørkere, antakelig fordi månen forsvinner, så kommer lyset langsomt tilbake. Det tar enda lengre tid enn vanlig. Først aner de greiner som stikker seg fram mot en stadig mer blåaktig bakgrunn. Mye senere ser de lave solstråler som gir lys til blader høyt oppe på trærne. Fuglene sier ifra, og folk begynner å røre på seg.

De blir enige om ikke å fortelle hva som skjedde til de andre. De er jo her som gjester.

Karo ønsker å lære om plantene de bruker, både hva som er spiselig og hva som er nyttig for andre formål. Hun blir med en gruppe kvinner anført av Bibi.

Hun har tatt på seg hatten hun fikk, men Bibi peker på hatten og ler.

«Ikke slik. Har du ikke sett? Du er som et barn.»

Karo tenker at det burde være smiger, men tviler på at det er ment slik. Hun sier ingenting, men tar hatten av og ser spørrende på den gamle kvinnen. Hatten er formet ved at en tynn lærreim snurper sammen to kanter av skinnet. Bremmen går lengre ned der sømmen sitter.

«Den lange kanten er bak. Selvsagt er den bak, ikke foran øynene. Du trenger å se. Bare barn tar den på slik.»

Bibi har tydeligvis flere hatter, for nå har hun på seg en større variant. Bak er lærreimen ført videre i en bue som hun har tredd håret igjennom. Det virker fornuftig, men hatten hun fikk, har ikke den muligheten.

Hun setter den på riktig vei – fortsatt uten å si noe. Det er et eller annet med Bibi som gjør at hun mister lysten på unødig prat.

De andre kvinnene er mer beskjedne. Hun merker at de holder blikket vekk fra Bibis øyne, og at ordene blir få og knappe når de taler til henne. Alle har i seg ett eller annet rart, det gjelder sikkert henne selv også.

De finner rikelig med spiselige vekster. Mange av dem er ukjente for Karo, så hun kommer fornøyd tilbake til leiren. Der er det flere barn som løper fram og tilbake, men det virker ikke som om de leker. De virker opphisset, men sier ingenting.

Karo ser på Bibi, men hun viser ikke tegn til å ville forklare. Derfor spør hun forsiktig.

«Er det noe som foregår?»

Alt Bibi gir fra seg er et raskt blikk, så går hun vekk med små, kjappe skritt.

Lele drar ut samme morgen med Firfinger, Yamyam og tre bobomenn.

De går oppover i retning fjellene. De fremmede har sagt at der klarer de noen ganger å legge ned et stort dyr som gir mat i flere dager, men at det er best å være mange. Lele har aldri hørt navnet de gir dyret, men det betyr ikke så mye, for de bruker også andre navn på dyr og planter han kjenner. Han er nysgjerrig både på hva slags skapning det dreier seg om, og på hva som ellers møter dem i den retningen.

De har ikke gått langt, før han merker at de lokale mennene blir nervøse og nøler med å fortsette. Han prøver å finne ut hva det er som plager dem, men får vage svar. Det gjør ham enda mer nysgjerrig. En stund vurderer han å gå videre alene, men innser at det trolig blir sett på som uhøflig.

Senere prøver de seg på en flokk aper som har kommet ned fra trærne. Før de sniker seg innpå, legger Lele merke til at mennene stikker spissen på stokken ned i en liten skinnpose som de har hengende rundt livet. Spissen kommer opp med et grønt belegg som de inspiserer nøye.

«Hva er det?»

«Drapsstoff», svarer den mest vennligsinnete mannen mykt. «Det gir makt. Makt til å drepe. Ett stikk er nok.»

«Så det er gift?»

«Ja, gift. Veldig giftig. Vi tar det …»

En av de andre fremmede griper fyren om skulderen og vender ham mot seg. Øynene virker bestemte, men mannen sier ingenting. Den vennlige fyren skjønner. Også Lele skjønner – de deler ikke på alt.

Lele får kastet sin stokk. Den blir stående i bakken rett bak det største dyret. Også de andre bommer. Han tenker at å treffe ville være nok. Med eller uten gift. De små dyrene klarer ikke klatre med et spyd i kroppen, og han skulle rukket fram innen dyret fikk det ut.

Tankene blir avbrutt av en merkelig plystrelyd. Lyden minner mer om mennesker enn fugler, men er ganske ensformig. Antakelig et signal.

Lele ser på sine nye jaktkamerater. Det er viktig å vite hvordan de tolker lyden. Alle står helt stille og lytter intenst. Så smiler den vennlige mannen. De tre smyger seg ivrig fram mot det som plystrer.

Lyden blir tydeligere. Den kommer fra et sted like ved, men Lele ser ingen tegn til liv. Brått går det opp for ham at den kommer fra bakken. Bobomennene har funnet fram til et område der steinene skaper et hull. En av dem etterligner plystringen. Så velter de steinene til side. En hel flokk med små, pelskledde kryp piler fram. Mennene ler høyt mens de stikker.

«Kamfingerrotter», sier den vennlige mannen.

De får med seg fire kamfingerrotter samt noen fugleegg som de røvet fra et rede gjemt under en rot. Den hyggelige mannen holder stolt knippet med dyr fram for kvinnene.

«Se. Mange. Vi fikk mange.»

«Fire», retter Lele.

«Hva? Nei, mange. Ikke tre, men mange.»

Kvinnene stemmer i.

«Ja, det er mange.»

Lele tenker seg om. Så holder han opp to fingre og spør en av kvinnene. Hun svarer to. Det går greit også med tre fingre, men på fire så er svaret ganske enkelt mange. Det samme er det på fem.

Han går bort til Sirea som sitter sammen med barnebarna til Bibi. Før Lele gikk ut, hadde hun sagt at hun ville lære om deres måte å være sammen på. De andre kunne lære om hva som er spiselig og hvordan å skaffe mat, hun var mer interessert i å utveksle kunnskap om mennesker og levesett.

«Du bør lære dem å telle», sier Lele med et smil. «De har bare tall for tre fingre, det er litt lite.»

«Jeg vet», svarer Sirea smilende. «De sier at tre tall holder. Mer enn tre mennesker sammen er mange. Tre mennesker står hverandre nær, blir det flere, kommer man fra hverandre. Det blir ikke ordentlig samvær, folk prater uten å lytte.»

Lele ser forvirret på henne. Hun fortsetter.

«Det er fint. Vi er forskjellige. De har nye tanker. Kanskje blir de glad for tall, men de har mye å lære oss. De lærer oss å forstå hva *vi* er.»

Han setter seg ned for å tenke. Sirea ser ting der andre bare går forbi.

«Jeg har også lært», sier han etter en stund. «De dreper som giftslanger. De legger gift på spissen av stokken, da dør dyrene selv om stokken treffer dårlig. Hvis de treffer. De er lure, og de vet hvor de finner gift.»

Sirea blir stille. Lele merker at hun holder på å skulle si noe, men tar det i seg.

«Hva er det?»

Hun ser på ham.

«Gift er farlig. Firfinger kjenner også til gift. Det var slik han drepte Brushode.»

Lele ser på henne.

«Jeg vet. Han har fortalt. Han sa hvor den fins, men vi har ikke funnet.»

Sirea ser at ansiktet til Lele forandrer seg. Hun tenker at giften er farlig fordi den skiller mennesker. Den skaper to grupper: De som har, og de som ikke har. Da står ikke folk sammen, og det skal mye til for å rette opp den skjevheten. Hun har tidligere vurdert å be Firfinger om å kaste det han har, men samtidig tenker hun at det kan komme en dag da bruken av gift er riktig. Problemet er å vite, ikke bare tro, at det er riktig.

Tankene blir avbrutt av stemmen til Lele. Den har et alvor over seg som hun ikke kan huske å ha hørt før.

«Sirea, jeg tror vi tenker likt. Jeg håper vi to kan dele hva vi har. Om giften ikke er felles, så bør tankene våre være. Er du enig?»

Sirea smiler. Det blir en pause før hun sier noe.

«De har aldri hørt om Alles Mor. De sier det er trærne som bestemmer over skogen. Det er trærne som har mest makt, og de har i seg ånder som kan være snille eller slemme. Alles Mor er alltid snill? Ikke sant?»

Hun merker at Lele nøler, og innser at det var uhøflig å ikke svare på spørsmålet. Samtidig ba han om litt for mye. Hun må ta hensyn til Yamyam og Firfinger, de føler seg fortsatt utenfor og utrygge. Selv ikke Karo har klart å løse den konflikten. Hun vet at det skal lite til før situasjonen blir alvorlig, og hun kan ikke, eller vil ikke, velge side. Ikke nå.

«Jeg tror det», sier Lele til slutt. «Men … Spør Karo, hun kjenner Alles Mor mye bedre. Jeg kan dyr, og jeg kan jakt, Karo vet alt det andre.»

Ja, Karo kan mye, tenker Sirea. Likevel har heller ikke hun i seg evnen til å verdsette det de fremmede står for. Karo ser hva som er forskjellig, men tenker at det som er annerledes er galt. Eller i alle fall ikke like bra som hva hun er vant til.

Hun sier ingenting, så Lele fortsetter.

«Vet du hvor? Hvor de tar den fra?»

Hun ser på ham.

«Giften? Nei. Jeg spurte ikke. Tror ikke de vil at jeg spør.»

«Det er det», sier Lele tankefullt. «Kunnskap kan være farlig.»

Sirea løfter hodet som tegn på at hun er enig. Lele ser virkelig ting på samme måte som henne, og det bringer dem sammen. Hun vet at Kaje har mye av Lele i seg, og at også han, når han blir eldre, vil vise slike evner. Ellers betyr ikke alder så mye. Kanskje står hun nærmere Lele enn Kaje?

Nei, ikke helt, det er kun når Kaje dukker opp i hodet at hun får den varme følelsen i kroppen. Da er det som om noe sprer seg fra hodet og helt ned til skrittet.

Etter at Lele har gått, fortsetter Sirea å tenke på det med at giften skiller mellom de som har, og de som mangler. Hun aner at det ligger noe mer der, noe det er viktig å se tydelig. Til slutt oppsøker hun Karo.

«Noen har gift, andre har ikke. Det er ikke bra.»

Karo ser overrasket på henne. Hun trenger tydeligvis å tenke seg om.

«Mennesker er forskjellige. Folk her mangler mye av det vi har. De har ikke flammer, ikke slyngkjepp, ikke …»

Sirea avbryter

«Jeg vet, men folk som lever sammen. De som *er* sammen. De … De bør ha det samme. Jeg tror …»

Hun trenger å finne noen bedre ord. Det gir Karo en sjanse til å overta.

«Ja, du har rett. Det er best når alle står sammen. Ingen liker at andre har mer makt.»

«Eller at andre har ting de selv ikke har», avslutter Sirea.

«Ja», sier Karo. «Stammen trives best når folk sitter rundt ett bål. Det gir grobunn for gode følelser.»

«Så hva gjør vi med giften?»

Karo biter seg i leppen. Stemmen blir enda mer dempet.

«Firfinger sin eller folkene her? Noen ganger gjør vi unntak. Det er best. Jeg vet ikke. Jeg tror …»

Stemmen svinner hen til det bare er leppene som fortsetter med vage bevegelser. Det gjør ikke noe; Sirea skjønner, og hun er enig. Det er bra. Sammen rår hun og Karo over mye. Noen har mer kunnskap og innsikt enn andre, er det også galt? Kunnskap er tross alt det viktigste folk har – enda viktigere enn våpen og gift. Karo avbryter.

«Hva synes du om måten de hilser på? Du gjør jo som dem.»

Sirea lar hånden gli ned til eget skritt mens hun tenker seg om. Så smiler hun.

«Det er nytt, og det er godt. De sier at bonoboene har lært av dem, og at dyrene er snille mot hverandre.»

«Det er rart. Nei, nei, folk er forskjellige, men jeg vet ikke om det passer for oss. Hva tror du?»

Sirea tenker at mange har et merkelig forhold til kjønnsorganene sine. De står for noe helt annet enn fingre og tær, men samtidig er de jo bare en del av kroppen.

«Kanskje. Jeg tror det er viktig å gjøre noe som føles godt, og å gjøre det med andre. Det bringer folk sammen. Som sang, og å spise av felles mat. Bobofolket har funnet noe som bidrar til fellesskapet.»

«Så du vil vi skal klø hverandre mellom beina?»

«Jeg tror … Det ville vært rart. Jeg tenker at en slik hilsen må først inn hos barna, så blir det naturlig for voksne.»

«Ja, hva med å lage barn?» slipper det ut av Karo.

Sirea vender brått ansiktet mot henne. Hun har ikke noe svar. Andre rår over sider ved livet hun selv mangler. Den gamle damen smiler godlynt.

Hun slipper å svare, for Gido, moren til Kaje, kommer stormende bort.

«*Du må komme!* Det er Boro. Hun … Hun er …»

Karo behøver ikke høre mer. Ansiktet til moren sier mer enn alle ordene stammen rår over. Hun reiser seg og haster etter Gido.

70.

Onoti sitter på en flat stein øverst på kollen. Derfra har han god oversikt over de som holder til på sletten nedenfor, men blikket når også over trærne på motsatt side av sletten. Bak trærne og dypt under dem, er det skog, endeløs skog så langt øyet rekker. Lengst bort forsvinner den grønne horisonten i en himmel som har fått et vagt, rødt skjær. Solen er på vei dit, men fortsatt gir den kroppen varme.

Han sitter stille. Helt stille. Hadde ikke folk kjent ham, ville de trodd han var død – eller bare en utvekst på den brune, porøse steinen.

Skjegget når helt ned til navlen der et utall av skrukker og rynker kommer sammen i et landskap av hud. Onoti har de lengste øyebrynene, og grå hårdotter stikker ut fra nese og ører.

Korobo står og stirrer på ham bakfra. Det er uhøflig å stirre lenge mot en annens ansikt, men ryggen gjør ikke noe. Hun ser alle arrene som ligger som striper på den venstre overarmen. De sier mye.

Til slutt bestemmer hun seg.

«Du kommer til meg. Jeg vet hvorfor», sier Onoti.

Hun skvetter. Hun er fortsatt bak ham og trodde ikke han så henne. Et øyeblikk stopper hun opp, men fortsetter rundt mannen til ansiktene møtes. Blikket hennes faller raskt ned mot bakken.

«Se på meg», sier den gamle mannen. Stemmen er myk og vennlig, men samtidig en stemme som er vant til at folk føyer seg. Ordene har tyngde uten å være tunge. Hun løfter blikket, men øynene hans vender seg ikke mot henne, de går tilbake mot det fjerne, grønne teppet.

Hodet hennes er fortsatt bøyd.

Korobo har en kraftig kropp til å være ung kvinne, men ansiktet er pikeaktig. Bortsett fra øynene – de har i seg den livserfaring som mangler hos piker. Håret er tykt, helt svart og jevnt fordelt på tre, rufsete fletter: en på hver side og en bak. De har ikke vært ordnet med på mange dager. Fortsatt er hun stille.

«Du er en pen kvinne.»

Hun retter ansiktet mot ham, men bare et øyeblikk.

«Det er pent sagt.»

«Jeg har sagt det før.»

Det blir en pause før mannen fortsetter.

«Du kommer til meg?»

Først nå føler Korobo at hun begynner å beherske situasjonen. Onoti legger merke til henne, og han er til stede for henne. Hun er gitt denne muligheten. Langsomt flytter hun seg nærmere helt til han blir nødt til å se på henne. Fortsatt sliter hun med å få fram det hun kom for.

«Jeg hørte du mistet en tann?» sier hun til slutt.

Onoti ser overrasket på henne.

«Ja, jeg gjorde det. Den var vond. Så ble den løs, og så fikk jeg den ut.»

«Det var en rovdyrtann?»

Onoti ler. Det er et hull i tannrekken, og huden er rød og oppsvulmet der den manglende hjørnetannen stod. Tomrommet gjør ansiktet mer ufarlig, men hun liker ikke den hissige huden rundt.

«Ja, den var slipt. Spiss og fin. Den ligger under tanntreet.»

Først grøsser hun ved tanken på hva mennene må igjennom. Selv om tennene ikke føler noe, så virker det veldig ubehagelig å stikke en stein inn i munnen for å gjøre dem spisse. Dessuten har hun sett at mennene av og til er uheldige og biter seg selv i leppen slik at det begynner å blø. Hun tenker at kvinner ikke behøver å *se* tøffe ut. De *er* det. De har i seg det å tåle både blod og smerte. Så smiler hun.

«Du ser fin ut. Å mangle en tann gjør deg enda klokere.»

Igjen ler han.

«Korobo, Korobo, du kom ikke hit for tannen min. Og du kom ikke hit for å smigre. Du kom fordi du holder på å skape. Igjen og igjen skjer det, og det er like rart hver gang. Du er en kvinne med riktige egenskaper, og du kommer for å høre mine ord. Jeg liker det.»

«Kan jeg få den?»

Han ser spørrende på henne.

«Få hva?»

«Tannen. Den du gravde ned.»

«Ja, ta den. Hvis du finner den. Det er du som skaper, ikke jeg.»

«Takk. Jeg skal lete.»

Onoti strekker hendene ut mot den unge kvinnen, og hun setter seg ved siden av ham.

«Korobo, du kom ikke for tannen», gjentar han.

For Korobo er det visdomsord. Hun ser lenge på ham uten å si noe. Det er nesten bare øynene som er synlige i ansiktet, resten er skjult bak hvitt hår. Hun lurer på hvordan han så ut før ansiktet ble skrukkete og innpakket. Om han var en mann hun ville ønsket å være sammen med. Onoti har vært skrukkete og hårete så lenge hun kan huske, men selv han var kanskje ung en gang.

Så retter hun opp ryggen. Hun er klar, likevel blir det han som snakker.

«Det du vil ha er blod. Når den tid kommer, skal du få. Mye blod. Vi skal ordne så alt blir bra.»

Korobo grøsser ved tanken på hva som skal komme, men smiler vagt. Så strammer hun ansiktet. Det passer ikke med smil nå.

Hun reiser seg og går fram og tilbake foran ham, det ble for intenst å sitte inntil den gamle mannen.

Koraba, lillesøsteren, kommer opp bakfra og legger armene rundt midjen som for å få henne til å stå stille. Koraba virker spinkel i forhold til søsteren, men også hun har et artig og attraktivt fjes. Hun bruker den ene hånden til å beføle Korobos mage. Fingrene beveger seg skånsomt opp og ned mens de med jevne mellomrom presser huden inn.

«Det er der det sitter», ler Onoti. «Du har sett det du også.»

«Ja, jeg vet», sier Koraba. «Vi vil du skal fortelle. Si hva som kommer.»

«Dere må finne noe spiselig. Gi meg en frukt eller … Eller noe annet.»

«Jeg skal», sier Koraba og løper bort.

I det hun er utenfor hørevidde, sier han stille til storesøsteren.

«Dette er for deg. Og for barnet. Men du vil ha henne til stede?»

«Ja», svarer hun bestemt.

Litt senere føyer hun til.

«Hun er en del av meg. Hun også.»

«Jeg skjønner.»

Søsteren kommer tilbake med en neve bambarajordnøtter. Planten er vanlig, men det tar tid å grave nøttene fram fra jorden.

«Ingen har funnet frukt. Beklager. Ikke i dag.»

Onoti tar en nøtt, tygger litt, og begynner med en stemme som er høytidelig, men innimellom munter.

«Først kom trærne. Noen ville stå over de andre og ha makt, så de ble til fjell. Andre foretrakk et liv i stillhet, de krøp sammen på bakken og ble til sopp og blomster. Skogen var der, men den syntes det manglet noe. Det ble tomt og kjedelig mellom trærne, så trærne skapte dyr. Først kom …»

«Jo, jo, men hva med Korobo? Hva med det *hun* skaper?» avbryter Koraba.

«Barn. Skogen krevde tid. Alt tar tid. Den som vil skape noe, må tåle at alt tar tid, også en gammel manns fortelling.»

Han ser på de to søstrene før han fortsetter. Korobo synes øynene virker merkelig ungdommelige og lekende til å være en mann som har minst et helt liv bak seg. Hun liker at han tar seg tid.

«Skogen skapte først en hund. Etter det kom de andre dyrene. Vi kom sist, men da hadde trærne blitt enda flinkere til å skape levende vesener. Hunden ...»

«Hva er en hund?» avbryter Koraba.

Storesøsteren snur seg og ser oppgitt på henne, men sier ingenting.

«Hunden er det farligste dyret i skogen fordi den er klok.»

«Men ... Men her er ingen. Har aldri, aldri, aldri sett en hund.»

«La oss håpe du aldri får se noen. Langt borte på flatlandet er det de som bestemmer. Derfor bor vi her oppe. Vi holder oss unna fordi hunder spiser mennesker. De har enda spissere hjørnetenner, og de behøver ikke slipe dem.»

«Hva om de kommer? Kan de komme hit?» spør Korobo.

«Vi vet ikke. Kanskje bestemmer en hund seg for at den vil hit.»

Koraba tenker det er rart at stemmen hans virker like rolig. Onoti viser ingen tegn på frykt. For henne er tanken på at det kan komme en hund og gripe fatt i henne med de enorme rovtennene, noe av det mest skremmende som oppstår i hodet. Det er den eneste tanken som holder henne våken om natten.

«Så hva gjør vi? Hva gjør vi hvis det kommer en hund?»

«Da er det den eller oss. Helst den, men antakelig oss. I alle fall noen av oss.»

Han tar en pause, men fortsetter når ingen av søstrene viser tegn til å si noe.

«Aller farligst er menneskene. Bare de kan stikke. Spyd er farligere enn tenner.»

«Mennesker stikker ikke hverandre», sier Koraba lett. «Mennesker er vel ikke farlige.»

Onoti ser på henne og smiler. Hun slipper taket rundt søsteren og setter seg ned foran ham.

«Så ... Hvis hundene kommer. Løper du? Hva gjør du?»

«Jeg? Jeg sitter her. Jeg er gammel, de tar ikke meg. De går etter unge kvinner. Kvinner har fetere kjøtt og gjør mindre motstand.»

Koraba grøsser. Det blir stille en stund før Onoti igjen snakker, nå rettet mot storesøsteren.

«Først tar hunden skapende kvinner. Den vil stå øverst, men frykter at menneskene skal bli så mange at de overtar. Derfor må vi passe på Korobo. Hun er det viktigste stammen har.»

Igjen blir det stille. De to unge kvinnene vender øynene mot der solen holder på å forsvinne. Bak de nærmeste trærne flyter skogen nedover en lang, lang bakke. Skogen inneholder alt. Det er *den* som er verden, og det er der de kommer fra. Hundene.

Den synkende solen gir skogen et rødaktig skjær. Rødt som blod, tenker Koraba. Der nede er det sikkert mye blod. Mer blod skal det bli, for i blod skal barnet fødes. Hun har hørt at det gjør vondt og er glad det ikke er henne.

«Men meg?» sier Korobo plutselig. «Hva har jeg i meg?»

Den gamle mannen ber henne komme nærmere. Så legger han begge hendene på magen hennes.

«Jeg føler en jente. Jeg ser en jente, men noen ganger ser jeg feil.»

Begge kvinnene smiler bredt. Han fortsetter.

«Det blir en sterk jente. En kvinne som kan styre verden.»

«Det er det jeg vil», hvisker Korobo.

«Du skaper en kvinne som blir husket. En kvinne som går dit ingen andre har gått.»

71.

Boro, lillesøsteren til Kaje og Bo, ligger livløs på bakken. Det er fortsatt farge i ansiktet, men Karo synes det langsomt blekner. Kroppen virker stiv, øynene er åpne, men de stirrer rett fram. Moren setter seg ned, griper hånden til datteren og gråter.

Karo er rådløs. Det dreier seg ikke om søvn, så det må være en sykdom. Hun har lagt merke til at jenta har vært slapp den siste tiden, men trodde det skyldtes all vandringen. Selvsagt kan det også være noe hun har pådratt seg. Av og til blir folk syke av det de spiser, og de har spist helt andre ting enn hva de er vant med.

Flere kommer til, deriblant Bibi som kneler ned ved siden av piken på motsatt side av moren. Andre, unge og gamle, danner en tett ring rundt. Karo ser de måpende munnene til guttene, mens pikene heller kniper leppene sammen. Et øyeblikk lar hun seg gripe av tanken på hvorfor denne forskjellen. Hvorfor går leppene til gutter og jenter hver sin vei i en slik situasjon?

Hun innser at det er feil spørsmål.

Bibi ser på moren.

«Kan du snu henne rundt?»

Gido løfter forsiktig den lille jenta over på magen. Bibi starter med å se nøye på beina, og går så over til å løfte og føle på armene. Det slår Karo at den ene overarmen er lettere oppsvulmet og rød. Bibi peker på to prikker midt i det røde. De er for små til å være sår, men ser likevel ut som om noe har stukket hull på huden. Karo begynner å ane hva det dreier seg om.

Så ser hun ansiktet til Bibi. Det evige smilet er borte, stemmen hennes virker trist og oppriktig lei seg.

«Antakelig er det hvesehuggormen. Den gjemmer seg. Ofte er den skjult av blader. Og de er sinte, veldig sinte når mennesker kommer og forstyrrer. Dere har lagt blader på bakken, og slangene liker seg der. Jeg har sagt dere bør sove i trærne.»

Karo er fortvilet.

«Gift! Fra slange. Si … Si hva skal vi gjøre?»

Bibi ser på henne.

«Jeg har blader, men …»

«Men? Hva?»

«Det er for sent», sier hun med en oppgitt og unødig kraftig stemme. Karo føler inne i seg hvordan ordene treffer moren.

Deretter reiser Bibi seg og går bort til soveplattingen. Hun kommer tilbake med en liten skinnpose.

«Vi kan prøve.»

Sekken inneholder et brunt pulver som hun strør inn i munnen til Boro. Så løfter hun hodet samtidig som hun prøver å helle inn vann fra en kalebass. Det meste renner utenfor. Etter en stund slipper hun hodet brått ned. Det treffer bakken og velter over på siden. Ingen sier noe. Det eneste Karo hører er morens stille gråt.

To gutter på Boros alder kommer bort og begynner å leke med den livløse kroppen. De drar i armene, klyper i huden og stikker fingrene inn i munnen. Begge ler når de merker at Boro ikke reagerer.

Karo ber dem om å holde opp, men de bare ser dumt på henne. Plutselig tar moren og sparker den ivrigste i ansiktet slik at han faller bakover. Først da tusler de vekk.

72.

Neste dag er det begravelsesseremoni.

Karo har ikke sett noen steinrøys i nærheten, så hun spør Bibi hva de gjør med sine døde. Det viser seg at de bærer dem med seg et stykke ut i skogen. Der overtar dyrene. De har brukt det samme området i generasjoner, så mange av dyrene kjenner til denne muligheten. Stort sett dreier det seg om hunde- og kattedyr, men de har også sett aper oppsøke stedet. Aldri bonoboer, for de har en avtale med bonoboene om ikke å spise hverandre.

Karo innser at de ikke kan gjøre det samme her som hjemme i Bujudalen, og spør Gido hva hun foretrekker. De blir enige om å bruke så mange blomster som mulig, Karo sine ord, men den lokale gravplassen.

I det de skal forlate den lille kroppen, bryter moren sammen i gråt.

«Dekk henne. Vær så snill, dekk henne», kommer det etter en stund.

Mennene finner kvister og noen mindre steiner som de legger over. Alle vet at kvistene ikke gir noen beskyttelse, for det trenger de en steinrøys med steiner som er så tunge at de så vidt klarer å løfte dem.

«Du møter henne hos forfedrene», sier Karo trøstende.

«Jeg vil dit. Dit. Jeg … Jeg vil …», kommer det før gråten igjen tar overhånd.

Alt går over og livet går videre, tenker Karo. Følelser er som flammer, selv de vondeste følelsene slukner til slutt, de går over i glør som langsomt blir kalde og livløse. Alle skal dø. Hun er klar, men lille Boro var ikke. Hun så stammens framtid i Boro. Det vil ta lang tid før de flammene slukner.

Boro var forbi den farligste alderen, men også større barn dør. Kanskje Alles Mor vil at det skal være unge mennesker sammen med forfedrene? Ellers blir tilværelsen der sikkert kjedelig.

Neste dag kapper mennene kjepper og prøver å lage plattinger slik bobofolket har. Det vanskeligste er å finne egnete steder. En av de innfødte påpeker at istedenfor å ha de oppe i trærne, går det an å legge en platting på de tetteste og sterkeste buskene. Det gir flere muligheter. Samtidig sier de at det går fint å sove på bakken, og å bruke blader, men man bør ta en kjepp og slå mot bladene før man legger seg på dem. Slangene er ikke spesielt modige. Karo tenker at de godt kunne sagt det tidligere.

Kvelden etter har boboene sin egen seremoni. En liten gutt skal få oppleve stå-på-beina-ritualet. Hvis et barn overlever lenge nok til at det lærer å stå på egne bein, så fortjener det en fest. Først da får barnet et navn og status som menneske.

Han overlevde, og lever, men de trodde han skulle dø fordi han virket så sykelig. Derfor fikk han aldri noe navn. Bibi forteller Karo at de har angret. Seremonien er også ment å gjøre barnet til en del av stammen. *Han* er ikke det.

Moren og faren sitter ved siden av hverandre. Den lille gutten får krabbe mellom de to og sette seg der han vil – mesteparten av tiden hos moren. Moren sier høyt at gutten skal hete Kota, for det het hennes farfar, og så kiler de gutten helt til han begynner å le. Latteren vekker jubel hos de tilstedeværende.

Det er en livlig krabat som misliker å sitte stille, og som verdsetter å være stammens midtpunkt. Han hopper opp og ned på fanget til moren, mens han ser på menneskene rundt og lager et vell av uforståelige lyder.

Deretter kommer Bibi med en lang tale, men også den er helt uforståelig. De andre i stammen hennes veksler mellom å se på Bibi og på Karo og hennes folk. Det er noe ved blikkene Karo ikke liker. Hun henvender seg til en eldre mann.

«Jeg skjønner ikke hva hun sier.»

Mannen ser på henne og rynker pannen.

«Det er forfedrene. De gamles språk, slik folk talte før vi kom til skogen.»

«Men … Men hva er det? Hva mener hun?»

Mannen skal til å si noe, men ombestemmer seg, lukker ansiktet og snur seg vekk.

Det neste som skjer, er at faren plukker opp et skinn med biter av en populær sopp. Nå er mannen ved siden av Karo villig til å prate igjen.

«Vi vil at barnet skal lære å gi.»

En etter en går alle stammens medlemmer forbi og får et lite stykke sopp. I begynnelsen prøver foreldrene å føre guttens hånd slik at han plukker opp en bit og gir bort. Etter hvert blir det moren som holder både guttens hånd og soppen, men tanken er den samme. Karo liker måten de gjør det på, selv om hun er skeptisk til at et så lite barn forstår hva det dreier seg om. Så innser hun at det spiller mindre rolle så lenge resten av stammen forstår.

Ingen fra Karos stamme blir invitert til å få sopp, men etterpå deler alle på maten de har samlet inn. Her er ingen overflod av kjøtt, men de har skaffet rikelig med spiselige blader, nøtter, sopp, røtter og noen frukter Karo ikke har sett før. De er gule, store som en knyttneve og med et skall de slår i stykker mot en stein. De kaller dem for apeappelsin.

Bibi forklarer at pulveret hun ga den lille jenta kommer fra barken til det samme treet. Hun beklager at de ikke har andre frukter, men dyrene har ribbet trærne. Det aner Karo at hennes eget folk savner ferske innvoller og stekt kjøtt, men hun har ikke hørt noen klage.

Bibi setter seg ved siden av Karo etter å ha hentet en rot å gnage på. Også Sirea kommer og setter seg sammen med dem.

Karo har øynene rettet mot den lille gutten og moren. Hun ser at moren løfter ham opp og tar pikken hans i munnen. Barnet ler og fryder seg høylytt. Bibi legger merke til det forbausete uttrykket i ansiktet.

«Ja, det er mye barnet må lære», sier hun.

«Lære? Lære hva?»

«Alt. Om å leve. Om å gi andre.»

Sirea ser spørrende på den gamle damen.

«Mener du ... Det moren gjør er for å lære bort?»

«Ja, ja. Selvsagt. Det er viktig. Barnet må lære å kjenne pikken sin.»

«Er ikke det litt tidlig», bryter Karo inn.

«Se på barnet», sier Bibi. «Hvorfor er det tidlig?»

Karo og Sirea ser på hverandre. Ingen av dem har noe godt svar.

«Får ikke deres barn opplæring?» spør Bibi med en lettere overrasket stemme.

«Jo, jo», sier Karo. «Etter hvert. De lærer om hva som er spiselig, om å lage bål. Vi lærer dem mye, men …»

«Men hva?»

«Kjønnsorganene er ikke så viktige», prøver Karo.

«Hva? Ikke viktige? De er jo det viktigste vi har. Det er der det beste i livet sitter.»

«Vel. Det kommer. Uansett. De kan, når de skal.»

Bibi tenker seg om. Sirea innser at hun prøver å finne ord for å forklare noe som for henne er opplagt. Det er ofte vanskelig.

«Dere forstår ikke. Kjønnsorganene er spesielle, for de binder oss sammen.»

«Vi har skjønt det», sier Sirea rolig. «Når det kommer et barn, hvordan vet dere hvem som er faren?»

«Hva?»

«Hvis alle mennene. Om alle har vært hos moren. Så … Hva tenker moren?»

Bibi virker fortsatt forvirret.

«Jeg skjønner ikke.»

Sirea innser at hun må være direkte.

«Hvis alle har sex med moren, kan alle være far.»

«Hva?»

«Hvis …» begynner Sirea en gang til, men bestemmer seg for å la det ligge.

Isteden blir det Bibi som fortsetter.

«Sex har ingenting med å få barn å gjøre.»

Sirea begynner å ane hvor det ligger.

«Så det er skoggudene som befrukter kvinnen?»

Bibi tenker seg om.

«Skoggudene bestemmer. Har dere ikke sett? Mange har samleie uten å få barn. Slik er det, samleie betyr ikke noe, men skoggudene lar de fleste kvinner få barn.»

«Men … Faren ... Barnet har en far.»

«Å de», sier Bibi lett. «De to er spesielle, for de ønsker å holde sammen. Vi sier at de utgjør et par.»

Sirea vender seg mot Karo, men de sier ingenting.

Karo holder på å spise en av de gule fruktene. Fruktkjøttet er surt, i alle fall ikke spesielt søtt, men hun har savnet frukt. Inne i frukten er det mange, flate frø. Hun begynner å tygge på frøene. Smaken er besk og emmen, den minner om noen av nøttene de bruker.

«Du er dum», sier plutselig Bibi.

Karo ser forbauset på henne.

«Hva mener du? Hva …», begynner hun usikkert.

Bibi stirrer intenst på henne med et ertende smil.

«Det der er dumt.»

«Hva?» gjentar Karo.

«Hør på meg», sier Bibi strengt. «Jeg sa du ikke bør gjøre det.»

«Gjøre hva?»

«Tygge. Tygge frøene selvsagt. Alle vet det.»

«Hvorfor ikke?» sier Karo spakt.

Det er noe skarpt i øynene til Bibi, men stemmen er lav.

«For da dør du.»

«Dør!? Men …»

«Jeg har advart deg. Dør du, er det din feil, det er du som er dum.»

Karo har allerede tygd og spist flere av frøene. Smaken var spesiell, men ikke *så* vond. Hun spytter ut restene.

«Men … Jeg visste ikke. Du …»

Bibi ser på henne med det brede smilet sitt.

«Det er de vi … De er nyttige, men ikke til å spise.»

Hun snur seg bort som for å avslutte samtalen.

«Dør jeg?» mumler Karo.

Bibi snur seg tilbake og sier lett.

«Kanskje. Dyrene gjør det.»

73.

Reko sitter sammen med Kaje samt en gruppe yngre bobomenn og kvinner. Etter episoden med *Han* har hun holdt seg tett inntil Kaje, men han er enda fjernere enn ellers. Hun skjønner at søsterens død sitter dypt. Det er enda en stein som har ramlet på ham, men hun regner med at det går over, dessuten har hun blitt vant til at Kaje er fjern.

Hun innser plutselig at kvelden er i ferd med å ta dem. Skogen gjør at hun ikke merker når det begynner å mørkne.

I det siste har også Sirea vært fjern. Hun holder seg for seg selv eller går med boboene. På en måte savner Reko henne, men det aner henne at Kaje kommer nærmere når Sirea er borte.

De snakker om sjimpanser. De innfødte mennene hevder å ha hatt sex med dyrene, men Kaje er skeptisk. Samtidig vil han veldig gjerne møte sjimpansene. Det ender med en avtale om å dra ut neste dag. Reko vet ikke om hun har lyst til å være med, men hun har heller ikke lyst til å være igjen.

Alle går til sovestedene når mørket overtar.

Reko sliter med å sovne den kvelden. De innfødte har sagt at slangene er redde for mennesker, men når noen legger seg oppå dem, blir de skremt og irritert. Det er da de biter. Selv er de mer redde for andre dyr, særlig hunder og katter. Dyrene forsyner seg riktignok av de døde, men så vidt hun forstår, angriper de sjelden voksne, levende mennesker.

Tidlig på kvelden hørte de fjerne skrik fra katter, og en ung mann benyttet anledningen til å fortelle om hvordan disse dyrene kryper inn i leiren og biter over strupen på sovende mennesker. Historien er med henne. Hun aner at det er lenge siden sist, og at det dreier seg om små barn, men det stopper ikke tankene.

På morgenkvisten våkner Kaje av et skrik. Hans første tanke går til kattene. Deretter til Reko, men hun ligger tett inntil ham, og skriket kommer fra et stykke unna. Så kjenner han igjen stemmen. Det er Bo, søsteren.

Det er lyst nok til å ta seg fram. Han ser to menn sammen med Bo. Den ene holder hendene hennes ned mot bakken, mens den andre prøver å få til et brukbart samleie.

Han griper tak i sistnevnte og drar ham til side. Begge to blir tydelig irritert. De fjerner seg motvillig, men Kaje innser at de selv ikke mener å ha gjort noe galt.

Bo har fått større bryster og blitt rundere i formene, Kaje forstår at det gjør kroppen mer pirrende for menn.

De treffer ingen sjimpanser den dagen, men får med seg nok spiselige planter til at de kan dra tidlig tilbake. Bibi dukker opp foran ham ledsaget av de to mennene som prøvde seg på Bo.

«De sier du dyttet dem vekk.»

Kaje prøver å lese ansiktene. Så begynner øynene å lete etter Karo, men hun er ikke der.

«Hører du? Dyttet du dem?»

«Hos oss …» begynner han, men blir avbrutt.

«Dere er hos *oss*. Dere har lovet å følge våre skikker.»

Stemmen er ikke lenger bare sur, men tydelig sint. Hvor søren er Karo?

«Beklager. Men de … De holdt henne. Hun ville ikke.»

«Og så?»

«Hos oss … Kvinnen må ville.»

Nå blir stemmen hennes enda sintere.

«Jeg har sagt at dere er hos oss.»

De to mennene står ved siden av og hoverer. Begge er mye lavere enn Kaje og ikke spesielt kraftige.

«Bo er min søster», prøver Kaje.

«Din søster? Da er dere begge ansvarlige», fortsetter Bibi.

«Men …»

Stemmen hennes går fra å være sint til å være bestemt.

«Du kan ta meg. Vi deler alt, så dere må gi noe tilbake. Vi gir ved å dele kjønnsorganer.»

Det er lenge siden han har hatt lyst på samleie, og den lysten som sitter i ham er rettet mot Reko og Sirea. Et øyeblikk frykter han at hun skal insistere. Karo er bedre til å takle slike situasjoner, men hun har forduftet.

«Dere deler ikke alt.»

«Hva!?»

«Jeg sa, dere deler ikke alt.»

De to mennene står der fortsatt. Begge setter samtidig hendene på hoftene. Bibi blir stående og stirre på Kaje en stund før hun igjen sier noe.

«Du kan få meg. Jeg har sagt det. Jeg deler …»

Kaje avbryter.

«Dere deler ikke giften. Dere sier ikke hvor den kommer fra.»

Så langt har den eldre kvinnen hatt ordene klare, men nå stopper hun for å tenke. Det er tydeligvis tungt, for stillheten legger seg. Så begynner hun å si noe.

«Jeg har … Nei.»

Deretter snur alle tre seg brått og går. Kaje puster lettet ut. Det gjelder å finne de rette ordene, de som fjerner problemer.

Kaje bestemmer seg for å få med noen av de lokale mennene på kveldsjakt. Det er nok lys, og han vil vekk fra leiren. Dessuten er jakt den beste måten å få menn til å se hverandre.

Folket her har verken slyngkjepper eller noe som er verd å kalle spyd. Stokkene deres kan brukes til å stikke dyr, men er lite egnet til å kaste. Uten gode våpen sliter de med å legge ned ordentlige dyr, og de trenger kjøtt. I alle fall gjør han det. En god apeskrott burde gjøre humøret bedre, dessuten vil de skjønne at hans folk har noe å bidra med.

Lele og to av de innfødte blir med.

De ser noen aper, men det er vanskelig. Veldig vanskelig. Skogen er tett, og det er umulig å bevege seg raskt eller lydløst langs bakken, så apene smetter unna de sjeldne gangene de nærmer seg spydhold. Dessuten er det i ferd med å mørkne. De innfødte mennene er imponert over kasteteknikken og vil gjerne lære å bruke slyngkjepp, Kaje viser og forklarer så godt han kan. På veien tilbake tar en av dem tak i armen hans og fører ham til siden.

«Jeg så deg med Bibi.»

«Ai», innrømmer Kaje. Han har forsøkt å skyve det vekk.

«Forsiktig! Hun er farlig. Hun er klok, men hun har styrke. Du vet ikke hva hun kan, så ikke rett ansiktet mot henne.»

Alt Kaje får seg til å si er:

«Jeg skjønner.»

Humøret til Kaje er betydelig redusert innen de kommer tilbake til leiren. Det som møter dem der, skaper i første omgang forbauselse. En gruppe eldre kvinner ledet av Bibi, har samlet seg for å ta imot ham. De gir ham noen små nøtter som de vil han skal spise. Så ser han Bo et stykke unna. Kinnene hennes er røde. Kaje lurer på om det er gråt eller om noen har slått henne.

«Du er Kaje?» sier Bibi.

«Ai.»

«Du vil kjenne giften?»

Kaje bare ser spørrende på henne.

«Jeg skal forklare deg.»

«Takk», mumler Kaje.

«Vi tar fra giftbusken og gifttreet.»

Hun holder fram en skinnpose med frø samt en samling blader.

«Frøene blir knust, bladene revet opp. Vi blander med vann, lar det stå, og så moser vi det. Blir det tørt, har vi mer vann. Det er alt.»

«Fint», sier Kaje. «Hvor er …»

«Vi deler alt, nå skal du få», fortsetter kvinnen.

To andre kvinner står plutselig ved siden av henne med hver sin stikkestokk. Samtidig aner han at flere mennesker har kommet opp bak ham. Spissen på stokkene har et grønt belegg. Langsomt kommer de mot ham med stokkene foran seg.

Bibi snakker videre på det språket han ikke skjønner. De andre kvinnene smiler. Så henvender hun seg til ham igjen.

«Vi har delt med dere, men du og din søster deler ikke med oss.»

Kaje tenker febrilsk på hva han bør si, men finner ikke på noe før Bibi fortsetter.

«Du kan velge. Dere … Nei, én av dere får gift. Én av dere skal få lære om giften. Hvordan den virker.»

Fortsatt sliter han med å finne de riktige ordene. Det er tydelig at Bibi er forberedt. Heller ikke nå ser han Karo.

«Vi skal …», begynner han, men alle ordene forsvinner plutselig fra munnen. Stemmen lystrer ikke. Han har opplevd det før, det at ordene han bærer nekter å komme ut. Nå dukker det samtidig opp en merkelig fornemmelse i hodet. Rart nok er det en god følelse, som om hele skogen er i ferd med å samle seg inne i ham. Han husker at det samme skjedde den gangen han skulle flå apen – da alt forsvant.

«Du kan velge», fortsetter Bibi med den samme bestemte og småsinte stemmen. «Deg eller din søster. Du *skal* velge.»

Stemmen hennes kommer fra et sted langt, langt borte, og den er fordreid slik at den blir dypere enn en mannsstemme. Fortsatt smiler munnen hennes. Eller er smilet kun til stede i hans eget hode? Øynene hennes er i alle fall fulle av hat. Alt han får seg til å si er:

«M … Meg.»

Selv det kommer hviskende og hest, som om siste rest av stemme går med til dette ene ordet. Deretter merker han kraftige rykninger i hele kroppen.

Kvinnene med stikkestokkene kommer nærmere. Kaje siger sammen på bakken.

74.

Korobo og Koraba sitter sammen på et høydedrag et stykke unna leiren. Kollen de sitter på, er regnet som et hellig sted hvor det skjer merkelige ting.

Dagen er mild og god. De to søstrene er ute for å finne spiselige sopp og urter, men de har mer lyst til å sitte under solen og prate. Gresset rundt dem er stivt, så de har funnet et område der berget når opp til overflaten. Fjellet her har alltid varme å by på. Fra en sprekk siver det opp røyk med en lukt som ikke fins noen andre steder.

«Du spurte ham ikke?» sier lillesøsteren.

«Nei», svarer Korobo nølende.

«Men det er ham?»

«Ja, kanskje. Det … Jeg vet ikke. Ikke sikkert.»

Koraba ser på storesøsteren med beundring.

«Hva? Har det vært flere? Mange?»

Korobo lar hodet dreie fram og tilbake som tegn på at hun ikke har tenkt å si noe, men lillesøsteren føler hun har krav på mer.

«Men bare fra stammen? Bare våre menn?»

Nå vender Korobo hodet slik at øynene deres møtes.

«Ja. Selvsagt. Her er … Det er aldri andre. Folkene i flatlandet gidder ikke, så det er bare oss.»

«Men …?»

«Jeg sa det er oss.»

«Men hvem?»

Korobo tar tak rundt lillesøsteren og presser henne inn mot seg, men søsteren vil ha avstand nok til at ansiktene kan snakke sammen. Dermed slipper hun kroppen, men beholder hendene på skuldrene.

«Du skjønner ikke», begynner Korobo, men stopper for å tenke. «Jo flere, jo bedre. Flere menn som tror og føler. Da vil alle gi barnet noe, dessuten liker jeg det.»

«Men … Er det ingen? Ingen du virkelig føler for.»

«Barnet er mitt. Vårt hvis du vil. Barnet er viktig. Det er der følelsene skal være.»

Det kommer tårer i øynene til Koraba.

«Jeg vil også.»

Det blir stille. De to sitter så stille at noen aper i treet ved siden av kommer helt ned til bakken. Korobo tenker at hun burde tatt med et spyd.

Til slutt bryter Koraba stillheten.

«Noen ganger er jeg redd.»

«For mennene?» avbryter Korobo. «De er vel ikke farlige.»

«Nei, nei, jeg kjenner mennene. Jeg vet hva. Nei, for dyrene. De Onoti liker å fortelle om. Onoti gjør meg redd.»

«Ahh», Korobo ler. «Hundene. Hunder fins ikke. Forstår du ikke, det er bare en historie. En historie om hvordan alt ble til. Vi har mange historier og noen av dem er gode. Onoti vil at du skal være litt redd, for da er du forsiktig. Da passer du på når du er ute i skogen.»

«Men ...»

Praten blir avbrutt av noen rare lyder fra skogen. Lydene er kraftige og ganske nærme, men de aner ikke hva slags dyr det dreier seg om.

«Er det ...? Kanskje best å gå tilbake», sier Koraba.

«Vi kan ikke, for vi må ha noe med», svarer søsteren.

Begge reiser seg og går raskt i motsatt retning av der lydene kom fra.

75.

Kaje ligger på bakken. Øynene er lukket. Noe var i ferd med å skje, men han husker ikke hva. Tankene går til fjellene med alt det hvite. De minnene sitter. Forfedrene befant seg ikke der, Lele sa at de er på månen. Han ser seg selv spasere rundt på månen. Den lyse, myke overflaten er akkurat passe varm å gå på. I bakgrunnen hører han stemmer. Han aner ikke hva de sier. Er det forfedrene som prater til ham?

Det er noe kjent med en av stemmene. Den tilhører Reko.

Noen rister i skulderen hans. Brått åpner han øynene og ser seg rundt. Ansiktene er kjente, og de tilhører levende mennesker. De virker levende. Reko sitter ved siden av med hånden på skulderen. Karo er der selvsagt. Så oppdager han at Sireas hånd ligger på pannen. Han liker den syngende stemmen hennes.

«Du forsvant og var langt borte?»

«Hva?»

«Du var helt fjern og hørte ikke hva vi sa. Du var som på månen.»

«Jeg husker ikke. Hva sa du? Jeg *var* på månen.»

Sirea ser først rart på ham, så smiler hun.

«Bobofolket. Den gamle damen, hun ville sette gift i deg.»

«Gjorde hun?»

«Nei, Karo kom. I siste øyeblikk. Noen andre kvinner hadde fått henne med for å finne urter, men hun kom. Og hun sa hva hun mente til Bibi.»

Kaje begynner å huske.

«Men de ville drepe. De ville drepe Bo.»

Også Bo er der, men det er stemmen til Karo han hører.

«Ja, kanskje. Mulig at de bare likte å skremme. Jeg vet ikke. Vi trodde de hadde gitt deg gift, men du var ikke død.»

Han ser på henne, men finner ikke svaret der.

«Jeg vet ikke. Alt forsvant.»

«De stakk ikke, men skjedde det noe før?» fortsetter Karo.

Kaje tenker seg om.

«Jo, de ga meg noe. Nøtter tror jeg. Nøtter og …»

«Hva ga de deg? Hva slags nøtter?»

«Jeg husker ikke.»

«Var det frø? Som de inne i den gule frukten?»

«Nei. Kanskje. De smakte rart. Og så dukket det opp en gutt som ga meg noe … Tror jeg.»

Det blir stille. Han hører en fugl kvitre i et tre ganske nærme. Så begynner Karo å forklare. Hun tror de fleste i bobofolket mislikte det Bibi fant på, men turte ikke si henne imot. Mennene som hadde prøvd seg på Bo, var hennes nevøer, men så vidt Karo forsto hadde ikke de klaget over å bli dyttet vekk. Det var Bibi som valgte å bruke situasjonen. Selv er hun dypt skuffet fordi hun trodde hun forsto, og følte hun hadde god kontakt med den gamle damen.

«Men jeg har blitt overrasket før», avslutter Karo. «Fremmede mennesker byr alltid på noe annet. Noe jeg ikke venter.»

«De forklarte i det minste hvor de finner gift», sier Bo.

Karo ser på henne.

«Egentlig ikke. Lele hadde allerede fått vite at frøene og bladene til den gule frukten inngikk i blandingen. En av mennene fortalte ham alt. Han mente det var riktig å dele.»

De hadde også fortalt ham om andre ting de brukte. Den samme mannen hadde sagt at det var en selvfølge at ingen hadde sex uten samtykke. Å avstå ble sett på som lettere uhøflig, men de godtok et avslag; det gjaldt bare å komme med en passende unnskyldning. De fleste deltok når det passet seg.

Nevøene til Bibi følte nok at Bos og Kajes reaksjon var dum; men mest fordi det å skrike var regnet som særdeles uhøflig. Hun burde ha sagt 'nei' eller 'ikke nå' og funnet på en unnskyldning. Ved å skrike dyttet hun ansiktet til de to mennene i bakken.

Den natten legger de seg samlet et stykke unna plattingene til bobofolket. Neste morgen drar de videre.

«Dette er ikke våre grønne skoger», sier Karo.

«Jeg vet», sier Kaje spakt. «Det er min feil. Skogen her er *for* grønn, og jeg så ingen mennesker fordi de ikke har bål.»

Ansiktet til Karo peker vekk fra ham.

«Vær så snill, gi meg en sjanse til. Jeg skal finne oss en dal.»

Karo løfter hodet, men sier ingenting.

«Vi må høyere opp. Der det er mer sol. Jeg savner solen», fortsetter Kaje.

Karo er fortsatt stum, men løfter til slutt hodet en gang til.

Kaje ser på henne. Han skjønner at hun er skeptisk. Vandringen så langt har ført til lite annet enn skuffelser, månen har ikke gitt dem det dro for å finne. Doro fant riktignok sin skog – og sin mann. Han savner henne. Kanskje mest fordi hun er så langt unna. Når de utveksler kvinner med nabostammene, møtes de igjen. Da blir ikke fraværet påtrengende. Man får anledning til å prate sammen og høre hvordan livet arter seg, og hva som skjer i den andre stammen. Hun valgte å bli på et sted de muligens aldri kommer tilbake til, så hun er borte for resten av livet. Det er nesten som om hun er død.

Så går tankene til asokaene og hva de gjorde den natten de angrep. Om hun fortsatt lever, er hun ikke trygg. De burde gjort mer for å hjelpe turakoene. Doro knytter dem til det folket, men de har ingen binding til asokaene. Han merker at det renner tårer nedover det ene kinnet.

Skogen blir mer åpen etter hvert som de nærmer seg fjellene, dessuten finner de oftere høydedrag som gir utsyn.

Fra ett sted ser Kaje alt. I den retningen solen forsvinner sprer skogen seg utover så langt øyet rekker. Det er like grønt hele veien, men landskapet er flatt – nesten som den store sjøen. I den andre retningen ser de fjellene. Det hvite er der, samt noen av de høye, stupbratte nutene som presser seg gjennom det hvite. Solen nærmer seg kanten på det grønne, og fjellene har fått kveldsfarge. De har savnet et slikt utsiktspunkt så sterkt at alle blir enige om å slå leir, selv om det er et godt stykke ned til nærmeste bekk.

Luften er kjøligere her. Lukten en helt annen. Duften av skog er ikke like påtrengende.

Neste dag klarer et jaktlag å legge ned et merkelig dyr. Alle jubler når de kommer inn. Det er et stort klovdyr som ser ut som en sjiraff i hodet og en sebra på beina. Kaje har aldri sett noe slikt før, men han har opplevd både sebra og sjiraff på slettelandet. Han liker disse dyrene og tenker at det var fornuftig av Alles Mor og sette dem sammen til noe nytt.

Dyret hadde antakelig gjemt seg, men ble skremt fram da Lele passerte. Det løp rett mot stedet Yamyam og Firfinger befant seg. Sammen klarte de å legge ned det forvirrede beistet, enda det var større enn dem og sparket med forbeina.

Her får de opp et ordentlig bål, ikke bare noen lunkne, røykbefengte småkvister. Det gjør slaktet til et festmåltid bedre enn noe Kaje kan huske. Han håper Mule ser at Yamyam og Firfinger har mye å by på.

Kaje merker at det gode humøret langsomt er på vei tilbake. Ikke bare hos ham. Han skjønner at det tar tid å snu mismot, men føler seg trygg på at de er på rett vei. Igjen er han i ett med naturen rundt; fuglene synger for ham, og trærne vil ham vel. Ett eller annet sted i nærheten er den dalen de søker. Når de kommer dit, skal han sette seg ned med Sirea og fortelle om alt det som befinner seg inne i ham.

De blir på kollen i flere dager.

Kaje liker å tilbringe skumringstiden på den siden som peker mot fjellene. Han har aldri sett dem med slik farge før. Det hvite er lyserødt, og de ellers så svarte berghamrene har en fiolett glød. Kanskje er det lettere å nå opp fra denne siden?

Reko kommer bort og setter seg. Først tror han at det er Sirea og drar kroppen hardt mot seg. Reko smiler bredt før hun presser sin åpne munn mot hans. Kaje innser raskt hvem det er, men også at han har savnet nærkontakt. Det gjør godt når en kvinnes hud slår seg sammen med egen hud. Hun lener hodet tilbake og stirrer inn i øynene hans.

«Har du funnet det du vil?»

Kaje tenker seg om.

«Her er fint, men vi trenger vann. Vår dal ligger sikkert like ved, men den må ha en hule. Kanskje regner det i morgen. Dessuten ...»

Hun avbryter.

«Ja, men *du*? Hva med deg? Har *du* funnet det du vil ha?»

Han ser spørrende på henne. Han aner dype følelser i stemmen, men skjønner ikke helt hva hun spør om. Til slutt ser hun bort og sier lavt.

«Glem det.»

Etter en stund legger hun til.

«Vi får se.»

Karo og Lele sitter sammen som så ofte før. De deler roen det gir å føle fellesskapet i stammen når natten nærmer seg. Samtidig er ikke Karo fornøyd med situasjonen, hun har mistet troen på at de finner en dal som er like god som Bujudalen.

«Kaje har fått nok sjanser. La oss dra tilbake», sier hun lavt.

Lele ser på henne, men sier ingenting.

Hun begynner å tenke på hvordan de skal komme seg hjem. De må passere asokafolket. En mulighet er å krysse elven høyere opp, men da får de ikke besøkt Doro. Hun deler bekymringen sin med Lele.

«Også jeg har tenkt», svarer han. «Vi kan lage flere flytetrær og la elven føre oss forbi asokaene. Jeg vil gjerne høre hvordan det går med Doro og om vi klarte å avverge unødig drap.»

Karo smiler.

«Ja, la oss gjøre det. Kaje kan få utforske de nærmeste dalene, men hvis vi ikke finner noe, drar vi hjem.»

Hun har sett terrenget og føler seg sikker på hva resultatet blir.

Samtalen blir avbrutt av Mules kraftige stemme. Han står ved det nystartede bålet med den ene hånden låst fast om et spyd og den andre plassert på hoften.

«Det er min plass! Kom dere vekk.»

Karo misliker at han tar spydet med til bålplassen. Det bidrar ikke til den riktige stemningen. Selvsagt er det Firfinger og Yamyam ordene er rettet mot. Så lenge de befant seg hos hattefolket, var det ikke noe problem, men hun har merket at knuffingen er tilbake. Dessverre er det ikke utelukkende Mule. Akkurat det problemet synes å kreve at de er sammen med fremmede og i Bujudalen er det ingen fremmede.

Firfinger og Yamyam reiser seg og går vekk, men like etterpå kommer de tilbake med spyd i hendene. Lele har sett det samme og spretter opp. Karo venter for å se om Lele klarer å roe situasjonen.

Det synes å fungere.

Kommer de seg bare hjem, blir det sikkert bra. Før eller siden vil Firfinger og Yamyam enten velge å dra på egen hånd, eller de vil slutte å være fremmede.

Sirea har funnet en plass vekk fra de andre. Hun tenker på hva hun har lært av menneskene de har truffet. Asokafolket var krigersk. Der hadde mennene mye makt og de løste problemer med vold. Menn er ofte slik. Hos bobofolket hadde kvinnene mer å si. Var det bedre? De var rare, men det var en god stemning der – helt til den gamle bestemoren begynte med sine intriger. Kvinner er ofte slik. Så hva er da best? Hvordan ville hun styrt en stamme?

Det ligger ikke for henne.

Hun ser noen skygger veive med spyd nede ved bålplassen og vet hvem det er. Mellom trærne nede i åssiden er det mørkt. Hun prøver å forestille seg hvordan det føles å være alene med mørket. Det er fred og frihet i en svart skog. Hun kan nok om spiselige planter og hvordan å drepe dyr, men er det hva hun ønsker? Er det bedre å være alene enn med mennesker som aldri klarer å styre unna krangel?

Fortsatt har hun vage minner fra den stammen hun ble født i. Landskapet der asokaene og turakofolket holdt til, førte hodet i den retningen, og bobofolket lignet på henne. Hvis hun leter lenge nok, finner hun kanskje tilbake?

Mange menn så på henne i stammene de besøkte, men hun besvarte ikke blikkene. Det er sikkert noen som ønsker henne velkommen. Det er lettere å være fremmed kvinne.

Hun bestemmer seg. De siste dagene har Reko vært så tett klistret til Kaje at det ikke har vært plass til andre. Dessuten har hun deltatt lenge nok. Kaje er ikke viktig. Hun gjentar de ordene flere ganger inne i seg. Til slutt virker det som om hodet forstår.

76.

Dagen starter fint med en sol som raskt fjerner morgendis og morgenkulde. Korobo og Koraba blir med noen av mennene på jakt. Målet er å legge ned en okapi. De er kraftige, farlige og løper fort. Kvinner er regnet som flinkere til å lukte seg fram til dyr, dessuten er det en fordel å få med flest mulig slik at man kan drive dyrene mot jegerne. Kvelden før hadde noen observert en hunn med to kalver et stykke ned mot den tette skogen. Okapiene er sky, men samtidig så store at de vanskelig kan gjemme seg, og innvollene er blant det beste naturen byr på.

De finner de tre dyrene, men klarer bare å legge ned en kalv. På veien tilbake kommer regnet. Dråpene er tunge og kommer tett.

Heldigvis har de en berghammer ikke langt fra leiren der det er mulig å søke ly. Det dreier seg om et bredt hull i fjellveggen som strekker seg et par mannslengder innover. Akkurat denne dagen blåser vinden slik at folk trenger seg sammen lengst inne. Mange dråper finner veien dit, så det blir kjølig for dem som sitter ytterst.

Rett utenfor hulen ligger det en stor stein som reiser seg skarpt fra bakken. Den har tre ganske flate sider, og på den ene har de risset inn to streker med en tredje strek som binder de to sammen. Det betyr: 'Dette vernet tilhører oss.' Onoti var akkurat ferdig med å gjøre rissingen tydelig da regnet kom, nå lyser strekene mot en steinflate preget av sot og svart lav.

Korobo har satt seg ved siden av stammens yngste medlem. Babyen ligger på fanget til moren, med munnen åpen like under det ene brystet. Korobo ser nysgjerrig på den lille jenta som tilsynelatende sover. Det gir en varm følelse i kroppen. Barnet virker blekt, men små barn gjør ofte det. Hun bøyer seg over for å plukke det opp, men så ser hun ansiktet til moren. Det renner tårer nedover kinnet. Hun ser igjen på babyen, men den ligger stille og fint.

«Hva er det?» spør hun.

Moren ser på henne uten å si noe.

«Hva … Hva er det? Har det skjedd noe?»

I det moren begynner å snakke, blir gråten så tydelig at andre snur seg mot dem.

«Ser du ikke?»

Igjen bøyer Korobo seg ned, og denne gangen løfter hun babyen forsiktig opp. Hun vil ikke vekke, bare kose. Kroppen er slapp. Det slår henne at huden er kald, men det er sikkert regnet. Moren bøyer seg fram og skjuler ansiktet mot knærne. Så retter hun seg opp og sier skarpt.

«Ser du ikke!?»

Først nå forstår Korobo hva det er. Hun skvetter tilbake og slipper jenta ned mellom dem. En av mennene plukker babyen opp etter foten. Han stikker den ene fingeren hardt inn i magen. Korobo legger begge hendene på sin egen mage. Hun nekter å se på, men innser at det ikke er noen fare for at ungen våkner. Mannen slipper taket slik at barnet deiser mot berget. Det pipler fram blod fra hodet.

Når voksne dør, har de en seremoni for å minnes den døde, men små barn forsvinner i stillhet. Det er best slik, for de liker ikke at tankene skal dvele ved dem som likevel ikke ble mennesker. Det skjer ganske ofte. Døde babyer er best glemt – selv mødrene er enige i det. Da er det viktigere å hedre de som dør etter å ha bidratt til fellesskapet.

Regnet har gitt seg, så de sitter ute på den flate sletten nedenfor kollen der de oftest holder til. Også der stikker berget seg fram i form av små og store, grå områder som plantene ikke vil ha. Den harde steinen virker avkjølende på hete dager, i alle fall der det er skygge, men gir varme til kjølige kvelder. Bålet er plassert slik at flest mulig får plass.

Onoti har satt seg ved siden av de to søstrene. Han skjønner at den døde babyen har satt seg fast i tankene til Korobo.

«Det går bra med deg. Ditt barn skal vokse seg stort og bli sterkt.»

«Takk», sier hun, men stemmen er svak og grøtete.

Lenge sitter de sammen i stillhet. Til slutt reiser han seg.

«Nå må jeg ta meg av gutten.»

Hun møter øynene hans. Det er ikke nødvendig å si noe.

De eldre i stammen har besluttet at storebroren til den døde babyen fra nå av skal bli sett på som voksen. Hvor tidlig denne beslutningen blir tatt, avhenger blant annet av hvor mange voksne de har. Det avhenger også at de har et dødt dyr.

For personen det gjelder, ligger den store forskjellen i hva som forventes. Mange barn ber om at overgangen blir utsatt fordi de ikke føler seg rede, men akkurat denne gutten har lyst til å være voksen. Han er ofte med på jakt og er klar for det ansvaret som hviler på voksne menn. Der og da krever ikke overgangen noe spesielt. Han behøver ikke å gjøre annet enn å stå der og la ting skje. Alle er vant til å få hender og ansikt tilklint med blod når de spiser, men overgangen til voksen blir markert med ekstra doser. Blodet blir brukt til å farge ansiktet rødt, samt å tegne streker og sirkler på kroppen. De har okapifølllet, men noe av blodet må komme fra den seremonien gjelder og noe fra et annet voksent individ. Det binder folk sammen.

Koraba liker denne gutten og har tilbudt å gi av sitt blod, men Onoti har valgt en godt voksen mann. Han mener det blir riktigere. Mannen går fram og lar Onoti skjære et dypt riss i overarmen med en skrapestein. Det tar litt tid, for eggen er ikke videre skarp. Såret blir ikke fullt så dypt som han hadde tenkt, men det kommer ut nok blod til å dekke formålet. Etterpå gnir han en blanding av aske og jord inn i såret.

Også gutten får et risp, og det samlete blodet blir klint utover kroppen hans. Når bålet har fått leve lenge nok til å være på sitt beste, begynner Onoti å snakke med en langsom og monoton stemme.

«Du har vist at du tåler blod, og vi vet at du kjenner livet som voksen. Vi ønsker at du blir en av oss.»

Han tar en pause og ser seg rundt. De fleste ansiktene er rettet mot ham, men noen av kvinnene holder det gående med lavmælt prat. Det er greit, men han legger enda mer trykk i stemmen.

«Det du har i deg som menneske, skal være der for oss alle. Både for oss som er her, de som er døde, og vår skog. Slik har det vært siden solen første gang kom over fjellene, slik er det, og slik vil vi ha det.»

Stemmen stilner.

Gutten setter seg ved siden av moren som raskt legger begge armene rundt ham og drar kroppen inn mot sin. Først stritter han imot, men så gjør han kroppen myk. De sitter sammen helt til noen kraftige dyrelyder trenger opp fra dalen. Alle snur seg. Lydene minner om ropene til enkelte aper. Onoti åpner øynene og ser tankefullt ut mot den mørkeblå himmelen i den retning solen for lengst har forsvunnet. Han hørte den samme lyden for ikke så lenge siden og er ganske sikker på hva det er.

77.

Kaje våkner tidlig. Han har bestemt seg for å dra ut sammen med Sirea for å utforske elvedalene som fjellene sender. Kun de to. Den dalen de finner, skal han foreslå å kalle Sireadalen. Stedet må være omgitt av et landskap som byr på både planter og jaktmuligheter, dessuten trenger de en hule eller berghammer som gir ly for regn. Selvsagt må det også være en fin leirplass i nærheten av en solid elv.

Det området de befinner seg i, minner på mange måter om Bujudalen, så han vet at de er like ved.

Det er Reko som først merker at det mangler en person.

«Sirea er ikke her», sier hun tankefullt til Karo.

«Sirea liker å gå på egen hånd.»

«Jeg vet, men hun var her ikke da jeg la meg i går, og hun var her ikke i natt.»

Karo prøver å lese ansiktet hennes.

«Du sover med Kaje, så hvordan vet du?»

«Jeg følger med», svarer hun rolig. «Også Moff er borte.»

Kaje bestemmer seg for å utsette utforskningen til neste dag for å få med Sirea.

Heller ikke neste morgen er det tegn til Sirea.

Karo samler folk for å diskutere hva de bør gjøre.

Det blir mange meninger. Noen taler for at Sirea finner dem, om hun ønsker det. Andre tenker at hun kan ha skadet seg, og at de derfor må søke etter henne. Flere vil snu med en gang for å komme tilbake til Bujudalen. De ser for seg at skogens onde ånder har tatt Sirea, og er redde for at åndene vil ha mer.

Karo ser seg rundt. Reko er den eneste som gråter. Kaje virker forvirret og lei seg, men han ser ofte trist ut. Karo tenker at hvis Sirea dro på egen hånd, så burde hun sagt ifra. Samtidig innser hun at den kvinnen er troendes til å forlate dem uten å lage oppstyr. Sirea befant seg alltid på kanten, likevel føler hun et dypt savn. Hun har lenge fryktet at Sirea skal forsvinne like uventet som hun dukket opp.

Også regnet kommer brått. Skyene har riktignok vært der en stund, men de virket ikke så våte. Dråpene er kjølige, likevel er det noe berettiget over det skyene gir dem.

Karo retter ansiktet oppover slik at vannet kan skylle bort alt vondt, men i stedet blir det til at himmelen deler hennes sorg. Himmelen byr på tårene som har tørket ut i henne.

Regnet bremser lysten til å forlate stedet, så de blir enige om å vente. Det gir tid til å dra ut i alle retninger for å rope i skogen.

Ropene gir ingen svar.

Kaje får gjennomslag for sitt ønske om et par dager til med utforskning mot at de holder leir samme sted. Flere er nysgjerrige på hva som befinner seg i området, selv om ingen andre tror de skal finne noe som kan måle seg med Bujudalen.

De undersøker terrenget oppover mot fjellene samt i begge retninger på tvers av elvedalene. Ingen steder har alle kvalitetene de ønsker seg. Spesielt er det vanskelig å finne ly for regnet, og her oppe blir dråpene kalde og humørdrepende når de holder det gående.

Egentlig er det dagene som betyr noe, tenker Karo. De er alt et menneske har. Så lenge dagene er gode, spiller det liten rolle hvor man befinner seg. Hun sliter med å få de ordene til å styre hodet.

Her er forholdsvis lett å skaffe mat, særlig etter hvert som de blir kjent med hva naturen byr på. Karo innser likevel at slettelandet nedenfor Bujudalen var en ressurs som mangler på denne siden av fjellene. De tette skogene som dekker flatlandet, gir ikke samme mulighet til jakt. Hadde det ikke vært for Kaje, hadde hun for lengst insistert på å snu. Området har kvaliteter, men hun ønsker å dø i Bujudalen, og det begynner å haste.

Minnet om Sirea dukker opp igjen og igjen. De klarte seg før hun kom inn i stammen, de skal klare framtiden uten henne. Men hun skulle så gjerne visst hva som har skjedd, og om Sirea har det bra.

78.

Bålet er godt i gang. Bo sitter i utkanten av sirkelen når Mule dumper ned tett inntil. Det er en fin kveld, regnet har gitt seg og flammene er høye og varme. Røyken stiger pent opp uten å plage noen.

Bo har lagt merke til at Mule har vært uvanlig dempet de siste dagene. Det er ikke det at han mangler ord, han finner stadig på noe å si, men ordene blir ikke dyttet på folk. Hun tenker at han er i ferd med å bli ordentlig voksen.

«Jeg skjønner du skal ha barn», sier han med en likegyldig stemme.

«Ja», svarer hun. «Alle har sett det.»

Mule nøler før han fortsetter.

«Jeg … Jeg vil gjerne ha barn.»

«Du er mann. Du får ikke barn.»

Han ser oppgitt på henne.

«Jeg vet, men jeg vil gjerne være sammen. Sammen om å ha barn.»

Hun smiler.

«Du mener med meg?»

Stemmen hans er uvant myk når han fortsetter.

«Min bror ... Du husker broren min? Han var som et barn for meg. Jeg passet ham, så ble han drept av folkene til Firfinger. Jeg vil gjerne være med på å lage en ny mann.»

«Så hva om jeg føder en jente?»

«Eller kvinne», legger han raskt til.

Bo blir tankefull før hun fortsetter.

«Vi pratet om å være sammen en gang for lenge siden. Før krigen og før vi vandret. Så ble det så mange andre, så mange du ville prøve ut. Det var …»

«Jeg er ferdig med det», avbryter han. «Det var ikke å prøve. Det var … Ingenting. Jeg har prøvd mange nok.»

Det blir stille en stund før han sier med en merkelig, så vidt hørbar stemme.

«Hvor … Hvor står du?»

Hun ser på ham. Spørsmålet blir til noe tungt inne i henne. Forventningene er så tydelige. Mule har sine sider, men han er unektelig mann. Dessuten ønsker hun intenst å være i stammen, være sammen med dem hun kjenner og ikke bli med en fremmed. Der de nå befinner seg, er mulighetene få, og hun skal føde.

«Jeg liker ikke måten folk behandler Firfinger og Yamyam», sier hun.

Det har ikke noe med saken å gjøre, men tankene har ligget der lenge. Mule sier ingenting. Det er et godt tegn at han klarer å styre munnen.

Doro fant sin mann. Også Bo så seg rundt både der og nede ved den store sjøen, men innså at stammen kom til å dra videre. Tanken slet i stykker alt som våknet av følelser for de mennene hun traff. Yamyam ønsker å være sammen med henne, men han vil ha henne med seg vekk.

Hun klarer seg godt uten noen å sove sammen med, men i tankene har det alltid vært en mann. Så legger hun merke til at Karo har blikket rettet mot dem. Heldigvis sitter hun for langt unna til å høre hva de prater om.

«Jeg skal føde, så får vi se. Se hva … Se hva som kommer», sier hun med et smil.

Et stykke unna sitter Kaje og Reko og prater sammen. De andre er så vant til å se de to ved siden av hverandre at ingen retter blikkene dit. Reko har hånden på kneet til Kaje, men nå lar hun fingrene gli ned mot skrittet hans.

«Du har sett din søster?»

«Sett Bo? Hun sitter jo like der borte», svarer han og peker med et lettere forbauset ansikt.

«Jo, jo … Men har du *sett* henne?»

Han bare stirrer på Reko med gjenknepet munn.

«Sett magen hennes?» fortsetter hun.

«Ai. Du mener at hun skal ha barn. Ja, jeg vet.»

«Er det ikke fint?»

Han ser nølende på henne.

«Du mener det å ha et barn i seg?»

«Å få barn.»

«Ja, det blir sikkert et fint barn.»

«Og du?»

«Jeg?»

«Hva vil du?»

Kaje skjønner endelig hvor hun vil.

«Så du vil gjerne ha barn?»

«Ja», svarer hun og gransker ansiktet hans nøye før hun legger til.

«Med deg.»

Kaje løfter ansiktet som tegn på at han har forstått, men sier ingenting.

«Vil du?»

Han ser lenge på henne.

«Ja, jeg vil være sammen med deg. Sirea forsvant.»

Reko er vant til å befinne seg bak Sirea i hodet til Kaje. Det er greit. Hun deler gjerne med Sirea, men det betyr noe at Kaje også ønsker henne. Ordene virker ikke overbevisende. Nå går hun over til å hviske.

«Hvis Sirea var her, ville du likevel latt meg være med?»

Først nå er det som om Kaje våkner. Han snur seg rundt og griper rundt henne med begge armene. De sitter på en ruglete steinflate, så han legger seg ned med henne oppå.

«Jeg beklager. Jeg vil være sammen med deg. Jeg vil veldig gjerne være med deg. Uansett.»

Reko smiler og presser lenge leppene mot hans, før hun igjen sier noe.

«Jeg snakket med … Jeg tror … Jeg var i skogen. Da solen stod høyest. Da …»

Det blir stille. Kaje stirrer spørrende inn i øynene hennes, men det kommer ikke flere ord.

Han begynner å tenke. Var det Reko som fikk Sirea til å forsvinne? Det er ikke slik han kjenner henne, hun er alltid snill, men samtidig er det rart at Sirea dro uten å si fra til ham. Hvis Reko står bak, kan han da likevel være sammen med henne? Det blir noe annet enn å være sammen om begge er til stede. Det var Reko som først gjorde andre oppmerksomme på at Sirea var borte, og hun visste med en gang at det ikke bare dreide seg om en tur i skogen.

Langsomt setter han seg opp igjen. Han plasserer Reko varsom ved siden av seg. Deretter reiser han seg og forsvinner ut i mørket. En liten, buet måne henger høyt over ham. Det er alt som er igjen. Den smiler ikke.

79.

Neste dag starter med regn. De finner ly under trærne nedenfor kollen, men alt blir vått.

Yamyam sitter sammen med faren og sliper på et nytt spyd når Mule kommer bort. Yamyam løfter hodet og ser på ham, men sier ingenting. Heller ikke Mule sier noe. Til slutt er det Firfinger som blir lei av å ha Mule hengende over dem. Stemmen er kald som regnet.

«Si hva du kom for eller gå et annet sted.»

Munnen til Mule åpner seg. Firfinger legger merke til at den åpner og lukker seg flere ganger samtidig som ansiktet blir stivt og fjernt.

«Vi er … Jeg kom …», begynner Mule.

«Si hva du vil eller pell deg vekk», gjentar Yamyam med enda mer hånlig stemme enn faren.

Mule snur brått og går.

Han er raskt tilbake, men nå med et spyd i hver hånd og en klubbe stukket inn i remmen rundt livet. Nå har han også ordene med seg.

«Dere skal vekk. Dere hører ikke til», hveser han. «Jeg kom for å prate, men dere er dumme. Dere er ikke oss.»

Yamyam skal til å sprette opp, men faren legger hånden på låret hans. Musklene forblir stramme. Det halvferdige spydet har ikke fått noen ordentlig spiss.

«Vi tar ham slik vi tok Storeflekk», sier Firfinger. Stemmen er rettet mot Yamyam, men høy nok til at også Mule oppfatter ordene.

Mule ser forvirret på dem.

«Vil dere slåss? Jeg er klar.»

«Vi møtes i kveld», sier Yamyam. «Hvis du tør.»

«Jeg er her nå. Hvis *du* tør.»

Mule går rett bort til Yamyam og setter stokken i skulderen hans. Det er ikke noe dypt sår, men nok til å skape blod. Samtidig som Yamyam spretter opp, skriker Firfinger ut.

«Feiging. Du stikker ikke en som sitter. Ingen *mann* gjør det.»

Yamyam innser at han ligger dårlig an. Mule er eldre, sterkere og har bedre våpen. Hans sjanse ligger i å bruke hodet, men det hjelper lite når man står ansikt til ansikt med en fyr som har en dyp trang til å drepe.

Ansiktet til Mule renner over av sinne, men overraskende nok velger han å starte med ord istedenfor spyd.

«Jeg kom for å si at Bo er med meg. Og at barnet er mitt. Men dere … Dere skaper bare dritt.»

Yamyam foretrekker ord, selv om de er vanskelige å få ut i en slik situasjon.

«Jaså. Bo med deg. Deg. Vet Bo? Bo. Og vil … Vil hun?»

Begge står med beina fra hverandre, klare til å hoppe i alle retninger, men de beholder føttene på bakken. Ingen forsøker å slå eller stikke. Også Firfinger har reist seg. Han vurderer situasjonen, men finner det best å ikke gripe inn – ikke før det blir helt nødvendig. Mule svarer ikke, så Yamyam fortsetter.

«Barnet. Det er ikke ditt. Ikke *ditt*. Jeg vet.»

«Hva!?», sier Mule. «*Hva vet du?*»

Yamyam slipper å svare for Karo og Lele kommer stormende. Begge stiller seg mellom de to unge mennene med hendene løftet avvæpnende, Karo vendt mot Mule og Lele mot Yamyam. De to retter seg opp og slapper av i armene.

Karo fører Mule vekk. Skrittene hans er stive og ansiktet forvrengt.

«Jeg *skal* drepe ham», hvisker Yamyam. «Men ikke nå. Ikke nå.»

«Alt til sin tid», svarer faren stille.

Han legger hånden på skulderen til sønnen, samtidig som han følger med på hvor de andre går.

«Du skal få din tid», fortsetter han.

Karo lurer på om det var noe spesielt som skapte den situasjonen, eller om det bare var enda et utslag av Mules humør. Samtidig innser hun at Yamyam og Firfinger ikke lenger bøyer hodene sine. Hun spør, men Mule nekter å svare.

Hun hadde håpet at den vinden skulle stilne – eller i alle fall mildne. De kan ikke fortsette slik. Det skal lite til før konflikten griper hele stammen. Hun kan ikke lenger unnskylde seg med at hun mangler krefter, så hva skal hun gjøre?

Hun ser ingen løsning, bare et stort behov for å komme tilbake til Bujudalen. Hun er ikke i tvil om at løsningen på alle problemer ligger der.

Regnet stopper og det våte tørker – like raskt og uproblematisk som tårene til et barn.

Regnet er det eneste ubehaget som alltid går over, tenker Karo. Samtidig gir regnet en dytt i hodet til folk. En dytt som kan være nok til å velte et råttent tre. Det er hennes jobb å sørge for at alle trærne er sterke nok til å tåle all slags vær. Igjen savner hun Sirea. Selv kan hun prate med Mule, men Sirea hadde for å påvirke de to andre. Deres føtter står plantet langt unna, så hennes ord har ikke samme tyngde.

Hun våkner tidlig neste morgen. Dagen før ble så full av tanker og problemer at hun mistet lysten på mat; nå er sulten tilbake. Likevel blir hun liggende og tenke en stund før hun tusler ned mot bålplassen. Solen kommer sent på denne siden av fjellene, så de fleste venter med å stå opp. Siden Moff er borte, lar de beinrester og annet spiselig ligge framme. Det hender at aper prøver seg, men så lenge det ligger mennesker i nærheten, tør de ikke komme helt inn i leiren. Hun vet at hvis de oppholder seg lenge på samme sted, er det mange dyr som blir modige, men her har de fortsatt respekt for menneskene. Derfor skvetter hun til når hun oppdager at et dyr er i ferd med å forsyne seg av beinrestene. Hun snur seg for å hente en stikkestokk.

Langsomt beveger hun seg tilbake mot bålplassen. Rart nok så er dyret fortsatt der. Først når hun kommer helt fram, ser hun. Det er *Moff*!

Hvis Moff er tilbake uten Sirea, betyr det at Sirea er død. Ellers ville ikke villhunden forlatt henne.

Hun løper over til Kaje som sitter på den andre siden av det vage høydedraget med ansiktet vendt mot fjellene. Solen er akkurat i ferd med å klatre over kanten på de fjerne toppene. De første strålene når fram og lyser opp trærne bak dem. Ved siden av ham ligger en halvspist rot.

«Kaje! Moff er tilbake.»

Han reagerer ikke.

Karo kommer nær nok til å se ansiktet hans. Øynene er åpne, men de peker i forskjellige retninger, og blikket er tomt. Munnen er vridd opp i et merkelig, skjevt smil.

Hun griper tak i skulderen hans, men Kaje velter til siden og blir liggende.

«Kaje! Hva er det? Våkn opp!»

Hun begynner å riste i den livløse skikkelsen.

Plutselig kniper Kaje øynene sammen for så å åpne dem igjen. Han ser forbauset på henne.

«Karo? Hvorfor er du her?»

«Du var borte. Helt borte. Ikke gjør det. Jeg blir redd.»

«Gjøre hva?» sier han tydelig overrasket.

Karo setter seg ned ved siden av ham og drar kroppen inn mot sin. Hun kommer på at Kaje har vært borte på tilsvarende måte flere ganger. Ettersom han ellers virker frisk, regner hun med at det har å gjøre med at han er i ferd med å utvikle sjamanegenskaper. I så fall er det greit. Da klarer de seg kanskje bedre uten Sirea også.

«Moff er tilbake», sier hun til slutt. «Jeg er redd Sira er død.»

Kaje ser på henne med et skeptisk blikk. Før hun rekker å si noe mer, hører hun en stemme bak seg.

«Jeg er her.»

Hun snur seg.

Der står Sirea og ser på dem. Solstrålene fanger ansiktet og den øvre delen av kroppen. Det er som om hun svever over bakken.

«Er det virkelig deg? Jeg trodde du var død.»

Sirea ser på henne. Karo synes blikket er enda fjernere enn det pleier å være. De øynene tilhører ikke et menneske.

«Bare litt», sier hun. «Jeg trengte skogen. Jeg ville ha skogen for meg selv.»

Stemmen er svak, men den har beholdt det syngende særpreget.

«Vi var bekymret. Vi trodde du var død.»

«Jeg beklager.»

Nå er ansiktet mer til stede.

Karo går bort for å klemme henne, men noe ved skikkelsen gjør at hun stopper. Hun er usikker på om det er motvilje eller bare en dyp fjernhet.

«Beklager», gjentar Sirea. «Jeg traff Reko i skogen.»

«Reko sa ingenting til oss», sier Karo spørrende.

«Beklager», gjentar Sirea enda en gang. «Jeg bad henne om ikke å si noe. Hun ville jeg skulle komme tilbake. Hun sa at jeg var like viktig for henne som Kaje. Det betyr noe for meg.»

Flere har kommet til. Barna står måpende og med vidåpne øyne. Lele går bort og klemmer Sirea inn til seg. Karo ser at kroppen til Sirea svarer og tenker at hun burde gjort det samme. Kaje legger hendene på skulderen hennes og lar pannene møtes. Det er ingen kjærlighetshilsen, tenker Karo. Hvorfor kan ikke Kaje vise ansikt? Hun er sikker, i alle fall nesten sikker, på at han fortsatt har sterke følelser for henne; så hvorfor ikke vise det?

«Dere leter etter en dal», sier plutselig Sirea.

Øynene vandrer fra person til person, men de stopper hos Karo. Nå er hun i det minste til stede for meg, tenker hun.

«Tre daler bortenfor er det en fin dal, men det er mennesker der. Jeg prøvde å utforske stedet, så oppdaget Moff eimen av mennesker og begynte å bjeffe. Jeg måtte snu.»

«Takk for at du har lett for oss», sier Lele. «Jeg skal dra dit. Vi tar ikke andres daler, men jeg vil prate med dem. Kanskje vet de om et sted som passer for oss.»

Sirea ser på ham og løfter hodet.

«Ja, dere bør dra dit. Møte dem.»

«*Vi* bør», svarer Lele stille.

Ansiktet til Sirea er igjen langt borte.

Neste morgen går Sirea ut sammen med Lele, Firfinger og Kaje for å studere dalen. Moff er selvsagt med. De dukker opp igjen først når det holder på å bli mørkt. Karo er i ferd med å dra i gang bålet sammen med Rude. Faren til Kaje har blitt enda mer rotete og fjern, så Karo prøver å få ham med på passende aktiviteter. Han har alltid vært flink med bål.

Det er Lele som fører ordet.

«Det er en fin dal», sier Lele rettet mot de to. «Men Sirea har rett, det er mennesker der. Vi så spor og vi luktet røyk. Også hunden merket det.»

«Du sier det er en fin dal», gjentar Karo ettertenksomt.

«Ja. Ja, absolutt. Terrenget er godt egnet. Det var spor etter klovdyr, og elven var passe stor.»

«Men med mennesker?»

«Ja.»

«Gode steder har gjerne mennesker», legger Sirea til.

«Så hva gjør vi», spør Karo.

«De er antakelig ikke så mange», antyder Firfinger.

Karo ser på ham.

«Vi er ikke slik. Vi tar ikke andres daler.»

«Nei, nei», svarer han raskt.

Det blir stille helt til Lele tar ordet.

«Vi bør treffe dem. De vet sikkert hvor det er folk, og hvor det ikke er. Dessuten, skal vi bo her, blir de våre naboer. Det er viktig å ha gode naboer. Vi trenger deres kunnskap, og vi trenger noen å utveksle kvinner med.»

«Ja», svarer Karo. «Hvorfor pratet dere ikke med dem?»

Lele tenker seg om før han svarer.

«Vi ville se dalen først. Og tenke. Det er viktig at vi skaper vennskap, og den første kontakten betyr mye. Dessuten begynte Moff å bjeffe.»

«Vi bør ha med oss noe å gi dem», fortsetter han.

«Du har rett. Du har alltid rett», sier Karo lavt.

Lele ser tankefullt på henne.

80.

Den kvelden har de en lang diskusjon om hvordan de bør legge opp besøket. De ønsker ikke å være for mange, for da blir folk redde; men de vil heller ikke være kun en eller to, for da er det lett å bli drept. Kvinner er mindre truende, men de skaper lyster hos mennene.

Det ender med at de samme fire drar tilbake neste morgen.

Solen er der, men det plager Lele at været er så uforutsigbart. Regnet her respekterer ikke regntiden. En byge kaster seg over dem før de er halvveis. Så lenge de går, spiller det liten rolle, for da er det lett å holde varmen; men hvis de skal bo her, trenger de ly for været.

Regnet gjør bakken gjørmete. Vannet fjerner også eimen av bål, men de skal klare å finne tilbake til der de så folk dagen før. De når fram til et sted hvor dalen deler seg i to. Skogen her er behagelig tett og passe høy. De digre trærne og den tette vegetasjonen i lavlandsskogen ga ikke den samme følelsen av frihet.

Så hører de en lyd. Det er ingen stemme, men en plystring, muligens et varsel. Lyden minner om kamfingerrottene som bodde der bobofolket holdt til, men denne plystringen er mer kraftfull.

«Det er mennesker», sier Firfinger. «De har oppdaget oss og sender advarsel. Det er et dårlig tegn.»

Lele er ikke enig.

«Bedre at noen sier ifra, enn at vi kommer brått på.»

Ganske snart havner de på en rygg der de ser ned på leirplassen. Folk sitter samlet på en flat, åpen slette. På andre siden ligger en kolle; også den er nesten uten trær, bare åpent berg som presser seg fram mellom lave busker. Det går et tråkk mot der de står, samt en tydeligere sti nedover dalen. Mellom dem og leiren hører de klukkingen fra en bekk.

Et veldig fint sted, men ganske få mennesker. Noen barn, et par eldre, og noen yngre kvinner; en av dem går trolig med et barn i magen. Alle stirrer på dem. De voksne, både kvinner og menn, bærer på spyd.

Ansiktene er vaktsomme, men viser mer bekymring enn sinne. Sirea aner også en smule nysgjerrighet. Ingen reiser seg, ingen rører seg.

Så bjeffer Moff.

Alle spretter opp samtidig. Noen stirrer mot villhunden et kort øyeblikk, men folk flest løper vekk så fort de kan.

Søren, tenker Sirea, Moff har vært god å ha med tidligere, men her fungerer han tydeligvis utelukkende som skremsel. Det gir en dårlig start.

Så oppdager hun en gammel mann med ansikt og hode dekket av langt, grått hår. Han viser verken tegn til å reise seg eller løpe, men sitter rolig og stirrer tankefullt mot følget. Langsomt løfter han den ene armen og holder håndflaten mot dem. Sirea lurer på om det er et tegn på at de skal stoppe, eller et forsøk på å hilse dem velkommen.

«Den er ikke farlig. Hunden er ikke farlig», sier hun høyt.

Et stykke unna ser hun barnehoder stikke opp bak steiner og kratt.

«Vi vil være venner. Vi vil dere godt», fortsetter Lele.

De nærmer seg langsomt. Sirea kjenner igjen alderdommens visdom og verdighet når hun ser på mannen med det grå håret. Ansiktet minner om en vissen blomst. Den typen som består av hvite hår når bladene har falt av. Hun går opp mot ham. Også stemmen er rolig og unnskyldende.

«Det er en villhund? Ikke sant? Folk her er redd hunder.»

Uttalen og tonefallet er annerledes, men heldigvis forståelig. Alle a- og e-lydene er ekstra lange, men de fleste ordene er omtrent som dem de selv bruker. Så lager mannen en kraftig plystrelyd.

«Vi er redd for hunder», gjentar han med en stemme som ikke virker redd.

Sirea søker øynene hans.

«Jeg er Sirea. Jeg skal passe på Moff. Han er snill. Han skal ikke bite.»

«Moff», sier mannen undrende og ser på dyret. Så reiser han seg, går bort og setter seg på huk foran hunden. Moff tar et par korte skritt fram og begynner å snuse på ham. Deretter begynner hunden å slikke. Sirea merker at det rykker litt i mannen når tungen kommer ut, men han blir sittende.

«Jeg er Onoti», sier han. «Jeg er også snill.»

«Moff er en god hund», sier hun. «Han hjelper oss.»

«Er det du som har ham med?»

Sirea smiler.

«Ja, han følger meg.»

«Vi trodde hunden skulle komme med en mann. Legenden sier at den er farlig, og at den kommer med en mann.»

«Men du er ikke redd», sier Sirea mykt.

«Nei, jeg er ikke redd. Jeg er gammel, så jeg behøver ikke være redd.»

«Jeg vil gjerne være din venn», sier hun.

Han reiser seg igjen og ser forbauset på henne.

«Jeg er gammel. Det … Du ser vel det.»

«Gammel og vis», sier hun. «Jeg vil gjerne sitte ved bålet og prate med deg.»

Korobo har kommet fram og stiller seg rett bak Onoti. Hun legger den ene hånden på hoften hans.

«Er det din kvinne? Hun som går med barn», sier Firfinger med dårlig skjult beundring i stemmen.

«Min kvinne», ler Onoti.

Han fører henne fram foran seg og legger hendene på skulderen hennes før han fortsetter.

«Ja, kanskje litt min. Jeg vet ikke. Korobo, vil du være litt min?»

Hun vender ansiktet mot ham og smiler.

«Ja, mye din.»

Så vender Korobo seg mot Moff, men fortsetter å prate til Onoti.

«Er det den? Den som styrer skogen? Den er så liten.»

Onoti sier ingenting, så hun retter spørsmålet til Sirea.

«Er det hunden? Hunden som står over alt? Som styrer skogen?»

Sirea nøler med å svare, så Lele overtar.

«Det er bare en villhund. Den liker oss, og den er ikke farlig. I alle fall ikke mot folk som er snille.»

«Men … Men … Er det hunden som passer skogen?»

«Alles Mor passer skogen. Hun står over alt.»

«Rart navn. Heter den Alles Mor?»

«Hunden heter Moff», sier Lele. «Alles Mor *er* skogen.»

Korobo ser forvirret på Onoti, men får ikke mer svar derfra.

Etter hvert dukker det opp flere mennesker. Fire menn kommer bærende på et eksemplar av det rare giraff-og-sebra dyret de selv la ned noen dager tidligere. Mennene har bunnet beina sammen og tredd én stokk gjennom forbeina og én gjennom bakbeina slik at alle fire får sjansen til å dele på børen.

«Dere har flinke jegere», sier Sirea høyt nok til at alle hører.

Så oppdager Moff hva som kommer og løper mot dyret. Hun får kastet seg rundt og grepet om bakbeina på hunden, men de fire bærerne har for lengst droppet byttet og løpt vekk. Rart de ikke vil forsvare en så god fangst, tenker hun. En enslig villhund er ingenting mot fire voksne menn.

Onoti lager igjen noen rare plystrelyder, og mennene kommer nølende tilbake.

«Det er en stor og fin okapi okse», sier han. «Vi skal dele med Moff.»

Så legger han til.

«Vi skal dele med dere. Slik er det hos oss, vi deler det skogen gir.»

Lele spør Onoti om det er i orden at de henter resten av folket sitt. Den gamle mannen tenker seg om før han svarer.

«Jeg tror på deg. Du virker ærlig. Men når dere kommer, vil jeg dere legger igjen våpen utenfor leiren. Folk her blir lett redde. Vi ønsker vennskap, men vi liker ikke frykt.»

Lele lover å gjøre som de blir bedt. Til de andre sier han at det holder om en av dem går tilbake samtidig som han ser på Kaje. Kaje er glad for muligheten til å bruke beina.

Sent neste dag er alle samlet.

81.

Karo ser seg rundt. Disse menneskene ser mer ut som dem, ikke som det rare bobofolket som bodde der skogen var på sitt grønneste. Her kjenner hun seg igjen, ikke bare på grunn av formen på hår og kropp, men hun mener å forstå disse ansiktene. De *er* mer som dem. Dette er folk hun gjerne har som nabo, eller blir en del av? Det er også den første stammen de har møtt som har tatt imot dem med ren vennlighet. Så tenker hun seg om. Nei, også turakoene var åpne og snille.

De fremmede tenner bål ved å gni pinner mot hverandre. For Karo er dette en primitiv måte å fyre opp. Bruk av ildstein er raskere, når man først behersker teknikken, men samtidig vanskeligere. Dessuten krever det den spesielle ildsteinen. Den er sjelden, og dessverre har de kun én igjen. Hun vurderer å gi den bort, men det er ikke noe hun kan bestemme alene. Ettersom bruk av ildstein krever mye trening, har lokalbefolkningen mindre glede av den.

De fleste i Karo sin stamme setter seg i bakgrunnen for å gi beboerne de beste plassene. Hun, Lele og Firfinger blir raskt dradd med mot bålet av Onoti. Han sier at de gamle får plassene der flammene varmer, for de fryser lettest.

Hos Karo dukker det opp rare minner. Hun ser nøye på den gamle mannen. Først etter en lang vurdering bestemmer hun seg. Hun kjenner ikke disse folkene, og vil nødig være uhøflig, men det er noe som brenner inne i henne.

«Vi traff en mann. En gammel mann.»

Hun merker at det blir mer trykk i ordene enn hva hun pleier å ha. Onoti ser spørrende på henne.

«Han sa … Han sa han kom fra fjellene. Håret og skjegget var langt og grått. Han var en klok gammel mann.»

«Ja?» sier Onoti.

«Han kalte seg Uri.»

Onoti ler høyt, så går ansiktet over i et smil.

«Ah, selvsagt. Dere traff Uri. Hva sa han om oss?»

«Du kjenner ham?»

«Ja. Hva sa han? Sa han noe om meg?»

Karo ser forfjamset på ham.

«Så du vet hvem det er?»

Onoti smiler.

«Han er min bror. Min yngre bror. Jeg lurte på … Om han husker meg?»

Karo blir usikker.

«Han snakket ikke om fortiden. Han sa han tok hver dag som den kom. Han godtok livet slik det dukket opp uten å se seg tilbake. Jeg …»

Hun stopper opp og ser nøye på Onoti før hun fortsetter.

«Jeg ser. Han ligner på deg.»

Onoti virker mer alvorlig nå.

«Vi stod hverandre nær. Lenge. Men så …»

Karo merker omslaget i humør. Hun legger hånden på den nærmeste skulderen. Han flytter seg ørlite nærmere henne. Lukten er søtaktig, den minner om jamsrøtter og er forskjellig fra andre mennesker, samtidig er også den med på å bringe fram minnet om Uri.

«Hvordan har han det?» spør han stille.

Hun tenker seg om.

«Han virket fornøyd. Vi ba ham bli med, men han sa han trivdes alene. Og helst der skogen er passe dyp og tung.»

«Godt.»

Karo synes Onoti virker oppriktig. Det blir stille en stund før han fortsetter med en stemme beregnet bare på henne.

«Den gangen … Det var ikke bra. Det ble …»

«Du behøver ikke fortelle. Jeg liker dere begge.»

Han legger hånden på låret hennes og lar den massere musklene.

«Det var det. Akkurat det. Vi likte samme kvinne.»

«Jeg skjønner.»

«Hun er død nå. Jeg vet ikke om han vet, men hun er borte.»

Det dukker opp tårer i øynene til den gamle mannen. Hun tar rundt ham og klemmer ham inn mot seg. Kroppen er myk og føyelig. Veldig myk og føyelig til å være en person hun kun har kjent en liten del av en dag. Hun kommer på noe moren pleide å si: 'Nytt vennskap har lett for å blåse bort. Det er som dødt løv. Gammelt vennskap ligger der som store steiner.' Hun tenker at løvet allerede har blitt til stein.

Det går enda en dag. Kaje tenker at de nesten har nådd målet. De har funnet fram til et område der de kan trives, alt de trenger nå er å finne sin egen dal. Han setter seg ned ved siden av Sirea. Han har lenge villet, men ikke fått seg til å gjøre det. Hun flytter ikke kroppen vekk, men den presser seg heller ikke mot hans. Sirea har som vanlig plassert seg utenfor fellesskapet. Det passer Kaje godt.

Det er noe han gjerne vil si, men ordene er enda vanskeligere enn den fysiske kontakten. Sirea er stille, men hun var aldri den som lot ordene renne. Dermed faller det på ham, for det passer dårlig å sette seg så tett inntil uten å ha noe som bør bli sagt.

«Se på Mule.»

Fyren har plassert seg helt nede ved bålet. To unge, ganske like kvinner presser seg inn mot ham fra hver sin kant. Den ene synes å ha et barn på gang.

«Også han trives her», sier Sirea med en lett og avslappet stemme.

«Men … Ser du ikke? Hun ene …»

«Hun har tenkt å føde.»

«Ja! Det blir bråk. Du forfører ikke kvinner som går med barn. Mannen kan bli sint. De har tatt imot oss, og vi må oppføre oss deretter.»

Sirea ser på ham med et smil.

«Du bekymrer deg over alt.»

«Men … Faren. Hva om han blir sint?»

«Det gjør han ikke.»

«Du kan ikke vite.»

«Har Bo noen mann? De to heter Korobo og Koraba, og jeg har pratet med dem. Har glemt hvem som er hvem, men hun med barn har ingen mann. Mule har alle muligheter til å skaffe seg både kvinne og barn.»

Kaje ser rart på henne. Til slutt sier han.

«Mule vet ikke … Tankene hans går alle steder. Han vet ikke hva han vil.»

«Vet du?» kommer det kjapt fra Sirea.

Også Yamyam har observert hva Mule holder på med. Han sitter sammen med Bo.

«Mule ser ut til å ha funnet enda flere kvinner. Kvinner», sier han spørrende.

«Ja, han er slik», svarer hun uten å legge følelser i ordene.

Det blir stille helt til Bo sier noe.

«Har du hørt hvordan de plystrer? De snakker ved å plystre. Er det ikke fint?»

«Det kan jeg også», sier Yamyam raskt med en stemme preget av stolthet. «Vil du høre?»

«Kanskje ikke her.»

«Min mor kom fra en stamme som plystrer», fortsetter han. «Hun lærte meg. Jeg kan godt lære deg vårt plystrespråk. Det når mye lengre enn vanlige rop. Jeg og far bruker det på jakt, for da skjønner ikke dyrene at vi er mennesker.»

Han tar en pause. Så legger han forsiktig hånden sin oppå hennes.

«Mor sa at mennene brukte det for å kalle på kvinner.»

Bos øyne er mer intense når hun møter blikket hans.

«Jeg vil gjerne høre. Høre din plystring.»

Han liker tonefallet i stemmen.

«Mule sa … Han kom til meg. Han ble sint, og han stakk. Han sa …»

Bo avbryter.

«Jeg vet. Han sa jeg var hans. Jeg og barnet.»

Yamyam venter, men det kommer ikke mer.

«Ja?»

Bo smiler til ham.

«Det ser ikke slik ut.»

Heller ikke denne stammen kjenner til bruken av slyngkjepp, dermed får Lele og de andre mennene en sjanse til å gi noe tilbake som takk for vennligheten. De hadde med seg frukt da de først kom, men den ga kun et blaff av forbrødring.

De fremmede blir ivrige når de ser hva Lele får til med slyngkjeppen, og han synes de lærer fort. Ut på dagen er de klar for å prøve seg på en jakttur sammen. Lele har lært å kalle det rare klovdyret for okapi. Han skjønner at dette er favorittbyttet til folket her og tenker at slyngkjepp bør være velegnet til okapijakt. Antilopene, som det er mye av på slettelandet nedenfor Bujudalen, har folk aldri hørt om.

Jakten blir mislykket. De oppdager et par okapier, men dyrene er sky og kommer seg unna. Kanskje er de for mange mennesker samlet, da blir det vanskelig å lure seg innpå. Heldigvis klarer de å legge ned en ape som har forvillet seg ned på bakken og det er spyd fra slyngkjepp som avgjør. Det får holde.

Området har nok av spiselige røtter. Karo har oppdaget at mange av de plantene hun kjenner fra Bujudalen også fins her, så dette landskapet byr på det meste.

Apen gir ikke nok kjøtt til alle, men det ligger igjen noen halvgnagde knokler fra tidligere. En ung gutt sitter med et bein når Rude kommer bort. Han setter seg ved siden av. Først stirrer han ut i luften, så plutselig griper han beinet og sier.

«Det er min tur.»

Kaje står i nærheten. Han har forstått at han må passe på, ettersom faren oppfører seg stadig merkeligere. Det skal lite til før Rude snubler og faller, så Kaje er bekymret for at han skal skade seg ute i skogen. Dessuten har det vært flere episoder med Firfinger der faren ikke har oppført seg pent. Det er ikke slik han kjenner ham.

Gutten med beinet sier ingenting, men Kaje ser følelsene i ansiktet.

«Far, du kan ikke ta andres bein. Ikke sånn. Gi det tilbake.»

Når faren nøler, griper han beinet og gir det tilbake. Gutten virker fornøyd.

«Det er ikke så farlig. Mannen kan få det.»

Kaje smiler til ham.

«Bedre ikke. Det tilhørte deg.»

«Her deler vi», sier gutten.

Kaje går bort til bålplassen, finner en annen knokkel som han tar med tilbake. Han prøver å gi den til Rude, men Rude får beholde det første beinet, så han gir den i stedet til den unge gutten. Rude ser lettere forbauset ut, men gnager fornøyd videre.

Kaje trekker seg unna. Han vil ikke at de andre, og i alle fall ikke faren, skal se at han gråter. Det er fortsatt lys igjen, så han fortsetter oppover fra leiren til han kommer til en kolle med utsikt mot fjellene. Der blir han sittende.

82.

Tidlig på morgenen et par dager senere kommer Mule bort til Kaje. Kaje er overrasket over å se ham oppe så den tiden.

«Du er på beina før solen», sier han.

«Åh, det. Det bare blir sånn. Morgenen er fin.»

Det er tydelig at Mule er i godt humør. Han ser på ham og smiler. Mule nøler en stund, men så blir han ivrig.

«Korobo er fantastisk. Hun er nydelig, og så er hun lydig. Hun hører på meg. Hva synes du? Jeg vil ha henne som min kvinne.»

Kaje løfter hodet akkurat så mye at Mule ser han er enig. Deretter svarer han i en spøkefull tone.

«Har du ikke sagt noe lignende før.»

«Nei, nei, ikke slik. Korobo er noe helt annet. Hun er den fineste kvinnen jeg noensinne har møtt.»

«Går hun ikke med barn?»

«Jo, men hun har ingen mann. Ingen hun er sammen med. Hun vil gjerne være med meg, for hun liker meg. Det har hun sagt.»

«Hun ser ut som en fin kvinne», sier Kaje.

Han er skeptisk til om entusiasmen vil vedvare helt til barnet er født, men han var aldri helt fornøyd med Mules interesse for søsteren Bo, og Mule trenger en kvinne. Ingen tvil om at Mule trenger en kvinne.

Senere går Mule til Karo.

«Jeg ønsker å være sammen med Korobo. Jeg vil hun skal bli med oss. Søsteren blir også med. Jeg … Tror jeg. Hun …»

Stemmen dør hen når han ser blikket til Karo.

Hun har sett det komme. Det er riktig at en mann legger det fram for de andre i stammen, særlig de eldre, om han ønsker å ta til seg en kvinne. På en måte skal alle være enige i å ta på seg enda en munn å mette, selv om det selvsagt er uhørt å prøve å stoppe et forhold. Denne situasjonen er likevel spesiell. Kanskje disse folkene blir naboer, men det kan også være at de må dra langt av gårde før de finner sin egen dal.

Helst Bujudalen. Hvis de to kvinnene blir med, risikerer de aldri å se sitt folk igjen. Det er ikke sikkert de tenker så langt.

Hun nøyer seg med å løfte hodet som tegn på at hun har hørt.

Karo tar med seg problemet til Onoti.

«Mule ønsker at Korobo og Koraba skal være med oss. Hva synes du?»

Han ser på henne med de dype, vennlige øynene.

«Jeg ville blitt med deg.»

Karo snur seg vekk.

«Det … Det er ikke så lett. Vi vet ikke. Vi ønsker å finne et sted. Gjerne i nærheten, men vi vet ikke. Kanskje må vi dra langt, så kanskje får kvinnene aldri møte dere igjen. Ikke her i skogen.»

«Jeg vet», sier Onoti. «Slik er det. Noen ganger. Vi er sammen. Noen dør, noen går. Men vi er sammen, for i tankene er vi der for hverandre. De to har lenge skuet etter fjerne trær. Jeg ønsker dem godt, men framtiden ligger så altfor langt framme. De er begge kloke, og de har hverandre.»

«Men for deg og for de andre her, gjør det ikke vondt?»

«Jo, det gjør vondt, men det gjør også godt. Jeg ser smilene. Dessuten er ikke verden *så* stor, jeg tror vi finner hverandre igjen.»

«Verden er stor», mumler Karo. «Vi har gått langt, veldig langt.»

Hennes største bekymring er om forholdet til Mule vil ende i skuffelse for Korobo. Mule ser mandig ut, og kan det med å vise seg fram, men Karo vet hva som bor i ham – og hva som ikke fins der. Samtidig merker hun at Mule ikke lenger skuler mot Yamyam og Firfinger på samme måte. Det er vanskeligere å klage på at fremmede er skyld i alt vondt, samtidig som man selv ønsker å dra fremmede inn i stammen.

De lokale folkene vil ha en seremoni for å markere forholdet. Selv har de ingen slike ritualer. Kvinner og menn kommer sammen, noen ganger driver de fra hverandre, uten at det spiller så stor rolle. Det er umulig å vite akkurat når et forhold starter, eller hvor lenge det varer. De feirer fødsel og død, for slike hendelser er det ingen tvil om. Dessuten markerer de når gutter og jenter blir voksne. Heller ikke dette skjer over natten, men folk trenger å vite om de har å gjøre med en voksen eller et barn.

Karo er litt overrasket over at Mule kun vil ekte Korobo og ikke søsteren. Hun tenker at han ikke ønsker å ta ansvar for mer enn den ene. Det er et godt tegn, for det betyr at han har tenkt å *ta* ansvar. Samtidig skaper det et problem. Koraba har dermed ingen klar tilhørighet i deres stamme, men de to søstrene insisterer på at de ikke vil skilles.

Karo beroliger foreldrene med å love at Koraba vil bli tatt hånd om som om hun alltid hadde tilhørt stammen. Hun skal stå likt med andre kvinner, og de skal hjelpe henne å finne en mann. Hun er sikker på at det ikke blir noe problem, for begge søstrene virker fornuftige. Dessuten merker hun at de engasjerer seg i andre mennesker, og har egenskaper som gjør at folk lett blir glad i dem. Stammen trenger nye kvinner, så de får mer enn hva de fortjener.

Seremonien starter sent på dagen. Det er en fin dag, solen varmer, men ikke på en plagsom måte. Luften står nesten stille.

For Karo virker det som om skogen holder pusten, helt til en ravn flyr lavt over leiren og setter seg like bortenfor henne. Hun har sett mange ravner, men det er første gang en av dem kommer så nærme. Den møter blikket hennes. Det må bety noe. Så letter den og finner et tre like utenfor bålplassen.

Alle er samlet for å se på Mule og Korobo. Hennes foreldre er der, men ettersom både moren og faren til Mule er døde, har han bedt Lele stå som sin far. Korobos mor snakker lenge om sin datter. Hun snakker høyt så alle hører. Hun skryter av hva hun ser i henne, men tar også fram sider hun anser som svakheter. Moren har en kraftig og behagelig stemme, og ordene flyter fint.

Lele sliter når han skal beskrive Mule. Det blir litt stotrende, men Karo synes han gjør en god jobb. Han prater mest om jakt der de har deltatt side om side og nøler når det kommer til å beskrive Mules mindre gode sider. Karo håper at Mule skjerper seg, slik at virkeligheten passer med Leles beskrivelse.

Neste ledd i seremonien er at de to klemmer hverandre slik at kroppene utgjør ett levende vesen. Deretter skal Mule løfte henne opp og vise sin styrke ved å hoppe med hennes kropp mot sin. Det er en oppgave som ligger godt for Mule og Karo ser at han trives med å demonstrere styrke. Folk jubler.

Så må de klare å hoppe sammen uten at han holder armene rundt henne. Korobo har ingen problemer med å holde seg fast, og Mule lander støtt.

Karo får høre at hoppingen også er for å minne de to om at de må klare å holde sammen også i vanskelige tider. Det pleier å ende med at de to faller sammen på bakken. Folk er litt skuffet for det er alltid morsomt å se på, men samtidig er de imponert over Mules styrke og spenst. Korobo er ikke den letteste kvinnen på stedet.

Så langt, så bra. Karo føler et snev av stolthet over at Mule gir et solid inntrykk. Dessuten innser hun at ritualet de gjennomfører har noe for seg. Ordene fra de gamle gir nyttig innsikt, og øvelsene etterpå retter de to inn mot et fellesskap. De trenger å stå tett sammen og de må takle fysisk nærhet. Hun tenker at oppgaven ville vært særdeles krevende med to kvinner samtidig.

Hun snur seg for å se etter lillesøsteren.

Koraba sitter for seg selv og gråter et stykke unna. Karo studerer ansiktet. Hun er sikker på at det ikke er gledestårer og bestemmer seg for å gå bort til henne. Idet hun begynner å gå, reiser kvinnen seg og forsvinner bak noen busker. Hodet henger ned. Før hun rekker å vurdere om hun skal følge etter, fanger stemmen til Onoti alles oppmerksomhet.

«Nå må dere fortelle hvorfor dere ønsker den andre som ektefelle. Vi *ønsker* å vite. Dere *trenger* å vite.»

Korobo begynner.

«Mule kom til meg. Han kom fra noe fjernt, noe jeg har lengtet etter. Jeg så med en gang at han var mann. En sterk mann jeg gjerne er sammen med. Mule har lovet å ta meg med til fjerne skoger og nye mennesker. Han har sagt han skal være far for mitt barn. Jeg skal gjøre hva jeg kan for at han får gode dager. Jeg er sikker på at vi får det fint sammen.»

Karo tenker at det er gode ord. Dessuten flyter de, det er ingen nøling, ingen unødvendige pauser. Hun er en klok kvinne. Karo ser fram til å bli bedre kjent med henne.

Det er Mules tur. Han har tydeligvis ikke brukt tid på å velge ord. Karo retter blikket mot det fjerne teppet av skog de aner bak de nærmeste trærne. Der solen er i ferd med å forsvinne. En slik situasjon føles bedre når øynene finner noe som er langt unna.

«Jeg kom ... Vi har vandret langt, og vi kom hit. Jeg traff Korobo. Hun ... Hun har fine bryster. Jeg liker henne. Alt er ... Det er noe slikt. Jeg liker henne. Jeg har ... Det fins mange kvinner, men ingen med så fine bryster. Jeg vil være sammen med henne.»

Igjen blir det jubel. Karo snur seg tilbake i tide til å se tilskuernes ansikter. Flere av mennene gliser bredt, mens de eldre kvinnene virker betenkte. Noen skjærer igjennom jubelen med kraftige plystrelyder, men de er tydeligvis positivt ment. Vel, evnen til å forme ord er kanskje ikke det viktigste i livet. Hun leser lettelse i ansiktet til Mule.

Så oppdager hun at den svarte ravnen fortsatt sitter i det samme treet og følger med.

Det står igjen ett ledd i seremonien. De unge har valgt hver sin representant til å delta for seg.

Onoti trer fram for Korobo. Karo får sin neste overraskelse når hun ser at det er Bo som står der for Mule. Det stikker litt at han ikke spurte henne, men tenker at det kanskje er like bra. De to skal risse et sår i pannen på henholdsvis Korobo og Mule. Så må paret presse pannene sammen slik at blodet møtes. Onoti forklarer at det skal gi dem samhørigheten som skal til for å takle framtiden.

Seremonien er over. Folk prater sammen og spiser av maten som er lagt fram, men Karo har satt seg et stykke unna. Hun trenger å tenke.

For henne er det en luksus å sitte alene, og akkurat nå er barn og voksne opptatt av det de har vært med på. Hun likte seremonien de hadde, bortsett fra det med blodet. Det er dumt å få noen til å blø unødvendig. Hennes største bekymring er likevel om forholdet virkelig vil bestå vanskelige dager. Blodet de blødde har allerede størknet. Det er kun et par dager siden de ble kjent, og det er altfor kort tid til å forstå et annet menneske. Dessuten aner ikke Mule hva det innebærer å ta ansvar for et barn, og hun vet heller ikke om Korobo evner å se langt nok. Som regel finner ektefeller en måte å leve sammen på, men oppstår det problemer, så rammer det hele stammen. Ingen kommer unna to som krangler eller stadig er sinte på hverandre. Det er lenge siden stammen hadde slikt å stri med, men hun husker godt hvor ødeleggende det kan være. Problemene havner gjerne hos henne.

Tankene blir avbrutt av en flakselyd. Ravnen finner mat som folk hiver til den, og en kjøttbit har lander like ved siden av henne. Fuglen virker ikke redd. Den stirrer på henne. Hun innser at fuglen har noe den gjerne skulle fortalt. Så plukker den opp biten. Deretter stiger den opp og forsvinner i retning fjellene.

83.

Kaje står opp med det første, vage lyset neste morgen. Av en eller annen grunn blir de stadig overrasket av kraftig regn, men alt tyder på at denne dagen blir tørr. Han griper spydet og et skinn.

Atter en gang er han på vei mot fjellene. De har bedt ham om å komme og de har lovet å peke ut en retning. Månen har ført dem til dette området, men nå er den taus. Den bare legger seg ned sammen med de fjerneste trærne i det grønne teppet. Det haster å finne riktig dal, for han er redd Sirea ellers er troendes til å forsvinne igjen.

I begynnelsen småløper han.

Også fra denne siden er det et tydelig brattheng som må forseres før man når det hvite, men det bør være mulig – ellers ville ikke fjellene så tydelig styrt ham til seg.

Dalen han følger, blir etter hvert tung å bevege seg i. Den flate dalbunnen er preget av våt myr der føttene stadig synker ned til over knærne. Han liker slitet, men innser at det går for sakte. På høyre side ligger det en rygg som fører slakt oppover mot fjellene. Dalsiden er bratt, men med litt klyving går det greit.

Selve ryggen er steinete. Her bor kun lave vekster, og det eneste som beveger seg er små insekter. I alle fall det eneste han ser. Berget er hardt og kaldt mot føttene, men ellers lett å forsere. Igjen løper han. Helt til ryggen møter en dyp kløft.

Kaje setter seg på det høyeste punktet og retter blikket mot fjellene. De hvite områdene er ganske nærme. I alle fall virker det sånn. Han innser at for å komme dit, må han krysse kløften, men det bør være mulig. Deretter er det best å følge en annen rygg videre oppover. Gjør han det, skal det være mulig å komme helt opp til der det hvite begynner. De knudrete hodene som stikker opp av det hvite, ser verre ut, men det gjorde de fra andre siden også.

Han *må* opp. Han er enda sikrere nå, Alles Mor forventer det av ham. Oppgaven han har påtatt seg er ikke fullført, og fjellene trengs for å føre folket videre. Men ikke i dag.

Solen svever lavt over det grønne teppet som strekker seg ut bak ham. Her oppe har den ingen varme å tilby. Han vet at månen vil dukke opp bak fjellene, men innser at det blir for sent å vente. Dessuten burde han tatt med seg noe å spise, samt flere skinn for han fryser allerede.

Det gjenværende dagslyset går med til å finne tilbake til leiren.

Plassen er vagt opplyst av en liten måne som har klart å kravle over de fjerneste toppene. Det er kun sovelyder å høre. Like greit, for da er det ingen som spør hvor han har vært. Turen må gjennomføres en annen dag, men nå vet han hva som trengs av forberedelser. Det får bli opp til Alles Mor om han kommer opp.

Rett før han sovner, går tankene til Reko og Sirea. I halvsøvne smiler begge til ham. Det er litt sårt, for han vet ikke hvordan han skal gjøre alle fornøyde, men samtidig bidrar de to ansiktene til å gjøre natten mild og søvnen god.

84.

De blir enda noen dager hos Onotis stamme. Menneskene er hyggelige, men Karo merker at stemningen står i fare for å snu. Hun forstår hvorfor. Området rundt dalen bærer ikke på nok mat. Flere kvelder har folk sovnet uten å få tilfredsstilt magene sine. Dessuten kommer det av og til sinte og kalde regnbyger. Alle får ikke plass under berghammeren, men Onoti insisterer på at de eldste og de yngste kommer inn. Når Karo protesterer, sier han bare at slik er det hos dem.

Den gamle mannen har fortalt at det bor folk i neste dal. De er venner og vil sikkert ta imot månefolket. Dessuten kjenner de Korobo og søsteren. Han har hørt disse menneskene prate om en stamme de har kontakt med bortenfor, men vet ikke mer om dette folket. Det han vet, er at verden stopper et eller annet sted forbi disse stammene, og at de derfor ikke kommer så langt av gårde.

Månefolket fortsetter vandringen. Karo tenker at hvis verden opphører, holder det å lete etter en dal til de kommer dit. Om de ikke finner noen, vil også Kaje skjønne at de må snu. Det første stykket er terrenget passe åpent slik at det er lett å ta seg fram, men landskapet er gjennomskåret av dalfører. Mange steder er disse omkranset av brattheng og stup, noe som betyr omveier og tunge motbakker. De minste og de eldste sliter. Himmelen er dekket av skyer, men de er lyse og milde.

De treffer menneskene i nabodalen. Igjen blir de tatt godt imot, men blir der bare én natt. Folk er innstilt på å finne en dal som de kan ha for seg selv, så vandringen fortsetter. Innimellom ser de fjellene reise seg over dem, noe som betyr at de fortsatt befinner seg i riktig område.

Det er mange daler, og alle har en elv som tusler forbi i midten, men ellers har de mangler. Noen er for trange. De trenger et landskap med et lett tilgjengelig og variert terreng for å finne mat. Andre daler har ynkelige små bekker som står i fare for å tørke ut. Karo merker at frustrasjonene igjen begynner å spre seg.

Så, til slutt, når mismotet for alvor begynner å plage dem, finner de virkelig et egnet sted. Det er en åpen dal. Elven sildrer friskt selv etter flere dager uten regn. Området byr på små koller og tydelige søkk. Store steiner ligger spredt utover det bølgende landskapet.

Stedet ligger langt opp mot fjellene, så trærne rager kun et par mannshøyder. Greinene er dekket av langt, lysegrønt lav. På ett sted skråner bergveggen utover slik at den gir ly for regn. Ettersom det er mange klipper videre oppover mot fjellene, er det håp om å finne bedre huler. Dessuten har de sett okapier gresse i nærheten. Også lukten er riktig. Den minner om området rundt regntidshulene i Bujudalen.

Karo innser at det er på tide. Vandringen har gjort livet spennende, jakten på et sted de kan kalle sitt, har gitt folk noe å se fram til, men slitet har også tæret på krefter og humør. Hun begynner å tenke at Kaje kanskje hadde rett – at månen har ført dem hit.

Den tredje dagen er det kraftige regnet tilbake. Dråpene er ikke milde og forfriskende, men kalde og harde. De faller ikke pent ned, men blir dradd bortover av en vind som utfordrer trærne. Det viser seg fort at det overhengende berget ikke holder folk tørre. De lar barna krype lengst inn, men selv der inne fører vinden regnet med slik at alt blir like vått som ute i skogen.

De går tilbake til trærne der de spenner opp skinn som tar av for nedbøren. Hudene henger på skrå for å holde vind og vann unna. Folk kryper tett sammen på lesiden. Det fungerer en stund, men så misliker vinden at menneskene prøver å stoppe den. En etter en drar den hudene med seg; noen revner, andre løsner i festene og blir hengende og blafre. Det høres ut som gneldring fra sinte dyr. Lyden skremmer barna.

Neste morgen har himmelen gått over til et jevnt silregn. Vinden har blåst seg ferdig, så dråpene har ikke den samme kraften, men de er fortsatt kjølige. Alle fryser. Karo liker ikke det hun ser i ansiktene.

Mule har satt seg sammen med Korobo litt unna de andre. Karo setter pris på at Mule holder avstand. Verken regnet, eller det at alle var trengt sammen, stoppet ham fra å finne glede i Korobos kropp. Det medførte mye stønning og støy. Hun har tenkt å be dem flytte seksuallivet sitt vekk fra andre, men før hun kommer så langt, ser hun at Mule har tenkt seg en ny omgang. Ettersom de allerede befinner seg et stykke unna, passer det ikke å komme med en slik forespørsel nå. Idet hun snur seg for å gå tilbake, hører hun stemmen til Korobo.

«Nei, det er nok. Vi trenger mat, og jeg har allerede et barn på vei.»

Karo aner at stemmen er avvisende, men ikke spesielt sur.

«Barn? Hva har det med samleie å gjøre? Vi har sex fordi det er hva en kvinne deler med sin mann. Du er min kvinne.»

«Ikke nå», svarer Korobo. «Jeg er sår. Spør heller søsteren min. Kanskje hun vil.»

Begge har reist seg opp.

Stemmen til Mule *er* tydelig sur, men så var han heller aldri flink til å holde følelsene unna ordene.

«Det er *du*! *Du* er min kone. Du har påtatt deg å føye meg.»

«Tull! Kvinner og menn skal ikke føye seg, de skal være sammen. Bruk heller spydet. Vi trenger kjøtt.»

«Jaså. Er det spydet du vil ha? Skal jeg ta deg med spydet? Er det det du sier?»

Karo ser at Korobo vurderer ansiktet til Mule. Hun virker trassig, men ganske rolig. Karo er bekymret for hva Mule kan finne på, men Korobo viser ingen tegn til frykt.

Mule klabber plutselig til kinnet hennes med stor kraft. Korobo synker ned på bakken. Så får hun foten sin bak leggen til Mule og rykker til slik at Mule ramler på ryggen. Karo tenker at det er på tide å vise ansikt. Hun går fram, men nøler før hun sier noe. Ordene må bygge framtid, ikke rive øyeblikket enda mer i stykker.

«Vi trenger dere. Vi trenger dere begge. Sinne er som sandgrunn, der trives ingenting.»

Begge ser forfjamset på henne. Ansiktene har i det minste mistet viljen til å slåss.

Etterpå tenker hun at det er på tide hun holder opp å blande seg i andres affærer. Dessuten er det tross alt bedre at han krangler med Korobo, enn at han leter etter en mulighet for å drepe Yamyam og Firfinger.

Lele gjør seg klar for å dra på jakt sammen med Kaje og Firfinger. Også okapiene er sikkert stive og trege etter et slikt regn; og jakt er en fin måte å bli kvitt kulden, samtidig som tankene fjerner seg fra det grå og triste. Plutselig stiller Rude seg rett foran Firfinger. Han ser sint ut.

«Bli med på jakt», sier Lele. «Vi skal legge ned minst to okapier, så vi trenger deg.»

Rude sier ingenting.

«Vi trenger deg», gjentar Lele.

Istedenfor å si noe knytter Rude neven og sender den med all kraft i magen på Firfinger. Det virker som om Firfinger var forberedt på slag mot ansiktet, men ikke mot kroppen. Han synker sammen på bakken. Rude stiller seg over ham og løfter spydet samtidig som han skriker.

«Dette dyret er mitt. Jeg skal ta det. Det er mitt. Det skal dø.»

Det slår Lele at Firfinger har utrolig smidighet og styrke tatt i betraktning alderen. Idet spydet er på vei mot ham, vrir han seg vekk, samtidig som han får sitt spyd i posisjon og setter det i brystet til Rude. Lele ser at spissen trenger inn, men ikke så mye på grunn av støtet. Kroppen til Rude beveger seg framover som følge av hans eget forsøk på å støte – dermed går Firfingers stokk dypt.

Rude fortsetter å falle forover. Bakenden på spydet butter i bakken. Spissen trenger tvers igjennom, slik at den blodige stokken kommer til syne, før kroppen velter over på siden. Der blir han liggende.

Karo har kommet til. Hun ser brystet heve seg i noen desperate forsøk på å puste, så kommer det blod opp gjennom munnen. Kroppen får noen kraftige rykninger. Lele sitter allerede på knærne ved siden av og presser pannen sin ned mot pannen til vennen. Etter et siste spark med høyrebeinet ligger kroppen til Rude stille. Selv ikke brystet beveger seg. Det pipler fortsatt blod fram der spydet har laget sår, men strømmen stilner raskt. Armene til Lele skjelver.

Kaje ser Yamyam storme bort til Firfinger. Han griper hånden og får ham på beina. Det er tydelig at han vil ha faren med seg. Yamyam ser forskremt ut, mens Firfinger står og måper. Han tar noen skritt vekk sammen med Yamyam, men klarer ikke fjerne blikket fra den døde kroppen. Stokken hans stikker ut som en grein fra et tre som vinden har veltet. Bakken er blodig.

Den neste som kommer løpende er Mule. Han har to spyd og kaster det ene før han er framme. Firfinger vrir seg til siden, men det skrenser kroppen slik at det dukker opp en rød stripe langs brystet. Firfinger er uten våpen, så Yamyam stiller seg mellom ham og Mule. Kaje innser at Mule ikke vil hive sitt andre spyd, men får det i posisjon slik at han kan stikke.

Først nå våkner noe i Kaje. Han smetter inn mellom de to. Dermed treffer Mules stokk skulderen hans. Kroppen til Kaje blir vridd rundt, men stokken traff et bein slik at den ikke trengte dypt inn. Han tar tak med begge hendene, får den ut av skulderen og rykker deretter slik at Mule slipper taket. Selv faller han bakover. Mule klarer så vidt å hoppe unna idet Yamyam støter med spydet sitt.

Plutselig snur Yamyam. Han tar tak i faren, men før de kommer ordentlig i gang, er Karo på plass foran ham og sperrer veien. Yamyam løfter hånden for å slå seg igjennom, men Karo holder håndflatene åpne mot ham.

«Det er ikke Firfingers feil. Jeg så. Firfinger gjorde hva han måtte. Han har ikke skylden. Det var Rude. Rude er syk. Han er ikke seg selv.»

Yamyam stopper opp. Det er tydelig at han tenker seg om før han sier noe.

«Er du sikker? Sikker. Vet du at ingen gir oss skylden? Skylden.»

Mule har fått fram klubben og har tydeligvis ikke gitt seg. Kaje har kommet seg på beina og stiller seg foran. Stemmen er rolig.

«Ikke gi Firfinger skylden. Far er syk. Det som skjedde lå allerede der, det lå i skogen.»

Lele sitter fortsatt sammen med Rude.

«Kaje har rett. Firfinger har ikke gjort noe galt, han bare forsvarte seg. Vi vil gjerne at dere blir.»

Yamyam ser et øyeblikk forfjamset på faren, før blikket går tilbake til Mule. Firfinger virker fortsatt som om han ikke er til stede, øynene er blasse og peker ut i luften. Mule veiver med klubben, men kommer seg ikke forbi Kaje. Karo legger en hånd på skulderen til Firfinger. Endelig får han samlet seg og ser på henne.

«Jeg drepte ham. Beklager. Det var ikke meningen, det skjedde så fort.»

«Vi så det», sier Karo. «Det var ikke din skyld.»

Mule har vendt seg bort og lar et lite tre få unngjelde for alt som byr ham imot. Klubben lager dype sår i barken.

Senere dukker skyldfølelsen opp hos Lele. Var han handlingslammet, eller fantes det ganske enkelt ikke tid til å reagere? Verre, *lot* han det skje? Firfinger rakk å reagere, så det burde vært mulig også for ham å gjøre noe. Han kunne holdt fast armen til Rude, da hadde ikke Firfinger behøvd å stikke. Det skjedde ikke.

Så tenker han at Rude på en måte hadde beveget seg vekk fra livet; en forandring, eller en overgang til noe annet, måtte komme. Det lå på skogen å gjennomføre, Firfinger var bare et lite blad som blafret etter skogens vilje. Uansett, om noen skulle eller burde ha stoppet det, så var det ham – ikke Firfinger.

85.

De begraver Rude neste dag. Kaje har bedt om at stedet skal bli kalt Rudes dal, og Karo gir ordene videre til hele stammen.

Morgenen etter er Kaje forsvunnet.

De har pratet om å la Rudes dal bli en varig leir, og da er det ikke så rart om noen blir borte en natt eller to, likevel er Karo bekymret. Folk hadde begynt å kommentere stedets svakheter, og Kaje lot trolig ordene feste seg i hodet. Farens død gjorde at han trakk seg enda lengre vekk fra andre. Hun burde gjort mer for å fjerne byrden, bedt folk om å vende sine meninger mot henne. Hun frykter at farens død ble vindkastet som veltet Kaje.

Kanskje ikke bare Kaje, men hele stammen.

Før var det en selvfølge å gripe fatt i ting som skjer, nå orker hun ikke, men aner at folk forventer noe. Ikke bare *noe*. Det er tungt. Er dette virkelig alt månen har å gi dem?

Kanskje har de kommet for nær der verden slutter, slik at stedet ligger utenfor hva Alles Mor rår over? Den eneste løsningen hun ser, er å begynne på den lange veien tilbake, men klarer de den uten å bli drept – eller drepe hverandre?

Stedet har kvaliteter, men svakhetene trer tydeligere fram nå når de begynner å bli kjent. De er stengt inne. Nedover dalen ligger det tett jungel, og oppover blir de stoppet av bergvegger, kulde og fjell. Før likte hun ikke slettelandet som strakk seg mot horisonten der Bujudalen slutter, men nå innser hun at slettene ga dem noe. Åpenheten er god, ikke bare for jakt, men også for øynene. Dessuten, selv om de først likte den nye dalen, så hviler det nå en forbannelse over stedet. Rude befinner seg i en ur like ved leirstedet, kun tildekket av steiner og blomster. Han fikk ingen god død.

Karo er sikker på at hun snart skal møte ham, men før hun drar til månen, må hun vite at stammen finner tilbake fotfestet. Hun må i det minste forsøke.

Hun oppsøker Sirea.

«Jeg tror Kaje har dradd til fjellene.»

Sirea ser på henne og løfter hodet.

«Jeg vet. Han ble aldri ferdig med dem. De ligger der og erter ham.»

«Så hva skal vi gjøre?»

Karo synes Sirea virker sur når hun svarer.

«Det er ikke for meg. Han kan være død, eller han kan komme tilbake. Hvis han ikke dør, slipper fjellene kanskje taket på ham.»

«Noen vil dra, synes du vi skal vente?»

Hun spør mest for å finne ut hvor Sirea står når det gjelder Kaje. Og når det gjelder resten av stammen. Det er noe hun har lurt på lenge, men Sirea bare gjentar.

«Det er ikke for meg. Dere må bestemme.»

Så snur hun seg vekk. Karo innser at det blir galt å presse henne. Hun var overrasket da Sirea kom tilbake. Hva er det som binder henne til dem? Hun engasjerer seg ikke i stammen. Selv Yamyam gjør et tydeligere forsøk på å bli en del av fellesskapet. Firfinger er det på en måte allerede.

Hun går bort til der Lele sitter og drar kroppen hans inn mot sin. Lele virker forbauset, men kroppen er myk.

Neste morgen er hun syk. Hodet er varmt og slapt. All vilje til å gjøre noe har rent ut. Først tenker hun på det som en straff, istedenfor å bidra har hun latt problemene vokse. Alles Mor forventer noe mer. Så viser det seg at straffen ikke kun rammer henne, flere andre er syke på samme måte. Det gjør sykdommen lettere å bære.

I Bujudalen fins det urter som hjelper når man blir varm og slapp, men de finner ikke de rette plantene her.

Sykdommen sprer seg til stadig flere. Leiren ser ut som en slagmark der folk ligger og skjelver selv når solen står rett over dem. Stammens tradisjoner sier at når noe slikt rammer, så vil det før eller siden dra videre. Så mye sykdom fører riktignok ofte med seg død, som oftest blant de yngste eller eldste; men for de som ikke dør, skal dagene igjen flyte.

Det går et par dager. De få som er friske, klarer ikke skaffe så mye mat, men det gjør ikke noe, for de syke orker ikke å spise. Heldigvis har de godt vann.

Karo bekymrer seg for barna. De har ingen å miste, dessuten orker hun ikke tanken på enda en begravelse. Hun er også bekymret for Kaje, for det er ekstra farlig om sykdom rammer mens du er alene og vekk fra leiren. Der ute fins det dyr som vet å utnytte situasjonen.

Alle blir ikke rammet. Firfinger og Sirea går rundt som før. Det samme gjør de to søstrene som Mule dro med. Nå er de gode å ha, og de friske gjør virkelig hva de kan for å hjelpe. Når Karo først begynte å ane alvoret i situasjonen, fryktet hun at Firfinger, Yamyam og Sirea skulle bestemme seg for å dra. Det hadde vært tryggere, men så nådde sykdommen fram til Yamyam. Er det derfor de ble værende?

Karo lurer også på hvorfor enkelte mennesker ikke blir rammet. Det må være Alles Mor – å bli syk er ment som en påminnelse om at man ikke har opptrådt riktig. Selv burde hun engasjert seg mer i stammens problemer, mens Firfinger og Sirea selvsagt fortjener å slippe unna. Det samme gjelder de to unge kvinnene.

Så går tankene til Kaje. Har han gjort seg fortjent til ikke å bli syk? Det spørs. Hvis han er rammet, kommer han neppe tilbake. Tanken driver fram tårer.

86.

Denne gangen er Kaje godt forberedt. Ved siden av flere skinn har han med to stokker med tanke på å forsere det hvite. Han tok også med mat, men regner med å kunne supplere med røtter og insekter han finner på veien.

Heldigvis er solen framme. Bakken er fortsatt våt mange steder, men steinflatene er tørre. Han småløper der terrenget tillater det.

Han befinner seg et helt annet sted enn der han sist prøvde seg. Her finner han en rygg som fører fram til dit fjellene begynner for alvor. Ryggen gir god fart, likevel når han bare fram til de siste kjempelobeliaene før mørket kommer. De rare plantene er høyere enn ham, og de dominerer livet i høyden. Det hjelper ikke å vente på at den lille månen skal klatre over kanten på fjellene; høyere opp begynner bratthenget, og der trenger han godt lys for å se muligheter.

Natten blir kald. Trass i skinnene. Enda kaldere enn slik han husker fra den gangen han nådde helt opp. Kroppen ligger og skjelver. Først utpå morgenkvisten tar søvnen ham.

Når han våkner, er det rikelig med lys. Like over ham henger det et tett lag med skyer, dermed er det vanskelig å vite hvor langt solen har kommet.

Kroppen har en merkelig form for varme selv om omgivelsene er kalde som aldri før. En søvnig slapphet griper fatt i ham. Det minner om første gang han besteg fjellene, her oppe er alle bevegelser tunge.

Føttene er kalde, men han antar at de får varmen, når han kommer i gang. Han spiser det han har igjen av mat, selv om han ikke har lyst på noe som helst. Den grønne skogen ligger langt borte, veien videre virker framkommelig så langt øyet kan se, men skyene begrenser sikten. Han er nødt til å ta sjansen på at den ruten han velger, fører helt opp.

Beina vil ikke, men hodet forlanger at de bærer ham. Til slutt kommer han inn i skyene. Der er luften enda kjøligere. Armene må tas i bruk for å forsere brattheng, men foreløpig er det lett å finne feste for hender og føtter. Det er nesten bare steiner og fast fjell. Noen små blomster og tufter av gress dukker opp i sprekkene og gir et vagt bidrag til lukten av vått berg. Han smaker på en av blomstene, men spytter den ut igjen.

Så møter han det første stupet. Han innser raskt at det er nødvendig å finne en vei rundt. Tåken gjør det umulig å se, så igjen må han ta en sjanse.

Nå er det ikke bare beina som protesterer, heller ikke hodet vil mer. Det er som om hele ham nekter å fortsette. Det gjør vondt. Hodet skriker, og det verker i ryggen. Han merker at armene skjelver, og beina blir ustødige. Så blir alt plutselig borte.

87.

Rart nok så drar det vonde videre uten å ta noen med seg. Karo tenker at ingen i leiren har oppført seg så dårlig at de fortjener å dø. Det store spørsmålet er Kaje. Han har vært borte minst like lenge som første gangen han dro til fjellene. Det lover dårlig.

Selv Reko synes å ha gitt opp, hun ligger mesteparten av dagen og gråter. Stammen trenger å vite, så Lele og Firfinger drar oppover for å lete etter ham. Reko er ikke frisk nok til at de vil ha henne med.

Det tar enda en dag før alle orker å delta i livet på vanlig måte. De sliter med å finne ordentlig mat, men overlever greit på røtter og insekter. Mule mener at om de lærer okapiene bedre å kjenne, så kan de leve av de dyrene. De er stadig å se, det gjelder bare å komme innpå. Terrenget er for åpent.

Karo har vent seg til å vurdere stammens velvære på hvor mye knuffing og misbruk av ord hun observerer. Da de først fant dalen, var folk fornøyde, men nå er humøret i ferd med å bli verre enn noensinne. Det kalde regnet er tilbake og gjør situasjonen enda mindre trivelig. De har lett etter gode huler, men alt de har funnet er overhengende berghammere og store steiner. Ingen steder gir nok ly til å holde en hel stamme unna regnet.

Lele og Firfinger er tilbake neste kveld etter å ha gitt opp letingen. Det blir en lang diskusjon om veien videre. De fleste vi gi opp dalen, og mener at de har ventet lenge nok på Kaje. Ettersom han ikke er der, betyr det at han er død. Nå vil de hjem. Lele tilbyr seg å vente noen dager til sammen med Reko. Han mener de skal klare å ta igjen de andre. De blir enige om å møtes hos stammen til Doro, om de ikke ser hverandre på veien; og finner de ikke turakoene, skal de møtes hos vannfolket.

Før Karo sovner, husker hun en tanke som kom for lenge siden. Det var da de fortsatt befant seg i det tørre og varme. Den gangen savnet de vann mer enn noe annet, nå er det omvendt. Hun hadde tenkt at den veien de fulgte, ikke førte til noe månen ville *gi* dem, men til selve månen. At målet med turen var å bli gjenforent med forfedrene. I så fall trenger de ingen dal, og hun kan like gjerne bli igjen sammen med Lele. Også Kaje kommer seg sikkert til månen, selv om han ikke blir begravet på vanlig måte.

Tanken gjør at hun sovner med et smil.

88.

Når Karo våkner neste morgen, er Kaje der.

Han har lagt seg tett inntil henne. Hun innser at han må ha kommet sent inn i leiren, for han sover selv etter at solen har stått opp. Ansiktet er rolig, men virker samtidig avmagret og dradd. Selv føler hun seg mye bedre.

Når han våkner, prøver Karo å spørre hvor han har vært, men han bare mumler noe om at det ikke passet. At fjellene ikke ville ha besøk. I alle fall ikke av ham. De skjulte seg, blokkerte veien og sendte ham vekk.

Hun spør ikke mer.

Den kvelden blir det en ny diskusjon. Kaje argumenterer for å prøve litt til ettersom det ikke kan være langt igjen til verdens ende. De fleste vil til Bujudalen, men samtidig er det mange som ikke orker tanken på den lange vandringen og alle farene som truer. Både Lele og Reko støtter Kaje ved å påpeke at området tross alt er ganske bra, og at dette er deres eneste sjanse til å utforske denne siden av fjellene.

Det ender med at de blir enige om å se hvordan det er der verden slutter. Veien tilbake blir uansett forferdelig lang, en dagsmarsj eller to fra eller til spiller liten rolle. Karo tenker at når de kommer dit verden slutter, så befinner de seg antakelig på månen.

De undersøker flere daler, men ingen av stedene er bedre enn Rudes dal.

Terrenget er uoversiktlig. Fjellene har forgreninger som fortrenger det grønne teppet, enorme åsrygger drar seg langt utover i flatlandet. Slike steder må de legge om kursen fordi det ellers blir for bratt og for høyt. Karo innser at slutten befinner seg bak en av disse ryggene.

Etter hvert bryr de seg lite om retning. Her er ingen overflod av mat, men nok til at de overlever. Det blir til at de spiser det de kommer over mens de går, om kvelden er folk for slitne til å dra ut for å finne føde. Noen steder ser de spor etter mennesker, men de er gamle. En kveld ser de røyk stige opp et stykke unna. De bestemmer seg for å gå i en stor bue rundt.

Været veksler mellom lave skyer og et grått, langstrakt duskregn. Det bidrar ikke til å løfte stemningen. De ser de nærmeste åsryggene, men ikke så mye mer.

89.

Det er en grå morgen. Lyset har seget inn på den lille sletten de kom fram til sent kvelden før, men luften er kjølig. Folk ligger tett sammen, både for å holde varmen og fordi det er dårlig med gode soveplasser. Dagen før gikk de lenge uten å finne noe egnet sted å slå leir, så alle er ekstra slitne.

Kaje ante lukten av rovdyr, antakelig hundedyr, da han la seg. Dyrene skal ikke være farlige for en samlet flokk mennesker, men han har fortsatt episoden med villhundene på slettelandet friskt i minne.

Han våkner som vanlig tidlig. De har hatt mye dis og skyer, men det er lenge siden han har opplevd en så tett tåke. Trærne er pakket inn. Luften beveger seg ikke, og skogens lyder når ikke fram. Regn er greit, selv når det gjør at han fryser, men han misliker følelsen av innestengthet som kommer av at alt rundt ham er skjult. Hva som helst kan gjemme seg i tåken. Det *er* farlig – spesielt på et fremmed og ukjent sted.

Lyset blir gradvis sterkere, men sikten forblir den samme. Tiden står stille. Det er umulig å vite hvor langt dagen har kommet.

Kaje løfter overkroppen for å se etter Karo. De fleste synes å være våkne, noen har satt seg opp, mens andre fortsatt ligger på ryggen. Ingen snakker. Det er rart, det pleier alltid å være noen som brenner etter å berette om nattens drømmer eller dagens muligheter. Stillheten er like klam som luften.

Han får ikke øye på Karo, men Sirea er ganske nærme. Moff ligger ved siden av henne, også hunden ser ut som den mistrives.

Kaje liker ikke tanken på å reise seg, så han krabber bort til Sirea og setter seg på motsatt side av hunden.

«Hva synes du?» begynner han.

«Du liker ikke dagen?» svarer hun med noe han oppfatter som en nedlatende tone.

«Det er en dårlig dag», insisterer han.

«Hvorfor det? Ingen dag er dårlig før den er levd. Før eller siden vil dagen pakke seg ut, og vi går videre.»

«Hmm.»

Kaje tenker at en slik tåke kan vare i flere dager, men han sier ingenting.

Han legger armen rundt henne. Kroppen beveger seg verken vekk eller mot ham, så han tar sjansen på å la mer hud møtes. Når hun igjen prater, er stemmen hennes god å høre på, den har det syngende preget som han liker så godt.

«Når tåken slipper taket, vil du oppdage noe. Så sant fjellene ikke spiser deg først. Månen har gjort det den skal.»

Kaje ser forbauset på henne.

«Hva?»

«Månen har ledet deg dit du vil.»

«Hva? Hvordan … Hvordan vet du …? Vi vet ikke hvor vi er, og enda mindre hvor vi vil. Ingen vet.»

«Jeg vet», sier hun rolig.

Øynene til Kaje gjennomsøker ansiktet, men det gir ikke svar. Så reiser hun seg og forsvinner inn i tåken.

Kaje blir sittende og tenke. Det var noe i stemmen hennes som virket sikker, men hun *kan* ikke vite. Det området de befinner seg i, er ikke spesielt lovende, og de aner ikke hva som ligger foran dem. Kanskje mente hun å dra tilbake til den dalen der Rude døde. Det er det beste de har funnet så langt. Da de først kom, tenkte han at det var dit månen førte dem, så han liker tanken på å dra tilbake. Rude var hans far, og det er best å være i nærheten av der forfedrene ligger begravd. Det bringer dem nærmere. Dessuten finner de sikkert et sted med ly for regnet hvis de leter lenge nok.

Han tenker også at det bør gå an å lage bedre skjul ved hjelp av huder. Det gjelder å spenne dem opp på en måte som gjør at vinden ikke forsyner seg. Lele er enig. Sammen kommer de fram til at det er mulig å kappe passe tykke stokker og plassere flere slike i en sirkel. Ved å lene stokkene mot hverandre og spenne hudene over har de både tak og vegger. Da gjenstår det bare å fylle på med steiner langs kanten for å hindre vinden i å dra det hele med seg. Antakelig trenger de flere slike for å få plass til alle sammen, men det kan gjøre Rudes dal til et brukbart sted å bo.

Det Sirea sa om fjellene var tull. De spiser ingen. Han har ikke gitt opp tanken på å ta seg fram helt til topps, men Karo insisterer på at han i så fall må si ifra før han drar. Samtidig nøler han med å si at han skal dit, for i så fall blir det enda sårere å snu uten å ha vært der. Tanken blir avbrutt av noen ubestemmelige lyder fra skogen. Det må være noe i nærheten ettersom tåken holder de fleste lydene unna.

Litt etter litt stabler folk seg på beina. Det haster ikke, for det er ingen grunn til å dra videre før de får nok sikt til å peke ut en retning. Heller ikke har folk lyst til å dra ut i skogen for å finne mat. Her kjenner de ikke terrenget, og da er det fort gjort å gå seg bort når alle landemerker er pakket inn i grå luft.

Gradvis stiger trærne fram fra sin innpakning. Selv ikke når tretoppene står i tydelig profil mot det grå, aner de hvor solen befinner seg. Sirea er fortsatt borte, og flere andre har også trukket inn i skogen. Dermed bestemmer de seg like godt for å bli på samme sted én natt til. Om de ikke klarer å legge ned noen dyr, så er det i alle fall spiselige planter og insekter i området.

Mule sitter sammen med Korobo. Hun lar hodet hvile mot skulderen hans. Kaje ser at lillesøsteren sitter alene et stykke bortenfor. Koraba lener seg forover med armene rundt beina. Ansiktet hviler mot knærne og er skjult av hår, likevel aner det ham at hun ikke har det så bra. Han setter seg ved siden av, men kommer ikke på noe fornuftig å si. Først sitter hun stille, så vrir hun seg rundt og legger hodet og armene på skulderen hans. Han merker at hun gråter, ansiktet er vått, så han tar armen rundt henne.

«Hva er det?» sier han stille.

«Det er bare meg. Her er ingen andre. Bare meg.»

Stemmen bærer på mange tårer, men er likevel rolig.

«Jeg skal passe på deg», sier Kaje og løfter henne opp på fanget slik at overkroppen hennes møter hans. «Jeg skal ta meg av deg. Vi skal alle hjelpe deg.»

Kroppen hennes er myk. Også stemmen er plutselig myk og uten gråt.

«Har ikke du en kvinne?»

«Jo, men ... Vi er her for hverandre. Og det gjør ikke noe. Vi vil at du skal trives.»

Det føles virkelig godt å ha henne på fanget. Kroppen er imøtekommende, huden er varm, og det virker så riktig å sitte slik sammen. Ved å hjelpe Koraba gjør han noe for fellesskapet. Hun sier ingenting, men retter opp ansiktet og presser leppene sine mot hans. I øyekroken ser Kaje at Sirea kommer tilbake. Hun bærer på en bunke røtter. Når hun ser Kaje, legger hun røttene fra seg ved bålplassen og vender tilbake til den grå skogen. Et kort øyeblikk peker øynene hennes rett inn i ham, men ansiktet viser ingen tegn på følelser. I alle fall ingen som Kaje kan se.

90.

Neste dag har det grå steget, slik at det ligger som et teppe like over dem. Luften er riktignok disig under skyene, men de har nok sikt til å dra videre.

Kaje har spurt Reko om ikke hun kan hjelpe til med å ta seg av Koraba. Reko kom med et nølende 'ja'. Han vurderer å gå til Korobo, og be henne bruke mer tid på lillesøsteren, men er bekymret for at Mule vil mislike en slik innblanding.

Fortsatt ligger behovet for å finne den dalen månen vil gi dem og presser i hodet hans. Samtidig har det kommet noe flyktig over slike tanker. Det er som om skyene har kommet for å kvele hans siste håp. Før så han for seg hvordan stedet skulle se ut, nå er også visjonene pakket inn i tett tåke. Dessuten går de jo videre uansett – uansett hva de finner. Det er som om folk har gitt opp troen på å finne et sted. Livet har blitt en vandring. De styrer enten mot verdens ende eller ut i håpløshet. Selv spenningen ved å utforske nye steder har forsvunnet. Livet har blitt til en endeløs marsj uten mål eller mening.

Antakelig må han gjøre et nytt forsøk på å nå fjellene, kun de kan gi et klart svar. Ellers blir det å lukke øynene og la Alles Mor bestemme. Han har hørt Karo si at de er på vei til forfedrene, for ham er det greit.

Sirea har bestemt seg for å gjøre et siste forsøk på å la følelsene komme fram. Hun vil se hvordan Kaje reagerer. Hvis det ikke fungerer, vil hun vekk, langt vekk, men først vil hun være sikker på at det er ingenting igjen for henne.

De har gått et stykke når hun oppsøker Kaje. Hun merker at han setter pris på å se henne, og på at hun tar tak i hånden hans, spørsmålet er om han har mer å gi. Han gjengjelder smilet, men virker samtidig sliten og lei.

«Vi er der. Nesten», sier hun.

Blikket hans blir intenst og spørrende.

«Hvor?»

«Du vil lede stammen. Finne et sted der det er godt å være.»

«Ja?»

«Vi er der.»

«Hvordan … Her er ikke bra. Den siste dalen hadde nesten ikke vann.»

«Nei, men vi er like ved.»

Hun legger hånden på skulderen hans og fortsetter.

«Kanskje ikke i dag, men i morgen. Da kan du legge ned alt du bærer på.»

«Hvordan … Hvordan kan du vite?»

«Fordi … Fordi jeg vet … Du vil se.»

«Ai?»

«Ja, jeg vet.»

«En god dal? Et sted som er bare for oss?»

«Ja. Det er hva du er på vei mot.»

Han ser rart på henne.

«Ganske sikkert», legger hun til etter en stund.

Kaje virker tvilende.

«Så du mener vi har … Vi har funnet det månen vil gi oss?»

«Ja, du har ledet stammen, og du er snart framme.»

Hun merker at Kaje liker tanken. Ansiktet åpner seg.

«I så fall er jeg fri.»

Sirea smiler, men vender seg samtidig vekk. Kaje tar tak slik at hun må snu seg mot ham.

«Er du sikker? Har du fortalt de andre?»

Hun trekker på det før leppene formulerer et lydløst 'nei'.

«Vi må gå dit. Alle må få se», sier han oppspilt.

Det er slik jeg liker deg, tenker hun, bare synd det er så mye som kommer foran.

Skyene henger fortsatt lavt over dem når kvelden kommer. De finner en trang dal med en liten bekk like før mørket overtar. Vannet er godt, men det er en bekk som neppe klarer seg lenge uten regn. Dessuten er det ingen god leirplass, ingen sletter eller koller, kun en jevnt skrånende elvedal.

Kaje føler behov for å hjelpe Koraba, men tenker samtidig at hans handlinger lett kan misforstås. Det ender med at han oppsøker Karo.

«Koraba føler seg alene, noen må ta seg av henne.»

«Jeg vet», svarer Karo smilende. «Du føler at det ligger på deg?»

Han ser lenge på henne før han svarer.

«Hun gråt.»

«Jeg vet», gjentar Karo. «Du har nok, nok å ta deg av. Trodde først Yamyam var interessert, men kanskje ikke. Han liker nok ikke at søsteren er med Mule.»

«Hun er en fin kvinne», sier Kaje uten å tenke seg om.

«Har ikke du nok?»

Kaje merker at et eller annet våkner inne i ham og tenker seg om før han sier noe.

«Fin for andre. Gjerne Yamyam. Han er en god mann. Det er bra for oss alle.»

Karo tar plutselig tak i ham og drar kroppen inn mot sin.

«Kaje, det er godt at du ser, og at du bryr deg. Koraba vet å klare seg, men jeg og Lele skal være mer sammen med henne. Til hun finner en mann. Vi har lovet det.»

Før Kaje rekker å si noe mer, kommer to av barna. Den ene klarer å presse seg inn mellom ham og Karo. Han finner en plass litt bortenfor og ser seg rundt. Koraba er ikke å se. Heller ikke Sirea, men Reko er selvsagt i nærheten.

91.

Neste morgen er skyene der fortsatt. De er høyere opp, men er til gjengjeld mørkere. Det ser ut som om de bringer regn, men foreløpig er luften tørr. Den evige, grå disen holder stand under skyene. Kaje våkner tidlig. Morgenen er mørk, likevel aner han at det er noe annerledes med lyset her. Han rekker ikke å tenke mer på det før Sirea kommer bort.

«Bli med», sier hun mykt.

Kaje ser spørrende på henne.

«Vi skal videre. Vi bør ikke forlate de andre.»

«Det er noe du bør se. Ikke så langt unna. Jeg har sagt til Karo at vi går ut, men at vi er tilbake før alle er på beina.»

Sirea leder an nedover en smal rygg mellom to tydelige dalsøkk. Hun virker verken spesielt ivrig eller entusiastisk, men det er ikke så rart, for området der de befinner seg er lite egnet. Snart dukker det opp en kolle som skogen ikke virker fornøyd med. Selve toppen er steinete og bebodd utelukkende av gress og små busker.

Hun setter seg ned. Kaje setter seg ved siden av henne. Han liker slike steder med utsyn, og han liker å ha dem sammen med Sirea. Lenge sitter de i stillhet.

«Har du ikke sett?» sier hun til slutt.

Han snur seg spørrende og møter blikket.

«Jo, jeg ser. Her er ingen gode elver. Heller ingen tegn på regnværshuler. Det er nok skog, men ikke noe mer. Folk blir ikke fornøyde.»

Hun ser lenge på ham før hun igjen sier noe.

«Du trenger å føre øynene forbi de nærmeste trærne.»

Igjen ser han seg rundt, men finner ikke noe som skiller seg ut.

Hun peker med øynene.

«Der borte.»

Kaje stirrer. Langsomt går det opp for ham hva hun mener. Hva det er hun prøver å vise ham.

«Ser du?»

Fortsatt skjønner han ikke hva hun peker mot.

«Dere er nesten tilbake», sier hun stille.

«Tilbake?»

«Den dalen», begynner hun før hun tar en pause.

«Den dalen som er lengst bort. En tydelig dal.»

«Jeg ser», svarer han.

Først nå begynner å ane hva hun mener. Han blir mer og mer sikker.

«Det er Bujudalen. Det ...»

«Det er dit dere vil», avslutter hun.

Kaje finner ingen ord. Hodet er med ett tomt. Det er virkelig noe kjent med de fjerne åsene. Terrenget lengst nede er dessuten ikke lenger preget av tett, grønn skog – det har begynt å åpne seg opp. Disen gjør det meste grått, men landskapet minner om slettelandet nedenfor Bujudalen. Er det virkelig dit de er på vei, og dit de vil? I så fall …

Så stopper alt opp. Den rare romsteringen i hodet er tilbake. Som før kommer den sammen med en svevende følelse, nå ispedd synet av ansikter. Noen virker kjente, andre helt ukjente. Noen smiler, andre stirrer surt mot ham. Det siste han merker er rykningene i beina.

Karo sitter sammen med noen barn ved restene av bålet. Hun ønsker å få spist opp gårsdagens fangst av røtter før de går videre.

Nå ser hun Sirea komme løpende. Karo stusser. Sirea pleier ikke å løpe, og hun lar seg aldri hisse opp. Nå virker hun tydelig forstyrret.

«Karo. Du må komme. Det er Kaje. Han vil ikke reise seg.»

Karo vet at de to dro ut sammen.

«Han var fin når dere gikk», prøver hun.

«Ja, men nå bare ligger han. Og han sover ikke. Jeg tror han lever, vi har sett det før, men denne gangen vil han ikke våkne. Han er helt borte.»

Karo kommer seg på beina. Sammen løper de så fort Karos bein klarer. Det tar ikke lang tid før de er på kollen. Kaje ligger stille, men kroppen er rettet ut som om han sover. Han har vært borte flere ganger før, men da har gjerne kroppen ligget i en merkelig stilling, dessuten har det kun vart en kort stund. Øynene er åpne, men ikke rettet mot noe. Det er ikke søvn, ikke død, men en fjernhet hun aldri før har opplevd.

Karo vender seg mot Sirea.

«Var det noe du sa? Noe du gjorde?»

Sirea tenker seg om.

«Jeg tror ikke det. Jeg viste ham hvorfor vandringene snart er over. Hvor månen fører dere.»

«Hva!?»

Sirea nøler med å svare.

«Jeg vet hvor dere vil. Og jeg vet at dere snart er der. Jeg tror Kaje skjønte. Så forsvant han.»

«Hva?» gjentar Karo.

«Bujudalen ligger bak åsryggen med den tydelige nuten.»

Denne gangen peker hun med armen. Også Karo kjenner seg plutselig igjen. Hennes første tanke er skuffelse over at de likevel ikke kommer til forfedrene. Så synker hun sammen på bakken. Har Kaje virkelig ledet dem tilbake til Bujudalen? Og ligger han der fordi hans jobb nå er ferdig? Han har sagt at også han er klar for forfedrene.

Så hører hun stemmen til Sirea.

«Karo, jeg tror Kaje trenger deg.»

Hun kryper over til Kaje. Kroppen er fortsatt like livløs. Hun tok med seg en kalebass med vann, nå løfter hun hodet til Kaje og prøver å helle litt inn i munnen. Resten heller hun på pannen slik at det renner både bakover i håret og ned i ansiktet. Plutselig begynner han å hoste. Så er han tilbake.

De lar han få komme ut av den rare tilstanden uten å forstyrre. Det første han sier er:

«Jeg hadde en drøm. Vi kom tilbake til Bujudalen. Jeg tror det er dit månen fører oss.»

De to kvinnene smiler.

«Det høres ut som en god drøm», sier Sirea.

Kaje ser usikkert på henne.

«Vi er kanskje framme i kveld», fortsetter hun.

«Det var bare en drøm.»

«Drømmer er til for å leves», sier Karo med et smil.

Etter en pause legger hun til:

«Sirea er her for å gjøre drømmer om til virkelighet.»

Kaje har ansiktet rettet mot Sirea.

«Er du sikker?»

Sirea venter med å svare.

«Ja, jeg er sikker. Både på at vi kommer dit, og at det er dit dere vil.»

Karo tenker at Sirea aldri er usikker, aldri nølende, men likevel ikke påtrengende. Det motsatte av Mule.

«Hvordan visste du?» spør hun.

«Min stamme kom denne veien for lenge siden.»

«Men … Det er så mange. Mange åser og mange rygger, og det meste er nesten likt.»

Stemmen er så vidt hørbar når hun svarer.

«Jeg kjenner meg igjen.»

«Jeg tror månen har ledet oss hit», sier Karo lavt som for seg selv.

Sirea ser på henne og smiler.

«Ja, månen vet sikkert hva den vil. Dessuten … Ingen fjell varer evig. Jeg visste hvor vi var på vei, lenge før jeg kjente meg igjen.»

92.

Nyheten får folk til å øke farten. Neste dag står de der.

De er tilbake! Bujudalen er som før. Trærne er akkurat slik de forlot dem. Bortsett fra én liten, men særdeles viktig detalj: På Bujutokollen er det tydelige rester av ferskt bål! Også andre tegn viser at mennesker har brukt stedet i deres fravær. Det skaper bekymring. Karo oppsøker Lele.

«Andre har vært her.»

«Ja, jeg vet. Det kan ha vært noen fra nabostammene. De lurer kanskje på hvorfor *vi* ikke er her.»

Karo rynker pannen samtidig som hun løfter hodet.

«Det kan også være noen som vil ha dalen vår.»

«Ja, jeg vet», gjentar Lele. «Det er noe rart. Sporene passer ikke med folk vi kjenner.»

«Den tanken har slått meg også», sier Karo langsomt, «men jeg vet ikke hvorfor.»

Lele smiler til henne.

«Jeg er heller ikke sikker. Det kan ha å gjøre med hvordan bålet er lagt opp, og så har de ikke ryddet opp. Beinrestene er ikke ordentlig avspist.»

Det blir stille. Begge er tydelig bekymret. Til slutt er det Karo som har størst behov for å sette ord på tankene.

«Det er den fineste dalen. Det beste stedet i verden. Vi vet det. Men hvem har rett til å være her? Er dalen fortsatt vår?»

«Det spørsmålet ligger også i meg», svarer han stille.

«Vi tenker at der det bor noen, skal ikke vi trenge oss på. Storeflekk og hans folk mente at de sterkeste har rett. At de kunne ta det de ville. Vi tenker ikke slik. Men nå … Hva gjør vi om fremmede har overtatt? Kan vi forlange dalen tilbake?»

«Jeg vet ikke», svarer Lele stille.

«Vi *må* vite. Før de kommer.»

«Det er vanskelig. Jeg tror vi skal prøve å prate med dem. Finne en løsning. Men vi må også passe oss. Noen bør holde vakt om natten i tilfelle de fremmede ikke har lyst til å prate.»

«Vi burde ikke dradd. Det er her vi hører hjemme. Det var galt. Helt galt.»

Lele ser på henne med intense øyne.

«Vi dro, og vi gjorde det riktige. Du vet hvem som tar på seg skylden, men *vi* ville. I alle fall de fleste. Vi finner løsning. Det er jo ingen her nå, kanskje de brukte dalen på vei mot noe annet.»

Karo ser lenge på ham. Så løfter hun hodet.

«Du har sikkert rett.»

Hun tenker at Lele tar feil, ingen drar videre når de har funnet et så fint sted. Den neste tanken er at etter alt de har vært igjennom, så ender det antakelig med at de blir drept eller drevet vekk fra sin egen dal.

«Jeg trodde Kaje var sjaman, at han ville lede oss til noe bedre», sier hun oppgitt.

Lele tenker seg om.

«Kaje er som andre. Han er en god mann, han ser noe, men han ser ikke alt. Ingen ser alt.»

«Ja», sier Karo.

«Kanskje ledet han oss til noe bedre. Vi er ikke hva vi var», avslutter Lele før han reiser seg og går.

Karo blir sittende og tenke.

93.

Det dukker ikke opp fremmede den natten. Neste dag drar mennene nedover mot slettene. De klarer å legge ned to antiloper, noe som gir rikelig med mat, men de finner også flere spor etter mennesker. Dalen er ikke lenger kun deres. Lele vil de skal finne disse folkene. Fremmede skaper lange skygger.

Mule og hans meningsfeller hadde sluttet å gjøre livet surt for Firfinger og Yamyam, men tilbake i Bujudalen aner han at problemene er i ferd med å blusse opp igjen. Dessuten er det noe annet, Firfinger og Yamyam synes å vurdere sporene etter de fremmede med andre øyne. Han har sett de to trekke seg tilbake for å diskutere situasjonen. Det begynner å ane ham hvem inntrengerne kan være. Han bestemmer seg for ikke å dele sin bekymring – bare være på vakt.

Kaje våkner midt på natten. Det er månen. Den er stor og rund slik den trives best med å være. Nå har den vekket ham fordi det er noe den vil si.

Han skjønner ikke hva, men det er ingen tvil om at månen er der for ham. Solen er opplagt; den gir fra seg lys fordi den har så mye, månen deler av det lille den har. Den ofrer seg slik menn og kvinner skal gjøre for hverandre. Månen har i seg menneskets beste egenskaper.

Også Sirea ligger våken. Som vanlig har Kaje lagt seg i nærheten av henne, men ikke tett inntil. Både Reko og Koraba ligger like ved. Sirea ser at Kaje er våken. Lyset er sterkt nok til at hun aner at blikket er festet mot månen. Hun tenker at for ham er vel den det viktigste. Livet hans er knyttet til månen – og fjellene selvsagt. Ingen av delene kommer til å forsvinne.

Så minnes hun en prat hun hadde med Karo. Karo sa at for at mennesker skal ha det bra, så må alle stå på lik fot. Selv folk som ikke er i slekt, må være som søsken. Alt de har, må deles; og når man har lite, er det viktig å være beskjeden slik at alle får. Hvis noen forlanger enerett, skaper det misnøye og splid.

Hva med månen? På én måte får alle akkurat like mye av den, men samtidig er hun sikker på at Kaje får mye mer.

Hva med Bujudalen? Eier dette folket stedet, eller har de nye menneskene, som det fins rikelig med spor etter, samme rett?

Så tenker hun at likhetstanken kun gjelder folk innen samme stamme. Lenge har hun sett på seg selv som en som står utenfor, hun tilhører ikke månefolket, men nå innser hun at disse menneskene har trengt dypt inn under huden hennes. Hun har kjempet imot, men det blir stadig vanskeligere å stå utenfor. Hun har blitt en del av noe større. Da hører det med å bruke av seg selv for å gjøre fellesskapet bedre. Kanskje den oppgaven er hennes måne?

Igjen vender hun blikket mot Kaje, men han har fortsatt ikke øyne for annet enn det som befinner seg høyt oppe og langt unna.

Hva med menn og kvinner som er sammen? Eier man hverandre, eller skal alle dele likt på både kropp og følelser? Det er ikke slik det fungerer, menn liker ikke at deres kvinner deler kroppen sin med andre, og kvinner liker ikke at mennene stirrer for lenge på andre kvinner. Må livet arte seg på den måten? Slike spørsmål trenger svar; de er minst like viktige som å finne ut hva som er på andre siden av fjellene, eller hvem som er på månen.

Hun vil høre hva Karo sier. Kanskje Karo eller Lele evner å se selv der verken sol eller måne slipper til.

Enda en gang retter hun blikket mot Kaje. Han ligger på ryggen med hendene under hodet. Hun skal til å krype over til ham, men ombestemmer seg. Hva vet hun om hans følelser? Også Koraba har begynt å henge på ham. Hun er den som klarer seg best uten mann.

Morgenen kommer med regn. Ikke kraftig regntidsregn, men lett yr som preger luften og tankene uten å trenge seg på.

Sirea oppsøker Karo. Hun foreslår at de går sammen nedover dalen for å sjekke hva frukttrærne har å by på. Lele kommer bort til dem.

«Det nærmer seg regntid», sier han.

De merker at stemmen er bekymret.

«Du tenker på regntidshulene?» sier Karo.

«Ja.»

«Hva tror du? Har de fremmede funnet fram til dem også?»

«Jeg vet ikke. Men vi trenger å vite. Jeg skal prøve å finne dem.»

«Hulene?»

«Nei, nei, vi vet alle hvor de er. De fremmede.»

«Alene?»

Lele tenker seg om.

«Ja. Kanskje det er like bra.»

Sirea ser på ham.

«Jeg kan bli med. Jeg er flink med fremmede.»

«Takk», sier han raskt. «Det er enda bedre.»

Ettersom de dro nedover dalen dagen før uten å se noen, virker det fornuftig å lete etter inntrengerne høyere oppe.

Igjen finner de spor av mennesker, men ingen levende vesener. Det er rart. Hvis en hel stamme har flyttet inn i dalen, burde de vist seg. Med mindre de går inn for å holde seg skjult.

De to kommer tilbake i god tid før solen går ned. Karo gikk ut sammen med noen andre kvinner og har sanket rikelig med frukt.

«De fremmede har ikke funnet frukttrærne våre», sier hun til Lele.

«Jeg tror heller ikke de har vært så langt opp som til regntidshulene», svarer han.

De fleste er tilbake når mørket kommer. Lele er glad for at skyene har forsvunnet fra himmelen, men tenker at det fortsatt er mye som henger over folk. Det føles ikke godt å dra til regntidshulene hvis det er fremmede i dalen. Han legger merke til at Firfinger og Yamyam fortsatt er ute i skogen.

Karo våkner midt på natten. Bekymringen for de fremmede gjør at søvnen sitter løst. Månen er i ferd med å forsvinne bak fjellene, men det er fortsatt lys nok til å ane konturer.

Et eller annet gjør at hun brått snur seg mot bålplassen. Det sitter noen der! Et ukjent menneske. Instinktivt kryper hun sammen på bakken. Hun vurderer å skrike for å få opp de andre, men det slår henne at situasjonen ikke er spesielt truende. Ikke hvis det kun er én person. Hvis de fremmede er noen få individer, kan de slå seg sammen. Da behøver de ikke krige.

Så får hun en intens følelse av å ha opplevd dette før. Hun reiser seg og går langsomt mot bålplassen. Her har hun tråkket så mange ganger at hun ikke behøver lys.

Personen som sitter ved det avbrente bålet, er virkelig alene. Her er ingen tegn til andre, men for sikkerhets skyld dreier hun blikket mot mørket omkring. Trærne på oversiden av kollen danner fortsatt måneskygger. Øynene når bare fram dit månen gir lys, men hun ser ikke annet enn kjente, sovende skikkelser.

Det er en mann. Både håret og lukten sier gammel mann. Det lange, hvite håret bølger så vidt i vinden som trekker oppover mot fjellene. Hun kommer opp på siden av ham, men holder god avstand. Stemmen er stille og rolig, likevel skvetter hun.

«Bare kom nærmere. Jeg er fortsatt ikke farlig.»

«Uri!» roper Karo ut.

Så kommer hun på å bruke nattstemme.

«Uri. Du kom likevel.»

Den gamle mannen smiler til henne. Månen er bare på hennes ansikt, så hun ser ikke munnen, likevel merker hun vennlighet.

«Jeg dro tilbake til fjellene og snakket med min bror. Onoti. Du traff ham.»

Karo sliter med å finne de riktige ordene.

«Men … Men … Det er langt. De holder til langt, langt vekk. De visste ikke. Onoti visste ikke hvor vi dro.»

Uri fortsetter å smile.

«Jeg liker å gå. Så fant jeg ingen bedre retning. Det føles godt å komme nye steder. En hel stamme lager jo spor, men jeg var usikker noen ganger. Dere holdt dere i omtrent samme høyde, ikke opp mot fjellene og ikke ned mot flatlandet. Beina mine har likt seg hele veien. Uansett.»

«Blir du her? Vil du bli hos oss?»

«Hos dere eller hos deg?»

Hun ser på ham, så han fortsetter.

«Det spiller ingen rolle, jeg bare lar dagene passere. Jeg går og dagene går, men det er hyggelig å ha noen å gå sammen med.»

«Jeg vil gjerne ha deg her», sier Karo og bryter ut i latter.

«Kanskje jeg kan vandre litt rundt. Dere har en fin leirplass, har dere rom for en til rundt bålet?»

«Jeg har rom for deg», svarer Karo.

Uri vender blikket mot Korobo. Hun lå sammen med Mule litt nedenfor bålplassen, nå sitter hun og lar fjeset fange de siste rester av månelys. Mule sover tydeligvis fortsatt. Uri går bort til henne.

«Du er Korobo? Onoti sa du hadde et barn på gang. Du kjenner ikke meg, men jeg er broren til Onoti.»

«Jeg vet hvem du er», sier hun. «Dessuten er du helt lik broren din.»

«Kanskje ikke helt», svarer han med et lurt smil.

Om kvelden setter Uri seg ned sammen med Karo. Hun har kun ett barn på fanget, så det er god plass.

«Dere har to som gir nye barn», kommenterer han.

Karo løfter hodet.

Bo og Korobo har funnet hverandre. Søsteren sitter ved siden av Lele. Karo ser at han liker den unge kvinnen. Hun trenger å finne en mann på sin alder, likevel synes hun å trives i selskap med Lele. Det er bra, for hun kommer på at hun lovte å ta seg av Koraba; nå passer det best at Lele gjør det. Dessuten har hun merket at både Kaje og flere andre prøver å gi henne selskap. Hun er en nydelig kvinne, så Karo har lurt på om følelsene til Kaje har funnet en ny retning.

Det er selvsagt lettere for storesøsteren. Ikke bare har hun en mann, men også en kvinne i samme situasjon som henne. Det er godt at de er to om å lage barn. Alt blir mye lettere når flere møter det samme i livet. Dessuten er det bra at de er tilbake i Bujudalen der livet flyter lett og ubesværet som kvister i elven. Så kommer hun på sporene av fremmede mennesker, men bestemmer seg for å skyve vekk den bekymringen.

«Vi trenger barn», sier hun stille til Uri. «Vi to er gamle og grå. Vi vet hvor vår vandring tar oss.»

«Ja», svarer han stille. «Det er ikke lenger så farlig om jeg går i skogen eller i døden.»

Hun smiler. Flammene er spesielt varme og villige her på Bujutokollen.

Hun har prøvd å følge med på hvordan Korobo og Mule har det. Det synes å gå bedre nå. Hun har ikke hørt noen av dem kaste ord, eller annet, mot hverandre på lenge; men samtidig tilbringer Korobo mer tid med Bo. Antakelig er det best for alle.

Neste dag finner de igjen ferske spor etter fremmede. Det ligger rester etter en ape som er drept og flådd ikke så langt unna kollen, og ingen i stammen har med noen apeskrott. Firfinger og Yamyam er fortsatt borte.

94.

Kaje går ut for å lete etter noe spiselig. Sirea hadde rett i at månen førte dem tilbake til Bujudalen, men med de fremmede menneskene som gjemmer seg i skogen deres, har de ikke fått dalen tilbake. Situasjonen er verre enn da de dro, og det er hans feil. Reko kommer småløpende etter.

«Jeg vil bli med», sier hun med en stemme som stråler.

Kaje merker sin egen motvilje, derfor går han bort og omfavner henne.

«Fint. Bli med.»

Det er ikke hennes feil at verden tetter seg til rundt ham. Hun har alltid vært snill, så han er nødt til å ta seg av henne.

De kommer til en åpning i skogen der solen viser seg fram. Sammen med gresset vokser det noen små, røde blomster som Kaje kjenner igjen. De tilhører Bujudalen. Før gjorde de ham alltid glad, nå minner de om blod. Reko tar tak i hendene hans, setter seg og drar ham ned ved siden av. Så legger hun armene rundt halsen og lener hodet mot nærmeste skulder.

«Vi skal være sammen», kommer det etter en stund.

«Ja, vi skal være sammen», svarer Kaje fjernt.

«Ikke bare vi. Alle tre.»

«Tre?»

«Ja. Sirea selvsagt. Hun også.»

Kaje stirrer ut i luften.

«Jeg tror ikke hun … Jeg …»

«Du vet ikke», avbryter Reko ivrig. «Hun kom tilbake, og det var for deg.»

«Det er vanskelig», prøver Kaje seg. Han tenker at det Sirea og han har felles, er at begge befinner seg i utkanten av stammens fellesskap; men hun blir dradd innover, samtidig som han sklir vekk.

«Jeg vet ikke om jeg orker», renner det ut av ham. Så lener han ansiktet mot håret hennes. Det lukter av blomster. Han har merket det før, Reko liker å gni seg inn med blomster. Hun har mye blomst i seg, så lukten passer godt.

Han tenker seg om.

«Er du sikker? Tror du Sirea vil? Jeg har jo gått med deg.»

Reko smiler.

«Hun sa en gang at en halv mann er i meste laget.»

«Og du? Hva mener du?»

«Jeg …»,

Hun stopper for å tenke seg om.

«Jeg tenker at for meg er én mann og én kvinne akkurat passe.»

Han ser rart på henne, men sier ikke mer. Lenge sitter de i stillhet. Så begynner hun å massere skuldrene hans.

«Du kan slappe av nå», sier hun. «Vi fant veien tilbake.»

«Ser du ikke! Folk er redde. De føler at dalen ikke er deres, og de gir meg skylden.»

«Det ordner seg», fortsetter hun rolig.

Han sier ingenting, så hun fortsetter.

«Har du lagt merke til Bo og Korobo?»

«Ja, jeg vet. De har det hyggelig sammen.»

«Hvorfor tror du?»

«Nei. De passer sikkert godt sammen.»

«Hvorfor det? Hva er det de holder på med?»

Kaje skjønner hvor hun vil.

«Du ønsker å være i samme situasjon.»

«Vi trenger flere barn», svarer hun raskt.

Han løfter hodet, men sier ingenting.

«Sirea vil også», fortsetter hun.

«Du mener få barn?»

«Hun ville være med, men jeg kan skape barnet.»

Kaje ser alvorlig på henne.

«Hvordan vet du det? Hun er enda fjernere enn hun pleier å være.»

Nå er det hun som ser rart på ham.

«Fjern? Hun? Nei, det er ikke henne. Det er ikke hun som … Jeg prater med henne. Jeg prater mye med henne.»

Kaje liker det hun sier. Barn kommer når barn skal komme. Først må han sørge for at folk er fornøyde og ikke klandrer ham. Han sier ingenting. Reko har ført hånden ned til skrittet hans og begynt å massere. Pikken blir stiv, men hodet er fullt av annet.

Solen er igjen i ferd med å forsvinne der den skal – bak fjellene. Folk har samlet seg rundt bålplassen. Igjen snakker folk til hverandre om ting som ikke betyr noe, men Karo merker at både praten og ansiktene har noe dempet og forsiktig over seg. De har ikke funnet veien helt tilbake.

Firfinger og Yamyam dukket opp. De hadde med seg en antilope, men sa ingenting om hvor de hadde vært.

Det begynner med vage lyder fra skogen. Lyder som ikke passer med noen av dyrene de kjenner. Natten er i ferd med å overta, så bålet er for lengst tent. Det gjør skogkanten enda mørkere, selv om månen gir av det den har. De fleste har blikkene stivt rettet mot der lydene kommer fra. Flere av mennene har hentet spydene sine og sitter med dem på fanget.

Først er det én mann som kommer fram der månen tar tak. Så kommer det et par til. Snart er det en hel gruppe som står i stillhet nedenfor kollen med ansiktene rettet mot dem. Alle har flere spyd og køller. De sier ingenting, men står tydeligvis og vurderer folkene rundt bålet.

Situasjonen minner Karo om den gangen Storeflekk og hans menn angrep, også de stoppet for å vurdere hva de var opp mot. Disse folkene er ikke tilklint med sot, men de er bevæpnet for kamp. Hun hører plutselig en lyd fra skogen på motsatt side av kollen og snur seg rundt.

Ingenting å se.

Langsomt begynner mennene å gå mot dem. De benytter stien som leder opp fra slettelandet. Karo aner at det står kvinner og barn igjen i skogkanten. Mennene stormer ikke fram. Skrittene er langsomme og prøvende, ansiktene virker aktsomme.

Kaje reiser seg opp. Alle de andre mennene gjør det samme. Flere legger spydet til rette i slyngkjeppen.

Også de fremmede benytter slyngkjepper, men de har heldigvis motbakke om det kommer til å kaste spydene. Mule har funnet fram klubben sin og står i første rekke. Hun ser at Yamyam stiller seg rett bak ham. Noen av de fremmede gjør seg klar til å kaste. Bevegelsene smitter over på Kaje og hans folk.

Karo har reist seg for å følge med på det som foregår, nå orker hun ikke se mer og siger sammen på bakken. Heller ikke orker hun rette blikket mot lydene som kommer fra oversiden av kollen. Hun prøver å finne på noe å si som får alle til å stoppe, men finner ingen ord som passer. Hun lukker øynene.

Dermed ser hun ikke at Sirea presser seg gjennom raden av menn.

Det har slått Sirea at hvis dette folket virkelig kom med vonde hensikter, burde de sneket seg inn midt på natten. Måten de pynter seg med tenner og klør fra dyr, minner henne om Storeflekks stamme, men det er ikke dem, og ansiktene har ikke de harde dragene hun husker så godt. Moff dilter etter og begynner å bjeffe. Alle mennene ser. De fremmede stopper opp. Noen slapper av i grepet om stokkene, andre virker bekymret.

«Dere behøver ikke hive spyd mot oss. Vi skal ikke hive mot dere», sier Sirea. Stemmen er kraftig, men hun gjør den likevel mild. Karo åpner øynene og spretter opp. Hun tenker at en mann ville aldri klart det. Hvis en mann hadde gått mot dem, ville de angrepet.

Det er tydelig at de fremmede hører på henne. En ung fyr, som har plassert seg foran de andre, svarer. Han er høy og har en solid bastreim surret rundt pannen. I reimen er det tredd hoggtenner fra rovdyr. De stikker ut fra hodet som små horn.

«Dere var her før? Før vi kom?»

Kaje har gått opp og stilt seg ved siden av Sirea.

«Ja, våre forfedre har alltid vært her», sier han.

«Vi så spor, men vi så ingen mennesker. Ikke før dere kom.»

«Jeg vet», svarer Kaje. «Vi har vandret. Vi har fulgt månen, den førte oss tilbake hit.»

Karo tenker at hvis dette er hele stammen, så er de ganske få. Samtidig er hun glad for at Kaje tar på seg å stå fram. Og det var bra Sirea tok initiativet før Mule fant på noe. Med Mule blir det så lett blodig.

«Vi har også vandret. Vi kom fra den andre siden av slettene. Det ble for mange der vi var, så vi ville finne nye steder å jakte.»

«Vi forstår», sier Sirea.

Karo merker at Sirea snur og ser seg rundt. Heldigvis står hun langt bak, for hun har ikke noe å tilby.

«Vi skal respektere dere», fortsetter den fremmede.

Karo lurer på om dalen tilhører dem fordi de har bodd der lengst, eller fordi de er flest menn. Dessuten lurer hun på om de to gruppene kan fungere som én stamme. Hun innser at det blir vanskelig, og at det ligger utenfor hennes hode å foreslå noe slikt.

En lavere, men kraftigere mann overtar.

«Vi skal gå videre. Vi skal finne en annen dal. Kanskje blir vi naboer, og da skal vi være venner. Det er slik vi vil ha det.»

«Takk», sier Sirea. «Dere er gode mennesker. Vi vil gjerne være venner.»

Først nå går Karo fram. Uri stiller seg ved siden av henne. Hun føler seg feig, men tenker at kanskje har hun fortsatt noe å bidra med.

«Det er sent, og dere trenger et bål. Dere er velkomne til å dele med oss. Vi har kjøtt, og vi har frukt som vi skal spise sammen.»

Hun tenker at man kan ikke stole på fremmede før man blir kjent med dem, og man blir ikke kjent med mindre man deler mat.

95.

De fremmede drar videre neste dag på leting etter sin egen dal. Karo har vært ærlig og fortalt at i de nærmeste dalene bor det mennesker, men at det godt kan være daler lengre vekk som er ledige. De undersøkte ikke mulighetene på denne siden av fjellene da de forlot Bujudalen.

Det går noen dager. Atter er det kveld og folk samler seg rundt bålet. Det er så opplagt at det er der man setter seg, og for mange er tiden rundt bålet den beste delen av dagen. Den beste delen av livet, særlig nå, når roen endelig har seget inn.

Karo merker det både på seg selv og de andre. De er tilbake der de skal være. Småpraten er som før, og livet flyter forbi like livlig og sprudlende som elven. Hun slapper av fordi alle slapper av. De har virkelig fått Bujudalen tilbake, og det er alt som betyr noe. Igjen bringer lyset fra flammene fram det beste i folk.

Sirea sitter ikke lenger der lyset fra bålet så vidt når fram. Hun har innsett at også hun trenger mennesker, og at hun neppe finner noe bedre sted å være. Spørsmålet er om hun trenger en mann?

Hun skotter over mot Yamyam. Han sitter sammen med Bo. De lener seg så hardt mot hverandre at de ville veltet om den ene flyttet seg. Hva med Reko og Koraba?

Det er ingen tvil om hvem Reko vil ha, og hun er sikker på at Korabas følelser går i samme retning. Kan det gå bra? Hvor mye mann trenger hun? Holder det med litt nå og da? Reko er lett å dele med, men det aner henne at slike tanker er fremmede for Koraba. Koraba er riktignok ung, så vidt gammel nok til å være kvinne, og hun vil sikkert tiltrekke seg mange menn. Ved siden av å være pen, er det noe spennende ved henne.

Tankene blir avbrutt av Mules kraftige stemme. Han sitter alene helt framme ved bålet, og har det eneste ansiktet som ikke virker tilfreds. På skrå bak ham sitter Korobo.

«Vi skulle aldri dradd!»

Blikket er hardt og rettet mot Kaje. Korobo ser på Mule, men flytter raskt øynene mot bakken. Sirea klarer ikke rive seg løs fra den utstikkende magen. Er det noe for henne? Helst ikke. Hun foretrekker idéen til Reko om å lage et barn som de har sammen. Uansett så er Korobos mage der Mules oppmerksomhet burde vært.

Så vender hun ansiktet mot Kaje. Hun vet at ordene til Mule treffer, for Kaje tar på seg ansvaret selv når det ligger helt andre steder. Han stirrer alltid mot månen, hvorfor kan han ikke la den ta på seg skylden? Mules ord har enda mindre for seg enn den byrden Kaje insisterer på å henge over sine skuldre, men det stopper ikke Mule.

«Det var Kaje sin feil. Ingen behøvde å dø. Vi kunne vært her.»

Stemmen hans har blitt enda kraftigere og er tilsynelatende rettet både mot folkene rundt bålet og trærne bortenfor. Det er slik Mule liker å snakke, og det er slik han er, tenker Sirea. Bør hun stå fram og si noe? Kaje tyr aldri til motmæle.

«Ja, vi kunne vært her», kommer det vagt fra en søvnig stemme utenfor bålets lys. Sirea oppfatter ikke hvem, men hun kjenner igjen en annen stemme.

«Du burde være fornøyd», sier Lele rettet mot Mule. «Du har fått deg en kvinne. En så nydelige og god kvinne ville du aldri funnet i Bujudalen.»

Korobo løfter hodet og smiler til Lele.

Kaje føler seg sliten. Han er også sulten, selv om det er nok mat, tok han bare en liten bit av leveren til den antilopen han var med på å legge ned. Det er noe inne i ham som fortsatt ønsker å lide, derfor er Mules ord på en måte akkurat hva han trenger. Dessuten, hvis fyren lar ordene renne ut av munnen, så blir også han fornøyd. Kanskje. Til slutt. Alle andre virker fornøyde med livet slik de har det nå.

Han husker det Reko sa om å lage barn. Han vil gjerne bidra til å føre livet videre, men det hadde vært fint om Mule først ble kvitt alle ordene sine. Han liker tanken på å skape et barn så godt at han vender seg mot Reko.

«Blir du med?»

Sammen går de bort og setter seg ved siden av Sirea. Han drar begge kroppene hardt inn mot sin. Også Sirea er myk og villig, mye mykere enn sist gang han forsøkte å komme inn på henne.

De har gjort det de måtte gjøre, de har fulgt den kurs månen pekte ut for dem. Nå er dalen atter deres, og den er deres på en annen måte. Det er som om de først nå fortjener å leve her. Folk virker virkelig mer fornøyde enn da de dro. Kanskje med unntak av Mule, men han blir aldri fornøyd.

Lenge er det stille. Kaje tenker at Mule endelig er ferdig med å tømme hodet sitt, men så bryter atter stemmen igjennom.

«Det å følge månen er noe tull. Månen er der oppe, vi er her. Månen bryr seg ikke.»

Mule virker ekstra frustrert, antakelig fordi han ikke får tydelige tilbakemeldinger som han kan krangle videre på. Det får bli til andre. Han godtar all kritikk. Det *var* han som tok initiativet til at de skulle dra, så han må bære konsekvensene. Likevel liker ikke Kaje at Mule lar det gå utover månen. Månen gjorde hva den kan for å hjelpe dem.

Det blir Lele som til slutt tar til motmæle.

«Månen har gitt oss mye.»

«Hva da? Hva med … Hvor er dalen den skulle gi oss?» freser Mule nærmest før ordene til Lele har nådd fram over bålet.

«Den ga oss Bujudalen tilbake», fortsetter Lele. «Før vi dro, var ikke dalen vår. Vi hadde det ikke i oss. Vi måtte dra vekk for å finne igjen dette stedet.»

«Tull. Dalen var her hele tiden.»

«Jo, dalen var her», fortsetter Lele rolig, «men *vi* var ikke her. Vi verdsatte den ikke.»

Karo overtar.

«Månen ga oss mye mer. Vandringen lærte oss noe. Det er viktig. Det viktigste stammen rår over. Kunnskap er det eneste som lever videre, det eneste vi kan gi barna våre som virkelig betyr noe.»

Mule virker for engangs skyld paff. Lele sitter med den ene armen rundt skulderen til Karo, på andre siden sitter Koraba og leker med noen bastfibre. Bortenfor Karo sitter Uri med sin arm plassert på samme måte som Lele. På fanget hennes ligger to små barn og sover. Kaje tenker at samlingen av skikkelser har i seg en egen kraft. Måten de er sammen på gjør dem til noe mer enn bare individer. Det ligger noe stort og viktig i blandingen av alder og ungdommelighet. Om ikke annet så utgjør de et synlig bevis på at stammen lever og har det bra. På tide at Mule gjør seg ferdig med sure oppstøt.

Lele hvisker noe i øret til Karo. Igjen er det hun som sender ordene ut til resten av stammen.

«Månen er Alles Mor sitt øye. Alles Mor ser oss, og vi ser henne. Hun og forfedrene. Det er viktig.»

Kaje skjønner at Lele foretrekker å la ordene komme fra Karo, men nå bruker han for sikkerhets skyld også sin egen stemme.

«Karo har rett. Månen er viktig. Vi har lært noe av de fremmede menneskene. Vi har mange nye historier å fortelle. Historier som gir mening.»

Mule har tydeligvis ikke gitt opp. Han retter ansiktet mot Karo, det virker som om han foretrekker å argumentere mot henne framfor mot Lele.

«Hva har vi lært? Vi har ikke lært noe vi trenger, for vi kunne alt vi trenger å kunne.»

«Nei, Mule», sier Karo skarpt. «Vi har lært om samhold. Vi har lært om andre måter å gjøre ting på, andre måter å være sammen på. Det *er* stort og viktig. Du ser det ikke.»

«Tull! Det er … bare noe tull. Det er *du* som ikke ser», sier Mule med avtakende overbevisning i stemmen.

Kaje merker at fyren sliter med å finne ord som bringer ham videre. Korobo reiser seg og går over til Uri. Hun setter seg sammen med søsteren. Han strekker ut venstrearmen og lar hånden føle på magen hennes. Nå er det enda tydeligere hvor stammens tyngdepunkt befinner seg.

Kaje er glad for at Karo sier det han selv ikke kan, eller bør, legge fram. Karo har alltid hatt makt over ordene, og de får en helt annen smak når de vokser ut av hennes munn. Selv tenker han at da de startet vandringen, hadde de med seg kimen til splid. Den kunne lett ha vokst, fått folk til å krige mot hverandre slik de slåss mot Firfingers stamme. De klarte til slutt å kvele striden, og derfor er de nå sterkere enn før. Kanskje vokste det et problem ut fra Firfinger og Yamyam, men det var også noe annet, andre følelser som satt fast i folks hoder. Alt er bedre nå, mye bedre, selv om han ikke skjønner hvorfor.

Tankene blir avbrutt av stemmen til Karo.

«Ser du ikke? Vandringen har gjort oss sterke. Vi er noe mer nå enn da vi dro. Kunnskap handler ikke bare om å legge ned antiloper eller lage redskap av stein. Det som betyr noe, er hvordan vi er sammen. Hvordan kunnskapen styrer våre følelser og tanker.»

Kaje vet godt at Mule ikke behersker ordene godt nok til å stå imot når Karo trer til for fullt. Det er bra, for han føler inderlig, og i hele kroppen, akkurat det Karo sier.

Lele tar over. Hans stemme er ikke bare rettet mot Mule.

«Noen falt fra, men vi har også fått nye medlemmer. Vi ville ikke klart oss uten Sirea, men også Yamyam og Firfinger har vist at de har mye å bidra med. Nå er de en del av oss, nå står vi sammen.»

Brått er det som om Kaje våkner opp fra en vond drøm og ser verden i et nytt lys. Et lys som har månens egenskaper, men solens kraft. Han føler seg trygg på at vandringen var både riktig og viktig. Dessuten kjenner han at Sirea og Reko har i seg noe som er større enn selv fjellene som stikker opp fra det hvite. Han kjenner det fordi de presser kroppene sine mot hans.

Ordene til Lele varmer Sirea. Ikke så mye for hennes del, men for de to andre. Mest fordi alle, utenom Mule, synes å godta det som blir sagt. Samtidig har hun behov for å finne ut akkurat hva de har oppnådd med vandringen. Hva har de lært som de kan bruke? Bobofolkets måte å hilse på? Fjellmenneskenes evne til å møte fremmede?

Hun vet at hun selv sitter igjen med noe mer, noe viktigere, enn slike små detaljer, men hun klarer ikke å sette ord på hva det dreier seg om. Hva har *hun* igjen for alt slitet?

Plutselig ser hun det.

Så bryter stemmen til Karo inn igjen.

«Noen ganger er det nødvendig å dra. Livet er det landskapet vi passerer langs veien vi vandrer. Veien fører til månen, og månen fører oss. Barna som kommer gir veien retning.»

Karo tar en pause. Sirea ser at Mule har sunket sammen der han sitter. Hun lurer på om ordene virkelig finner fram til ham, eller om han har gitt opp kampen mot en ordstrøm som ingen klubbe eller spyd kan beseire. Hun synes synd på mannen. Så tenker hun at nei, det er ikke synd på Mule, for Mule har funnet seg en fin kvinne. Hun har likt Korobo fra første gang de pratet sammen.

Karo er ikke ferdig.

«Månen er der. Ja, den svever høyt oppe, men den gir oss mye.»

Nå skjønner Kaje hvorfor folk endelig godtar Firfinger og Yamyam. Alle har sett hvordan de to har deltatt og ofret seg for fellesskapet – ikke bare en gang, men mange ganger. Sammen har de trosset farer. Noe mer skal ikke til, men heller ikke noe mindre. Dessuten er folk fornøyde, og fornøyde mennesker trenger ingen konflikter. Den vinden som drev Firfinger og Yamyam vekk, blåser nå alle i samme retning. De ville ikke oppnådd noe slikt om de hadde vandret rett inn til en ny dal uten motgang. Månen dro dem med seg, ga dem utfordringer, for derved å bringe dem sammen. Han skal til å si noe, men Lele kommer ham i forkjøpet.

«Karo har rett. De som ikke føler månens nærhet, mangler noe. Det er opp til oss å benytte det månen gir. Hvem har *ikke* merket at den har gitt dem noe?»

Han ser seg rundt. Flere løfter hodet som tegn på at de er enige.

«Si høyt», fortsetter Lele. «Hva sitter dere igjen med? Hva har månen gitt?»

Folk ser på hverandre, men ingen sier noe.

Helt til Sirea reiser seg. Alle retter blikket mot henne, dermed behøver hun ikke heve stemmen slik Lele og Karo gjør. Først står hun stille med øynene rettet mot bålet. Også de andre vender blikket dit. Knitringen er plutselig den eneste gjenværende lyden. Helt til Sirea kommer med sin lavmælte, syngende stemme. Flammene gir ordene en ekstra glød.

«Den ga meg Kaje.»